취사병, 전설이 되다

취사병, 전설이 되다 4

지은이 오종필(제이로빈)

초판 1쇄 발행일 2025년 10월 20일

발행인 오종필
책임 편집 위크래프트
디자인 김경희
발행처 제이알매니지먼트
주소 경기도 부천시 원미구 길주로17, 803호(상동, 웹툰융합센터)

ⓒ 제이로빈, 2025
ISBN 979-11-94274-29-2 04810

- 이 책은 저작권법에 따라 보호받는 저작물이므로 무단 전재와 복제를 금합니다.
- 이 책의 전부 혹은 일부를 이용하려면 저작권자와 출판사의 동의를 받아야 합니다.
- 잘못된 책은 구입하신 곳에서 바꿔드립니다.
- 책 모서리에 찍히거나 책장에 베이지 않게 조심하세요.

취사병, 전설이 되다

제이로빈 현대 판타지 소설

❹

제이알매니지먼트

작가의 말

안녕하세요. 제이로빈입니다.

2008년부터 2015년까지 7년간 장교로 군복무를 하며, 정말 좋은 인연들을 많이 만났습니다. 국가를 위해 일하는 동안 힘든 점도 많았지만, 결과적으로 보면 저에게는 최고의 경험을 선사한 곳이었습니다.

군 제대 후, 웹소설 작가로 입문하게 되었습니다. 군 복무시절에 대한 즐거운 기억들을 여러분과 함께 하고 싶은 마음에 기억에 남는 에피소드를 바탕으로 제가 좋아하던 부하들과 상관, 그리고 동료들의 모습을 재구성해 '취사병, 전설이 되다' 라는 작품을 집필할 수 있었습니다.

과분하게도 여러분의 많은 사랑을 받아 웹소설이 나오고, 웹툰으로도 연재되고, 이번에는 종이책으로도 만들어질 수 있었는데요.

이 책이 군 생활을 마친 예비역 분들이나, 이제 막 복무를 해야 하는 예비군인 여러분, 그리고 군인 가족들께 많은 도움이 되었으면 좋겠습니다.

마지막으로 지금 현재도 군 복무를 열심히 하고 계신 군인 여러분, 힘내세요!

예비역의 한 사람으로서 응원합니다. 당신들이 있기에 현재의 대한민국 국민들이 안전할 수 있습니다. 대한민국 현역 군인 및 예비역 여러분, 파이팅입니다.

2021년 8월

제이로빈

취사병, 전설이 되다

4권 등장 인물

강성재 상병
이 책의 주인공. 우연히 알게 된 요리사의 길 시스템의 도움을 받아 요리사가 되기 위해 매진하는 대한민국 육군 장병.
현재 사단의 철벽회관에서 조리병으로 근무하고 있다.

서효석 병장
철벽회관 조리병. 10대 때부터 중화요리 한 길을 걸어온 실력파로 성재에게 중화요리를 가르쳐준다.
성재의 선임이자 요리에 관해서는 선의의 경쟁자.

윤호영 일병
철벽회관 조리병. 회뜨기에 일가견이 있고 요리에 대한 자존심도 강하지만 이기적이고 협동심이 없어 주변과 마찰을 빚는다. 든든한 빽이 있는 듯?

철벽회관 조리병이자 분대장. 요리대회에서 성재와 대결하여
패배한 적이 있으나 합리적인 성격이어서 뒤끝이 없다.

김종태
상병

배원영
대령

성재를 아들처럼 아끼는 60연대장.
성재의 도움을 받아 결혼식을 무사히 치르고
행복한 중년의 신혼을 보내는 중.

배윤아
고등학생

요리를 잘 하는 성재에게 호감을 가지는 여고생.
아버지 배 대령을 설득해 요리를 전공하기로 하고
특성화 고등학교로 전학간다.

윤동현
예비역 병장

강림소초 시절 성재의 선임 취사병.
지금은 육군 병장 만기 전역하여 르 꼬로동 블루로 유학을 갔다.
전역 후에도 성재와 지속적으로 연락하고 있다.

까둘로프
교수

프랑스의 유명한 요리학교 르 꼬로동 블루의 교수이자 윤동현의 은사.
미슐랭 쓰리스타 레스토랑인 〈라이프 가든〉의 셰프이기도 하다.
윤동현의 주선으로 강성재와 만나 깊은 감명을 받는다.

4권 차례

148	충성! 복귀했습니다	10
149	1등 하긴 했는데, 운이 좋았습니다	17
150	여기 숨어있었구나?	25
151	고릴라! 여기는 우주함 이상!	32
152	할머니! 손주 왔어요!	39
153	호감도는 왜 올라?	46
154	상병 계급장은 뭡니까?	54
155	연대장이다. 거기 대대장 있지?	61
156	부사관 후보생 오민호!	70
157	원래 군번대로라면 일병 4호봉이어야 합니다	78
158	이건 아니지 말입니다	86
159	풀 건 풀고 가셔야 되지 말입니다	94
160	별은 별인데, 좀 약하다?	101
161	빽이 얼마나 좋은 거야?	110
162	쟤 만나려고 헬기를 2번이나 탔었지	118
163	선처하는 것이 좋을 것 같습니다	125
164	굴려!	134
165	도하해 봅니다	142
166	아파도 저 원망하지 마십시오	150
167	XX에 힘을 얼마나 준 거야?	159
168	오랜만에 신나게 놀아보지 말입니다	167
169	남군들이 계속 밥 먹는 거 쳐다봅니다	175
170	여군은 여군이 교육한다	182
171	종교 전쟁이 시작되었습니다	189
172	두 분께서는 특별한 음식을 맛보시게 될 거예요	197

173	너희 둘! 위수지역을 이탈했다지?	206
174	다음 코스 요리 가져오세요	214
175	최강 사나이	222
176	여기 철벽사단은 부대에 들어오려면 원래 전통이 있대요	230
177	단백질 섭취해야 하는데…	238
178	저도 서효석 병장님하고 붙어보고 싶습니다	246
179	성재씨 요리부터 맛을 봐도 되겠죠?	253
180	서효석 병장님! 승부입니다!	261
181	자신의 한계를 돌파한 성재	267
182	사단장님이 방송 보셨다!	275
183	나 장군 못 달았다고 무시하는 거야?	284
184	사령관님 의도 알았지?	291
185	북한 사람들이 먹는 요리	300
186	CD 좀 가져다주라!	307
187	기무대장님! 찾았습니다!	315
188	대통령 기록물로 분류되었다	322
189	동현이형! 드디어 만나겠네요!	332
190	VIP 초대권	340
191	상류사회(上流社會 / High Society)	347
192	이 기회 잡아보지 않으실래요?	355
193	강성재씨, 지금 어디예요?	362
194	성재씨를 만나러 왔어요	370
195	외국인도 좋아하는 말	378
196	나랑 같이 프랑스 가자	385

148

충성! 복귀했습니다

조교들은 교육생들의 실습과정을 보며 말했다.
"오늘 여러분이 만든 면은 저희 군수지원사령부 저녁 특별 메뉴인 칼국수 재료로 사용 예정입니다. 동료 장병들이 먹는 식사이므로 대충 하는 일이 없도록 합니다. 그런 교육생이 있다면, 조교가 따로 호명해서 교관님과 면담을 진행하도록 하겠습니다. 알겠습니까?"
"알겠습니다!"
"그럼 지금부터 반죽 시작합니다."
"으아아아아아!"

"하아… 하아….
땀이 뻘뻘. 개인당 무려 3kg의 밀가루를 반죽시키는 고난의 교육훈련.
조교들은 교육생들이 신음을 토해내는데도 여전히 진지한 태도로 일관하고 있다.
"거기 9번 교육생! 땀! 반죽에 떨어질 것 같습니다. 땀 닦고 다시 돌아옵니다."
"거기 35번 교육생! 물 조절 실패했습니다. 물 한 컵 더 넣어 다시 반죽해봅니다."
"18번 교육생도 얼굴에 땀이 많습니다. 군인은 항상 전투준비가 되어 있어야 합니다. 적절한 체중관리는 군대 전투력 향상은 물론, 본인의 건강에도 도움이 됩니다. 세수하고, 땀 닦은 다음에 다시 실습 진행해봅니다."

그런데 남들이 고통스러운 비명을 지르는 것과 달리 일관된 행동으로 착실히 반죽하는 교육생. 동작에 군더더기 없이, 손바닥으로 반죽을 밀며, 앞서나가고 있다.
"17번 교육생! 굉장히 능숙해 보입니다. 어디서 배웠습니까?"
"군대에서 선임병에게 배웠습니다."
"알겠습니다. 모두 17번 교육생 동작처럼 절도 있는 자세로 반죽을 말아봅니다."
"알겠습니다!"

성재는 반죽을 모두 끝낸 후, 비닐봉지에 자신이 만든 반죽을 담았다.
"17번 교육생! 조교는 아직 숙성시키라고 교육하지 않았습니다. 어디서 배웠습니까?"
"부대 선임병에게 배웠습니다."
"좋습니다. 17번 교육생은 만든 반죽을 먼저 냉장고에 넣어줍니다! 자, 다른 교육생들도 반죽을 다 만들면 냉장고에 넣어 숙성을 시켜봅니다."
성재는 조교의 통제에 냉장고에 반죽을 넣었다.
그러자 그에게 선임인 상병 조교가 따라와 말을 꺼냈다.
"17번 교육생은 숙성을 하는 이유가 뭐라고 생각합니까?"
"숙성시키면 일단 쫄깃한 식감을 얻을 수 있고, 반죽도 부드러워집니다."
"좋습니다. 35분 후에 최종 평가가 있습니다. 30분 후에는 반죽을 꺼내 다시 면을 만들어 보겠습니다. 그때까지 17번 교육생은 개인 휴식 시간을 갖습니다."
"감사합니다."

성재는 반죽을 끝낸 후, 손을 씻었다. 그리고 주변을 지켜보며 속으로 말했다.
'요리사의 신체 해제.'
반 정도 줄어든 붉은 신의 패러미터. 예상외로 많은 징병들이 반죽에 고전하고 있었다.
실제로 손힘으로 만들어야 하는 반죽은 그 과정이 고되다.

가장 구하기 쉽고, 외국에서 원조받기도 쉬운 밀가루가 오늘의 교육재료가 되었다.
실제로 6.25 전쟁 이후에도 밀가루 원조로 국민들이 많이 연명했었고.
대부분의 부대에서는 공장에서 만든 가공반죽을 구입해서 바로바로 익혀 사용한다.
그러나 여기는 교육대. 전시에도 대비해야 한다.

직접 반죽을 만들고, 그것을 조리하는 과정을 배운다.
그래서 다른 장병들과 성재의 차이가 더욱 크게 벌어졌을지도 모른다.
평소 간부식당에서 밀가루 반죽을 이용해 면 요리를 만드는 60연대.
성재가 서효석에게 수타면을 배우지 않았다면 이 정도까진 차이 나지 않았을지도….
성재의 안타까운 시선에도 조교들의 지적사항은 계속 이어졌다.
"교육생들! 동작이 늦어지고 있습니다. 조금이라도 숙성시간이 길어야 평가에 유리합니다. 반죽 빨리빨리 끝내고, 끝낸 교육생들은 반죽을 냉장고에 넣어봅니다."

그리고 30분 후.
"자! 숙성 시간이 모두 끝났습니다. 반죽을 꺼내 자신의 조리대 앞으로 이동합니다."
성재는 조교의 지시에 다른 사람들과 함께 반죽을 꺼냈다.
숙성과정에서 내부에 있던 물이 바깥으로 빠져나와 반들반들해진 반죽 표면.
성재는 하루 숙성한 반죽과 30분 숙성한 반죽을 비교했다.
'시간이 좀 아쉽네. 시간만 좀 더 주었더라면 더 높은 등급의 요리가 가능할 텐데….'
그리고 시작하는 면 뽑기.
성재는 평소처럼 조리대 앞에서 반죽을 늘리기 시작하고, 그 모습을 확인한 조교들이 깜짝 놀라 고개를 돌린다. 분대장 조교는 깜짝 놀라 성재를 제지하려 불렀다.
"17번 교육생! 뭐합니까? 면을 썰어야지. 왜 치댑니까?"
그런데 옆에 있던 교관이 분대장 조교를 말렸다.
"놔둬 봐. 직접 면 뽑는 것 같은데?"
"알겠습니다. 17번 교육생은 하던 것 계속 진행 합니다."
다른 조리병들은 반죽을 칼로 써는데, 성재는 홀로 면을 뽑는다.
교관은 잠시 성재를 지켜보더니, 모두를 둘러보며 알려준다.
"저게 면을 직접 뽑는 거다. 수타면, 다들 수타면이 뭔지는 알지?"
"그렇습니다. 그런데 전 TV에서만 봤지. 실제로는 처음 봤습니다."
"그럼 잘 봐둬. 저게 잘하는 거야. FM이고!"

성재의 압도적인 포스.
강력한 카리스마.

작은 몸집에서 나오는 힘찬 동작.
그것뿐이었다면 성재에게 모든 교육생의 시선이 돌아가진 않았을 것이다.
지난 1주일 동안 보여준 성재의 범접할 수 없는 지식과 주특기 숙달상태.
때론 조교보다 잘하는 실습 과정.
그래서일까? 모든 병사들이 반죽을 썰다 말고 성재의 행동에 매료되었다.
성재의 양손이 휘젓는 순간, 면의 굵기가 반으로 줄어든다.
길게 늘어진 반죽 위에 물과 밀가루를 입히고 다시 한번 반죽을 늘리는 성재의 손.
그 손에 의해 면발이 수십 가닥이 되고, 수백 가닥으로 늘어난다.
교관은 그것을 보며 자신도 모르게 박수를 치고 말았다.

짝짝짝!
그러자 조교들도 따라서 박수를 치고, 교육생도 박수를 친다.
짝짝짝짝짝짝짝짝짝!
상사 김재규. 그가 성재를 불렀다.
"대단해. 정말 대단해! 17번 교육생! 교육생은 어디서 배웠나?"
"선임병에게 배웠습니다."
"선임병?"
"그렇습니다. 23사단 60연대 간부식당에 있는 서효석 상병에게 배웠습니다."
그런데 조교들은 서효석을 아는 눈치다.
"서효석? 잠깐! 분대장! 23사단에 서효석이면 17-5기 1등 한 병사 아니냐?"
"맞습니다. 10개월 전 입소해서 1등 했었습니다. 제가 그때 막 조교 투입됐던 때라서 정확히 기억합니다."
"그랬구나. 17번 교육생?"
"17번 교육생!"
"잘했다. 교육생은 오늘 수업 만점!"
"감사합니다."
성재만 만점을 받고, 칼국수 면을 썰던 교육생 중 2명이 성재처럼 면을 뽑았다. 하지만 당연한 실패. 반죽이 다 흐트러져 버리고, 풍미도 잃은 식재료는 더 이상 회생 불가능할 정도.
"3번 교육생하고 21번 교육생은 반죽이 탄력을 잃었습니다. 안타깝지만 최저 점수 부여하겠습니다."
"……."

그날 저녁. 최종 평가만을 남겨둔 가운데, 중간 평가 성적이 공개되었다.
그래서일까? 조교들은 교육생들을 불러놓고 말을 꺼냈다.
"교육생들, 중간 성적 나왔다고 흐지부지되는 것 같습니다. 본 조교는 최종 평가에 앞서 아직까지 포기하기엔 이르다는 말을 먼저 전하고 싶습니다."
"이번 과정에서 칼 손질 방법, 취사장 정리 요령, 1종 창고 관리, 트레일러, 기동형 취사차량 운영 등 많은 과목에 대해 배웠지만, 이건 어디까지나 숙달과정이었습니다. 배점도 그리 크지 않았습니다. 1,000점 만점에 500점 만점이었죠. 하지만 마지막 남은 조리대결의 배점 또한 무려 500점입니다. 이제까지 받았던 점수를 모두 만회하고도 남을 점수일 겁니다. 이번 조리대결에서 좋은 성적 거두어서 마지막 유종의 미를 거둘 수 있도록 마지막까지 본 조교와 교관님들의 통제에 끝까지 따라주었으면 좋겠습니다. 그럼 오늘은 야간교육 없이 개인정비 시간으로 통제하겠습니다."
"감사합니다!"
성재는 의기소침한 후임병 준영이를 보며 격려의 말을 건넸다.
"들었지? 준영이 너도 내일 조리 메뉴 잘 만들면 1등 할 수 있어."
"그건 힘들 것 같습니다. 강성재 일병님은 요리도 잘하시지 않습니까?"
"잘하고 말고가 어디 있어. 내일 메뉴는 대결할 때 공개되니까 다 같은 선상이야."
"말씀만이라도 감사합니다. 저도 마지막까지 최선을 다해보겠습니다."

4. 5(목) 식목일이자, 최종평가 당일.
"안녕하십니까?"
여성 군무원의 첫 등장에 모두가 인사했다.
"안녕하십니까!"
"저는 3군수지원사령부 조리담당군무원 6급 김희연이라고 해요. 잘 부탁합니다."
"잘 부탁드립니다."
"오늘 메뉴를 발표해볼까요?"

김희연 군무원의 말에 병사들의 시선이 고정되었다.
"여기 교육생들이 예상했다시피 어제 칼국수 만드는 수업이 있었죠? 오늘 메뉴는 어제 자신이 만든 칼국수 면을 이용한 요리 만들기입니다."
모두가 당황한 표정을 짓는 가운데, 냉장고의 문이 열렸다.
그곳에는 자신들이 만든 면이 그대로 놓여 있었다.
"여러분들이 만든 면을 다른 장병들이 먹는다는 말은 사실 오늘 실습을 위한 선의의 거짓말이었습니다. 그래야만 최선을 다해 만들었을 테니까요."
군무원의 말은 계속해서 이어졌다.
"그럼 어제 만들었던 칼국수 면을 가지고 자신이 만들 수 있는 최고의 면 요리를 만들어 보겠습니다. 나머지 재료는 1종 창고에 있는 재료들을 사용해도 됩니다. 그럼 지금부터 시작합니다."

그들의 교육 목적은 전시에 활용 가능한 조리병 주특기 능력 숙달이었다.
하지만 본의 아니게, 성재의, 성재에 의한, 성재를 위한 교육대를 만들어 준 교육대장.
이것이야말로! Of the Sung-Jae, By the Sung-Jae, For the Sung-Jae.
성재는 자신이 만든 해물손칼국수를 바라보며 미소를 지었다.

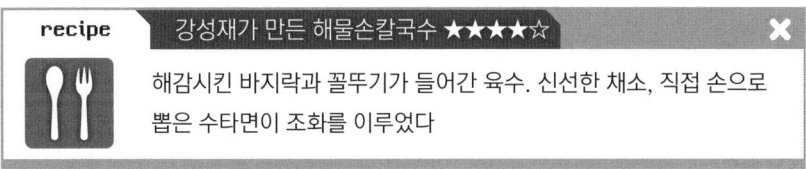

아쉬운 점은? 위수지역 내가 아니라서 등급 보너스가 없고, 군무원은 상관이 아니라서 〈신뢰받는 부하〉 호칭에 따른 푸르스름한 오오라 보너스가 없다는 점.
하지만… 성재에게는 다른 호칭이 있었다.

김희연 군무원은 성재가 만든 해물손칼국수를 먹다 말고 갑자기 상념에 빠져들었다.
'어머, 이거 어머니가 해주시던 맛하고 똑같잖아.'
돌아가신 그녀의 어머니가 어릴 적에 커다란 양은냄비에 팔팔 끓여주던 그 칼국수. 바지락 한가득 넣고, 육수 삼아 끓인 그 맛. 아니, 그것보다 더 맛있다. 직접 뽑은 쫄깃쫄깃한 면이 과거의 추억을 떠오르게 만들어버렸다.

성재는 다른 조리병들이 만든 요리를 감상하며 고개를 끄덕였다. 평균 2.7성. 성재를 제외하고 가장 잘 만든 요리가 별 ★★★☆이었으니, 그것만으로도 엄청난 차이.

금요일. 버스를 타고 돌아가는 길에 후임병이 성재를 향해 축하의 인사를 건넸다.
"강성재 일병님? 사령관님 상장 축하드립니다."
"응. 너도 3등 축하한다. 교육대장님 표창이지?"
"네. 맞습니다. 전 휴가 3박 4일입니다. 강성재 일병님은 6박 7일이지 않습니까?"
"응. 근데 넌 짬뽕 언제 배웠냐?"
"서효석 상병님이 하시는 거 똑같이 따라해 봤습니다. 면은 똑같이 못 만들었는데, 해물짬뽕 레시피 따라 해서 맛은 어느 정도 나온 것 같습니다."
"그래. 잘했어."
성재와 준영은 36명 중 1등과 3등을 했다. 그래서 부대 간부들이 칭찬만 할 줄 알았다.
"충성! 복귀했습니다."
그런데 연대에 도착하자마자, 갑자기 행정보급관이 성재를 향해 소리를 지른다.
"야! 강성재! 너 빨리 타!"
"?!"
"뭐해? KCTC훈련 오늘 출발하는 거 몰랐어?! 그거 알면서 교육을 가면 어떡해?!"
그랬다. KCTC(과학화훈련단) 훈련이 다음 주에 시작되기에 훈련장에 가야 했던 것.
"죄송합니다. 몰랐습니다."
"행보관 차에 얼른 타. 네 군장은 육공에 미리 실어 보냈다."
"행보관님, 화장실이라도 다녀오면 안 되겠습니까?"
"응. 안 돼! 이따 휴게소에서 싸."
행보관은 병사의 전투복을 잡은 채, 차량에 집어넣었다.
성재는 교육을 1등으로 마친 기쁨도 미처 누리지 못한 채, KCTC훈련이 진행되는 강원도 인제에 끌려갔다.

149

1등 하긴 했는데, 운이 좋았습니다

강원도 인제에 위치한 KCTC.
육군 과학화전투훈련단. 삼척에서 행보관 차량으로 무려 3시간이나 걸려 도착한 곳.
그곳에는 때마침 이번 주 훈련부대가 철수하고 있었다.
그들은 전갈대대에게 완벽하게 패배한 것 때문에 욕설을 내뱉고 있었다.
"아… 씨바, 개털렸네."
"전갈 새끼들, 왜 이렇게 센 거야."
"야밤에 기습한 게 컸어. 그때 차량 다 털렸잖아. 밥도 안 나오고, 탄약도 보급 안 되는데 어떻게 이기냐."
"아! 전갈놈들 때문에 포상 날렸네."

전갈대대. 육군에서 발표한 공식적인 승률이 무려 100%.
단 한 번도 패배하지 않은 그들의 승리공식. 그건 바로바로 지형지물을 잘 활용한다는 점.
진지공사 1주일만 다녀 봐도 여기 지형은 이렇고, 저기 지형은 저렇다는 건 이등병도 대충은 알게 된다.
하물며 전갈대대원들은 이곳에서 군 생활 21개월 중 훈련소를 제외한 20개월을 지낸다.
전장이 어떻게 생겼고, 엄폐물은 어디에 있고, 소로길, 개활지, 주요 길목이 어디 있는지 당연히 알 수밖에 없다.

그들이 이제 막 도착한 부대와 같은 장비, 같은 부대원 수로 싸운다면, 패배하는 게 더 이상한 법.

보통 공격과 방어로 나뉘어 훈련국면을 진행하는데, 그들은 방어국면에선, 1차 방어선조차 무너진 적이 없었다.

보통 여기가 뚫리면 예비중대가 2차 방어선을 구축하며, 전선을 뒤로 물린다.

1차 방어선조차 뚫지 못했다는 것은 지형지물을 다 파악하고 있다는 뜻.

그러나 이건 공식적인 기록일 뿐. 그들에게도 패배는 있었다.

지피지기면 백전백승. 적을 알고, 나를 알면 백번 싸워도 승리할 수 있는 법.

그들은 첨단 장비를 갖춘 미군 앞에서 순식간에 무너졌다.

대대급에서 무인 정찰기를 운용하고, 개인별로 야간감시 장비와 스코프 (배율) 장비를 보유한 미군. 제아무리 전갈대대라도 맥이 빠질 수밖에 없는 전투력 차이.

그리고 미군에겐 군사위성도 있다.

대대, 중대 지휘소, 주요화기의 위치, 사하지점 등을 단 30분이면 분석할 수 있는 압도적인 능력. 게임으로 설명하면 15분마다 한 번씩 가동되는 맵핵.

그렇기 때문에 전갈대대의 패배는 당연했던 것.

하지만 23사단 60연대 1대대는 미군이 아니었다.

군사위성도 없고, 무인 정찰기도 없다. 야간감시장비도 소대에 1~2대 밖에 보유하고 있지 않다. 그래서 간부들의 얼굴엔 긴장감이 감돌고, 웃음기는 찾아볼 수 없었다.

성재가 훈련장에 도착했다. 도착한 시간 오후 3시.

그의 눈에 포착된 병사들. 그들은 땅을 파고, 텐트를 치고 있었다.

공격과 방어로 이루어지는 2번의 교전 과정에서는 병력들이 텐트에서 잠을 자는 경우는 없지만, 지금은 훈련 기간이 아니다.

본래 월요일부터 훈련이 시작되는데, 1대대장인 김관우 중령이 3일 일찍 훈련장에 도착해서, 병력들이 지형지물을 익힐 수 있는 시간을 벌고, 작전을 짜려고 했던 것.

그래서일까? 대부분의 간부들은 기존에 그려두었던 작전지도상 책임구역을 직접 지형정찰하러 떠났고, 나머지 병사들은 간부들과 병사들이 머물 텐트를 설치하고 있던 것이다.

행정보급관 또한 대대 주임원사를 만나러 떠나고, 홀로 남겨진 성재.
그를 향해 누군가가 손을 흔들었다.

"성재야! 왔냐?"
"그렇습니다. 강희철 상병님! 잘 지내셨습니까?"
"준영이는?"
"연대, 통신중대 소속이라서 자대에 남았습니다. 걔는 훈련 대상 아니랍니다."
"아, 젠장… 걘 꿀 빠네?"
"꿀보다는 뭐, 저희가 개고생 하는 거지 말입니다. 저 뭐해야 합니까?"
"일단은 짐 챙겨서 우리 텐트로 가 있어."
"텐트 말입니까?"
"응. 너랑 나랑, 그리고 민호랑 같이 잔다."
성재는 희철에게 물어서 곧바로 상황을 파악했다.
희철의 말에 따르면, 연대 병영식당 취사병 중 1대대 인원인 4명과 간부식당 중 1대대 인원인 3명이 훈련에 취사병으로 임무수행한다. 총 7명. 그 7명을 통제하는 간부는 본부중대장과 본부 행정보급관, 그리고 대대 주임원사가 하기로 했다.
그래서일까? 병영식당 취사병 한 명이 7명 중 제일 고참인 강희철에게 보고하러 왔다.
"강희철 상병님? 본부중대장님이 내일부터 장애물 까는 연습 한다고 합니다. 텐트 다 치셨습니까?"
"뭐? 장애물을 깔아?"
"그렇습니다. 윤형 철조망으로 까는 연습 미리 해야 된답니다."
후임 취사병들의 말에 짜증이 밀려온 희철.
그도 벌써 상병 7호봉.
"아, 졸라 빡세네. 나 다음달부터 병장인데…"

희철은 한숨을 내쉬었다. 답답한 후임병들을 데리고 분대장 역할을 해야 한다.
분대장을 한다는 것은 분명 간부들의 갈굼이 시작될 거란 거고, 그건 훈련이 끝날 때까지 스트레스를 받을 거란 소리.
"하아…"

그래도 다행인 것은 그 분대에 똘똘한 성재가 있다는 것.
"성재야. 네가 잘 텐트는 미리 민호랑 쳐 놨거든. 아까 말했지? 너랑 나랑 민호랑 이렇게 3명이서 A형 텐트에서 자고, D형 텐트에서는 병영식당 취사병들이랑 본부중대장님이랑 자게 될 거야."
"알겠습니다."
"그럼 텐트 저쪽에 있으니까 짐 놓고 바로 차량으로 와. 저녁밥부터 하자. 늦었다."
"네. 알겠습니다."

성재는 희철이 가리킨 방향을 바라보았다. 누군가가 계속 삽질을 하고 있다.
성재는 씩 웃었다.
그는 자신의 3중대 동기 오민호였다. 신나게 삽질을 하는 녀석. 성재가 물었다.
"뭐해?"
"뭐하긴, 배수로 까고 있지. 텐트 밑에 땅 까고, 비닐 잘 깔았으니까, 습기는 못 올라와."
"요리는 왜 안 해?"
"강희철 상병님이 나 요리하지 말고, 여기서 텐트나 제대로 치고 있으래. 주변에 배수로 다 파면 안에 세팅까지 해 놓을게. 가서 강희철 상병님 밥하는 것 좀 도와줘."

성재는 강희철이 오민호를 버린 것을 알게 되었다.
하긴, 녀석은 요리하는 것보다는 이렇게 텐트 치고 땅 파는 게 적성에 맞을 것이다.
"알았어. 맞다. 너 이번에 부사관 시험은 잘 봤어?"
"응. 크크, 30점 만점에 15점. 필기시험은 합격했다."
"오, 그럼 부사관 되는 거야?"
"아마도, 훈련 끝나고 면접 보면 바로 합격할 같은데?"
오민호의 말에 성재는 진심으로 축하해주었다.
"축하한다."
그래서일까? 그의 얼굴엔 미소가 걸렸다.

성재는 짐을 놓고 바로 되돌아갔다. 취사용 기동차량. 그곳에서 밥을 해야 하는 취사병들. 하지만 처음 보는 장비에 어쩔 줄을 모른다.

"이거 어떻게 하는 거야?"

간부도 마찬가지.

물론 대대 주임원사도 낑낑대며 차량에 있는 장비 설명서를 확인하는 중이다.

담당 운전병이 배정되어 있지만, 그는 운전만 할 줄 알지, 장비 운용법은 몰랐다.

그때, 성재가 미소를 지으며 주임원사에게 경례했다.

"충성!"

"어? 너 조리병?"

"일병 강성재! 맞습니다."

"왜? 무슨 일이야?"

"제가 이거 급양대하고 교육대에서 운영방법 배워왔습니다. 작동해도 되겠습니까?"

"나도 해봤어. 그런데 안 되던데?"

"아… 확인해보겠습니다."

성재는 교육기관에서 배운 대로 하나하나 점검했다. 조교들이 말했던 것을 기억하며 체크해나가니 문제점도 보인다.

"주임원사님? 시동 좀 틀어주시겠습니까?"

"어. 잠깐만! 운전병! 시동 좀 틀어봐!"

성재는 전원이 들어온 취반기 뒤쪽으로 이동했다. 손 하나만 겨우 통과할만한 틈. 거기서 무언가를 조작하는 성재.

"이제 됐습니다. 버너에 불 켜보겠습니다."

성재가 버튼을 누르자, 화르륵! 올라오는 열기.

주임원사는 신기한 듯 성재를 바라보았다.

"어떻게 한 거야?"

"가스가 잠겨 있었습니다. 이기 가스 위치기 잘 안 보여서 처음에 실수 많이 한다고 합니다. 이제 이상 없습니다. 조리, 지금부터 시작하겠습니다."

주임원사는 자신이 20분간 고민하고 찾아봤던 설명서를 내려놓고 성재를 바라보았다.

그 녀석은 다른 중대 병사들을 향해 힘찬 목소리를 내질렀다.

"용사님들! 불 들어왔습니다. 다들 위치해주시면 감사하겠습니다."

그러자 다들 얼굴에 활기를 띤 채, 기동형 취사차량에 올라오는 병력들.

"제가 밥은 준비하겠습니다. 강희철 상병님이 반찬하고 국 누가 할지 정해주시면 감사하겠습니다."
"그래? 성훈이가 부대찌개 만들고, 정현이가 쏘야 만들자. 나는 콩자반 만들게."
"알겠습니다!"
성재의 말에 선임이나 후임 할 것 없이 자연스럽게 녹아들며 제 할 일을 시작하자, 주임원사는 스스로 알아서 하는 병사들을 보며 미소를 지었다.
'맛집이나 알아보러 가볼까?'
주임원사가 떠나고 병사들만 남겨졌다.

그들은 간부가 없어지자 용사 호칭 대신 아저씨로 일관했다.
"강성재 아저씨, 조리병 교육받았다면서요? 어떻게 됐어요?"
"아, 저 그냥 기본만 하고 왔습니다."
"기본이요? 몇 등이신데요?"
"1등 하긴 했는데, 운이 좋았습니다."
"오! 대박… 그럼 휴가도 받은 거에요?"
"네. 휴가 받았습니다."
"포상 휴가 이제까지 총 며칠 받았어요? 이번에 휴가평등제도 풀렸다던데…."
"아마 지금까지 39일 정도는 받은 것 같습니다. 제대로 안 세어봐서 모르겠습니다."
"헐…. 미쳤다. 제대로 안 세 봤대. 아저씨, 일병 몇 호봉인데요?"
"지금 5호봉이요. 조기 진급 2개월 해서 군 생활은 아직 9개월 차 밖에 안 됐어요."
"대박! 대박! 와 취사병 중에 전설이다. 조기진급에 포상 휴가만 39일…. 초대박! 성재 아저씨, 전설…."

성재는 취사병들의 말에 미소를 띤 채 말했다.
"열심히 하면 다 받을 수 있어요. 힘내세요."
"그럼 이번에 훈련 끝나면 바로 휴가 나가겠네요?"
"아, 네. 맞습니다. 이번에 KCTC 때문에 저희 중대 전원 휴가 통제 걸렸었는데, 훈련 끝나면 바로 나갈 수 있다고 저희 인사계 선임한테 들었습니다."
"와 진짜 부럽다. 정기 휴가도 남은 거잖아요."
"그렇죠. 정기 휴가도 아직 남았죠."

"그럼 휴가가 며칠 남은 겁니까?"
"18일 정도 나갔다 왔고요. 이제 이번에는 정기 휴가에 6박 7일 붙여서 15박 16일 나갔다 오려고요. 아마 휴가는 50일 정도 남은 것 같은데…."
"15박 16일이래…."

동공에 지진이 생긴 병사들은 황당한 얼굴로 성재를 바라본다.
성재는 머쓱한지 고개를 숙이며 말했다.
"대신 저희 간부식당 조리병들은 보상휴가가 없잖습니까? 다음번에 조리병 교육대 신청해서 꼭 다녀오십시오. 거기 가면 3등도 3박 4일 휴가 줍니다."
"저희는 급양담당관님이 사람 없다고 가지 말라고 통제해서, 매번 못 갔거든요. 이번에 급양관 전역하고 바뀌면 저희도 교육 보내달라고 신청하려고요."
"그러셨구나. 죄송한데, 거기 국에 물 5L는 더 넣어야 될 것 같습니다. 좀 짤 것 같은데요."
"어? 밥하면서 그런 것도 보여요?"
"아, 제가 좀 민감해서…."
성재의 말에 자신이 만든 국의 간을 보는 취사병. 역시나 성재의 말이 맞았다.
"대단하네요. 간 안 보고도 짠지 바로 아시네요."
"그냥 아까 조개 조미료를 좀 많이 넣으셔서 짤 것 같았습니다."
"네. 물 넣어야겠네요."
성재는 취사병 녀석이 물을 넣는 장면을 요리사의 눈으로 바라보았다.

'조성훈 일병이 만든 간을 못 맞춰 많이 짠 부대찌개(★★)'가
'조성훈 일병이 만든 간을 잘 맞춘 부대찌개(★★★)'로 변화한다.

하나만 바꾸는 것으론 부족하다. 바로 옆에 요리를 못 하는 취사병이 보였으니까.
"저, 거기 소시지 채소볶음에는 설탕 좀 더 넣어주셔야 될 것 같습니다. 설탕 10큰술 정도 넣어주십시오."
"아? 그래요?"
"네. 케첩도 작은 거 1/3통 정도 더 넣어주시겠습니까?"
"네."

성재의 말대로 하자 '민정현 상병이 만든 간이 덜 된 소시지 채소볶음 ★★☆'이 '민정현 상병이 만든 간이 잘 된 소시지 채소볶음 ★★★☆'으로 바뀌었다.

"오, 확실히 맛있어졌네. 대박! 진짜 간도 안 보고 알아."
"아닙니다. 평소에 많이 만들던 메뉴라서 레시피를 기억하고 있었던 것뿐입니다. 잠시 화장실 좀 다녀와도 되겠습니까?"
성재의 말에 희철이가 말했다.
"성재! 다녀와!"
"네. 10분 안에 오겠습니다. 큰 거라서 시간이 좀 걸릴 것 같습니다."
성재가 떠나고.
강희철은 품 안에서 무언가를 꺼내며 자신의 후임이었던 취사병들에게 말했다.
"야! 너희들! 이게 뭔지 궁금하지?"
"어? 그게 뭡니까?"
"방금 성재가 알려준 레시피! 여기 40인분씩 만드는 방법 그대로 적혀있다. 너희들한테도 알려줄까?"
간부식당에서 2개월 반 동안 동고동락하며 그가 성재로부터 습득한 황금레시피. 약 20여종의 군대 요리 레시피가 그의 수첩에 적혀 있다. 그는 성재를 스승으로 모시며, 성재에게 배운 조리방법을 자신의 수첩에 고스란히 적어놓았던 것.
수첩을 흔드는 강희철을 향해 병사들이 몰려들었다.

"와! 대박! 강희철 상병님! 저도 알려주십시오."
"저 강성재 일병은 정말 천재입니다. 저 아저씨가 만든 요리는 진짜 미쳤습니다! 그거 어떻게 배우신 겁니까? 그거 배우면 저도 휴가 갈 수 있습니까?"
"크크, 다들 성재한테 잘해. 그럼 아냐? 이번 훈련기간 때 레시피 알려줄지도?"
같은 시각, 야외 이동식화장실에서 큰일을 보고 있던 성재.
"어?! 뭐야? 이게 뭐야?!"

> ✕ ✓ ✕
> 사제 관계로 군 내 인지도가 3 상승했습니다
> ※ 사제관계로 향상된 군 내 인지도 4, 대외 인지도 0

150

여기 숨어있었구나?

주말을 이용해 취사병들은 특별교육을 받았다.
철조망을 치고, 장애물을 설치하고, 경계근무 요령에 대해 별도로 교육받고, 거기에 수하 요령 등에 대해서도 배웠다.
다행히 철조망을 치는 것은 오민호가 잘했다.
"성재야. 왼쪽 손잡이 좀 잡아줘."
"알았어."
철항을 땅에 박기 위해 항타기의 손잡이를 잡으라는 민호의 말에 따른 성재.
"내린다. 하나! 두~울! 세에엣! 네에엣!"
석면 장갑을 착용한 둘이 힘차게 철항을 박자, 본부중대장인 차 중위가 박수를 쳤다.
"오! 잘하네. 에이스다! 에이스!"
"감사합니다."
"잘했어. 그럼 다음은 목책 장애물이다."
목책 장애물. 썩은 나뭇가지를 대충 엮은 것들. 주요 소로길에 설치해서, 지나칠 때 뿌드득 소리가 나면 타인의 접근을 미리 소리로 감지하기 위해 설치하는 나뭇가지. 형태는 정해져 있지 않고, 현장에서 구할 수 있는 목재로 설치한 장애물을 말한다.
여기까지는 신교대나 훈련소 시절 다 한 번씩 해봤던 것이기 때문에, 취사병들도 금방 적응하며 따라올 수 있었다.
그런데 월요일에 큰 문제가 생겼다.

"신고합니다. 23사단 60연대 1대대장 등 751명은 2018년 4월 9일부로 육군 과학화전투훈련단 입소를 명받았습니다. 이에 신고합니다."
신고식이 끝나고 시작된 마일즈장비 숙달훈련.
전갈대대에서 나온 교관과 조교들이 앞에서 마일즈 장비를 나눠주며 설명했다.
물론 취사병도 예외일 순 없었다. 그래서일까? 오늘 점심은 전투식량으로 대체되었다.
"본 훈련을 돌입하기 전에 마일즈 장비, 숙달 훈련을 실시하겠습니다. 마일즈 장비는 Multiple integrated laser engagement system의 약자를 따서 MILES라고 부르며, 레이저 발사기와 감지기를 이용하여 실제 교전과 유사한 전장환경을 구사할 수 있습니다."
교관과 조교들 앞에 놓인 장비들.
전투조끼에 여러 개의 검은 단추들이 박혀있다. 아마도 저 단추들이 감지기.
"본 마일즈 장비는 두 가지 종류로 나뉘고 있습니다. 소총에 장착할 수 있는 레이저 발사기와 전투복 상의와 방탄에 착용해야 하는 감지기가 바로 그것입니다."
교관은 설명하다가 물을 마시더니, 다시 자신이 하던 말을 이어갔다.
"여러분이 공포탄을 발사하면, 레이저 발사기에서 적외선이 나갑니다. 그 빛이 감지기를 맞추면 맞은 부위에 따라 부상, 또는 사망처리가 되는 원리입니다."

그때, 성재를 통제하는 본부중대장의 입에서 질문이 튀어나왔다.
"부상, 사망 처리는 어떻게 알 수 있습니까?"
그의 질문에 답변하는 전갈대대 교관 중사 박지훈.
"좋은 질문입니다. 부상의 경우에는 간헐적으로 감지기에서 '삐-삐-' 소리가 나게 되며, 사망의 경우에는 '삐-이이이이이이이-' 소리가 끊기지 않고 계속 나게 됩니다. 그럼 제가 총을 한번 발사해보겠습니다."
그가 레이저 발사기가 장착된 총을, 방탄조끼처럼 생긴 감지기 가슴부위에 발사하자, 설명했던 것처럼, 삐- 삐- 삐- 삐- 소리가 나기 시작했다.
"이건 부상 당한 상태입니다. 이때 인접해 있는 의무병이나 분대원이 부목이나 붕대로 응급조치를 하면 훈련통제관이 다시 정상상태로 리셋시켜 줄 겁니다."

"그럼 사망 시에는 어떻게 됩니까?"
본부중대장의 질문에 다시 한번 감지기가 달린 가슴부위에 총을 쏘는 교관.
그러자 아까와는 달리 삐-이이이이이이이 소리가 계속 나기 시작한다.
"보셨죠? 머리를 맞거나, 가슴 부위에 2~3회 총상을 입으면 이렇게 사망하게 됩니다. 이럴 때는 훈련 통제관의 통제에 따라 전, 사상자 처리를 하시면 되겠습니다. 그럼 질문은 여기서 마치고, 본격적인 훈련을 시작해보겠습니다."
교관의 설명에 발사기를 소총에 장착하고, 감지기를 착용한 병력들.
전갈대대 박 중사는 전방을 가리키며 말했다.
"지금 저 앞에 있는 131고지에는 8명의 전갈부대원이 은거하고 있습니다. 여러분들은 마일즈 장비를 착용하고, 실제 전투라고 생각하면서 간부의 통제에 따라 고지를 점령하면 되겠습니다. 본 실습은 교육목적상 실 상황을 구현하고, 적극적인 참여 자세를 이끌기 위하여, 고지 점령 실패 시 여러분이 가지고 있는 전투식량을 회수하겠습니다. 물론 회수되면 오늘 점심은 먹지 못합니다. 그럼 본부중대장님께서는 병력들 데리고 통제해봅니다."
본부중대장은 취사병 7명을 데리고 앞으로 나아갔다.

그들 앞에 보이는 131고지. 그곳에 오르기 위한 4개의 갈림길.
본부중대장은 각 갈림길에 2명씩 보내며 말했다.
"2명씩 산개한다."
"알겠습니다."
그리고 얼마 후 총성.
탕탕! 탕탕!
그리고 이어지는 비명.
"으아아아아아아!"
성재는 그 비명이 누구인지 바로 알 수 있었다.
강희철과 조성훈 일병이 전갈부대원의 매복을 읽지 못하고 사망한 것이다.
그런데 간부의 통제도 없었는데, 같은 조인 오민호가 갑자기 성재에게 말했다.
"총 한 발만 전방에 쏴봐."
"뭐?"
"쏴보라고!"

성재는 민호의 말에 조정간 단발로 방아쇠를 당겼다. 총성이 울리고, 그 소리와 함께 우측으로 달리는 민호.
그러더니! 총성이 다섯 차례, 오민호가 달려간 방향이다.
그리곤 오민호가 자신의 간부에게 큰 소리로 말했다.
"본부중대장님! 2명 잡았습니다."
"뭐?"
"2명 잡았습니다. 개네들 마일즈장비에서 삐 소리 계속 나는 것까지 확인했습니다. 제가 잡았습니다."
오민호, 특급전사, 동체시력 최상급.
제아무리 전갈대대라도 평생 운동만 한 오민호를 이길 순 없다.
오늘만큼은 평소에 활약하지 못하던 그의 날이었다.

그날 저녁. 본부 중대장은 40여 명의 병력 중 유일하게 오민호를 칭찬했다.
본부 중대는 잠정 5개분대로 구분되어 있었는데, 그 중 유일하게 고지를 점령한 분대가 바로 오민호가 속해있던 본부중대장이 통제한 취사분대였다.
통신소대장이 이끈 무선분대도, 통신부소대장팀이 이끈 유선분대도, 본부 행정보급관, 교육지원관도 전부 고지탈환엔 실패.
"오민호 일병! 잘했어!"
"감사합니다."
"좋아. 느낌이 좋아. 내일 03시부터 훈련국면 시작되니까, 바로 텐트 들어가서 자. 내일 03시부터는 이제 취침은 없는 거다. 알았지?"
"알겠습니다. 오늘 고생하셨습니다."
"그럼 다들 취침해라. 오늘 불침번은 통신 애들로 다 세울 테니까, 푹 자."
"감사합니다."

본부중대장의 명령에 텐트 안에 들어간 사람들.
A형 텐트 안, 민호랑 성재, 그리고 희철. 가장 선임인 희철이 민호를 향해 엄지손가락을 내밀었다.

"야! 너 다시 봤다?"
"어떤 것 말씀이십니까?"
"체력 임마! 체력! 부사관 잘할 것 같은데?"
"감사합니다. 원래 운동 쪽은 자신 있습니다. 그런데 문제가 하나 있습니다."
"뭔데?"
"제가 라섹 수술을 해서 밤에 잘 안 보입니다. 대항군 새벽에 올 수도 있다는데, 어떻게 잡아야 될지 모르겠습니다."
"잡긴 뭘 잡냐? 우리는 그냥 주변 경계만 하면 돼. 수술은 또 언제 했어?"
"원래 고등학교 2학년 때까지는 수술 안했었는데, 고등학교 3학년 올라가면서 렌즈 끼고 시합 나가기는 좀 그래서 라섹 수술했습니다. 그런데 수술 후에 밤눈이 조금 어둡습니다. 그래서 좀 걱정됩니다."
"음… 일단은 뭐 어떻게든 되겠지. 자자."
"네. 알겠습니다."
"자!"
"네. 알겠습니다."

성재는 자다가 추위 잠을 깼다. 주변을 바라보니, 텐트 안에 습기가 차올랐다. 제아무리 비닐로 감쌌다고 해도, 차가운 외부 공기와 만나 이슬이 생기는 건 어쩔 수 없다.
'이게 결로 현상이었지?'
결로현상. 이슬점(노점) 이하로 온도가 떨어져서 공기 중에 있던 수증기가 외부로 빠져나와 맺히는 현상.
일어나보니 또 생리현상이 생긴다. 전투화를 신으려 하는데, 가죽 재질의 전투화가 굳어서 빡빡하다.
'헉…'
그래도 억지로 신었다. 그러자 발의 체온이 전투화를 녹이며 조금은 부드러워졌다.
"어디가?"
"잠깐 용변 좀 보려고."
"지금? 그럼 같이 가."
일어난 사람은 민호. 성재가 부스럭거리는 소리에 깨버린 것.

그 둘은 이동식 화장실이 너무 멀기에 대충 주변에서 바지를 내리며 해결했다.
쏴아아아아아아악!
한동안 참았는지 누구랄 것 없이 멀리 내뿜는 힘찬 물줄기.
그리고 이어지는 쾌감.
"훈련 좀 빡세다. 아까 고지까지 달려서 그런지 힘들어."
"에이, 뭐 그런 거 가지고 힘드냐?"
성재의 어리광에 씩 웃는 민호.
"들어가서 좀 더 자자."
그 둘은 텐트를 들어가려 발걸음을 돌렸다.

그때, 미리 설치해두었던 목책 장애물 부근에서 뿌드득! 소리가 들려왔다.
그리고 이어지는 후다닥! 달려가는 소리.
성재는 그쪽 방향을 바라보았다.
"누구지? 누구야?!"
그때 성재가 바라보는 방향으로 달려가는 전신.
"사람 같았어. 내가 잡을게. 따라와."
성재는 민호의 말에 현재 시간을 확인해보았다.
[03:02], 그리고 아까 본부중대장이 말한 내용.
'새벽 3시부터 훈련 시작… 대항군인가?'
그때 전방에 울리는 총성.
탕! 탕! 탕!
그래서 성재도 총성이 있는 자리로 달려갔다.
오민호는 망연자실한 표정을 하고 있었다.
성재는 곧바로 동기녀석에게 물었다.
"잡았어? 어떻게 됐어?"
"아! 바로 앞에서 놓쳤어. 안 보여. 숨었나 봐."
성재는 오민호의 말에 입을 열었다.
"숨었다고?"
"어. 갑자기 소리가 안 들려."

"어느 방향인지 안내해 봐. 내가 찾아낼 수 있을 것 같은 기분이 들어."
"뭐? 이 야밤에 어떻게 찾아?"
오민호는 동기인 성재의 말에 소리가 들렸던 방향으로 천천히 발걸음을 옮겼다.
조심조심, 소리가 나지 않게 움직이는 두 사람.

"여기 근처야. 일단 다 데리고 와서 수색해 봐야 할 것 같은데, 아무것도 안 보여."
"기다려봐."
성재는 오민호의 칭얼거림을 무시하고, 마음속으로 '요리사의 눈'을 외쳤다.
그러자 오민호의 머리 위에 별이 보인다. 미식등급 ★★☆.
그리고 나무 위에도 별이 보인다. 미식등급 ★☆.
손전등을 나무 위로 비춰보았다.
그러자 자고 있던 다람쥐가 깜짝 놀라 나무 끝까지 올라갔다.
'어? 다람쥐였어? 다시… 다시!'
주변을 다시 살펴보는 성재. 그리고….
오른쪽 땅 밑에서 3개의 별이 보인다.
미식등급 ★★★짜리 1명.
미식등급 ★★☆짜리 1명.
미식등급 ★★짜리 1명.

조정간을 연발로 놓는 성재.
탄피받이가 제대로 닫혀있는지 확인하고, 총구를 미식등급이 보이는 방향으로 향하며, 미소를 짓는다.
'여기 숨어있었구나?'
타타타타타타타타타타타탕, 타타타타타타타타타타타탕!
성재의 총에서 연발로 나가는 공포탄!

[03:06]
그 시각은 전장관리시스템에 의해 60연대 1대대가 최초로 적 대항군을 사살한 순간으로 기록되었다.

고릴라! 여기는 우주함 이상!

성재와 민호의 총성에 모두가 기상했다.
여기저기 손전등이 켜지고, 텐트에서 기어 나오는 병사들과 간부들. 설마 훈련 시작부터 적이 침투할지는 미처 예상하지 못했다는 표정.
그때, 전갈대대원 3명이 똥씹은 표정으로 훈련통제관의 통제에 따르고 있었다.
"3명 모두 사망. 지금부터 아무 말도 하지 마."
"알겠습니다."
"알겠습니다도 하지 마."
"……"
죽은 자는 대화를 할 수 없다. 그래서 그들은 고개를 푹 숙인 채, 아무 말도 하지 않았다.
성재는 그 3명의 몸을 수색했다. 그러자 훈련통제관이 말했다.
"뭐해?"
"지도 찾고 있습니다."
"지도?"
"네. 아! 찾았습니다."
본부중대장이 적군의 몸을 수색하고 있는 성재를 발견하고 감탄했다.
"오! 오오오! 강성재?! 네가 잡은 거야?"

"일병 강성재! 민호랑 같이 잡았습니다."
"잘했어! 잘했어!"
"본부중대장님! 지도 여기 있습니다. 저 죽은 병사 몸에서 나온 겁니다."
"오케이! 오케이!"

본부중대장이 지도를 펼쳤다. 하지만 지도에는 60연대 1대대의 위치만 표시되어 있었다. 본인들 책임구역은 단 하나도 표기되어 있지 않았다.
그만큼 치밀한 녀석들.
후방지역에서 각 중대를 일반지원하는 81mm 박격포 위치만 알 수 있었다.
그때 또다시 찾아온 간부. 화력참모를 맡은 화기중대장(4중대장) 대위 조석호.
"오오오! 성재! 네가 잡았어?"
성재의 직속상관인 중대장은 씩 웃으며 성재의 머리를 쓰다듬었다.
본부중대장이 4중대장에게 말했다.
"4중대장님? 박격포 3소대 4문, 지금 바로 진지변환 명령 내리셔야 합니다."
"왜?"
"지도 보니까 위치 노출된 것 같습니다."
"그래? 아! 알았어! 알았어!"
그때, 울리는 4중대장에게 울리는 96k 무전.
- 갈매기, 여기는 참새 이상!
"참새, 여기는 갈매기 이상"
- 적 포탄 낙하로 부상 3명, 사망 1명. 바로 예비진지 2로 진지변환 하겠음.
"갈매기측 입감 완료. 지금 바로 진지변환 하기 바람."
- 앙호!

이미 죽기 전 화력요청을 끝내버린 전갈대대. 큰 피해는 아니었지만, 적 대항군도 그냥 죽지는 않았던 것. 그렇게 2박 3일 방어작전이 시작되었다.
"아군 후방지역에 적 포탄 낙하. 화생방 상황입니다. 현 시각 부로 전 장병 MOPP(임무형 보호태세) 3단계 적용하겠습니다."
화생방 상황이 일어나면, 8분 안에 보호의 상하의, 전투화덮개, 방독면과 보호장갑을 착용해야 하고, 좁아진 시야로 작전을 계속해야 한다.

옆에서는 훈련통제관들이 장비를 제대로 착용하지 않은 장병들을 사망처리하는 가운데, 성재를 비롯한 취사병들도 기동차량 안에서 차량 문을 닫고, 옷을 갈아입었다.

시간이 흘렀다. 전갈대대원들은 후방으로 계속해서 침투했다.

전방에 있는 1, 2중대의 방어선에 문제가 있었던지, 아니면 전갈대대의 비밀스러운 침투로가 있었는지는 아직 아무것도 밝혀지지 않았다. 아무튼, 문제는 그들이 아군이 모르는 경로를 이용해 후방으로 침투한다는 것이다.

적의 침투로는 정말 기가 막혔다. 단 한 번도 들키지 않고 잘도 나타났다.

앞에서는 1개 소대 병력이 소총 사거리 밖에서 금방이라도 돌격할 듯 기만작전을 펼치면서, 어느 순간 뒤를 잡는 전갈대대의 전술.

대대 지휘소는 난리가 났다.

"대대장님, 1차 방어선 뚫렸습니다."

"답답하네. 1차 방어선이 왜 이렇게 쉽게 뚫리는데?"

"후방침투에 속수무책으로 당했답니다. 일단 1중대, 1, 2, 3소대가 방어진지에서 최후의 저항을 하고 있긴 한데, 곧 전멸할 것 같습니다. 1중대장이 더 이상 버틸 수 없고 철수할 퇴로도 막혔다며 최후방어사격(브로큰 애로우, 진지사격)을 요청했습니다."

최후방어사격. 아군의 진지에 포격을 요청한 것을 이르는 말.

또 다른 말로 진내 사격. 미국 군사용어로는 Broken Arrow로 잘 알려져 있었다.

일명 나죽고, 너죽자.

그때, 4중대장이 화력참모로서 중대장에게 조언을 올렸다.

"대대장님, 최후방어사격 하시려면, 지금 결심하셔야 합니다. 일단 포구 방향은 해당 위치로 돌려놓았습니다. 결심하시면 바로 포격 가능합니다."

"알았어. 포격해."

"알겠습니다. 고폭탄 평행사. 포탄 위치는 아군 1중대 1소대, 2소대 진지. 12문 각각 8발씩 총 96발 발사하겠습니다. 남은 고폭탄은 총 36발로서 남은 고폭탄 CSR(Controlled Supply Rate / 통제보급률)은 13%입니다."

아군을 희생하며 적군을 제거하는 진내 사격.

대대장의 뒤쪽에서 전장관리시스템에 접속해 실시간으로 교전상황을 확인하고 있던 훈런통제관, 최태호 중령은 대대장의 결정을 보며 고개를 끄덕였다.
'최악의 상황에서 최선의 결단을 내렸군.'
최태호 중령의 PDA에는 다음과 같은 교전평가가 실시간으로 떠올랐다.

[진내사격으로 인한 피해상황 : 1대대 병력 총 67명 사망, 전갈대대 109명 사망.]

하지만 또다시, 게릴라처럼 치고 빠지는 전갈대대.
"어떻게 뒤에서 적이 나타나?"
"아직 적 침투로를 특정하지 못했습니다. 죄송합니다. 계속 수색 중입니다."
"미치겠네. 본부중대장 책임 하에 행정병들하고 취사병들 전부 전투병력으로 돌려서 기동타격대로 운영해! 후방에서 돌아다니는 녀석들 다 잡아! 다 죽이라고!"
"알겠습니다."
대대장의 명령. 본부중대장이 통제대장이 되어 후방 기동타격대로 활용하는 작전.
본부중대장은 직접 총격을 가하며, 후방에서 교전을 이어갔다.
"아, 다들 어디서 나오는 거야?"
야간 감시장비를 활용해보지만, 좁은 시야각과 녹색 전자화면의 피로감 때문에 오래 감시할 수 있는 상황이 아니다.
본부중대장 옆의 병사들이 적 단도화기사격조나 침투조에 의해 하나, 둘 죽어가기 시작했다. 수색과정에서 소로길 진입 시, 얄밉게도 총격을 하고 바로 도망치는 전갈대대원들. 그래도 당하고만 있지는 않았다. 그들을 추격하는 병력들이 있어 후방작전은 예상외의 성과를 거두는 중이었다.
바로 이 둘 때문에!

"민호야! 왼쪽! 왼쪽 바위 뒤에 둘!"
"너 진짜 밤눈 좋다?"
"시끄럽고, 오른쪽으로 돌아서 잡아버려!"
"알았어."
미식등급을 감지할 수 있는 기능. '요리사의 눈'이 있었기에 가능한 작전.

야간감시장비 따위 없어도, 적의 위치를 무조건 감지해낼 수 있는 성재의 특별한 능력과 신체적 능력이 뛰어난 민호의 조합은 특전사 부럽지 않았다.

"본부중대장님, 4명 사살했습니다."

민호의 보고에 본부중대장은 대대 지휘소에 보고하고, 대대장 대신 작전과장이 현 상황을 통제했다.

- 고릴라! 여기는 우주함이고, 고릴라측 우측 소로길에서 5분 전에 3명 확인했다니까 다시 수색해볼 것!

"우주함, 여기는 고릴라, 우측 소로길 적 3명 확인하러 이동하겠음. 이상!"

- 양호!

본부중대장과 또다시 후방에 나타난 적을 제거하러 가는 병사들.

본부중대장이 통제하는 병력 중 남은 인원은 9명. 오민호와 성재를 제외한 나머지 병력들은 숨을 간신히 몰아쉬며, 본부중대장의 뒤를 쫓고 있다.

그러나 그것도 한계. 특히 행정병들의 체력 저하가 한계에 다다랐다.

강희철도 마찬가지였다. 그는 고개를 저으며 성재에게 말했다.

"아, 힘들다."

"힘들어도 걸으셔야 합니다."

"온종일 잠도 못 잤어. 죽겠다. 우리가 이거 왜 해야 하냐?"

"그래도 하셔야 합니다."

"아, 전갈 놈들이 나 죽여줬으면 좋겠다."

그때, 멀리서 총성 소리와 함께, 강희철의 감지기에서 경고음이 들려왔다.

"강희철 상병님? 부상입니다."

"아… 부상이야? 죽은 거 아니야?"

"네. 팔쪽에서 소리 나는 거 보니까, 팔목 부상인 것 같습니다. 바로 부목 해드리고, 통제관한테 가서 조치 받겠습니다."

통제관은 본부중대장과 함께 뒤쪽에 위치하고 있었다.

그래서 살리면 응급조치를 하고, 뒤쪽으로 돌아가야만 했다.

성재는 목에 매고 있는 생존용 가방에서 붕대를 꺼내는데, 강희철이 말렸다.

"성재야. 그냥 놔둬."

"일병 강성재? 다시 한번 말씀해주시겠습니까?"
대답하지 않고 갑자기 감지기를 벗는 희철. 자신이 입었던 감지기에 공포탄을 발사한다.
그러자, 삐삐 소리가 삐이이이이이이 소리로 변화되며, 시스템상 사망을 알렸다.
그러자 강희철이 씩 웃더니, 성재와 민호에게 말했다.
"너희들 이거 비밀이다. 아무한테도 말하지 마. 알았지?"
"알겠습니다."
스스로 목숨을 끊은 강희철은 감지기가 달린 마일즈 장비를 다시 입으며 태평한 얼굴로 본부중대장이 있는 뒤쪽 방향으로 걸어갔다.
본부중대장은 사망한 녀석을 보며 물었다.
"뭐야?"
"죄송합니다. 적에게 당했습니다."
"아… 미치겠네. 알았어. 전사상자 처리소까지 혼자 갈 수 있지?"
"네. 그럼 빠지겠습니다."
"그래. 그럼 빠져."

실전과 같은 훈련이다 보니, 죽으면 더 이상 훈련을 받지 않아도 되는 이상한 상황. 이 아이러니를 캐치한 강희철은 영리하게도 그 시간부로 훈련에서 빠졌다.
그에게 부상을 입힌 전갈대원 3명은 성재와 민호가 사살했다.
"본부중대장님, 3명 다 죽였습니다."
"그래. 잘했어. 이게 끝인가?"
"그런 것 같습니다. 현재까진 보고된 건 없습니다."
"좋아. 잠시 대기했다가 돌아가자."
전장을 정비하고, 인원수를 확인한 후, 돌아살 채비를 하는 기동타격대. 이제 본부중대장을 포함해 남은 인원은 8명. 다들 지친 가운데 원점을 보존하며 현 상황을 지켜보고 있다.
성재는 죽음을 맞이한 후 되돌아가는 전갈대대를 유심히 지켜보았다.
숲 속으로 들어가더니, 순간 땅속으로 꺼지는 별.
그리고 이상하게도 땅속에서 계속해서 별들이 이동한다.
'뭐지? 땅속에 길이 있어?'
그러더니, 3개의 별이 또 다른 4개의 별과 만났다. 그건 땅속에 7명이 있다는 소리.

'땅속에 더 있네. 더 있어.'
그것들을 보며 성재가 간부에게 말했다.
"본부중대장님? 잠시 여기 수색 좀 해봐도 되겠습니까?"
"왜?"
"뭔가 이상합니다. 갑자기 기척이 사라졌습니다."
"진짜?"
5분 후. 전갈대대의 비밀을 알아차린 본부중대장이 성재를 얼싸안고 말했다.
"성재야!"
"일병 강성재!"
"이게 뭐라고 생각하냐?"
차 중위의 말에 성재는 미소를 머금으며 말했다.
"땅굴입니다."

성재의 대답이 끝남과 동시에 펄쩍펄쩍 뛰는 본부중대장.
그는 바로 자신의 무전기를 들어 대대 지휘소와 통신을 시작했다.
"우주함! 여기는 고릴라 이상!"
- 고릴라, 여기는 우주함, 복귀 언제 하는지?
"그것보다 보고할 사항이 있다는구나."
- 고릴라측 보고 바람.
"고릴라측, 짝대기 두 개, 강성재가 소로길 우측 100마이크 지점에서 버로우게이트! 버로우게이트 발견했다는구나!"
- 뭐? 버로우 뭐?
- 버로우게이트! 버로우게이트 이상!
버로우게이트. 땅굴을 뜻하는 은어.
북한군 전술을 그대로 묘사하는 전갈대대가 이제까지 전무후무한 100% 승률을 자랑하며, 모든 부대를 이길 수 있었던 핵심비법. 이제까지 단 한 번도 들키지 않고, 비밀로 해왔던 그들의 특별한 승리공식.
그 버로우게이트를 통해, 방어작전은 물론 공격작전에서도 역습을 허용한 전갈대대는 KCTC훈련에서 처음으로 같은 한국군에게 패배를 당했다.

할머니! 손주 왔어요!

모든 훈련이 끝나고 시상식.
전장관리시스템으로 교전평가가 이루어졌다. 간부들과 병사들이 모두 모인 강당. 그곳에서 커다란 스크린에 의해 교전평가에 따른 성과가 이루어진다.

   [적군을 가장 많이 사살한 장병] 일병 오민호

"오민호 일병은 K-2소총으로 29명의 전갈부대원을 사살했습니다. 후방 교전은 물론, 공격작전 시에는 특공조로 특별편성되어 소기의 성과를 이루었기에 전투영웅 메달과 교육사령관 표창, 6박 7일 포상 휴가증이 수여되겠습니다."
짝짝싹싹!
"다음은 60연대 1대대가 전갈대대를 이기게 된 전장분석 결과입니다."
화면에 첫날 승률이 나온다.
"60연대 1대대는 방어작전 첫 시작부터 좋았습니다. 처음에 침투한 단도화기사격조 3명을 제거한 후, 60연대 1대대의 승리확률은 50%에서 53%까지 올려놓았습니다. 거기에는 후방에서 경계를 보고 있던 강성재 일병의 활약이 매우 컸습니다. 그러나 전갈대대는 당하고만 있지 않았습니다. 화력유도를 통해 박격포 1문과 사상자를 내고, 1대대의 승리 확률을 48%까지 떨어뜨렸습니다. 그 이후 전갈대대는 화생방 무기를 사용하여 적의 체력 소모를 유도하고, 야밤을 틈타 기습작전을 통해 결국 1중대가 구축한 1차 방어선을 뚫는 데 성공하며 1대대의 승리확률을 32%까지 떨어뜨립니다. 하지만 1대대도 가만히 있지는 않았습니다. 후방작전을 맡은 본부중대장의 기동타격대가 침투조들을 하나하나 제거하며, 승리 확률을 35.4%까지 끌어올렸습니다."

모두가 전장에 이루어진 점들의 이동을 보며 고개를 끄덕였다.

"새벽 2시 15분, 믿을 수 없는 일이 발생하게 됩니다. 강성재 일병이 어둠 속에서 전갈대대원의 움직임을 파악하고, 땅굴을 발견합니다. 전갈대대 창설 이후, 처음으로 발견한 병사이자, 부대가 된 것이죠. 이 시간 이후로 60연대 1대대의 승률은 35.4%에서 40%를 넘게 되었습니다. 땅굴을 막는 것에 국한하지 않고, 역습의 기동로로 활용한 대대장의 결심으로 결국 1차 방어선을 되찾은 60연대 1대대는 전갈대대로부터 사상 첫 승리를 가져오게 되었습니다. 공격작전 때도 땅굴을 이용한 전갈대대의 작전은 통하지 않게 되었죠."

[전장의 승패를 바꾼 영웅] 중위 차동혁, 일병 강성재

"모두 차동혁 중위와 강성재 일병에게 힘찬 박수를 부탁드립니다. 차동혁 중위와 강성재 일병에게는 훈련단장님 표창과 4박 5일 포상 휴가증이 수여되겠습니다."

짝짝짝짝!

전장분석장교는 계속해서 발표를 이어갔다. 브로큰 애로우(진내사격)을 요청한 1중대장은 상황에 맞는 올바른 판단을 높게 평가받았고, 4중대장은 미리 포 방향을 바꿔놓음으로써, 적시에 타격을 시행하고, 대대장이 올바른 판단을 내릴 수 있도록 조언함으로써 중대장은 물론 참모로서 훌륭한 역할을 했다고 판단, 훈련단의 교육부장 표창을 수여했다.

그리고….

"부대 창설 이후, 처음으로 전갈대대를 이긴 김관우 중령에게는 육군 최우수 전투부대 표창을 수여할 예정입니다. 총장님께서 직접 수여하신다고 하니, 육군 본부에서 따로 일정을 잡을 겁니다. 모두 60연대 1대대장에게 힘찬 박수 부탁드립니다."

짝짝짝짝! 짝짝짝짝! 짝짝짝짝!

김관우는 싱글벙글. 미소가 가득했고 주임원사가 대대장의 손을 잡으며 칭찬했다.

"대대장님, 고생 많으셨습니다. 그동안 훈련했던 결실이 드디어 나타나는군요."

"아닙니다. 주임원사가 고생이 많았습니다. 제가 한 거라곤 오직 부하들이 만들어놓은 밥상에 숟가락을 얹은 것뿐이지요. 특별히 한 건 없습니다."
"겸손도 하셔라. 정말 축하드립니다."
하지만 좋은 일만 있었던 것은 아니었다. 전장분석 장교는 계속해서 설명을 이어갔다.
"자, 이제 마지막인데요. 실제상황을 구사한 훈련이고, 저희 육군에서 수백억을 투자해서, 매년 30여 부대를 훈련시키다 보니까, 모두가 열심히 참가해주었으면 좋았을 텐데, 그렇지 않은 장병들이 어느 부대나 꼭 있었습니다. 60연대 1대대도 예외는 아니었는데요. 이게 대한민국의 현실이 아닐까 생각해봅니다. 여기 호명된 장병들은 스스로 자신의 감지기에 총을 쏘아서 죽음을 맞이한 사람들입니다. 과연 실제 전장이었으면 자살을 택했을까요? 오늘 이 계기로 스스로를 반성해보았으면 하는 의미에서 실명을 공개합니다."

[자살을 택한 장병] 원사 손준호(주임원사), 상사 박재영(행정보급관), 병장 김현성(운전병), 조진행(통신병), 정석훈(관측병), 상병 강희철(취사병), 고준동(운전병), 임택훈(행정병)

김관우 중령. 그는 자살을 택한 장병 목록을 보며 갑자기 눈을 부릅떴다.
그리고 자신의 손을 잡은 늙은 할아범의 손을 뿌리쳤다.
주임원사는 깜짝 놀라, 전방에 보인 스크린을 확인해보았다.
대대장. 그는 주임원사를 보며 더 이상 아무 말도 하지 않았다. 그냥 품 안에 있던 육군 수첩을 꺼낼 뿐이었다.
이를 악물고, 스크린에 있는 이름을 볼펜으로 하나하나 적어 내려가는 김관우 중령.
식겁한 주임원사가 입을 열었다.
"대대장님… 죄송…."
"말하지 마세요."
"죄송합니다."
"말하지 말라고! 당신! 말하지 마!"
대대장과 주임원사의 사이가 제대로 틀어지는 순간이었다.

훈련이 끝나고, 모두 부대에 복귀했다.
모두 지쳐 쓰러진 와중에도 취사병들과 간부식당 조리병들은 밥을 해야 했기에 출근했다.
서효석은 웃으며 성재에게 말했다.
"너! 또 포상받았지?"
"어떻게 아셨습니까? 4박 5일 받았습니다. 그런데 민호는 6박 7일 받았습니다. 어? 병장 진급 축하드립니다."
"됐어. 크크, 이제 전역 4개월도 안 남았다."
"정말 축하드립니다."
민호 또한 얼굴엔 미소가 가득한데, 어째 표정을 관리하는 듯 보인다.
그 이유는 뭘까? 서효석 병장이 주변을 살폈다. 뒤에 시무룩한 표정을 한 병사가 보인다.
"희철이는 표정이 왜 저러냐?"
"……."
성재는 미소를 지우고, 서효석 병장의 시선에서 벗어났다.
"저 휴가 짤렸습니다."
"왜?"
"아닙니다. 나중에 말씀드리겠습니다. 어떤 것부터 하면 되겠습니까?"
"음식은 준영이랑 둘이 다 했는데?"
"그럼 먼저 퇴근해보겠습니다. 죄송합니다. 서효석 병장님, 내일은 더 열심히 하겠습니다."
"그… 그래…."

서효석 병장은 강희철 상병이 인사만 하고 떠나자 성재에게 물었다.
"쟤 왜 저러냐?"
"마일즈 장비로 자살했다가 중대장님이 진술서 쓰라고 했습니다."
"크크크, 그랬냐?"
"그런데 행보관님하고 주임원사도 자살해서 부대 지금 뒤집어졌습니다."
"뭐? 행보관님하고 주임원사님도? 너희 행보관?"
"네. 그렇습니다. 아, 그리고 서효석 병장님? 저 내일부터 휴가 갑니다."
"응, 다녀와. 며칠 다녀오는데?"
"16박 17일입니다. 15박 16일인 줄 알았는데, 인사계원이 16박 17일이랍니다."

성재의 말에 깜짝 놀란 서효석 병장!
"뭐? 잠깐만! 야! 강성재? 뭐?"
"16박 17일입니다."
"야! 야! 인마! 야! 어떻게 16박 17일을 가?"
"이번에 정기 휴가 붙여서 가기로 했습니다."
"하아…."
성재가 없이 일해야 하는 서효석 병장이 한숨 쉬는 것은 어찌 보면 당연했다.
'성재 없으면 간부식당 안 돌아가는데….'

토요일 휴가출발 당일. 아침부터 비가 온다. 오늘 점호는 실내점호로 대체되었다. 확인형 점호를 실시하고, 아침 당직사관에게 휴가출발 보고를 하고 떠나려는데, 중대장실에서 조석호 대위가 성재를 불렀다.
"성재야. 중대장, 사단으로 가게 되었다. 월요일날 신고하고 갈 거야."
조석호는 생각했다. 성재와의 인연을. 녀석 덕분에 해안경계작전 간 참모장으로부터 인정받고, 사단 인사처 사제안전장교로 보직을 받게 되었다. 이제 사고만 치지 않고, 중간 이상만 간다면, 내년에는 소령 진급을 할 수 있을 것이다.
성재는 그런 세세한 것까진 알지 못했다. 그래서 마음을 그대로 표현했다.
"그러십니까? 아쉽습니다. 계속 중대장 하실 줄 알았습니다."
"후후후, 나도 중대장 자리가 좋다. 제일 재밌었기도 하고, 어린 동생들이랑 부대끼면서 생활하기도 하면서, 정말 즐거웠던 기억이 많거든. 아무튼, 중대장도 다 성재 덕분에 좋은 곳으로 가는 거니까 응원해주라. 알았지?"
"네. 가시는 곳마다 다 잘 되셨으면 좋겠습니다."
"고맙다. 새로운 중대장은 월요일부터 온다니까, 그놈한테도 잘하고."
"네. 감사합니다."

중대본부 소속으로서, 중대장과 많은 인연이 있었던 성재.
처음에는 두려운 존재였고, 자신을 시험했던 존재, 하지만 나중에는 자신을 믿어주고, 끝까지 끌어준 간부. 그래서일까? 병사나 간부나 헤어짐은 익숙하지가 않다.

성재가 고개를 숙이며 말했다.
"그동안 감사했습니다."
"아니야. 내가 더 고맙지. 군 복무 잘하고! 앞으로도 열심히 해서 무사히 전역해. 알았지?"
"알겠습니다. 감사합니다. 그럼 휴가 출발하겠습니다."
"그래!"
"충성! 사랑합니다."
"충성! 잘 다녀와라."
중대장과의 마지막 인사가 끝나고 대대 지휘통제실. 아침이라 당직사령에게 신고하고 휴가를 출발해야 되는데, 당직사령이 누군가에게 계속 끌려다닌다.
"네. 맞습니다. 맞습니다. 이곳이 대대장실이고, 이곳이 주임원사실, 2층은 본부중대와 1중대가 쓰고 있으며, 3층은 2, 3, 4중대가 같이 쓰고 있습니다."
뒷짐을 지고 있는 군복 입은 키 작고 뚱뚱한 간부를 본부중대장인 차동혁 중위가 따라다니며 수행하고 있었던 것.
"그래. 그나저나 너희 대대장은 이제 어디로 간다고?"
"이번 주 금요일부터 사단 작전참모로 보직되었습니다."
"그래? 연대장님은 언제 가시냐?"
"그것까지는 잘 모르는데, 이번 달 내로 사단 참모장으로 가신다고 들었습니다."
"후후, 연대장님하고 대대장님하고 사단으로 같이 가네?"
"그렇게 됐습니다."
"너희 대대장 군 생활 아주 폈구나. 폈어."
"……."
본부중대장은 자신이 이제부터 모셔야 할 후임대대장을 수행하고 있었지만, 현재 대대장을 무시하는 발언에는 대답하지 않았다.
"저, 최기동 중령님? 휴가출발자 있어서 교육하고 내보내야 될 것 같습니다."
"그래. 나 신경 쓰지 말고 내보내."
성재를 비롯한 38명의 휴가출발자들. 연대 45인승 버스로 삼척 터미널로 이동했다.
비 오는 궂은 날씨. 성재는 터미널에서 통장 잔액을 확인해보았다.
KC은행 현재잔액 : 2,431,455원.
"어?!"

입금 내역 : 강원랜드 요리대회 우승상금 1,000,000원.
통장에 잔액이 많아서일까? 성재는 미소를 지었다.

오랜만에 보는 가족. 그 어느 누구보다도 소중한 존재.
집에서 이불을 덮고 누워계신 할머니. 그리고 TV를 보다가 벌떡 일어나는 민지.
"할머니, 손주 왔어요!"
민지는 성재에게 안기며 말했다.
"할머니, 지금 자."
"그래? 민지, 너! 오늘 왜 유치원 안 갔어?"
"오늘 토요일이라 유치원 안 해."
"그래?"
"응. 오빵! 또 금방 민지 버리고 군대로 갈 거지? 이번에도 그러면 삐질꼬얌."
"후후, 이번에는 금방 안 가. 보름 동안 있을 거야."
"보름이 며칠이야?"
"열다섯 밤. 15! 숫자 15는 알지?"
"그럼! 당연하징, 오빠, 나 구구단도 이제 할 줄 알어."
"크큭, 그래."
성재는 동생의 말에 미소를 지었다. 구구단이라니, 참나… 귀여운 녀석.
그러고 보니, 방에 변화가 보인다. 할머니 발에 무언가가 끼어있다.
'어? 저게 뭐지?'
풍선처럼 부풀어 올랐던 에어챔버가 푹 가라앉기 시작했다.
할머니는 그것 때문에 잠에서 깼는지 손녀를 불렀다.
"민지야… 할미, 마사지 기계 있지? 그거 버튼 시간 좀 15분으로 맞춰줘."
"응!"
성재는 그 기계를 보며 씩 웃었다. 저번 휴가 때 아버지가 말씀하시던 그 기계.
다리 슬림 공기압 마사지기.
'아빠가 효도했네. 할머니도 몸매 관리하시는구나?'

153

호감도는 왜 올라?

작은 단칸방. 성재가 왔으니, 여기서 4명이 지내야 한다.
그러나 꼭 암울한 것만은 아니다. 도배도 새로 했고, 전기장판과 적외선 조사기, 저주파 치료기가 생겼다. 다 할머니를 위한 것들.
"할머니, 저 왔어요."
"그려. 우리 착한 손주, 별일 없지?"
"네. 그럼요. 할머니, 일어나지 마세요. 밥해드릴게요."
"아니야. 하지 마라. 손주, 우리 예쁜 손녀랑 같이 있을 수 있지?"
"그럼요. 어디 가시게요?"
"응. 그럼 복지관 좀 다녀올 테니까, 밥 잘 챙겨 먹어."
할머니는 성재가 온 것을 보며 방긋 웃더니, 일어나서 씻고, 화장을 하고는 밖으로 나가셨다. 성재는 점심을 먹기 위해 냉장고에 있던 반찬을 꺼내며 민지에게 물었다.
"강민지, 밥 먹자."
성재는 그날, 온종일 동생과 놀아주었다.

다음 날, 성재는 혼자 일하러 나가겠다는 아버지의 말에 고개를 끄덕였다.

"걱정 말고 친구랑 나가서 놀아. 아빠는 이제 혼자 일해도 돼. 휴가 나와서까지 일하는 거 보기 안 좋아."

"네. 알겠어요."

그러면서 가슴 한편에 쌓아두었던지, 용돈도 쥐어주셨다.

"아빠… 이거 안 주셔도 돼요."

"아빠 무시하는 거야?"

"아니요."

"그럼 받아."

"네."

신사임당이 그려진 지폐 4장. 무려 20만 원. 그런데 아버지의 지갑에 두툼한 지폐들.

'장사가 잘 되나 보네.'

어쩐지, 의료기기에, 민지를 위한 장난감이 좁은 방 안에 즐비하다.

"아차차, 너 다음 휴가 때는 집 또 이사가 있을 거다."

"네?"

"근처 투룸으로 잡을 거야. 네 할머니 방 따로 마련해드려야지."

성재는 확신이 들었다. 이제 더 이상 아버지를 도와드릴 필요는 없다고….

슬럼프에서 헤어나와 스스로의 삶을 찾으셨다고. 이제 걱정되는 건 건강뿐.

"허리는 괜찮으세요?"

"아침마다 운동하잖냐, 괜찮아. 주 2회 이상 물리치료도 꼬박꼬박 받고 있고, 지금은 정석이놈이랑 같이 일하니까, 몸에 큰 무리도 안 가고…."

"정석이 아저씨요?"

"그래! 네가 소개시켜준 놈이잖아. 그 자식이 워낙 나랑 성격이 맞아서… 크크, 좋은 친구 만났지."

얼마 안 지났다고 생각했는데, 그 짧은 군 생활동안 많은 것이 변해있었다.

일단 가족들이 각자의 삶을 살기 시작했다. 돈이 없던 시기를 지내고, 이제는 돈을 버는 시기가 되었다. 아직 풍족하진 않아도, 먹고살 만해지니, 가족들의 기분도 좋아진다.

그때, 초인종을 누르고 한 여성이 들어왔다.

그녀는 방긋 웃으며 아버지에게 인사했다.

"아버님, 집에 계셨네요?"

"아, 오셨어요?"

"어? 아드님이시구나. 맞죠?"

그녀는 바로 사회복지사. 어려운 형편의 가정을 방문하며, 도시락도 전달하고, 상담도 해주는 희망전도사.

"요즘은 어떠세요? 장사 잘 되신다면서요."

"네. 사실 좀 많이 잘 되고 있습니다. 내년에는 차상위계층 지원제도 대상에서 빠질지도 모르겠네요. 얼마까지가 지원대상인가요?"

"그건 제가 자세히 알아보고 다음 방문 때 말씀드릴게요. 불편함은 없으시고요?"

"네. 저번에 복지사님께서 저희 어머니를 인근 복지관에 소개시켜드려서 그런지, 요즘 열심히 다니고 계십니다. 사실 대전으로 모시고 오셨을 때, 그게 제일 걱정이었거든요. 아! 생각났다. 복지사님, 이거 가져가세요."

강일용이 미리 포장해 둔 상자를 사회복지사에게 건넸다.

포장용지에는 '아빠표 꿀타래'라고 적혀 있다.

"어머, 감사해요. 직접 만드신 건가요?"

"그럼요. 요즘 이걸로 돈 좀 만집니다. 하하하"

강일용은 머리를 긁적이며, 사회복지사에게 건넸다. 성재는 아버지가 직접 만든 꿀타래의 등급을 확인해보았다.

recipe 	강일용과 윤정석이 함께 만든 견과류 꿀타래 ★★★☆
	두뇌발달과 치매, 골다공증에 좋은 아몬드 변비 개선에 효과가 있는 캐슈넛 항산화성분이 다량 함유되어 시력보호효능이 있는 건포도가 들어갔다 맛과 영양, 시선을 모두 잡은 최고의 길거리 음식

'조금은 아쉽네. 내가 만들면 4성인데….'

그래도 3성 반이면 나쁘지 않았다. 은행동에서 가장 맛있는 길거리 음식임에는 틀림없었으니까.

"그럼 오늘도 장사 나가시나요?"

"그럼요. 오후 2시부터 나가보려 합니다."

"열심히 사시네요. 아버님, 오늘도 파이팅 하세요!"

"네. 매번 챙겨주셔서 감사합니다."

사회복지사가 나가고, 강일용은 문 앞까지 배웅했다.
아쉬운 표정으로 돌아오는 아버지.
그는 성재를 보며 말을 꺼냈다.
"아들!"
"네. 말씀하세요."
"넌 주말인데, 친구도 안 만나고 뭐 해?"
"다들 군대 갔어요. 만날 친구는 지금 민식이 밖에 없어요."
"그래? 여자친구는? 없어?"
"여자친구라니요? 돈 벌어야죠."
"성재야! 너, 아빠가 저번에 말한 민아하고는 연락해봤어? 계속 연락 오던데…."
강일용의 말에 성재는 고개를 갸웃거렸다.
"민아가 누구에요?"
"한옥마을에서 너한테 도움받았다고 하던데… 편지까지 보냈다는데…."
성재는 예전 기억을 떠올렸다. 한옥마을에서 그네 타던 여자.
"편지는 못 받았는데, 관심 없어요. 그런 여자, 제 스타일도 아니고요."
"휴가 나오면 전화해달라고 했었어. 지금 연락 할 테니, 받아봐."
강일용의 말에 성재는 고개를 저었다.
"아니에요. 됐어요. 아빠, 됐다니까요."
그러나 아버지는 눈치도 없이 자신의 휴대폰을 성재에게 건넸다.

- 여보세요? 아저씨?
"……."
성재는 아무 말도 하지 않았다. 그러자 강일용이 성재의 등싹을 쳤나. 그래서일까? 사무적인 말투로 성재가 말했다.
"여보세요?"
- 아저씨! 저번에 보내주신 꿀타래, 친구들이랑 잘 먹었어요. 그런데 무슨 일이세요?
"……."
성재는 아무 말도 하지 않았다. 그래서일까? 성재가 들고 있는 휴대폰을 다시 빼앗아 강일용이 말했다.

"민아야. 우리 아들, 휴가 나왔다! 전해주고 싶은 게 있다며? 언제 시간 되니? 아들 녀석! 쑥스러운지 말이 없네. 언제가 좋을까? 어디서?"

유성구 봉명동에 위치한 케이뷔페. 성재는 아버지의 성화에 못 이겨, 약속장소에 나왔다. 평일 점심임에도 대인 가격 2만 8,000원, 성재는 입이 떡 벌어졌다.

가장 깔끔한 옷들로 입고 나왔지만, 2년 된 보세 브랜드에 해외직수입 운동화로 발끝부터 머리 위까지 다 합쳐서 약 15만 원도 안 되는 옷. 그래서일까? 뷔페에 입장하는 사람들의 시선이 조금은 따갑다. 물론 성재는 그런 것에 전혀 신경 쓰지 않았다. 다른 사람이 어떻게 생각하든, 자존감만 지키면 되니 남들 시선에 연연할 필요는 없다고 생각했다.

"어? 오랜만이에요."

뉴발란스 운동화에 흰색 양말, 스키니진 청바지, 흰색 티셔츠에 트렌치 코트, 단발머리에 기초화장만 한 맨얼굴에 붉은 입술. 그리고 한 손에는 최신 휴대폰 갤럭시 S9를, 어깨에는 핸드백을 든 그녀가 손을 흔들었다.

성재는 고개만 깔딱 숙인 채, 그녀에게 말했다.

"오랜만입니다."

그러자 그녀는 목례를 하며, 성재에게 말했다.

"일단 들어가요."

카운터 앞, 그녀가 핸드백에 손을 넣어 지갑을 꺼냈다.

"언니, 얼마에요?"

"아, 남자분이 계산하셨어요."

"아… 이러면 안 되는데…."

그녀는 곤란한 표정으로 성재를 바라보았다.

"괜찮습니다. 일단 먹으면서 말씀하시죠."

성재는 일단 자리를 맡은 후, 무뚝뚝한 표정으로 일관한 채, 수십 가지 음식이 세팅되어 있는 테이블로 향했다. 음식을 바라보는 순간 갑자기 미소가 깃든 성재.

'요리 장난 아니네. 3성 미만이 하나도 없어.'

유성에서 뷔페하면 이 집이라고 친구들이 항상 이야기는 했었지만, 이 정도까지인 줄은 몰랐다. 그중에서도, 연어아가미구이, 크리스탈새우, 장어초밥, 문어숙회, 메로구이, 도가 니탕, 유산슬에 이어 동파육은 다른 요리보다 등급이 높았다.
한 접시에 가득 담아 온 성재는 미소를 지은 채, 자리로 돌아왔다. 그러자 그녀 또한 접시에 샐러드를 가득 담은 채로 성재의 앞에 돌아왔다.
아무 말 없이 어색한 기운이 감도는 가운데, 성재는 일단 눈앞의 요리에 집중했다.
새로운 음식을 발견하고, 새로운 레시피를 알게 되는 일은 참 기분 좋은 일이다.

```
⚙ ✓ ✗
연어아가미구이 ★★★☆ 레시피를 알게 되었습니다
크리스탈새우 ★★★☆ 레시피를 알게 되었습니다
장어초밥 ★★★☆ 레시피를 알게 되었습니다
메로구이 ★★★★ 레시피를 알게 되었습니다
유산슬 ★★★★ 레시피를 알게 되었습니다
```

정민아. 한국영상정보대학교 연기학과 4학년에 재학 중이며, 복수전공으로 방송영상스피치를 선택한 그녀. 배우와 아나운서를 꿈꾸는 그녀의 나이는 23. 성재보다 한 살 많은 나이. 그녀는 자신보다 음식에 관심이 있는 이 남자에 미소를 지었다.
"그땐 고마웠어요."
"뭐가요?"
"그네에서 떨어지는 절 받아주셨잖아요."
"아, 그랬긴 했죠."

그런데 이 남자, 별 반응이 없다. 성의 없는 대답을 하곤, 음식만 쳐다보고 있다.
그녀는 다시 말했다.
"저기요?"
"잠시만요."
성재는 그녀의 말보다는 다른 쪽에 시선이 팔렸다. 그가 보는 곳은 바로 주방.
민아는 생각했다.
'뭐가 저렇게 궁금한 거지?'
그녀의 시선에 주방에서 일하는 사람이 보인다.

'뭐야? 이 남자 다른 여자한테 한눈팔고 있는 거야? 편지도 답장 안 하더니….'
한편, 성재는 홀로 주방에서 일하는 그녀를 보며 방긋 웃었다. 그녀가 좋아서, 예뻐서 웃음 짓는 것은 아니었다.

> 메로구이 ★★★★ 레시피의 숙련도가 오르고 있습니다
> 메로구이 ★★★★ (27%)
> 메로구이 ★★★★ (31%)
> 메로구이 ★★★★ (36%)

그리고 다른 요리의 숙련도도 오른다.

> 유산슬 ★★★★ 레시피의 숙련도가 오르고 있습니다

그런 성재를 보며 민아가 입을 열었다.
"저기~요."
"네? 아, 잠시만요. 조금만요. 1분만 기다려주세요."
민아는 자신에겐 일말의 관심도 주지 않는 성재를 보며 다시 한번 말했다.
"저기요! 저기요! 저기요!"
그녀가 3번 부르자, 그제야 성재가 아쉬운 표정으로 다시 그녀에게 시선을 돌렸다.
"네. 말씀하세요. 왜요?"
"아니, 사람이 만났으면 저를 봐야죠. 여기 여자 보러 왔어요?"
"아, 그게 아니라요."
"아니, 됐어요! 됐어. 이거 받아요."
"……."
핸드백 안에서 조그마한 선물상자를 꺼내는 민아.
"이게 뭔가요?"
성재는 그녀가 준 선물상자를 열어보려 하지만 그녀가 말렸다.
"됐어요. 집에서 열어봐요."
"네."
단답형 대답. 그리고 민아의 질문.

"한 가지 여쭤볼게요."
"네. 말씀하세요."
"강성재씨는 원래 그래요?"
그녀의 말에 성재는 얼굴이 붉어져서 입을 열었다.
"아, 죄송합니다. 제가 원래 한 가지에 집중하면 다른 게 잘 안 보여서."
그런 성재의 말은 그녀의 가슴을 더 뜨겁게 만들어버린다.
'뭐야? 딴 여자한테 눈 팔고는 지금 변명하는 거야?'
민아는 눈을 치켜든 채, 입을 열었다.

"강성재!"
"네?"
"너 22살이지?"
"네. 그런데요."
"나, 23살. 누나로서, 인생의 선배로서 말할게. 너 여자 앞에 두고 그러면 안 된다."
"뭐가요?"
성재는 연애를 한 번도 해본 적 없었고, 여자하고 대화를 많이 안 해본 모태솔로였다. 그래서일까? 그녀가 왜 화가 났는지 이해하지 못했다.
"나 갈게. 다음에 만날 땐, 먼저 밥값 낼 생각 하지 마. 배려심 좀 배우고!"
"?!"
자리에서 일어나는 그녀가 성재를 보며 생각했다.
'철벽 치는 거야 뭐야? 대놓고 싫다고 그렇게 구는 게 어디 있어. 편지 답장도 안 하고… 내 마음도 모르고!'
그리고 성재 앞에 떠오르는 시스템창.

사용자 강성재에 대한 정민아의 호감도가 200 올랐습니다

성재는 시스템 창을 보며 생각했다.
'뭐지? 화내고 가면서 호감도는 왜 올라?'

상병 계급장은 뭡니까?

다음 날, 성재는 아버지와 함께 은행동 B지역에 자리를 잡았다.
죽은 상권인 A지역과는 달리 사람들이 몰려드는 이곳. 버스킹 공연이 아침부터 저녁까지 잡혀 있는 이곳에서 가장 목이 좋은 곳은 당연히 강일용의 차지였다.
성재는 아버지와 같이 일하는 윤정석 사장님을 찾았다.
"아직 안 왔어. 정석이놈은 오후 4시쯤에 올 거야."
"아, 그럼 제가 만들고 있을까요?"
"됐어. 내가 혼자 만들지 뭐, 그나저나 어제 어떻게 됐냐?"
"네? 뭐가요?"
"민아! 너 좋아하는 눈치잖아. 만나서 손은 잡았어?"
"에이, 그 기 센 여자 뭐가 좋다고."
"선물 받은 건 뭐야?"
"어? 그것도 보셨어요? 장갑이었어요. 털장갑. 직접 짠 것 같던데…."
"어이쿠! 이놈아! 너도 빨리 그 여자 잡어. 너 좋다는 여자 세상 살면서 몇 명이나 만날 것 같냐? 내가 세상 살아보니까, 그런 여자 평생에 하나 만나기 힘들더라. 여자한테는 무조건 잘해야 되는 겨. 알았어?"
"에이, 그런 게 어딨어요? 나중에 때 되면 알아서 만나게 되고, 알아서 좋은 여자 생기겠죠. 세상에 반이 여자인데, 벌써부터 안달 날 필요 있나요?"
성재의 말에 강일용은 혀를 찼다. 아들 녀석은 더욱더 무심한 말투로 말했다.
"두세요. 제가 만들게요. 허리도 아프신데 앉아서 쉬세요. 혼자 만드는 게 편해요."
성재의 손에서 만들어지는 꿀타래. 그 군더더기 없는 동작에 아버지는 감탄하고 말았다.
자신보다 두 배는 빠른 동작, 거기에 끊김 없이 부드럽게 이어지는 동선.
착 하면 착! 탁! 하면 탁!
거기에 꿀타래를 자르는 칼질까지 완벽하다.
'어휴, 저런 일밖에 모르는 놈, 진짜… 좋은 여자, 나쁜 여자 구분이나 하려나 모르겠네.'
불과 20분 만에 11개의 꿀타래를 만든 그는 포장용기에 하나, 둘 집어넣었다.
꿀타래 하나에 5인분을 만들 수 있으니, 20분 만에 55인분을 만들어버린 것.
그때 윤정석 아저씨가 도착했다.
"오, 성재니?"
"네. 사장님, 잘 지내셨어요?"
"후후, 이제 아저씨라고 불러. 뭔 사장님이야."
"네. 그럴까요? 아저씨?"
"후후, 어감이 그게 역시 더 좋아."

은행동 거리는 많은 사람을 만나서 좋았다. 배관공을 할 때는 매일 새벽부터 일어나 건물 지하 기계실이나, 신축건물 오수관, 소방배관을 설치하는 일이 다였는데, 여기에서는 다양한 사람을 만나고, 다양한 경험을 할 수 있고, 다양한 문화생활을 볼 수가 있었다.
"어서오세요!"
성재는 첫 손님에게 손을 흔들었다.
"하나에 얼마에요?"
"5,000원이요. 견과류 꿀타래인데, 알레르기는 없으신가요?"
"네. 그런 건 없어요."
"네, 맛있게 드세요."
그리고 옆에선 버스킹이 한창이다.
길거리 공연팀 '별빛사랑', '그랜피아', '천상의 남매', 그들이 연주를 시작하고, 많은 손님들이 공연장 앞을 찾는다. 공연장 앞에서 꿀타래를 먹으며 공연을 보는 사람들.

성재가 잠시 쉬고 있는 사이, 윤정석 아저씨가 꿀타래를 옆에서 만들기 시작한다.
그는 자신이 만든 꿀타래와 성재가 만든 꿀타래를 먹어보며 고개를 저었다.
'어라? 녀석이 넣은 게 더 맛있는 것 같은데?'
자칭 원조 꿀타래 스승인 그는 성재의 꿀타래를 다시 먹어보고는 고개를 저었다.
'착각이겠지?'
아무튼, 꿀타래는 누가 만들던 인기 있는 길거리 음식이었다.
불과 3시간 만에 오늘 분량을 다 팔아버린 아버지와 윤정석 아저씨.
장사를 접고, 이제 떠나려는데, 길거리 공연팀 셋이 강일용을 찾는다.
"아저씨! 잠깐만요. 저희 오늘이 마지막 공연이에요."
"마지막? 갑자기 무슨 마지막?"
"저희 세 팀 다 '안단테 뮤직'이랑 계약해요."
"오, 그럼 방송에도 나오는 거야?"
"네. 이게 다 아저씨 덕분이에요. 어? 성재도 있었구나."
성재는 형들과 누나들의 인사에 꾸벅 고개를 숙이며 인사를 건넸다.
"축하드려요. 데뷔하시겠네요."
성재의 말에 그들은 성재와 강일용을 바라보며 미소를 지었다.
"아직 잘 몰라. 계약하고 연습생 신분 가져야 될지도 모르고, 바로 나올지도 모르지. 내일 서울로 올라가면 당분간은 못 내려올 거에요. 그래서 마지막 인사를 드리고 싶었어요."
"후후, 마지막 인사까지야, 살다 보면 언젠가는 볼 텐데 뭐. 다들 열심히 한 만큼 성과를 낸 거지. 헤어진다니까 아쉽네. 가서 꼭 성공해. 여기서 너희를 매일 응원하마."
"아저씨, 20분만 기다려주세요. 저희가 아저씨를 위해 합동 공연을 준비했거든요."
"뭐?"

"안녕하세요. 별빛 사랑입니다!"
"안녕하세요. 그랜피아입니다."
"안녕하세요~! 천상의 남매입니다."
"저희가 버스킹 공연을 해 온 지 1년이 다 됐는데요. 이제야 빛을 보게 되었어요."
"맞아요. 이번에 저희가 데뷔를 하거든요. 여러분도 다들 잘 아시는 곳이에요. 안단테 뮤직! 규모는 작지만, 노래에 집중할 수 있게 해주는 대표님이 계셔서 저희 세 그룹 다 같이 들어가기로 했답니다."
"우리 세 그룹은 합동그룹을 편성하여 활동도 하고, 유닛별로도 활동할 수 있게 해주신다고 대표님이 말씀해주셔서 내일 계약서를 찍으러 갑니다."
"그래서 이런 기회를 주신, 우리 은행동 상생협의회장이신 강일용 회장님께 이 곡을 바칠게요. 곡 제목은! '당신은 나의 은인'."
그랜피아의 디지털 피아노 연주가 시작되고. 별빛사랑의 잔잔한 노래가 시작을 알렸다.

- 아무도 알아주지 않아요.

그것을 천상의 남매가 받아준다.

- 발버둥 쳐도, 몰라주네요.

서로 애절한 목소리가 오가고.

- 사람은 이기적인 가 봐요. 그가 말하네요. 스피커를 키우라고.

그랜피아의 연주가 더욱더 깊은 감정을 자극한다.

- 우린 더 고립되어 갔네요. 사람들이 기피하고 싫어하네요.
- 외면받았죠. 우리를 골칫거리라고 말해요. 난 꿈인데, 이것이 꿈인데, 짓밟아버러요.

분위기를 바꾼 것은 높은 옥타브에서 흘러나오는 그랜피아의 디지털 피아노의 연주. 천상의 남매의 밝은 목소리가 이어갔다.

달라졌네요. 서로 양보하고, 서로 경청하니 사람들이 들어주네요.
이렇게 쉬운 것을 우린 자신을 위해 너무 욕심부렸던 걸까요? 고마워요. 알게 해주어서, 이제 열심히 할게요. 우리의 꿈을 향해. 그리고 모두의 행복을 위해.

짧은 즉흥곡이었지만, 관객을 위한 심금을 울리기에는 충분한 목소리.
성재는 생각했다.
그들은 성공할 거라고.

꿈같은 휴가. 16박 17일. 성재에겐 많은 일이 있었다.
각종 '퀘스트 - 나도 상인이 되어보자 2, 3, 4'를 클리어했고.
유치원에서 석 달에 한번 열리는 음식 나눔 뷔페 음식을 만들기도 했다. 장사하는 아버지를 대신해 직접 만들어간 요리는 닭가슴살을 이용한 완자볼이었다.
그래서일까? 반응도 폭발적이었다.
당연했다.

등급이 꽤 높았으니까.
할머니가 다니시는 복지관에도 들렸다.
왜 민지만 유치원에 나가면 할머니가 화장을 하고, 복지관에 들르시는지도 알았다.
할머니 주변에는 많은 할아버지들이 몰려 있었다. 시골과는 달리, 대도시이다 보니, 세련된 할아버지도 있고, 기품 있는 할아버지도 있고, 운동 잘하는 할아버지도 있다.
할머니들도 많았지만, 성재네 할머니가 인기 있었던 이유는 다른 할머니들에 비해 나이가 어렸기 때문.
66세. 복지관에서는 한창 꽃다울 나이.
성재는 웃음만 머금고는 할머니 몰래 복지관을 빠져나왔다.
물론 다른 일도 있었다. 친구들과도 약속을 잡았다. 다음 휴가 때는 다 같이 맞춰보자고.
전역한 윤동현 병장에게도 연락이 왔다.
- 6월 약속 잊지 않았지?

"네. 알고 있어요. 동현이형! 6월에 학교 졸업하세요?"
- 아니, 방학이라 한국에 잠깐 가는 거라니까.
"예. 알았어요."
그뿐만이 아니다. 머리도 많이 길어서, 이발소에 가서 머리도 깎아야 했고, 민지가 잘 안다는 구구단이 사실은 엉터리여서 2단부터 9단까지 하나하나 가르쳐주기도 했다.
정민아하고는 두 번 더 만났다. 누나라서 좀 괴팍하긴 했지만, 크게 나쁘진 않았다. 성재에게 있어 그녀는 단지, 이런 여자도 있구나. 이런 생각뿐.
물론 이렇게 놀기만 한 것은 아니다. 요리도 많이 공부했다. 서점에서는 요리책을 구입해, 새로운 요리를 알게 되기도 했고, 실제로 새로운 레시피를 얻기도 했다.
휴가 복귀하는 날이 되었다. 성재는 마지막으로 오는 전화를 받았다. 그녀는 정민아.
- 언제 복귀해?
"오늘 복귀하는데요."
- 면회 갈까?
"아니에요. 괜찮아요. 누나, 저 이제 복귀해야 돼서 휴대폰 정지해야 돼요."
- 그래. 조심히 들어가. 다음 휴가는 언제 나와?
"아마도 6월 달에 저랑 같은 부대에서 복무했던 형이 저 보러 한국 온다고 해서 그때 나올 것 같아요."
- 6월 언제?
"그건 잘 모르겠어요. 그럼 전화 끊어요."
성재는 누나와의 전화를 끊고, 아빠에게 말했다.
"저 올라가요."
"음… 이제 휴가 다 쓴 거지?"
"아니요. 아직 포상 많이 남았어요."
"군대, 요즘 너무 편한 거 아니야?"
"글쎄요. 편할지도….'

부대 복귀. 16박 17일.
복귀해보니, 부대가 많이 바뀌었다. 중대장만 바뀐 게 아니었다. 선임들도 말출을 나간다

고 한다.
"성재야. 말출 다녀올게."
"크크, 이제 네가 투고냐?"
중대본부 계원인 조상준 병장과 김영민 병장이 같이 말출을 나간다.
이제는 상병이 된 임상희 상병이 분대장을 달았고, 자신이 두 번째 고참이 되었다.
그리고 신병이 3명이 와 있다?

"얘네들은 누굽니까?"
"이병 김광훈! 인사계원입니다."
"이병 양철민! 군수계원입니다."
"이병 홍수찬! 교육계원입니다."
각진 자세. 무릎을 꿇고, 주먹을 쥔 채 군기가 제대로 든 녀석들.
그리고 김영민 병장이 관물대에서 무언가를 꺼내준다.
"선물이야."
그가 준 것은 상병 계급장과 편지.
"야! 내가 너 소초에서 대대로 잠깐 파견 나갔을 때, 편지 왔었거든. 그거 주려고 내 여자친구 편지함에 보관했다가 주는 걸 깜박했다. 읽어본 건 아니니까, 걱정은 하지 말고."
"아… 알겠습니다. 그런데 김영민 병장님? 상병 계급장은 뭡니까?"
"뭐긴 뭐야. 너 2개월 또 조기진급 했잖아. 이제 임상희랑 같이 상병 단 거야."
"아! 그렇습니까?"
"크크, 이대로면 임상희보다 네가 병장 일찍 달겠다."
"에이, 그건 아닙니다. 그럼 잘 다녀오십시오."
성재는 드디어 편지의 존재를 찾았다. 설마 선임병이 보관하고 있을 줄은 상상도 하지 못했다. 과연 무슨 내용이 쓰여 있을까?
그때, 성재의 시스템창이 반응한다.

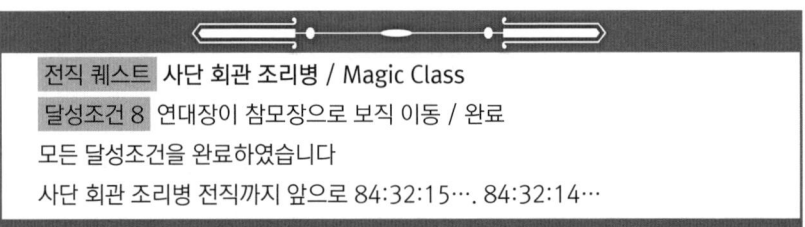

연대장이다. 거기 대대장 있지?

다음 날. 성재는 간부식당에 출근 후, 곧바로 오민호를 찾았다.
"민호야."
그런데 민호 녀석이 안 보인다.
"강희철 병장님? 민호 어디 갔습니까?"
"걔 부사관학교 갔잖아."
"아… 물어볼 게 있었는데… 결국 합격했구나."
"뭔데? 나한테 물어봐."
성재는 잠시 고민했다. 강희철 병장님은 연애를 해보았을까? 그러고 보니 강희철 병장하고는 여자 이야기를 한 적이 없다.
"강희철 병장님, 혹시 연애해보셨습니까?"
"그건 왜 물어?"
"제가 이번에 바깥에서 만난 여자가 있는데 말입니다."
"오? 연애? 사귀냐? 누구?"
"아, 일단 들어보십시오. 한 살 많은 누나인데, 제가 싫은 티를 내도 자꾸 절 챙기려 합니다. 이거 좋아하는 거 맞습니까? 아니면 무슨 의미가 있는 겁니까?"
"인마! 여자는 남자한테 그냥 안 챙겨줘. 좋아해야 챙겨주지."

"그런데 이상한 게, 제가 싫어하니까 더 좋아하는 것 같고, 호감도도 오르는 것 같고."
성재의 말에 옆에 있던 서효석 병장이 씩 웃었다.
"야! 호감도가 뭐? 무슨 게임이냐? 호감도가 뭐야. 이 오타쿠 새끼, 호감 갖는 것 같다. 이렇게 말해야지. 어떤 이유에서 그런 생각이 들어?"
"그냥 느낌이 그렇습니다."
그러자 옆에 있는 장준영 이병이 옆에서 말을 더했다.
"강성재 상병님? 제가 BJ하면서 저희 구독자들 연애상담 정말 많이 해봤습니다."
"그래?"
"혹시 그 여자 분하고 무슨 썸 탄 거 있으십니까?"
"썸? 그런 건 없고, 그네에서 떨어지는 거 받아준 거? 그게 썸인가? 편지도 왔었고."
장준영은 그걸 보며 미소를 지었다.
"편지 내용 혹시 말씀해주실 수 있습니까?"
"뭐, 그냥 평범한 내용이었지. '그날 고마웠어요. 나중에 밥 한 끼 먹어요. 전화 부탁해요.' 이런 느낌?"
성재의 말에 장준영이 씩 웃었다.
"그건 말입니다. 이렇게 해석하시면 됩니다. '나, 너 맘에 들어요. 밥 먹고 사귀어요.' 그거 썸 100퍼센트 맞습니다."

이등병의 말에 성재가 고개를 갸웃거렸다. 그의 체형이나 외모가 전혀 여자와는 거리가 멀 것 같은데, 그가 연애 이야기를 하니까, 이상해서 물었다.
"야! 장준영! 너 연애 경험은 있냐?"
"없습니다."
"근데 왜 이렇게 아는 척이냐?"
"연애 경험 없는 사람이 원래 더 연애에 대해서 잘 아는 법입니다. 강성재 상병님 말씀만 들으면 그게 다 밀당하는 단계인 것 같습니다. 몇 번이나 만나셨습니까?"
장준영의 말에 모두가 귀를 기울이고, 성재 또한 혹하며, 대답했다.
"4번."
"오, 그럼 확실합니다. 제 촉이 말합니다. 강성재 상병님 매력에 여자가 푹 빠진 것 같습니다. 혹시 예쁩니까?"

"어. 예쁘긴 예쁜 것 같은데… 내 스타일은 아니니까."
"그럼 여자가 자기 친구들은 소개시켜줬습니까?"
"아, 그러고 보니, 자기 과 친구들한테 내 얼굴 소개시키더라."
"음, 일단 한 단계는 건넌 것 맞습니다. 느낌이 어땠습니까?"
"그냥 특별한 건 없었는데? 그냥 나한테 이러더라. '성재 넌 가만히 옆에만 있어. 부담되면 말 안 해도 돼.'"
"헐… 여자가 리드하는 스타일, 어디서도 잘 볼 수 없는 타입입니다. 키스는 하셨습니까?"
"아니, 그런 거 전혀 없었는데?"
"그럼 손은 잡았습니까?"
"없었다니까, 그냥 밥만 먹었어. 계속 귀찮게 자기 친구들 여기저기 소개시켜주면서 보여주는 스타일이었어."
"음… 일단은 킵 해두십시오."
"킵? 그게 뭔데?"
"어장관리 말입니다. 남 주기는 싫고, 지금 당장 자기가 갖기는 싫을 때, 그걸 어장관리라고 합니다. 그걸 제대로 잘하셔야 나중에…."
퍽!

뒤에 있던 서효석 병장이 장준영의 입담을 듣다가 머리를 숟가락으로 내리찍었다.
물론 소리만 요란하고 충격은 없었지만, 장준영은 오버액션을 하며, 뒤로 빠졌다.
"아아아, 아픕니다. 서효석 병장님!"
"안 아픈 거 알아. 그리고 성재야. 네가 진심이면 만나고, 그게 아니면 만나지 마. 네가 좋아하는 그런 감정은 아닌 거지? 4번 만났으면 알 거 아니야. 내가 이 여자 좋아한다, 아니다. 그런 감정."
"솔직히 말씀드리면 전 여자는 모르겠습니다. 남중에, 고등학교는 검정고시 졸업이고, 배관공 일할 때도 여자 볼 일이 없어서, 어떻게 받아들여야 할지 모르겠습니다."
"크크, 뭘 그렇게 고민해. 좋으면 만나고, 아니면 서로 빠이-빠이 하면 되는 거지."
"아, 서효석 병장님은 연애 많이 해보셨습니까? 서효석 병장님도 초등학교 때부터 중화요리 전문점에서 일하셨다고 해서 저랑 같은 줄 알았습니다."

성재의 말에 갑자기 꿀 먹은 벙어리가 된 서효석.
그걸 본 강희철이 성재를 나무란다.
"야! 인마! 팩폭 그만해."
"아, 죄송합니다. 정말 죄송합니다."
그러자 서효석이 강희철의 말에 발끈하며 말했다.
"강희철! 너도 여자 만나본 적 없잖아."
"그렇습니다."
"씨바, 조리병 4명 중에 여자친구 사귀어본 녀석이 아무도 없는 거야?"
서효석의 욕설 섞인 질문에 서로 멀뚱멀뚱 쳐다만 볼 뿐, 침묵이 이어졌다. 그리고 어색한 마무리.

"야, 군인이 무슨 연애냐? 요리나 하자."

간부 식당, 간부들이 꽤 많이 바뀌어 있었다. KCTC 훈련 때문에 보직 변경을 미룬 간부들이 대거 보직 이동했기 때문이었다. 새로운 연대장도 왔고, 대대장도 바뀌었다.
성재는 어제 뜬 메시지를 확인하기 위해, 서효석 병장에게 물었다.
"서효석 병장님, 혹시 연대장님, 사단 참모장으로 가셨습니까?"
"어. 들었냐? 어제 보직발령 났고, 내일 이취임식 하신다는데? 오늘 후임 연대장님하고 같이 다니시면서 인수인계하실 거라던데."
"아, 그러셨구나."
성재는 일단 고개를 끄덕였다. 이제야 모든 것이 이해가 됐다.
전직 퀘스트. 자신이 예상했던 것과 마찬가지로 연대장에게 잘 보여야 갈 수 있는 보직. 사단 회관 조리병. 연대장님은 분명 자신을 끌고 가실 게 분명했다.
그때, 행정보급관이 싱글벙글 웃으며 간부식당에 들어왔다. 성재는 박재영 상사를 향해 경례를 실시했다.
"충성! 행보관님! 잘 쉬셨습니까?"
"오오오오, 성재! 성재! 어휴, 이 귀여운 것! 크크크크크."
행정보급관이 과도한 애정표현을 한다. 볼을 비비고, 안기까지 한다.

성재는 일단 정색하며, 행보관에게 말했다.

"행보관님, 이건 아닌 것 같습니다."

"그래. 미안하다. 내가 너무 나갔다. 그런데 성재야!"

"상병 강성재?"

"행보관, 진급했다!"

"와아아아아, 축하드립니다."

"크크크크, 이제 행보관, 3개월 뒤에 후방으로 갈 거야. 오구구, 우리 성재! 오구구, 이 귀여운 것! 크크크크"

사실상 그의 멱살을 잡고 진급시킨 사람이 바로 강성재.

군단장 표창도 받게 해주었고, 지휘관으로부터 인정도 받게 만든 장본인.

그래서일까? 행정보급관은 성재를 너무나 좋아했다.

> 사용자 강성재에 대한 행정보급관의 호감도가 350 올랐습니다

성재는 미소를 지은 채, 행정보급관에게 인사했다.

"원사(진), 축하드립니다."

"크크크, 그래. 고맙다."

연대장은 후임 연대장과 동석 식사를 하며, 인수인계 사항을 말하고 있었다.

"여기 홀은 저어기~ 서효석 상병하고, 강성재 일병이라고 있어. 쟤네 둘이 제일 잘해!"

성재는 서빙을 하다가, 연대장의 말에 깜짝 놀라 두 눈이 동그랗게 커졌다.

그러다 연대장이 동태찌개를 가져오는 성재를 보며 이름을 부른다.

"강성재!"

"상병 강성재!"

"어? 성재 너 상병 진급했구나, 서효석!"

"병장 서효석!"

"창석아, 이 두 녀석이 지난번 강원랜드랑 삼척시가 주관한 요리대회에서 우승을 했어. 우리 딸도 지금 요리 배운다고 난리인데, 두 녀석 때문에 더 열심히 하더라니까, 나야 요리한다는 거 탐탁지는 않지만 어쩌겠어. 자기 꿈이라는데 지원해줘야지."

"아, 그래서 윤아를 서울로 전학 보내는 거겠습니다. 선배님?"

"어. 조리학과 있는 특성화 고등학교로 보낼 거야. 지가 원하는데 어쩌겠어."
"잘 생각하셨습니다. 선배님! 자식들은 본인이 원하는 걸 시켜줘야 효도합니다."
"그런가? 아, 효석이랑 성재는 거기 서 있지 말고 들어가."
배원영 연대장의 말에 둘은 대답 후, 제자리로 돌아갔다.
"네. 알겠습니다."

옆에 있던 새로 온 1대대장은 배원영 대령의 말에 홀로 미소를 지었다.
'요리를 잘한다?'
솔직히 군 생활하며, 수많은 간부식당을 많이 경험해 본 최기동 중령. 그는 생도기간 포함 23년의 군 생활동안 수많은 부대를 돌아다니며, 이곳보다는 맛있는 간부식당을 단 한 번도 경험해보지 못했다. 그만큼 조리병들의 실력이 뛰어나다는 것.
그때, 성재가 자신이 휴가 나가서 배워온 특별한 레시피를 연대장과 대대장 및 참모들이 있는 테이블에 내놓았다.
"연대장님, 이번에 새로 만들어 본 메로구이입니다."

 recipe | 성재가 직접 구운 메로구이 ★★★★☆
입안에서 살살 녹는 흰살 생선. 바삭한 껍질과 부드러운 속살에 적당한 소금간을 한 것만으로도 최고의 맛을 구현할 수 있다
간부식당 조리병 직업 보너스에 의해 ☆만큼 등급이 향상되었다

그리고 성재 옆에서 뱅글뱅글 돌아가는 푸르스름한 오오라.
〈신뢰받는 부하〉 호칭에 의한 효과까지.
'저 녀석은 내 공관병으로 쓰면 되겠구만. 애가 똘똘하네.'
아직 아파트가 나오지 않아 독신숙소에 살고 있는 대대장.
그는 후임연대장이 관사 말고 아파트에 산다고 하자, 관사에 들어오기로 했다.
밥도 해주고, 청소도 해주고, 공관 관리도 해주는데, 왜 마다하겠는가?
사실 가족들이 서울에서 강원도로 오지 않겠다고 통보한 것도 이유이다.
혼자 쓸쓸히 독신숙소에서 지내는 것보다는 관사에서 지내는 게 훨씬 편하다.
반면, 새로 온 연대장은 가족을 위해 나가서 사는 것을 택했다.
물론 작전부대이기 때문에 부대에서 30분 거리 이내의 거주지에서 살아야 했기에, 삼척

시내에 있는 좋은 아파트가 아닌 변방에 있는 아파트를 선택했지만, 그것만으로도 가족들은 좋아했다.

배원영은 인수인계를 마치며, 후임 연대장에게 말했다.
"창석아, 내가 하나 부탁이 있는데? 아까 간부식당에 있던 강성재 상병 있지?"
"아, 메로구이 한 병사 말씀이십니까?"
"그래. 걔한테 잘 해줘라. 걔네 엄청 어렵게 살아. 그런데도 그 녀석, 얼굴에 표 하나 안 내고, 엄청 열심히 사는 애거든. 아까 얼굴 밝은 거 봤지?"
"아… 그런 줄은 몰랐습니다. 신경 쓰겠습니다. 선배님, 선배님이 병사 하나하나 이름을 기억하시면서 챙기는 것을 보고, 저도 참 많은 생각이 듭니다. 그동안 정말 부대에 각별한 애정이 생기신 것 같습니다."
"그래. 그랬지. 여기서 결혼도 하고, 좋은 보직으로 이동도 하고, 딸하고 관계도 많이 좋아졌고, 좋지 뭐."
배원영 대령은 과거를 떠올렸다. 정말 좋은 추억이 있었고, 많은 인연을 만났다. 훌륭한 대대장, 1대대 인사담당관에, 연대 작전과장, 그리고 사제담당관, 유독 주임원사들과의 연은 안 좋았지만, 그래도 큰 사고 없이 이 정도 끌고 간 것만 해도 충분히 책임을 다했구나 하고 고개를 끄덕였다.
"선배님! 걱정 마시고, 참모장 가셔서도 열심히 국가를 위해 달려주십시오. 여기는 제가 책임지고 맡겠습니다."
"그래. 잘 부탁한다."
"네."
"아, 잠깐 전화 좀 써야겠다. 마지막으로 동화 한 번 해야지."
"네. 쓰십시오. 선배님."

같은 시각 성재는 갑자기 새로운 대대장의 부름에 공관으로 올라갔다.
"충성! 상병 강성재, 공관에 용무 있어 올라왔습니다."
"그래. 들어와."

대대장은 런닝에 팬티만 입은 채로, TV를 보며 성재에게 말했다.

"너 오늘부터 공관병 해라."

"다시 한 번 말씀해주시겠습니까?"

"공관병 하라고, 빨래하고, 청소하고, 밥도 좀 하고."

대대장의 말에 살짝 기분이 상한 성재. 하지만 그는 중령. 지금 자신의 지휘관이다.

그래도 성재는 넘을 선과 넘지 말아야 될 선은 알고 있었다.

"대대장님, 저 그냥 간부식당 계속하면 안 되겠습니까?"

"일단 해봐. 저기 화장실 변기 있지? 그거 내가 아까 썼는데 막혔더라. 그것부터 좀 뚫어. 그리고 정원은 내일 본부중대 행정보급관한테 말해서 예초기 돌리고! 알았어? 빨래는 내일 아침 일찍 돌려서 직사광선에 건조해서 말리고!"

성재는 이런 막무가내 간부를 처음 만나서 그런지 선뜻 대답하지 못했다.

그런데도 최기동 중령은 계속해서 지시를 이어간다.

"아, 나는 저녁은 20시에 먹고, 아침은 7시 25분에 먹으니까, 늦지 말고 준비해라. 땅콩은 알레르기 있으니까 넣지 말고! 아침에 씨리얼 이딴 것 안 먹고, 적어도 반찬은 4가지 이상, 반찬에는 고기반찬 하나씩은 꼭 넣고, 국 무조건 넣어야 되고, 그 정도는 할 수 있지?"

"……."

"왜 대답이 없어?"

성재는 대대장의 말에 짜증이 치밀어 올랐다.

키 165cm 가량, 몸무게 86kg, 배는 불룩 나와서 직업군인이 맞나 싶을 정도로 혐오스럽고 메스꺼운 녀석. 목소리조차 담배를 너무 피웠거나 술을 너무 많이 먹어 성대가 다 나가버려 바람 새는 목소리밖에 못 내는 간부.

거기에 팬티에 런닝 차림으로 사타구니에 손을 넣고 벅벅 긁고 있는 위생관념 제로인 대대장이란 녀석의 면상을 보면서도 어쩔 수 없이 대답해야만 했다.

"알겠습니다. 변기부터 뚫고, 바로 저녁 식사 준비하겠습니다."

"그래."

그런데 녀석은 TV를 보면서 지저분하게도 사타구니를 긁고 있던 손으로 자신의 겨드랑이를 다시 긁으며 짧게 대답했다. 성재는 일단 포기하고 변기를 뚫었다.

대대장이 똥을 한 바가지 싸 놓고, 휴지를 왕창 집어넣었다. 그러니 막혀있을 수밖에.

성재는 왜 공관병이 없나 떠올렸다.

배원영 대령은 공관에서 짐을 뺀 이후, 이제 공관병이 필요 없다며 임무를 해제시켰다. 그러다 보니 새로 뽑을 소요가 생겼다. 연대 소속인 공관병을 자유자재로 운용하기에는 애로사항이 있었던 최기동 중령은 대대 소속인 성재를 뽑았던 것.

음식도 잘하고, 싹싹해 보이니, 개인적인 일도 시키기 좋아 보인다. 상병이니 찌르지도 않을 테고, 찔러봐야 자신의 선에서 무마시킬 수 있으니, 걱정될 것 없다.

성재는 막힌 변기의 물을 내렸다. 그런데 흘러넘친다. 욕이 절로 나왔다.

'아아아악!'

소리를 지르고 싶었다. 너무 더러웠다. 변기에 흘러넘친 물이 전투복 하의를 적신다.

그런데 공관 전화가 울렸다.

"받아라."

"네. 알겠습니다."

성재는 일단 화장실에 똥이 넘친 것을 뒤로하고 전화를 받았다.

"통신보안, 대대장님 공관, 상병 강성재입니다. 무엇을 도와드릴까요?"

- 야, 강성재!

"상병 강성재?"

- 연대장이다. 거기 대대장 있지? 네, 아니오로만 말해.

"네"

- 전화 끊고, 아무 말도 하지 마. 알았어?!

"알겠습니다."

그리고는 찰칵! 공관의 현관문이 열리고, 배원영 대령이 속옷 차림으로 TV를 보는 최기동 중령을 보며 소리쳤다.

"야!"

대대장은 TV를 보다가 짜증이 났는지, 오히려 소리를 질렀다.

"어떤 새끼가 공관에서 '야' 라고 해?! 누구야?"

그때, 배원영이 다시 한번 최기동에게 말했다.

"1대대장! 최 중령! 최기동! 야! 최기동!"

부사관 후보생 오민호!

배원영 대령은 성재와 1대대장을 보며, 기가 막혔다.
양말 벗고, 똥이 흘러넘치는 화장실에서 뚫어뺑을 들고 변기를 청소하고 있는 병사.
그에 반해, 사타구니에 손을 집어넣고 긁는 등, 품위에 맞지 않는 행동을 하는 영관급 장교.
지휘관으로서 병사 앞에서 더욱더 참된 군인으로서 모범을 보이지는 못할망정, 다 풀어진 얼굴을 한 녀석.
전에 데리고 있던 군수과장보다도 더한 녀석이 바로 자신의 대대장으로 왔다니, 놀라움을 금치 못했다.

최기동 중령은 당황한 얼굴로 경례를 실시했다.
"충성!"
배원영은 시계를 바라보며 말했다.
"지금 몇 시야?"
"……."
"일과도 안 끝났는데 왜 공관에 있어? 체력단련시간이지. 집에서 TV 보는 시간인가?"
하나같이 다 맞는 말. 도저히 평계 댈 거리가 없다.
"……."

"최 중령! 너 몇 기야?"

배원영은 단단히 화가 나서 물었다. 그러자 녀석은 곧바로 꽁지를 내렸다.

"죄송합니다."

"너, 이 자식! 이렇게 안 봤는데, 나 이제 가는 사람이다, 이거지? 볼일 없는 사람이니까, 고작 2주밖에 안 볼 사람이었으니까, 대충대충, 눈치만 보다가 군생활 하겠다 이거야?"

"……."

최기동 중령은 아무 말도 하지 않았다. 어차피 엎질러진 일이었다.

그렇다고 이런 일 가지고 간부들끼리 들춰낼 사항도 아니다. 관례가 그러했다. 좋은 게 좋은 거라고, 한 번 화내면 끝나는 일이다.

'한번 머리를 숙이고, 용서를 구하자. 그럼 끝나.'

"죄송합니다."

다행히, 배원영 대령은 명령상으로는 더 이상 지휘관이 아니다.

그에게 밉보였다고 해서 불이익은 없는 것이다. 그가 인사평정을 줄 것도 아니고, 지휘추천을 해줄 것도 아니고, 전투력 평가를 할 사람도 아니란 것이다.

따라서 이건 그냥 해프닝이다. 생각하고 넘기면 될 일이라고 최기동은 생각했다. 그렇게 생각하니 마음이 편해진다.

"죄송합니다. 다음부터 잘하겠습니다."

최기동의 판단은 옳았다. 분명 평상시의 배원영이라면, 후배장교한테 훈계로 '다음부턴 잘해라. 장교단으로서 품위를 지켜야지. 다 같이 욕먹는 짓은 하지 말자. 알겠나?'란 말을 내뱉으며 끝낼 일이었다.

하지만 오늘의 배원영은 달랐다.

그가 자신이 가장 아끼는 병사를 불렀다.

"성재!"

"상병 강성재?"

"나와! 연대장 차량에 탑승해 있어."

"차에 타기에는 좀 지저분합니다. 씻고 타겠습니다."

성재의 말에 연대장이 담담한 어투로 말했다.

"명령이다. 타."

그는 단단히 화가 난 게 분명했다. 성재는 곧바로 복명복창을 실시했다.
"상병 강성재, 바로 차량 탑승하겠습니다."

배원영, 그는 최기동 중령에 더 이상 터치하지 않고 따라온 후임을 불렀다.
"창석아! 들어와라."
"네. 선배님."
내일부터 새로 보직될 연대장. 그는 일과시간에 TV를 켠 채, 속옷 차림으로 공관에 있는 대대장의 모습을 목격했다.
그러자 최기동의 얼굴이 갑자기 똥썹은 표정으로 변했다.
"아… 연대장님, 이건… 이건…."
그 몹쓸 표정을 본 배원영 대령은 후임에게 말했다.
"창석아, 이게 우리 부대 현실이다. 할 말 있냐?"
"없습니다. 선배님, 나가시죠."
"그래. 나가자."
"……."
최기동은 오자마자 전임 연대장, 후임 연대장에게 모두 찍힌 채 대대장 생활을 시작했다.

오후 6시 정각. 연대장의 차량. 위병소에서 연대장 차량은 무조건 통과지만, 오늘은 차량을 멈췄다. 그러자 위병소 근무 병사가 뛰어오며 연대장에게 경례한다.
"충성! 근무 중 이상 없습니다!"
"그래. 뒤에 병사 탔다."
"네. 신원 확인하겠습니다. 소속, 계급, 성명 좀 알 수 있겠습니까?"
"4중대 상병 강성재."
"알겠습니다. 연대장님!"
차량에서 떨어진 후, 연대장의 차량이 다시 출발함과 동시에 이어지는 경례.

"충성! 계속 근무하겠음."
연대장은 자신의 집으로 성재를 데려갔다.

삼척시 교동의 한 민간 아파트. 엘리베이터. 11층 1103호. 방 3, 거실 1, 화장실 2.
성재는 영문을 모르겠다는 얼굴로 연대장에게 물었다.

"연대장님, 여기는 어디입니까?"
"어. 우리 집이야. 일단 씻어."
연대장은 자식같이 생각하는 병사가 당한 상처를 보듬어주고 싶었다. 그래서 집에 직접 데려왔다. 지금 당장 부대에 남겨봐야 간부들로부터 갈굼만 당할 게 분명했기에.
그때, 방 안에서 나오는 윤미옥 권사.
"어? 성재구나. 전투복이 왜 이래? 다 젖었네."
그녀의 말에 배원영이 말했다.
"아, 미옥씨, 더 이상 묻지 마세요. 그런 일이 있었어요. 미안한데, 내 옷 하나만 꺼내줄래요. 옷 갈아입히고, 밥 좀 먹이고, 오늘 하룻밤 재우고 보냅시다."
"아, 그렇게 해요. 성재는 일단 들어가 씻어. 안방에도 화장실 있고, 거실 옆에도 화장실 있으니까 편한 데서 씻어."
성재는 민망한 분위기에 고개를 저었다. 그러자 연대장이 안쓰러운 얼굴로 자신의 트레이닝복을 건네주었다.
"이걸로 갈아입어. 부대에는 내가 전화해 놓을 테니."
"알겠습니다."
성재는 처음으로 불안했다.
자신이 분명 선택한 일. 하지만 이런 일이 있을 줄은 몰랐다.

같은 시각. 최기동은 후임 연대장에게 들긴 깃을 띠올리며, 애씨 고개를 지었다.
'괜찮아. 앞으로 잘하면 돼. 내가 중령인데, 병사한테 못할 거 시킨 것도 아니고, 이건 아무것도 아닌 거야. 실제로 아무 말 없이 지나가기도 했고….'
그래서일까? 담담한 듯 공관 내부를 바라보았다.
어질러져 있는 빨랫감, 준비도 안 되어 있는 저녁식사. 그리고 화장실 바닥, 변기가 넘쳐 바닥에 물기를 머금은 두루마리 휴지와 대X.
'공관병 이 새X, 시켜놓은 건 하나도 안 하고 내빼?!'

일단은 전화를 들었다. 그곳은 지휘통제실.
- 통신보안, 1대대 당직사령 중위 차동혁입니다. 무엇을 도와드릴까요?
"어. 대대장인데!"
- 충성! 근무 중 이상 없습니다.
"당번병 좀 관사로 올려보내라."
- 당번병 말씀이십니까?
"그래. 석환이!"
- 알겠습니다. 금방 올려보내겠습니다.
"수고해라."
- 충성! 계속 근무하겠습니다.
차동혁 중위의 말을 들은 대대장은 다시 소파에 누워 TV를 켰다. 그러면서 생각했다.
'시간이 다 해결해 줄 거야. 시간이….'
반면, 지휘통제실은 당직사령이 아닌 다른 간부들이 통제하고 있었다.
"대대장 전화였습니까?"
"그렇습니다. 수사관님."
"일단 모르는 척하고 계십시오. 지금 저 말고 다른 세 명의 수사관이 전 생활관을 돌며 병사들에게 설문조사를 받고 있습니다."
"알겠습니다. 당번병 위로 올려 보내라는데, 어떻게 하면 되겠습니까?"
"그냥 기다리시면 됩니다. 30분 안에 조사 끝납니다. 그땐 저희가 올라가겠습니다."
"알겠습니다."

그리고 30분 후. 전 대대장이었던 김관우 중령이 사단에서 대대로 급하게 불려 왔다. 그가 차동혁 중위를 불렀다.
"본부!"
"충성! 대대장님! 어떻게 오신 겁니까?"
"뭘 어떻게 돼! 사단장님이 다시 원래 보직으로 가 있으라는데, 무슨 일이야! 갑자기 무슨 일이 터진 건데?"
"연대장님이 대대장 비위 관련 수사요청 했습니다. 현재 본부중대 병력 대상으로 전부 조사 완료했고, 내일부터는 전 간부 대상으로 설문조사를 진행할 예정입니다."

"뭐 때문인데?"

김관우 중령의 말에 옆에서 팔짱을 끼고 있던 헌병 수사관이 다가와 말했다.

"일단 드러난 것만 간략히 말씀드리겠습니다. 조사과정에서 부하병사에 대한 성희롱, 성추행이 드러났고, 대대장 보직 이전에 받은 휴가는 무효로 하라는 지시를 내리는 등 권력남용이 심각했습니다. 그리고 병사에게 빨래를 시키는 등 사적 지시, 업무시간에 근무지 이탈, 사생활 침해는 물론 대대장실에서는 음란, 불온 도서까지 발견되었습니다. 헌병대장이 사단장님께 20분 전 유선보고를 하셨고, 사단장님이 원래 대대장님이신 참모님께서 잠시 이곳에서 대리임무를 하라고 지시를 내린 상황입니다."

김관우 중령은 한숨을 내쉬며 핵심을 되물었다.

"수사관! 며칠 정도면 수습이 될 것 같습니까? 제가 대대장을 얼마나 하면 되겠습니까?"
"아마, 3주는 걸릴 것 같습니다. 참모님이 정말 고생이 많으십니다."
"그래요? 알겠어요. 명백히 수사해서, 잡을 건 잡고 가야겠지요."

다음날, 최기동 중령은 보직해임 당했다. 공교롭게도 연대장 이, 취임식이 이루어지던 날이었다. 배원영 대령은 이임사에서 다음과 같은 소견을 밝혔다.

"마지막에 안 좋은 모습을 보여줘서 부대원들에게 성말 미안하고, 이번 사건을 통해 좀 더 발전하고 건승할 수 있는 부대가 되길 기원합니다. 사랑합니다."

연대장의 취임식이 진행되는 와중에도, 대대장 사건 조사는 계속해서 이루어졌다.

같은 시각. 성재 또한 간부식당 조리병들 앞에서 말을 꺼냈다.

"서효석 병장님! 강희철 병장님! 드릴 말씀이 있습니다."
"어제 얘기는 들었어. 괜찮아?"
"그건 괜찮습니다. 연내장님께서 어세 저한테 사단 회관으로 가는 세 좋을 것 같다고 말씀하셨습니다. 그래서 솔직히 말씀드리면 전 가고 싶습니다. 그래서 허락을 맡으려고 왔습…니다…."

성재는 갑자기 울컥했다. 그러자 강희철이 말했다.

"허락은 무슨? 가고 싶으면 가는 거지. 너 왜 우냐?"

성재는 소매로 흘러나오는 눈물을 훔쳤다.

분명 자신이 원던 길이었고, 요리를 더 배우고 싶어서, 더 높은 등급의 요리를 배우기 위해서 선택한 것이었다.

시스템 창이 길을 제시해주었고, 분명 결과는 이렇게 될 줄 알고 있었지만, 이제까지 자신과 잘 지내던 선임들, 후임들과 막상 헤어진다니 괜히 눈물이 나온 것이다.

그런데 서효석이 씩 웃었다.

"왜? 내가 그렇게 좋냐?"

"선임으로 정말 좋았습니다. 제 요리 스승이기도 하십니다. 덕분에 많은 걸 배웠습니다."

그러자 옆에 있던 강희철도 똑같은 질문을 했다.

"나는?"

"강희철 병장님도 장난치는 거 빼고는 좋았습니다."

성재의 말에 강희철이 말했다.

"이 자식! 근데 성재야."

선임의 말에 후임은 소매로 눈물을 훔치며 고개를 들었다.

"네. 말씀하십시오."

"너, 혼자 안 가."

성재는 그게 무슨 말인지 몰랐다. 그래서 물었다.

"네? 무슨 말씀…."

강희철이 씩 웃는다.

"연대장님이 서효석 병장님한테도 같은 말 하셨어. 서효석 병장님도 그래서 오늘부터 사단으로 가실 거야."

"헉… 강희철 병장님은 안 가십니까?"

"내가 왜 가냐? 여기 있으면 내가 왕고인데, 크크큭."

"웃지 마십시오. 저 슬픕니다."

"난 실력이 안 된 것 같다. 아무튼, 너 떠나기 전에, 내놓을 건 내놓고 가라."

강희철은 이제 떠나는 후임병을 보며 협박 아닌 협박을 해댔다.

성재는 눈물을 지운 채, 말을 꺼냈다.

"어떤 것 말씀이십니까?"

"네 레시피! 설마 맨입으로 그냥 갈 건 아니지?"

강희철의 말에 성재는 고개를 끄덕이며, 자신이 미리 복사해두었던 3성 이하 레시피를 강희철에게 건네주었다.

"남들한테 보여주진 마십시오. 제가 6개월에 걸쳐 만든 겁니다."
"그래. 알았어. 고맙다."
"그런데 서효석 병장님하고 저까지 떠나면, 간부식당은 이제 어떻게 운영됩니까?"
"당분간은 준영이랑 둘이 해야지. 신병도 금방 올 테고."
"아… 힘드시겠습니다."

끼이익!
그때, 문이 열리고, 인사담당관이 혀를 차며 누군가를 데려온다.
"희철아!"
"병장 강희철?"
"민호 다시 돌아왔다. 잘 대해줘."
"알겠습니다."
인사담당관이 황당한 얼굴을 하며 떠나고, 홀로 남은 오민호.
서효석이 그를 불렀다.
"오민호!"
"부사관후보생 오민호!"
"야! 너 일병이잖아."
"일병 오민호! 죄송합니다. 헷갈렸습니다."
"부사교 갔는데, 왜 다시 온 거야?"
"아… 평가 과목 시험을 보는데, 3과목 낙제해서 짤렸습니다."
"크크큭, 아오! 야! 넌 부사관 하면 안 되겠다. 그냥 운동이나 해야겠다."
"아닙니다. 한 번 더 도전하겠습니다."
"간부님들이 이제 더 이상 안 시켜줄 것 같은데?"
성재는 마지막 하루를 간부식당 조리병들과 함께 하며, 추억을 마음속에 깊이 간직했다.

> ⚙ ✓ ✗
>
> 전직이 완료되었습니다
> 사단 회관 조리병 / Magic Class
> 직업스킬 퀘스트 - 너의 좋아하는 음식이 보여! 가 열렸습니다

원래 군번대로라면 일병 4호봉이어야 합니다

성재와 효석은 이 중 3분대로 편성되었다.

"서효석 병장님, 그런데 왜 사단 회관으로 가시는 겁니까? 서효석 병장님은 이제 전역 100일 정도밖에 안 남으시지 않았습니까?"

성재의 질문에 효석이 대답했다.

"너는 왜 옮겼는데?"

오히려 되묻는 선임.

"더 많은 요리를 배우고, 더 많은 경험을 쌓고 싶어서 그랬습니다."

성재의 훌륭한 답변. 이어지는 선임의 대답.

"그럼 난?"

"아….”

"다 똑같아. 군대, 사실 지겹잖아. 한곳에 오래 있다는 게 얼마나 피곤한 건데, 물론 익숙해지면 편하게 느껴지지만, 또 그게 자기 자신을 나태하게 만드는 이유이기도 하니까. 새로운 요리도 배워보고 싶고."

서효석의 대답은 결국 스스로를 위해서였다.

'당연한 걸까나?'

그랬다. 누굴 위해서도 아닌 자신을 위한 선택. 성재 또한 같은 생각.

"대장님께서 신고하러 들어오시랍니다."
"알겠습니다."
아직은 어색한 부대원들. 행정병의 말에 두 병사가 본부대장실에 들어갔다.
본부대 행정장교가 옆에서 전입 신고식 진행을 시작했다.

[전입 신고.]
"신고합니다. 병장 서효석!"
"상병 강성재!"
"이상 2명은 2018년 5월 3일부로 60연대에서 사단 본부대로 전입을 명받았습니다. 이에 신고합니다."
[본부대장님께 대한 경례.]
"충성!"

본부대장은 박진만이란 이름을 가진 소령이었다.
학사 45기. 05년 임관. 대전 유성구에 위치한 국립대학 한동대 토목학과 출신.
"둘 다 앉아."
신고가 끝나자마자 바로 면담을 시작하려는 박 소령.
생활지도기록부와 간이신상명세서를 확인한 그가 입을 열었다.
"성재. 집이 대전이네?"
"상병 강성재! 맞습니다. 원래 충북 옥천이었는데, 이번에 대전 서구로 이사 갔습니다."
"대장도 대전 출신이야. 궁동에서 술 많이 먹었지. 요즘에도 거기서 많이 먹지?"
"네. 맞습니다. 저도 친구들과 만날 때, 항상 충정대학교 옆 궁동에서 모였었습니다."
"그렇구나. 그런데 조기진급을 2번이나 했네. 이등병 때 한 번, 일병 때 한 번. 그럼 선역이 언제야?"
"내년 6월입니다. 1년 1개월 남았습니다."
"오우, 그럼 대장 다음 보직 갈 때까지도 넌 여기 부대에 남아있겠다."
"맞습니다. 열심히 하겠습니다."
"좋아. 다음 서효석! 넌 전역이 3개월밖에 안 남았어?"
"병장 서효석! 맞습니다. 정확히 108일 남았습니다."

"음, 그런데 왜 신청한 거야? 원래 부대에 남아도 되잖아."
"이번에 오신 신임 참모장님께서 좋은 기회를 주셔서, 저도 좀 더 수준 높은 곳에서 근무해보자 하는 마음에 신청했습니다."
"그래. 너희 둘 실력은 이미 요리대회 1등 했다는 게 증명을 했으니까, 이 대장은 전적으로 믿으마. 단, 너희들 여기 왔다고 해서 너희보다 후임한테 막 대하고, 선임 무시하고 그러면 안 된다. 알았지?"
"네! 알겠습니다."
"좋아. 성재는 나가 봐."
"네. 충성!"

성재는 일어나서 나가려는데, 본부대장이 앉아있는 효석을 불렀다.
"서효석!"
"병장 서효석?"
그리고는 악마의 유혹을 시작했다.
"너 혹시 전문하사 할 생각은 없니?"
"……"
"잘 생각해 봐. 군대에서 월 140만 원씩 주고, 공무원 하게 되면 호봉에도 쳐 준다? 그리고 집도 주고, 원하면 대학교도 다닐 수 있어."

신고가 끝나고 생활관에서 대기 중인 둘을 인솔한 사람은 바로 조리실장이었다.
그는 안면이 있었다. 지난번 요리대회에서도 마주친 간부.
차상철 상사. 호리호리하게 키 크고 마른 체형.
그는 회관에 현재 보직된 4명의 병사 앞에서 둘을 소개했다.
"오늘 신임 참모장님 지시로 60연대에서 우수한 인원이 합류하게 됐다. 너희들 중 아는 인원도 있을 테고, 모르는 인원도 있겠지만, 이 두 명은 지난번 삼척시, 강원랜드 공동 주관 요리대회에서 당당하게 1등을 한 인원들이야. 각자 자기소개들 해."
차상철 상사의 말에 서효석이 먼저 말을 걸었다.
"안녕하십니까? 병장 서효석입니다. 많은 배움을 얻고자 왔습니다. 중화요리는 오래 했었기 때문에 자신 있습니다. 열심히 하겠습니다."
회관조리병 중 유일한 병장이었기에 다들 고개를 숙이며 병력들이 답변했다.
"잘 부탁드립니다!"
"잘 부탁드립니다!"
그리고 이어지는 성재의 소개.
"안녕하십니까? 상병 강성재입니다. 군대 와서 요리를 배우기 시작해서, 열심히 공부하고 있습니다. 앞으로도 회관 조리병으로서 열심히 임무수행 하겠습니다. 잘 부탁드리겠습니다. 충성!"
성재의 소개에 '일병 윤호영'이라는 명찰을 찬 병사가 입을 열었다.
"잘 부탁드리겠습니다. 강성재 상병님!"
그러자 그의 후임들도 따라서 대답했다.
"잘 부탁드립니다."
"잘 부탁드립니다."

간단한 소개가 끝나고, 차상철 상사는 휴대폰을 들며 조리병 중 가장 고참이었던 김종태에게 말했다.
"종태야, 일단은 네가 서효석 병상보다는 한 달 후임이거든."
"상병 김종태! 네. 그렇습니다."
"그래도 네가 여기서는 임무수행 더 오래했으니까, 분대장은 계속한다. 알았지?"
"아, 알겠습니다."
"그래도 선임은 선임 대접 해주고, 후임은 분대장으로서 끌어주고, 챙겨주고, 그래야 된다. 알았지?"
"네. 알겠습니다."

간부가 떠나고 분대장인 김종태가 말을 꺼냈다.
"서효석 병장님은 요리 얼마나 배우신 겁니까?"
"아, 13년 정도 했어. 엄청 어렸을 때부터 했었거든. 초등학생 때부터 했으니까."
"아, 어쩐지 캐슈넛새우볶음, 정말 대단했습니다. 그 요리 나올 때, 다른 사람들이 우승후보라고 난리였지 말입니다. 존경합니다."

"에이, 존경까지야…."

김종태는 서효석에게 넉살 좋은 웃음을 지어 보였다. 어쨌든 그는 선임. 그에게는 깍듯이 대하는 게 좋다.

그리고 다음 후보. 강성재.

"너는 요리 얼마나 배웠어?"

"작년 10월부터 배우기 시작했습니다."

"10월? 그럼 얼마 안 됐네?"

"네. 얼마 안 되긴 했습니다. 그래도 열심히 했습니다. 누를 끼치진 않을 겁니다. 열심히 하겠습니다."

"자신 있는 분야는? 한식? 일식? 중식?"

"특별히 자신 있는 분야는 없고, 다방면으로 열심히 배워보려고 노력 중입니다."

"자격증은?"

"한식 조리 기능사 자격증 땄습니다. 올해 중식 조리 기능사 자격증도 따려고 합니다."

"한식이야 뭐, 대충 3주 준비하면 다 따는 거고. 경험은 없어? 군대 오기 전에 레스토랑이나, 호텔, 아니면 프렌차이즈 업체, 요식업 경험 같은 건 없어?"

"그런 건 없습니다."

"이상하다. 우리는 다 그런 경험 있는 사람만 뽑는데…?"

성재는 더 이상 대답하지 않았다. 이게 무슨 의미인지는 바로 알 수 있었다.

시스템창이 말해주고 있었다.

> 사용자 강성재에 대한 윤호영의 호감도가 150 하락했습니다
> 윤호영의 호감도가 0 이하로 하락하여 적개심으로 변환되었습니다
> 사용자 강성재에 대한 윤호영의 적개심이 150 상승하였습니다

윤호영이라는 이름, 어디서 들어본 적이 있었다. 요리대회 때, 호감도가 떨어진 사람.

'분명 김종태랑 윤호영이었지?'

그리고 보니, 김종태의 바로 옆에 윤호영이란 병사가 보인다.

상병 김종태, 일병 윤호영.
명찰에 박힌 그들의 이름. 그 둘은 자신을 시기하고, 질투하며 미워하고 있다.
성재는 일단 조심했다.
"열심히 하겠습니다. 뭐든 시켜만 주시면 잘하겠습니다."
"됐어. 서효석 병장님이 왕고이시고, 제가 상병 6호봉이니까 투고, 그리고 강성재 상병이 쓰리고, 그리고 일말인 호영이가 포고, 나머진 일병 3호봉하고 이제 이등병 두 명입니다."
호봉으로 따지자, 성재가 잠시 고개를 갸웃거리더니, 김종태에게 말했다.
"분대장님? 저, 원래 군번대로라면 일병 4호봉이어야 합니다."
"응? 그게 무슨 말이야?"
"3개월 조기진급 했습니다. 이등병 때랑 일병 때 했습니다."
"헉, 그래?! 잠깐! 야! 그럼 윤호영! 네가 고참인데?"
"일병 윤호영! …그렇습니다."
"아, 이런 적은 처음이네. 어떻게 해야 되나? 잠깐! 간부님한테 여쭤봐야겠다."
"알겠습니다."

전화 통화가 끝나고 차상철 상사가 다시 회관으로 돌아왔다. 그는 병사들을 쳐다보았다.
"뭐가 이렇게 복잡해? 성재가 3개월 조기 진급 했다고?"
"네. 맞습니다."
"음… 윤호영!"
"일병 윤호영?"
"존댓말 해."
"네?!"
"너보다 계급 높잖아."
"……."
"왜 대답이 없어?"
"이건 좀 아닌 것 같습니다."
"야! 사단장님이 군생활 더 했어? 아니면 c님이 군생활 더 했어?"
"작전 부사단장님이 더 하셨습니다."
"그런데 작전 부사단장님이 사단장님한테 반말 하냐?"

"아닙니다."
"군대는 입대날짜보다 계급이 먼저지? 오케이?"
"……알겠습니다."

보통 군대에서는 이런 식으로는 하지 않는다. 그냥 본래 부대였다면, 같이 군 생활을 했다면, 먼저 입대한 사람이 선임으로 행동하면 될 일이었다.
차상철 상사의 생각은 달랐다.
그는 민간 부사관 중에서도 에이스 부사관이었다. 중사 진급도 1차로 했고, 상사 진급도 2차에 진급했다. 그래서 동기들보다 상사 진급이 5~7년 정도 빨랐다. 그래서 알고 있었다. 조기 진급한 것을 인정 안 해주는 선배 부사관들은 아주 X같다는 사실을….
그런 평소 생각 때문에 그는 이렇게 결정한 것이다.
"종태야. 관물대랑 다 배정해줘. 자는 곳 조정 좀 해야겠다?"
"상병 김종태! 알겠습니다. 서효석 병장님? 따라오십시오. 성재 너도 따라와."
"알겠습니다."

철벽회관. 그곳에서 일하는 회관 조리병은 다른 병사들과 다른 생활을 하고 있었다.
회관 자체에 병력들을 위한 취침 공간이 따로 마련되어 있었다.
조리병 휴게실A, B라고 적혀있는 방.
한쪽 방은 서양식 호텔처럼 침대 3개에 옷장, 거울까지 제대로 놓여 있는 최고급 시설이었고, 한쪽 방은 그냥 노란 장판의 온돌방이었다.
모두가 침대가 있는 방을 선호했다. 그리고 그 방은 김종태 상병과 윤호영 일병, 그리고 방진석 일병이 쓰고 있었다.
김종태가 후임병을 불렀다.
"진석아, 호영아."
"일병 방진석!"
"일병 윤호영!"
그리고는 명령했다.
"너희 짐 빼서, 온돌방으로 가라."
분대장의 정당한 명령에 방진석 일병은 곧바로 수긍하고 대답했고,

"네! 알겠습니다."
윤호영 일병은 억울한 듯 고개를 저었다.
"이건 아니지 않습니까?! 제가 재보다 군 생활 오래했는데, 왜 제가 뺍니까?"
"야! 간부님이 그렇게 말했잖아! 나보고 어쩌라고?"
"그래도 김종태 상병님은 제 편 들어주셔야 되지 말입니다. 어떻게 저한테 여기서 나가라고 하십니까?"
"3개월만 참아. 서효석 병장님 나가시면 바로 들어오게 해줄게."
"아, 짜증납니다."
그때, 강성재가 고개를 숙이며 분대장에게 말했다.
"저 때문에 죄송합니다. 제가 괜찮다면 온돌방으로 가겠습니다."
"아니야. 지금 바로 가는 건 말이 안 되고, 일단 지내보고 불편하면 그때 건의하면 돼. 일단 그대로 써. 실장님이 병 생활을 안 해봐서 체계를 잘 모르셔서 그래. 다시 건의 할게. 나중에 온돌방 가게 될지도 모르니까, 그건 일단 생각하고 있어라. 성재야. 알았지?"
"네. 알겠습니다."
성재는 자신의 짐을 꾸리며 나가는 윤호영 일병의 눈빛을 보았다.
악에 차 있는 눈빛.

사용자 강성재에 대한 윤호영의 적개심이 200상승했습니다

그걸 본 성재는 고개를 푹 숙였다.
'시작부터 별로 안 좋은데?'

이건 아니지 말입니다

첫날은 쉬는 날이었다. 정확히는 옷을 맞추는 날.
모든 짐을 옮겨놓은 후, 차상철 상사는 성재와 효석이를 양복점으로 데려갔다.
"사장님! 이 두 녀석, 옷 좀 재단해주세요."
"네. 알겠습니다."
사장님은 줄자를 이용해 허리와 다리 길이 등 여러 가지 치수를 재더니, 씩 웃었다.
"오늘 저녁때까지 해드리면 되죠?"
"네. 명찰도 부탁드리겠습니다."
"병장 서효석, 상병 강성재. 접수했습니다. 오후 7시 전에 찾으러 오세요."
"네. 사장님! 수고하세요."
차상철 상사는 생각보다 속이 깊은 사람이었다.
"너희들 뭐 먹고 싶냐?"
"무슨 말씀이십니까?"
"이왕 나온 거, 밥이라도 먹고 들어가자. 매일 똑같은 메뉴, 지겨워 죽겠다."
"……."
차상철, 그는 회관에서 온종일 지내는 간부였다. 다른 간부와의 왕래도 없고, 오로지 회관 관리에 모든 정성을 쏟아야 하는 직책.

그래서일까? 매일 같은 메뉴만 먹어야 하는 그의 유일한 낙은 바로 외출 시 먹는 맛집 탐방이었다.

"여기가 꼭 와보고 싶었어."

삼척의 맛집, 문어등갈비찜 전문점. 지난 요리대회 2등이었던 그곳.
안에는 사람이 바글바글한데, 주인장이 앞에 나와 차상철 상사를 반긴다.

"왔어? 늦으면 어떻게 해. 손님 못 받잖아."

"죄송해요. 조금 늦었죠? 예약자리 아직 남겨두신 거죠?"

"그럼~ 얼른 들어가. 갈비찜 식겠다."

주인장인 윤숙자는 차상철 뒤에 온 병사를 바라보다 깜짝 놀랐다.

"어? 캐슈넛! 그때 그 캐슈넛!"

그러자 차상철이 미소를 지으며 말했다.

"맞아요. 그 1등 한 병사들, 저희 부대에 왔어요."

"내가 그날 얼마나 가슴이 아팠는지 알아? 1등 놓쳐가지고, 한이 맺혀가지고…."

"후후, 에이! 너무하신다. 언제 적 이야기를 계속하세요? 문어등갈비찜 먹으러 왔으니까, 얼른 주세요."

"그래. 앉아. 얼른 앉아. 이미 지나간 일, 생각해 봐야 뭐 해. 앉아서 맛있게 들어."

"네. 잘 먹겠습니다."

성재는 윤숙자 아줌마에게 목례를 하고는 자리에 앉았다.
이미 세팅되어 있는 밑반찬. 그리고 바로 가져오는 메인 요리.

 recipe | 윤숙자와 손정국이 정성껏 만든 문어등갈비찜 ★★★★★ ✗

육질이 살아있는 등갈비, 바다의 쫄깃함을 그대로 느낄 수 있는 문어의 조합
미리 핏물을 빼주고 양념에 재워준 등갈비와 디시미 육수에 삶은 문어가 한 자리에서 만났다
큼직한 표고버섯, 새송이버섯, 양파, 대파, 당근으로 자칫 부족할 수 있는 갈비와 문어의 식감에 새로운 재미를 살린 것도 포인트
맛, 영양, 보는 재미, 먹는 재미를 모두 살린 요리

성재는 차상철 상사의 말에 미소를 지었다.

"이게 얼마나 맛있는지 아냐? 내륙 가면 못 먹는 음식이야. 문어는 그 날 잡아서 바로 그

날 먹거든. 잡고 나서 12시간 안에 먹어야 제대로 먹는 거란다. 다들 먹어봐."
"네. 감사합니다."
문어등갈비찜(中), 가격 무려 7만 원.
비싼 가격에도 불구하고, 차 상사는 기꺼이 병사들을 위해서 좋은 음식에 거금을 치른다.
"잘 먹겠습니다."
쫄깃쫄깃한 문어의 식감과 양념이 제대로 밴 등갈비의 만남.
그리고 담당간부의 진솔한 이야기.
"이거 먹고, 가서는 열심히 하는 거다?"
"네. 알겠습니다."
"아마, 병사들끼리 질투심 같은 거 많이 느낄 거야. 우리 조리병 녀석들 하나같이 우수한 자원들만 뽑은 거거든. 솔직히 대회에서 1등은 못해도 2등은 할 줄 알았어. 원래 군인들한테 1등을 준 적이 없었거든. 그래서 우리가 2등이라고 생각했었지."
"아… 몰랐습니다."
"그런데 너희가 1등을 하니까, 걔네들 자존심이 완벽하게 금이 간 거야. 종태랑 호영이가 진짜 오리훈제백숙 맛있게 만든다고 한 달 동안 고심에 고심을 해서 만든 건데, 너희가 간단하게 이겨버렸으니까 그럴 만도 할 거다. 이해하지?"
"네. 그럴 것 같습니다."
"말 통하니까 좋다. 오늘은 일과 중이라 술은 안 되고, 나중에 쉬는 날에 따로 나랑 회관 문 닫고 술 한 잔 하자. 알았지?"
"네! 오늘 자리 감사합니다."

차상철, 그는 상식이 통하는, 의식이 깨어있는 간부였다.

그날 밤 10시. 서빙과 음식 조리를 모두 마친 병사들이 자신들의 휴게실로 올라왔다.
김종태는 모든 조리병들을 불러놓고, 말을 꺼냈다.
"서효석 병장님? 모레가 5월 5일 어린이 날입니다. 그날은 공휴일이라 회관도 쉽니다."
"아, 그러네. 공휴일 쉰다고 했었는데…."
"그날, 동해시 종합운동장에서 어린이날 행사가 있습니다. 저희 병력 중에는 총 3명 지원

해야 되는데, 아래부터 3명 보내겠습니다."

"아니야. 내가 갈게. 오늘 첫날이라 일도 안 했는데, 그거라도 해야지."

"아닙니다. 원래 저희 전통이 후임일 때 고생하고, 선임일 때 좀 풀어줍니다. 서효석 병장님은 푹 쉬십시오. 성재! 너도 빠져."

김종태 상병은 분대장으로서 권한을 가지고 있지만, 자신보다 선임인 서효석에게 깍듯이 대했다. 물론 성재도 분대 내 쓰리고로서의 권한도 충분히 인정해주었다.

그래서 막내 3명을 호명했다.

"진석이, 권호! 호영이!"

"일병 방진석!"

"이병 심권호!"

"……."

"너희 셋이 지원 가라. 가서 시민들이랑 군 간부 가족들한테 간식 만들어주고 오면 돼. 가서 특별히 신경 쓸 거 없고, 실장님이 지시하는 대로만 하면 돼. 알았어?"

분대장의 정당한 지시.

"알겠습니다."

"네. 맡겨만 주십시오."

두 명은 따르는데, 한 명은 끝까지 대답하지 않는다.

"호영아?"

"일병 윤호영?"

"왜 대답이 없어? 가라니까?"

"아… 진짜 이건 아니지 말입니다. 제가 쟤보다 먼저 입대했는데 왜 제가 갑니까?"

"간부님이 말씀하셨잖아. 너도 그 자리에 있었고."

"그래도 아닌 건 아닌 겁니다. 세가 싱새보다 짬밥 100끼 이상 더 먹었고, 잠도 50일은 더 잤습니다. 이건 아니지 말입니다."

병사들만 있는 자리. 하극상이라고도 볼 수 있는 사태.

하지만 다른 관점에서 보면 논리적으로 맞는 말. 후임병들은 이런 상황에 아무 말도 못 했고, 윤호영 일병은 강성재에게 적대적인 시선을 대놓고 드러내고 있다.

"야! 네 선임이라잖아! 실장님이 말했잖아!"

"선임 아닙니다! 김종태 상병님! 정말 이러실 겁니까? 대장님한테 마음의 편지 씁니까?!"
"야! 윤호영! 윤호영! 야!"
분위기가 과격해지자, 성재는 싸우려는 김종태를 말렸다. 그리고 말했다.
"죄송합니다. 제가 어린이날 행사 참석하겠습니다. 다 제 탓입니다. 제 잘못입니다."
"아니, 네가 잘못한 거 아니라니까? 간부님이 정해주신 거잖아. 네 잘못 없어."
"아닙니다. 윤호영 일병도 화 그만 내셨으면 좋겠습니다. 제가 참석하겠습니다."
성재가 예의를 갖추자, 윤호영은 오히려 의기양양한 얼굴로 말했다.
"이것 보십시오. 당사자도 이게 맞다 하지 않습니까? 어린이날 행사 지원은 성재랑 진석이, 권호를 보내는 거로 해주십시오."

성재는 후임병 둘과 함께 동해시 천곡동에 있는 종합 운동장에 나왔다.
"강성재 상병님, 왜 그런 말씀 하셨습니까?"
"뭐가?"
"가만히 계셨으면 안 나오셨을 텐데, 굳이 왜 고생 하시는지 모르겠습니다."
"음, 난 뭐가 고생인지 모르겠는데? 오늘같이 날씨 좋은 날, 밖에 나와서 사람 구경도 하고, 봉사활동도 하면 좋은 거 아닌가?"
"그러고 보니, 그 말도 맞는 것 같습니다."
"후후, 그래. 너무 신경 쓰지 말고, 그냥 즐기자! 너희는 붕어빵 만들기로 했지?"
"네. 그렇습니다. 그러고 보니, 강성재 상병님은 따로 준비하셨다고 들었습니다."
"응, 이제 실장님이 재료 가져오실 거야."
어린이날 행사. 수많은 강원도의 젊은 부부들이 아이들을 데리고 경기장을 찾았다. 하늘에는 헬륨 풍선 수백 개가 떠오르고, 경기장 안에서는 전통 행사가 열리고 있다. 태권도 경연대회, 전통춤 경연대회, 가수들의 축하공연에 바자회까지.
물론 주변 사이드에는 먹거리 장사를 하는 곳도 있었다. 성재도 포함되어 있었다.

붕어빵 3개에 천 원!
수익금은 모두 복지시설에 기부됩니다.

꿀타래 1박스에 5,000원!

매일 오는 꿀타래가 아닙니다. 오늘 100박스 한정판매! 맛있는 것도 먹고, 기부도 하는 일석이조의 기회! 놓치지 마세요! 충성!

현수막과 안내간판을 보고 찾아오는 손님들.
꿀타래를 보며 강원도 시민들은 미소를 지었다.
"맛있어요. 정말 맛있어요!"
"우와 이게 그 소문만 듣던 꿀타래로군요?"
"아빵! 나! 저거 조그마한 솜사탕! 솜사탕!"
"저거 솜사탕 아니야. 꿀타래라는 거래. 우리 미현이 하나 먹어볼래?"
"우웅! 먹고시펑!"
때마침 행사를 순찰하던 사단장도 조리실장이 운영하는 부스를 찾아왔다.
"고생하네. 공휴일에 쉬지 않고 이런 곳까지 나오고, 조리실장! 매번 열심히 하는 모습이 보기 좋아!"
"감사합니다."
"어? 저 병사는 성재잖아."
성재는 사단장이 자신을 알아보자 미소를 지으며 경례했다.
"충성! 사랑합니다. 사단장님!"
"하하하, 그래. 또 꿀타래 만들고 있니?"
"그렇습니다."
"하나만 먹어볼까?"
성재는 잠시 고민하다, 웃음을 머금으며 대답했다.
"사단장님, 1박스에 5,000원입니다. 수익은 전액 기부할 예정입니다. 감사합니다!"
그러자 해맑은 미소를 지은 사단장은 5,000원짜리 지폐를 건네며 한 박스를 구입했다.
"당연히 돈 내고 먹어야지. 이건 우리 마누라랑 같이 먹어야겠구만. 군수참모? 너도 나 따라왔으면 사야지?"
"아, 알겠습니다. 병사야. 나도 1박스 줘라."
"네. 감사합니다!"
사단장은 미소를 짓더니, 조리실장에게 물었다.

"재랑 효석이인가? 개도 온 거지?"

"네. 맞습니다. 신임 참모장이 사단장님께 직접 보고했던 것으로 알고 있습니다."

"그래. 맞아. 내가 승인했지. 아! 오늘 공휴일인데 쉬지 않고 나온 병사들, 전부 위로 휴가로 조치해줘라."

"네. 알겠습니다. 위로휴가 1일 조치하겠습니다."

"그래! 다 팔면 들어가. 너무 오래 있으면 피곤해."

"감사합니다. 들어가십시오. 충성!"

"그래. 수고해라."

그날 저녁. 후임병들은 미소를 지으며 회관으로 돌아왔다.
분대장은 상향식 일일결산(병력결산)을 하기 위해 분대원들을 불렀다. 김종태는 분대원들을 바라보며, 그날 있었던 일을 물었다.

"서효석 병장님? 오늘 특이사항 있으셨습니까?"

"아니, 그냥 TV만 좀 봤네. 푹 쉬었지 뭐."

"아, 고생하셨습니다. 호영이 넌?"

분대장의 질문에 윤호영은 강성재를 향해 회심의 미소를 지으며 말했다.

"저도 오늘 푹 쉬었습니다. 모처럼 만에 즐기는 공휴일이었던 것 같습니다."

자신이 마치 승리자라는 듯, 여유를 즐기는 녀석. 성재는 윤호영의 건방진 태도를 알아차렸지만, 애써 무시했다.

분대장이 성재를 향해 고개를 돌렸다.

"성재! 넌 나가서 무슨 일 있었어?"

"분대장님, 저 오늘 후임병들이랑 꿀타래랑 붕어빵 팔다가, 사단장님 만났습니다."

"사단장님? 실수한 건 없지?"

"네. 실수는 안 한 것 같고, 사단장님이 오늘 공휴일인데 병사들 나와서 고생한다면서 위로 휴가 1일씩 조치해 주셨습니다."

"헉? 휴가 받은 거야?"

"네. 그렇습니다."

"진석이는?"
"저도 강성재 상병 덕분에 위로 휴가 받았습니다. 특이사항 없습니다."
"권호 너도?"
"그렇습니다. 저도 위로 휴가 받았습니다. 강성재 상병이 꿀타래 진짜 맛있게 잘 만듭니다. 나중에 한번 드셔 보십시오."
후임병의 말에 한 명을 제외한 모든 병사들이 미소를 지었다.
서효석은 자신의 레시피를 자신과 같은 수준까지 끌어올린 성재의 성장에 미소를 지었고, 김종태는 후임병들의 마음을 빼앗은 성재의 노력과 희생정신에 미소를 지었다.
후임 두 명은 이제까지 포상 휴가, 위로 휴가를 받은 적이 단 한 번도 없었는데, 강성재 상병이 사단장 앞에서 능글맞은 표정을 지으면서도, 마음을 사로잡으며 휴가를 따낸 것을 직접 확인한 후 고마움을 느꼈다.
"오케이, 상향식 일일결산 끝. 오늘은 푹 쉬자."
"네. 알겠습니다."

상향식 일일결산이 끝나고, 온돌방에 있는 후임들.
그들은 윤호영에게는 일말의 관심도 주지 않고 둘이서만 대화했다.
"오늘 강성재 상병님 진짜 멋있지 않았습니까?"
"맞아. 손놀림 예술이더라. 시민들 앞에서도 재밌게 잘하고, 애들 앞에서도 밝게 웃으면서 잘 놀아주더라. 진짜 멋있는 것 같아."
"방진석 일병님? 저 오늘 받은 위로 휴가, 신병 휴가에 붙여 쓸 수 있지 않습니까?"
"그럴걸? 오! 그럼 4박 5일 나가겠네?"
"아! 그렇습니다. 기분 너무 좋습니다."
"크크, 강성재 상병님한테 고맙다고 꼭 전해라."
"네. 그러려고 합니다. 앞으로 잘 보여야겠습니다."
윤호영은 후임병들의 말에 쓴웃음을 지었다. 하지만 감정을 입 밖에 낼 순 없었다.
아직까진 모두가 그에게 호의적인 시선을 보내고 있다.
기다려야 한다. 자신이 유리한 상황이 올 때까지….
그런데 짜증이 또 치밀어 오른다.
'고생하라고 보냈더니, 가서 휴가를 받아?! 아 짜증나네.'

159
풀 건 풀고 가셔야 되지 말입니다

후임들은 성재의 이야기를 계속했다.
"강성재 상병님 포상 휴가만 40일 가까이 받은 거 들으셨습니까?"
"어. 진짜 전설이더라. 대박!"
그런 후임들의 이야기가 계속 거슬리는 윤호영. 그는 귀를 막고 잠을 청했다.
하지만 후임병들은 쉬지 않는다.

"서효석 병장님 말로는, 군단장님이 직접 요리 먹으러 부대도 찾아왔다고 합니다."
"아, 그것도 들었어. 그거 말고도 나인일레븐 편의점에서 강성재 상병 붙잡으려고 샌드위치 들고 부대 방문한 것도 있었다는데…."
"저는 그것도 믿어지지 않습니다. 얼마 전 평창 올림픽 때 독일 선수들이 짬밥 먹으려고 줄 섰다고, 크크크, 그거 듣고 이건 좀 뻥카구나 싶었습니다."
말이 안 되는 황당한 소리를 하는 후임병들의 이야기가 끊이질 않자, 결국 윤호영은 온돌방에서 취침에 들어가는 후임병들에게 소리를 질렀다.
"야! 자식들아! 자! 자! 자라고!"
"……."
"……."

다음날, 5월 6일 목요일. 성재와 효석은 간부식당 출신답게 금방 적응해갔다.
"서효석 병장님, 혹시 여기 메뉴판 중에 어떤 것 가능하십니까? 식사류만 보시면 됩니다."

○ 고기류

생삼겹살 : 7,000원 (200g / 국내산)

돼지갈비 : 8,000원 (200g / 국내산)

오리구이 / 훈제 : 13,000원 (400g / 국내산)

※ 1일 전 사전예약 (4종)

한방오리백숙 : 30,000원 (1마리 / 국내산)

한방닭백숙 : 30,000원 (1마리 / 국내산)

한우모듬 : 20,000원 (200g / 국내산)

과메기 : 15,000원 (10마리 / 국내산)

○ 식사류

갈비탕 : 5,000원

뚝배기불고기 : 4,000원

육개장 : 4,000원

순두부찌개 : 3,500원

김치찌개 : 3,500원

된장찌개 : 3,500원

공깃밥 : 1,000원

라면 : 1,500원

라면사리 : 500원

○ 주류

소주 : 1,500원   맥주 : 2,000원   음료수 : 1,000원

분대장의 질문에 서효석은 메뉴판을 뚫어지게 보더니, 사전예약 메뉴를 가리켰다.
"예약메뉴 빼고는 다 가능하겠는데?"
"그럼 서효석 병장님 믿고 부탁 좀 드리겠습니다. 전 오늘 오리백숙이랑 닭백숙 주문 들어와서 그거 준비해야 될 것 같습니다."
"그래. 열심히 할게."
분대장인 김종태는 선임과 의견을 나누고, 후임들에게 통보했다.
"자, 오늘부터 서효석 병장님하고, 내가 주방 조리 담당할 테니까, 호영이랑 권호, 진석이는 서빙 맡아라. 성재 너는 주방에서 설거지 좀 해주고."
"알겠습니다."
본래 5명이 운영할 때는 주방 조리하는 사람이 설거지도 한다. 그래서 주방 2명, 서빙 3명으로 운영했다. 지금은 한 명이 전역하고, 두 명이 추가로 온 상태였다.
병사가 무려 6명. 조정이 필요했다. 그래서 결정한 것이 주방 3명, 서빙 3명.
갑자기 바뀌어서 그랬을까? 불만 있는 사람이 나온다. 물론 윤호영이었다.

"분대장님?"

"또 왜? 뭐가 또 불만인데?"

"강성재 대신 제가 주방 맡겠습니다."

"너 오늘 예약메뉴도 없잖아. 굳이 주방 와서 고생할 필요 없어."

"아닙니다. 제가 설거지하겠습니다. 선임인데 첫 근무부터 설거지시키는 건 좀 아닌 것 같습니다."

그랬다. 본래 이등병은 오자마자 설거지부터 시작한다. 아직까진 어리버리하고, 간부들 앞에서 쪼는 경향이 있기 때문에, 한 달 정도는 주방에서 설거지를 시키거나, 객실 청소를 맡겨 심적 부담을 줄인다.

그래서일까? 김종태가 말했다.

"첫 근무부터 서빙은 좀 아닌데, 간부님 상대하는 게 쉬운 일 아닌 거 알잖아."

"에이, 상병이지 않습니까! 강성재 상병님 앞치마 벗으십시오. 제가 설거지하겠습니다."

성재는 윤호영의 말에 혀를 찼다. 무슨 꿍꿍이가 있는 게 분명해 보였지만 굳이 그 녀석이랑 의견 차이로 부딪히고 싶지는 않았다.

그래서 녀석의 뜻대로 했다.

사실 설거지 한다고 자신한테 도움이 되는 것도 아니니까 그게 나아 보였다.

"분대장님, 윤호영 일병 말대로 서빙 하겠습니다. 그게 나을 것 같습니다."

"그럴래? 처음인데 괜찮겠어?"

"네. 괜찮습니다."

"그래. 호영이 말도 일리가 있다. 너도 상병인데, 알아서 잘하겠지."

설거지, 체력적으로 힘든 일. 하지만 스트레스는 가장 적은 일.

호영은 그걸 알기에 일부러 설거지를 선택했다.

서빙하는 동안 강성재의 크나큰 실수를 바라고 결정한 일이었다.

'서빙하면 간부들로부터 스트레스 많이 받을 거다. 처음인데 고생 좀 해봐라. 크크크.'

오늘따라 그의 예상대로 손님도 많았다. 손님이 많으면 서빙은 엄청나게 바쁘고 힘들다.

그건 곧 강성재의 얼굴이 울상이 될 거라는 것.

역시나 주문이 밀려들었다.

"관리병! 여기 주문 좀 받아라!"

"관리병! 여기 10번 테이블 주문!"

"관리병! 여기 삼겹살 3인분, 소주 하나!"
"관리병! 여기 기본 반찬 세팅 좀 해주고, 김치찌개 라면사리 추가!"
윤호영의 얼굴에는 어느새 회심의 미소가 가득했다.

성재는 확실히 간부식당보다 회관이 더욱더 힘들다는 것을 체감했다.
셀프 바 식이었던 간부식당과 다르게 이곳은 하나하나 반찬을 직접 가져다줘야 했다.
거기에 술 취한 간부들의 술주정도 들어야 하고, 계산서도 하나하나 꼼꼼히 체크해서 카운터를 보고 있는 실장님께 인계해야 한다.
그런데 고맙게도 후임병들이 매우 열심히 일해주었다.
"강성재 상병님? 이건 저희들한테 맡기셔도 됩니다."
"원래 저희 둘이서 했던 일입니다. 이거 저희 둘만 해도 충분히 할 수 있습니다. 그냥 오늘은 업무 파악 한다고 생각하십시오."
성재는 이제 막 같이 지낸지 3일밖에 안 된 후임병들이 자신을 따르며, 열심히 하는 모습에 감동했다.
'진짜 착한 후임들이네.'
그렇다고 그들 말대로 뒤에서 뒷짐만 지고 있을 수는 없는 법. 후임병들이 하는 행동과 말투를 관찰하고, 그들이 움직이는 동선을 보며, 자신도 해야 될 업무를 익힌다.
성재가 후임병들의 행동을 관찰하는 사이, 주방 안에서는 험담이 시작되었다.
물론 그건 윤호영 일병으로부터였다.

"분대장님? 강성재 상병, 아무것도 못 하고 있습니다. 후임한테 다 맡겨두고 뒷짐만 지고 있습니다."
그러자 서효석이 후임병을 째려보았다. 그것을 보며 김종태 상병은 민망했는지, 발언을 한 녀석을 불렀다.
"윤호영!"
"일병 윤호영?"
"너 할 일이나 해. 설거지 쌓이기 시작했잖아."
"저 잘하고 있습니다."

"그래. 그래! 알았다. 알았으니까, 오늘은 입 좀 다물고 하자. 어?"
"관리병!"
간부의 부름에 즉각 위치하는 성재.
"네. 간부님! 부르셨습니까?"
그 간부는 주문하기 전에, 메뉴판을 보며 딜을 걸어왔다.
"응. 여기 닭백숙 혹시 지금 먹을 수 있냐?"

설거지를 하고 있던 윤호영이 그 질문을 듣고 씩 웃었다.
저런 질문을 할 때, 안 된다고 그 자리에서 바로 거절하면 간부들의 쌍욕이 흘러나올 수 있었다. 그럴 때는 온종일 우울해지고, 실수도 잦아질 수 있었다.
그만큼 서빙은 스트레스를 많이 받는다.
'실수 제대로 하겠네?'
그런데 예상과는 달리, 앞에 있는 병사는 이런 위기 상황을 부드럽게 넘겼다.
"원래는 하루 전에 예약해야 되는데, 지금 바로 주방 가서 되는지 확인해보고 오겠습니다. 1분만 기다려주시겠습니까?"
"그래. 알아봐 줘."
곧장 주방으로 걸어오는 녀석.
녀석은 조리에 집중하고 있는 선임병 대신 앞에 있는 윤호영에게 물었다.
"저 윤호영 일병님? 혹시 닭백숙 추가됩니까?"
윤호영은 어이가 없어서 삐딱한 시선을 한 채 입을 열었다.
"강성재 상병은 눈이 삐었나 봐? 하루 전 예약 안 보여?"
성재는 윤호영의 불손한 태도를 애써 무시했다. 어찌 되었든 입대 날짜는 빠른 병사. 군법상으로는 자신이 선임이더라도, 병영 생활 통념, 관례상으로는 자신이 후임이다.
성재는 그와 맞서지 않고 분대장에게 고개를 돌렸다.
"분대장님! 수송대대 간부님이 닭백숙 드시고 싶다는데, 지금 추가됩니까?"
"어! 마침 오늘 갑자기 예약 취소한 게 있어서 하나는 할 수 있거든. 대신 지금부터 준비하면 40분 넘게 걸린다고 말씀드려봐."
"알겠습니다."
성재는 분대장에게 고개를 숙이며 감사의 예의를 표시했다. 분대장이 자신의 인사를 받고, 다시 요리에 집중하자, 성재는 윤호영의 가슴부터 머리 위를 훑었다.

말은 하지 않았다.

행동으로 표현했다. 쳐다보는 행동. 단지 그뿐.

자신이 할 수 있는 최대한의 저항. 짧은 불만.

그리고 속으로 생각했다.

'적당히 하셨으면 좋겠습니다.'

곧장 뒤돌아 수송대대 간부들에게 가는 성재. 그리고 능숙한 대답.

"간부님? 하나는 주문 가능하다고 합니다. 예약하지 않으셔서 40분 정도 걸리는데, 괜찮으십니까?"

"어. 우리야 나오면 좋지. 그럼 밑반찬부터 주고, 소주랑 맥주 2병씩 가져다주라. 인원수대로 소주잔, 맥주잔 세팅해주고."

"알겠습니다. 필요하신 것 있으시면 또 말씀하십시오."

"그래! 관리병! 잘하네!"

"감사합니다!"

반면, 성재가 자신을 훑고 지나가자 기분이 상한 윤호영. 녀석은 분대장에게 다시 한번 한탄을 토로했다.

"분대장님? 성재가 저 위아래로 막 훑고 갔습니다. 기분 완전 더럽습니다."

윤호영의 말에 백숙을 만들고 있던 김종태가 말을 꺼냈다.

"그래? 얼굴은 안 쳤냐? 내가 성재였으면 네 얼굴에 죽빵 한방 갈겼을 거 같은데?"

짜증 섞인 분대장의 말에 불만을 표시하는 윤호영.

"분대장님, 많이 변하신 것 같습니다. 저 많이 좋아해 주셨었지 않습니까?"

"그거야, 네가 똑바로 행동할 때 그러는 거고, 싱새 보니까 일 잘하잖아. 뭐가 문제야?! 개가 너한테 잘못 한 거 있어?"

"……."

생각해보니 그렇다. 자신에게 잘못한 적은 없었다. 저렇게까지 말을 하니 아무 말도 할 수가 없다. 서효석은 김치찌개를 만들며, 김종태의 행동에 고개를 끄덕였다.

'분대장 역할, 잘하네. 쟤는 믿어도 되겠다.'

서효석의 생각을 아는지 모르는지, 김종태는 말을 계속 이어갔다.
"너나 나나 저번에 요리대회 1등 못해서 포상 휴가 못 탄 거는 아는데, 그것 가지고 치사하게 굴진 말자."
김종태의 말에 윤호영은 속에 있던 생각을 밖으로 끄집어냈다.
"그게 아니지 않습니까? 서효석 병장님의 중화요리 실력으로 1등 한 거지. 강성재 때문에 1등 한 건 아니지 않습니까?"
그런 그의 말에 서효석이 갑자기 화가 치밀어 올랐다.
"야! 야! 너 뭐라고 했어?"
"…왜 그러십니까?"
"너! 성재에 대해 얼마나 알아? 걔가 얼마나 노력하고! 얼마나 열심히 하고, 너 같이 병신 같은 병사 만나도 아무한테도 불만 안 하고, 적응하려고 노력하는 애한테 무슨 말을 그따 위로 해?!"
조용히 있던 서효석 병장이 화를 내자, 김종태가 조리를 하다 말고, 선임병을 말렸다.
"됐습니다. 그만 하십시오. 서효석 병장님. 호영이랑 부딪혀봐야 좋을 것 없습니다."
"뭐가? 왜?"
"나중에 말씀드리겠습니다. 저 녀석, 빽이 좀 좋습니다."

그날 모든 일과가 끝나고. 성재는 윤호영을 찾아갔다.
"윤호영 일병님, 저랑 대화 좀 하시죠."
"됐어. 나가! 우리 잘 거야."
"5분이면 됩니다. 풀 건 풀고 가셔야 되지 말입니다."
"풀긴 뭘 풀어! 너랑 할 얘기 없으니까, 나가! 나가!"

별은 별인데, 좀 약하다?

성재는 다시 한번 그에게 말했다. 이대로 대화 없이 시간이 흘러간다면 상황은 더욱 악화될 수밖에 없었다. 수년간의 사회경험을 통해 알고 있었다.
다툼에서 시기, 질투로 변화하고, 질투는 곧 무시, 대화 단절로 발전한다.
지금이 딱 그 시기. 그래서 성재는 더욱 급했는지 모른다.

"윤호영 일병님! 저 윤호영 일병님께 악감정 하나도 없습니다. 제가 왜 욕을 먹어야 되는지도 모르겠습니다. 말씀 좀 해주십시오."
성재의 말에 당사자인 녀석이 고개를 쳐 들었다.
"야! 네가 잘못한 게 없어? 네가 오고 나서 지금 피해 보는 게 몇 개인데? 애당초 내가 왜 이 더러운 방바닥에서 이불 깔고 사야 하며! 내가 왜 나보다 군대 늦게 입대한 니한테 존댓말을 해야 되는데?!"
"그건 제가 결정한 것이 아니지 않습니까? 윤호영 일병님이 원하시면 제가 그 온돌방으로 가도 됩니다. 그리고 저한테 존댓말 안 하셔도 됩니다. 저도 위, 아래가 뭔지는 구분합니다. 그러니까 저희들끼리 얼굴 붉히지 말고, 잘 지냈으면 좋겠습니다."
"후임들 앞이라고 착한 척하는 거 봐라. 이 건방진 XX야! 가식 덩어리 XX! 내가 너 같은 놈들 모를 거 같아? 나는 너 같은 기회주의자 엄청 잘 알아. 실력은 쥐뿔 없고, 능력도 없으면서 어떻게든 잘난 사람 옆에 들러붙어서 뭐 하나 얻을 거 없나 살피는 이 거머리 같은 놈! 넌 사람 잘못 본 거야."

성재는 직감했다. 말이 통하는 상대가 아니다. 그래서 곧장 포기하고 고개를 돌렸다.
"나중에 다시 말씀드리겠습니다. 오늘은 일단 돌아가 보겠습니다."
그가 돌아가자 후임병들이 윤호영을 이상한 눈빛으로 쳐다본다.
그걸 본 윤호영은 오히려 성재의 행동을 부정적으로 생각했다.
'아주 선수네. 이 자식! 어휴!'

다음날 아침 9시 30분. 차상철 상사는 상급부대로부터 전화를 받았다. 군부대는 내부 번호를 쓰기 때문에 군대에서 전화가 온 것인지, 외부 민간인이 전화한 것인지 금방 알 수 있었다.
물론 교환대를 타고 오면 다르겠지만.

"철벽회관 조리실장 상사 차상철입니다."
- 거기가 철벽회관 맞나?
"네. 맞습니다."
- 나! 누군지 알지?
"다시 한번 말씀해주시겠습니까?"
- 나, 호영이 애비 되는 사람이야.
"네. 충성!"
- 호영이 잘 챙겨주고 있나?
"그렇습니다. 현재 큰 문제 없이 잘 지내고 있습니다."

차상철 상사는 윤호영 일병의 아버지와 만난 적이 있었다. 이미 두 차례 부대를 방문했던 그는 여러 번 부탁했다.
전역 때까지 별 탈 없이 잘 봐달라고.
그런데 그의 목소리에서는 한탄의 음성이 섞여 있었다.

- 요즘 호영이가 힘들어해. 자네가 뭘 어떻게 관리하는지 잘 모르겠어.
"무슨 말씀이신지 잘 모르겠습니다."
- 잘 챙겨주라고 그렇게 말을 했는데! 우리 아들이 오늘 아침에 울먹이면서 나한테 전화하더라. 새로 온 후임이 자기한테 막 대든다고! 조기진급해서 계급이 위라서 자기가 어떻게 할 수가 없다고. 이게 말이 되는 소리야?
"제가 다시 한번 확인해보겠습니다."
- 그래. 나도 엄청 바쁜데, 이번 주말에는 한 번, 들를까 생각도 했어. 그래도 차 상사가 그렇게 말하니까, 마지막으로 한 번만 더 믿는 거야. 잘 좀 부탁하자고. 우리 안면도 있잖아. 서로 얼굴 붉히지 말자고!
"네. 알겠습니다."

차상철은 고개를 저었다. 그와는 이미 수차례 통화했다. 몇 번을 아들이 문제가 있다고 말을 하는데도, 그는 막무가내다.
'절대 그럴 리가 없네.'
'자네가 어떻게 나한테 그런 말을 할 수가 있나?'
'안쪽으로 굽어도 시원치 않을 것을, 왜 일면식도 없는 다른 병사 편을 드나!'

문제는 호영이한테 있는 게 분명한데, 자꾸 자기 자식이 아니라 남의 자식에게 문제가 있다고 생각하는 건 대부분 부모들의 공통사항.
특히 군 간부라서 그런가, 그의 아버지는 피해의식이 더 컸다.
말 그대로 내로남불.
그래서 군 초급간부들은 간부들의 자식을 부하로 데리고 있는 것을 정말 싫어한다.
자신보다 계급이 높은 간부가 계속해서 전화가 오고, 무슨 일이라도 생기면 바로 상급지에게 연락이 가기 때문에, 쓸데없는 업무와 스트레스가 늘어나기 때문이었다.
그 모든 것을 알기에 차상철은 일단 머리를 숙이며 말했다.
"죄송합니다. 다시 한번 확인해서, 잘 처리될 수 있도록 조치하겠습니다."
- 그래. 믿겠네.
"네. 충성! 들어가십시오."

그는 곧장 분대장을 불러 상황을 파악했다.

김종태는 100%! 성재의 편을 들었다.

성재가 특별히 좋아서 그를 옹호한 것은 아니었다.

"성재가 잘못한 건 없습니다."

평소 호영이의 태도가 너무 불성실하고, 자기중심적이라서 그랬다.

"그럼 이번 것도 다 호영이 잘못이라는 거야?"

"전 그렇게 생각합니다. 지금 호영이는 성재가 운이 좋아서 여기까지 올라온 것으로 생각하고 있습니다."

"요리대회로 실력 증명했잖아."

"그건 서효석 병장의 실력이라고 생각하고 있습니다. 사실 한방오리백숙도 제가 다 한 거지 않습니까? 그 녀석은 그때처럼 성재는 그냥 옆에 있었던 들러리라고 생각하는 것 같습니다."

"그건 아니던데? 걔 꿀타래 만드는 거 보니까 실력이 장난 아니더라. 오해 같아."

그러나 일단 벌어진 일. 김종태가 이제 더 이상 할 말은 없어 보인다.

"종태야. 성재랑, 호영이 둘 다 나오라고 해. 실장이 알아서 화해시킬게."

봉고차에 탄 차상철.

그는 운전석에 앉은 채, 성재와 호영이를 태우고 삼척 번개시장으로 이동했다.

밖으로 데려온 이유는 간단했다. 갇혀 지내는 병사들에게 바깥구경도 시켜주면서 스트레스도 풀어주고, 기회가 되면 화해할 수 있는 자리를 마련해주는 것.

물론 잘못의 원인이 호영이한테 있는 것은 잘 알았다. 그러나 처벌이 능사는 아니었기 때문에 차상철은 자신의 신념대로 둘을 이끌었다.

"타!"

성재는 익숙지 않은 분위기를 느끼며 봉고차 뒷좌석에 올라탔다. 그런데 윤호영은 뒷좌석이 아닌 앞쪽 조수석에 올라타며 간부에게 말했다.

"모두 탑승했습니다."

그런데 차상철이 성재를 불렀다.

"성재야, 너도 앞에 타."

봉고차 앞에는 3명이 타고 있었다.

(좌측문) 간부, 윤호영, 강성재 (우측문)

시장까지 가는 10분이 성재에겐 지옥과도 같았다. 흔들리는 차 때문에 윤호영의 무릎과 손이 자꾸자꾸 성재의 몸을 스친다. 자신의 손을 우측문 위쪽 안전손잡이를 잡아서 고정해도 계속해서 부딪히는 감각이 자꾸 서로를 불편하게 만든다.

둘은 아무 말 없이 정면을 바라보았다.

새벽시장. 조리실장은 내려서 윤호영에게 말했다.

"호영아, 오늘 행정부사단장님이 회 예약한 거 뭐였지?"

"광어랑 우럭입니다. 서비스로 고등어 회도 내놓을 예정이라 고등어도 사겠습니다."

"그래. 성재야. 호영이가 이건 전문가니까, 오늘은 지켜보면서 조금씩 익혀둬. 회 뜨는 것은 우리 회관에서 호영이만 할 줄 알거든."

"분대장으로부터 이야기는 들었습니다."

성재가 윤호영에 대한 언급을 하자, 녀석은 따가운 시선을 보냈다.

'뭐라고 지껄이려고? 나 까려는 거지?'

그러나 성재 입에서는 예상과 달리, 자신을 칭찬하는 이야기가 흘러나온다.

"회를 잘 뜨고, 각 어종별로 맛있는 부위를 기가 막히게 잘 안다고 칭찬했습니다."

윤호영은 처음으로 강성재에 대한 생각을 달리했다.

'뭐야? 이 XX, 연막작전 하나? 화전양면전술이라도 하려는 거 아니야?'

정신교육 때 익히 들어왔던 화전양면전술.

북한의 위장평화공세를 달리 부르는 말로서, 겉으로는 화해의 제스처를 취하고, 뒤로는 전쟁을 준비하는 행동을 일컫는 말.

윤호영은 성재에 대한 의심을 절대 거두지 못했다.

반면, 차상철은 성재의 대답을 듣고 확신했다.

'역시 에이스긴 에이스네. 인성도 좋고, 싹싹하고, 어쩐지 남들이 다 좋아하더라.'

조리실장은 둘을 화해시키기 위해 분위기를 서서히 조성했다.

"그래. 잘 말했네. 사실 회 뜨는 기술은 하루 이틀 배워서 되는 게 아니거든. 생선을 해부할 줄 알고, 뼈는 어디에 있고, 내장은 어디를 잘라서 빼야 되는지 다 기억해야 하는데, 그것을 또 크기별, 계절별로 구분해서 하는 게 어디 쉽겠냐! 크크, 성재도 오늘은 호영이 하는 거 옆에서 지켜보면서 회 뜨는 거 잘 봐. 귀한 경험이 될 거야."

번개시장.

성재는 자신의 전문분야인 장보기를 위해 왼쪽 눈을 세 번 감았다, 떴다.

그러자 자신이 평소 보던 세상과는 다른 세상이 펼쳐진다.

데이터로 이루어진 세상. 정보로 이루어진 세상. 식재료에 대한 정보만 확인할 수 있었던 예전과 달리, 이제 사람들의 미식등급과 다른 것도 보인다.

'저 사람은 치즈 돈가스를 좋아하는구나.'

'저 아줌마는 치킨 샐러드를 좋아하네.'

'실장님은 예상외인데? 가장 좋아하는 음식이 막국수라고?'

그때, 윤호영이 걸음을 멈추고 실장에게 말했다.

"저거 하고, 저걸로 사면 좋겠습니다."

"그럴까?"

윤호영이 가리킨 것은 2kg짜리 광어 한 마리와 우럭이었다.

그가 실장에게 되물었다.

"자연산이나 양식 뭐든 상관없지 않습니까?"

"아무래도 자연산이 낫지?"

"그건 그렇습니다. 다만 광어 같은 경우 3kg 넘어가면 양식산이 나을 수도 있습니다. 지느러미살이 진짜 맛있는 부위이고, 그 부위는 양식이 더 맛있습니다. 사단장님께선 특히 이 부위를 너무 좋아하십니다."

"아, 맞다. 저번에 언급하셨지?"

"그렇습니다."

"오늘은 행정부사단장님 행사니까, 자연산 2kg짜리로 하자. 우럭도 그렇게 하고."

"알겠습니다."

성재는 옆에서 지켜보며 예전 김정주 상병과는 달리 윤호영의 실력은 진짜배기라는 것을 깨달았다.

"아, 군인 아저씨들! 어떻게 줄까? 지금 바로 여기서 회 떠 줄까?"

그의 말에 윤호영은 자신만만한 얼굴로 아주머니에게 대답했다.

"아니요. 괜찮습니다. 제가 회 뜰 줄 압니다."

"아, 정말? 손질은?"

"괜찮습니다. 그냥 죽이지 말고 바로 주시면 알아서 하겠습니다."

그날 오후 5시 30분. 아직 회관이 개장하기 전.

오후 6시 30분에 예약되어 있는 행정부사단장님 손님 테이블.

예약 시간을 맞추기 위해 윤호영은 설거지 대신 조리대 앞에서 식칼을 잡았다.

김종태 상병은 설거지를 빠진 윤호영 대신 성재를 불렀다.

"성재야. 오늘은 설거지 좀 담당해라. 할 사람이 없네. 오늘 백숙하고 회하고 주문 같이 걸려서 둘 다 주방에서 대기해야 되거든."

"상병 강성재! 알겠습니다. 지시하신 대로 설거지하겠습니다."

선임병이 지시한 설거지를 하면서도 눈길은 윤호영에게 가 있었다. 윤호영이 자신의 칼을 움직일 때마다 성재는 새로운 능력의 숙련도가 올라가기 때문이었다.

---

skill 　 회 뜨기 (입문) 단계에 돌입하였습니다　　✕

회를 직접 뜨거나 관찰하여, 숙련도를 올리십시오

회 뜨기 (입문)
생선회를 직접 뜨거나, 옆에서 관찰할 때, 숙련도 보너스를 받습니다
생선회를 뜰 경우, 처리 동작과 판단력이 5% 향상됩니다

⚙ ✓ ✕

새로운 레시피를 알게 되었습니다
우럭회 ★★★★ 레시피를 알게 되었습니다
광어회 ★★★★ 레시피를 알게 되었습니다

윤호영, 그는 생물을 모두 해체한 후, 접시에 담았다. 그런데 계속 신경 쓰인다.

하라는 설거지는 안 하고, 자신의 행농을 관찰하는 성재의 눈빛.

'역시 저 새끼, 간부나 병사들 앞에서는 착한 척 하면서, 내가 실수 하나 안 하나 지켜보고 있는 거 봐. 어딜 가나 저런 재수 없는 새끼는 있다니까? 짜증나! 짜증나.'

같은 시각.

참모장으로 보직된 배원영 대령은 상급자로부터 전화를 받았다.

"충성! 근무 중 이상 없습니다."
- 어. 나야. 다음 주 항공정찰 있는데, 연대 대공진지 옆에 헬기장 새로 만들어졌지? 저번에 지시는 내렸는데 확인은 못 해서 말이야.
"네. 헬기장, 완공 되었습니다. 이제 연병장에 안 내리셔도 됩니다."
- 그래? 좋군. 오전에 일찍 갈 테니까, 동석식사 준비해. 저번처럼 실망시키지 말고!
군단장의 말에 배원영 대령은 상급자의 의도를 파악하다가, 다시 정정보고를 올렸다.
"군단장님, 저 이제 60연대장 보직 끝나고 참모장으로 이동했습니다."
- 그래? 그럼 후임 연대장한테 말해서, 성재랑 효석이 개네한테 저번에 요리 1등 했다던 거 만들어놓으라고 좀 해! 무슨 말인지 알지? 내가 뭐, 맛있는 거 먹고 싶어서 가는 게 아니고, 요리대회 1등 했다니까, 이거 내년에도 또 1등 하려면 분석을 해야 되잖아? 다 군 위상을 높이기 위해서고, 지휘관의 관심이 필요한 사항이라고, 잘 전달해. 오해사지 않게! 어떤 말인지 알지? 너! 배원영! 내 사람 맞지?
"잘 알겠습니다. 그런데 군단장님, 애로사항이 있습니다. 그 두 녀석 보직을 저희 사단 회관 조리병으로 바꾸었습니다. 간부들의 복지여건 향상과 회관의 질적 향상을 위해 사단장이 결심하고 조치한 상황입니다."
- 뭐? 야! 진작 말했어야 될 거 아니야? 그 중요한 걸 왜 지금 말해! 그럼 내가 시간계획을 60연대 가는 거로 안 세웠지.
"죄송합니다. 미리 보고했어야 하는데 제 불찰입니다."
- 그래. 일단 알았고, 배원영!
"대령 배원영?"
- 너도 오늘부터 호국미식회 회원으로 가입해라! 우리 군단에 최관태 중령이라고 알지 모르겠다. 녀석한테 전화해서 내 이름 말하고, 가입하고 싶다고 말해. 너! 내 라인 타라. 높은 곳으로 끌어줄게.
"감사합니다."
성재로부터 시작된 인연. 그리고 인생의 변화.
배원영은 군단장의 말 한마디에 희망을 품을 수 있었다.
'나도… 나도 장군 진급을 바라볼 수 있는 건가?'
그저 군인으로서, 장교로서 맡은 바 책임만을 다했던 그에게 장군 진급으로 부족했던 건 인맥과 핵심라인. 그에게 드디어 인생의 기회가 찾아왔다.

강성재와 서효석. 그 둘 덕분에 모든 일이 술술 풀리는 것이다.

그 다음주 시간 계획.
기존 시간 계획에서 '[06:00 ~ 09:00] 군단장 신규 헬기장 완공지역 현장지도(60연대)'
가 삭제되었다.
그리고 갑자기 추가된 일정.

[19:00 ~ 21:00] 23사단 60연대장 보직 교대에 따른 격려 행사 / 철벽회관
(비공식, 예하부대 하달금지)

시간이 흘렀다.
어느덧 5. 7(월) 18시.
그동안 성재와 호영의 사이는 오히려 더욱 악화되었다. 좁히지 못하는 간극.
결국, 불만이 터진 호영의 아버지가 철벽회관에 방문했다.

다려 입은 전투복. 30년 이상 군 생활 한 사람만 찰 수 있다는 휘장.
전투모 위에 정확히 달려있는 빛나는 별 계급장.

그를 확인한 아들 윤호영이 아버지를 향해 달려간다.
아들이 달려오는 것을 보며 눈물을 글썽이는 아빠.
그리고 그 뒤에 보이는 조리실장. 차상철!
윤호영의 아버지. 윤성규 원사는 뒤에서 쫓아온 차상철 상사에게 소리 질렀다.

"자네! 내가 꼭 여기까지 왔어야 했나?!"
그때, 하늘에서 떨어지는 별똥별.
그것을 발견한 사람들은 소원을 빌기 위해 눈을 감아보지만.
순식간에 불타 사라진 똥별은 소원이 끝나기도 전에 대기 중에 소멸하고 말았다.

빽이 얼마나 좋은 거야?

원사도 높고 낮음이 있다.
검은 테두리에 별 모양의 30년 근속 휘장이 그 원사의 짬을 말해준다.

평소 군 생활을 잘하고, 인맥 관리를 잘했다면, 연대 주임원사 정도를 맡고 있을 테고, 그보다 더 잘했다면 사단 주임원사, 군단 주임원사, 군사령부 주임원사, 육본 주임원사까지도 올라갈 수 있다.
물론 월급이 달라지지는 않는다. 다만 대우는 달라진다.
부사관의 가장 아래 계급, 하사부터 시작해서, 원사 중 꽃보직인 주임원사를 맡게 된다는 것은 그만큼 군 생활을 고난 없이 열심히 했다는 것.
그는 꽤 열심히 한 편이었다. 36사단의 주임원사였으니까.
강원도 원주에서 근무하는 그는 어떻게든 자식을 자신의 부대로 끌어오려 애썼다.
하지만 실패했다. 인사명령 자체를 어떻게 할 수는 없었기 때문이었다.
그래도 23사단 주임원사는 자신과 인맥이 있던 간부였다. 그래서 자식을 편한 보직인 회관 조리병으로 보낼 수 있었다.

윤호영, 자신의 하나밖에 없는 자식. 녀석은 똑똑한 축에 속했다.

일본 공대 진학을 위해 노력했고, 동경대학은 가지 못했지만, 큐슈대학에는 들어갈 수 있었다. 그래서 전폭적인 지원을 약속했다.

그런데 녀석은 기대를 배신했다.

일본 큐슈대학에서 기계공학부에 다니는 줄 알고 있었는데, 그게 아니었다. 학교를 휴학하고, 요리를 배운다며 횟집에서 일하고 있었던 것.

그래서 일단 귀국시키고 군대를 보내긴 했는데, 이 녀석이 영 적응을 못 한다.

저번 분대장하고도 적응 못 해서, 속을 썩이더니, 이번에도 같은 일이 일어났다. 그래도 어쩔 수 없다. 아버지의 마음은 다 똑같다. 언제나 자식 편.

"자리 좀 비켜주지?"
"네. 알겠습니다."

차상철은 36사단 주임원사의 말에 일단 본래의 자리로 돌아갔다.

둘만 있는 자리. 윤호영이 반가운 얼굴로 자신의 아버지를 불렀다.

"아빠, 왜 이렇게 늦게 왔어?"
"뭐가, 이놈 자식아! 이번에는 또 무슨 문제야?"
"여기 실장님도 말 안 통하고, 분대장도 말 안 통한단 말이야."
"저번에 내가 말했잖아. 눈에 띄는 짓 하지 말고, 간부 말 잘 들으라고!"
"아빠, 나 열심히 했어! 인정도 받았고, 회도 잘 뜬다고 얼마나 간부들이 칭찬하는데…."
"그래. 그래. 너 잘해. 그나저나 널 괴롭힌다는 녀석은 누구야? 아빠가 제대로 교육시켜 놓으면 되지?"
"걔가 누구냐면…."

아버지의 사랑, 부성애(父性愛).

그는 알면서도 결국 잘못된 선택을 했다.

"조리실장, 강성재 좀 불러줘. 따로 이야기 좀 하겠네!"
"안 됩니다."
"내가 너희 사단 주임원사랑 친한 거 알지?"
"이런 식으로 하시면 곤란합니다. 차라리 호영이 보직을 옮겨드리겠습니다. 당번병이나 공관병 이런 거로 주임원사님께 건의해서 조정해드리겠습니다. 그러니…."
차상철은 고개를 절레절레 저었다.
그때 회관에 들어오는 장교 하나. 그는 카운터의 조리실장에게 웃으며 말했다.
"실장님! 아까 예약한 거 준비되었죠?"
"네. 사제장교님, 오늘 말씀하신 거 미리 다 준비했습니다."
차상철은 고개를 돌려 다시 주임원사에게 말을 꺼냈다.
"따로 말씀하시죠. 일단 들어가셔서…."
사제장교. 전투복을 입고 있는 그의 이름표. 대위 조석호.
그는 미소를 지으며 때마침 복도에서 연미복을 입고 지나가는 성재를 불렀다.
"성재야! 잘 지냈냐?"
"와! 중대장님! 중대장님!"
성재는 자신의 중대장이었던 조석호 대위를 보며 환한 미소를 지었다.
"잘 지내지?"
"네! 잘 적응하고 있습니다. 중대장님은 어떠십니까?"
"나야 뭐, 지금 여기 온 거 보면 모르겠냐? 군 생활 열심히 하고 있는 거지. 그나저나 무궁화관이 어디냐?"
"아, 안쪽 첫 번째 방입니다. 제가 안내해드리겠습니다."
성재는 조석호 대위와 함께 무궁화관으로 걸어갔다.
그 앞 게시판.

〈무궁화관〉 : 참모장 내외분 예약석

〈매화관〉 : 수색대대 정작과장 내외분 예약석

〈충성관〉 : 사단 주임원사 내외분 예약석

〈호국관〉 : 동원참모 내외분 예약석

성재는 안쪽 테이블에 기본 반찬을 세팅한 상태를 바라보며 사제장교에게 물었다.
"중대장님, 오늘 특이합니다. 무궁화관이 원래 사단장님만 쓸 수 있는 줄 알았는데, 무슨 일 있는 겁니까?"
"그건 말 못해. 연대장(참모장)님 이름으로 잡으라고 하시던데? 아까 준비하란 것은 다

했어?"

"네. 다 했습니다. 그런데 이 행사, 비공식 행사인가 봅니다."

"그렇겠지. 일단 좋은 일인 것만 알고 있어. 준비는 일단 이 정도면 충분하네. 20분 뒤에 시작할 거야."

"네. 잘 준비하겠습니다."

성재는 무궁화관을 나왔다. 그런데 윤호영의 아버지 윤성규 원사가 성재를 부른다.

"거기! 관리병! 이리 좀 와 봐!"

그의 고압적인 말투, 뒤에서 고개를 숙인 조리실장. 강성재는 자신을 가리키는 원사의 손짓에 고개를 들었다.

"상병 강성재? 저 부르셨습니까?"

"그래. 너! 밖으로 나가서 따로 얘기 좀 하자."

성재는 처음 보는 간부의 말에 뒤에 있는 조리실장을 쳐다보았다. 조리실장은 곤란한 얼굴을 하며, 다시 한번 원사를 말렸다.

"저, 주임원사님, 이러지 마시고, 그냥 돌아가십시오. 제가 잘 교육하겠습니다."

"아니, 따로 얘기를 한다니까? 자네가 못하면 나라도 버릇을 고쳐놔야 될 거 아니야."

성재는 그의 말에 상황을 파악했다.

> ⚙ ✓ ✗
> 사용자 강성재에 대한 원사 윤성규의 적개심이 300 상승했습니다

머리 좋은 사제장교도 마찬가지로 상황을 파악했다. 조석호는 머리를 굴렸다.

"저 원사님! 죄송한데, 이 병사는 저랑 따로 할 이야기가 있어서 나중에 하셔야 될 것 같은데요. 실장님! 제가 아까 말씀드렸었죠? 효석이랑 성재 잠시 데려간다고."

"아, 네. 그랬죠. 데려가십시오."

"네. 감사합니다."

성재를 데리고 회관 밖으로 나간 그는 곧바로 전후사정을 물었다.

"성재야. 저 간부님 왜 저러냐?"

"중대장님, 제가 알아서 하겠습니다."

"뭘 알아서 해? 꼰대인데! 36사단에서 여기까지 와서 꼰대짓 할 게 뭐가 있어?"

그때, 지나가는 23사단 주임원사.

"어? 새로 오신 사제장교님, 밖에서 뭐하십니까? 오늘 뭐 행사 있습니까?"
"주임원사님 오셨습니까? 오늘 신임 참모장님 때문에 회식하지 않습니까? 그거 확인하러 왔습니다. 주임원사님도 무슨 일 있으십니까?"
"아, 36사단 주임원사가 오늘 자식 보러 왔다가, 절 보러 오겠다고 여길 온다지 않겠습니까? 친구 놈인데, 직접 봐야지요."
"자식 말씀이십니까?"
"네. 그놈 자식이 여기 조리병입니다. 윤호영이랬나? 아무튼, 좋은 시간 되십시오."
"좋은 시간 되시고, 앞으로 잘 부탁드리겠습니다."
"네. 사제장교님, 제가 잘 부탁드려야죠. 들어갑니다."

"왔냐?"
"그래! 잘 지냈지?"
"어이구, 고생했다. 방 잡아놨어. 소주나 한잔하자고!"
"아, 나 아직 말 못했는데?"
"따로 불러서 얘기하면 돼. 내가 그 병사 부를게."
"그래. 일단 들어가자."
한편, 중대장이었던 조석호는 상황을 파악한 후, 성재에게 말했다.
"뭐야?! 저 간부들 너한테 왜 그래?"
"……."
"중대장, 상황 다 파악했다?! 하나부터 열까지 똑바로 말해. 숨기지 말고! 어?"

철벽회관 무궁화회관. 호국미식회. 군내 사조직. 비공식 행사.
배원영 대령은 긴장한 채, 자리에 앉았다. 참모장인 자신과 대위인 사제장교가 일어선 채 대기하고 있고, 잠시 후 사단장이 들어왔다.
"다들 왜 일어서 있어? 편히 앉아."
"네. 사단장님!"
사단장은 참모장을 향해 궁금한 점을 물었다.
"부사단장님들은? 못 나오신대?"

"작전 부사단장님은 군단장님하고 동기인데, 안 친하다고 오늘은 안 나오신답니다. 행정 부사단장님은 군단장님보다 1년 후배 기수이시긴 한데, 오늘 서울에서 호국사랑운동본부 모임이 있어서 반차 휴가 내셨습니다."
"그래? 아쉽게 됐네. 군단장님은?"
"현재 동해 진입하셨고, 앞으로 5분 뒤면 여기 도착하실 것 같습니다."
"그럼 나가 있자! 도열 해야지."
"군단장님께서 도열 하지 말라고 하셨습니다. 비공식 모임에 눈에 띄는 행동은 하지 말라고 하셨습니다."
"그래? 군단장님 의도가 그렇다, 이거지?"

군단장은 금방 도착했다. 군단장은 군수장교 최관태 중령을 데리고 이곳까지 왔다.
"자자자, 다들 앉아. 그리고 참모장!"
"대령 배원영!"
"연대장 직위를 무사히 마치고, 새로운 마음을 가지고 사단의 두뇌들을 통제하는 참모들의 장으로 임명된 것 정말 축하한다."
"감사합니다."
"그리고! 더 축하할 게 있지?"
배 대령은 군단장의 말에 의문스러운 표정을 지었다. 그러자 군단장이 말했다.
"우리 호국미식회 정식 멤버로 가입하게 된 것 말이야. 호국미식회는 우리가 국가를 위해 죽는 날까지, 전국에 있는 맛집만큼은 기억하고, 동료들에게 널리 전파하여, 전투력 향상을 하는 데 그 목적이 있다."
군단장 여기까지 목적을 말하고 숨을 한차례 고르며 다시 말을 이었다.
"앞으로 배 대령은 이느 부대를 기더리도, 그곳의 맛집은 항상 발굴해야 하며, 우리 회원들이 방문하면 가장 엄선된 곳으로 안내해야 될 의무가 있다. 알겠나?"
"네! 알겠습니다."
"그럼! 오늘 준비된 메뉴는 뭔가?"
군단장의 질문에 호국미식회 삼척지부장을 맡고 있는 사단장이 미소를 지었다.
"메뉴로 소개드리는 것보다는 주제를 설명하는 게 나을 것 같습니다."
"무슨 뜻이지? 주제?"

"네. 오늘의 주제는 바로 중국과 일본이 우리나라에 미치는 영향에 대한 것입니다."
군단장의 얼굴에 미소가 흘러나왔다.
"크크크, 주제 한번 거창하군. 좋지. 그럼 볼까?"
말이 끝나기 호출벨 소리를 듣고 음식을 들고 오는 병사들.
그런데 그들의 얼굴에서 성재와 효석을 찾아볼 수가 없는 군단장.
"배 대령! 요리를 만든 사람이 나와서, 요리에 대한 스토리를 설명해줘야 될 거 아니야? 그 둘 어디 있어?"
"죄송합니다. 바로 데려오겠습니다."
"아니야. 됐어! 주인공인 네가 왜 일어나. 사단장!"
"네. 군단장님!"
"네가 직접 데려와."
"알겠습니다."
사단장은 군단장의 지시에 자리에서 일어났다.
황당하겠지만, 성재와 효석이를 데려오기 위해서였다.

"강성재 상병님, 충성관에서 사단 주임원사님이 들어오라고 하십니다."
"나를? 왜?"
"윤호영 일병도 그 방에 들어가 있습니다."
성재는 그 말을 듣고 서효석과 같이 만든 요리들을 후임들에게 인계했다.

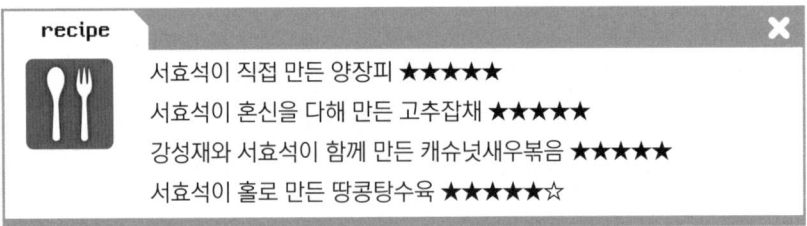

김종태 상병은 이런 상황에 한숨을 쉬고 있고, 나머지 후임병은 묵묵부답이었다.
"성재야. 가면 털린다. 전역한 선임 중에 박종관 병장도 잘못한 것 없는데 당했었어. 마음 단단히 먹어라. 한번 욕 듣고 잊어. 할 수 있지?"
성재는 속마음을 처음으로 털어놓았다.

"군대, 정말 짜증납니다. 이건 이해가 안 됩니다. 제가 윤호영 일병한테 잘못한 것도 없는데 왜 가서 혼나야 합니까?"

"됐어. 정당한 지시 아니잖아. 한 귀로 듣고 한 귀로 흘려. 그게 군대야."

김종태는 미안한 표정을 지으면서도, 어쩔 수 없다는 듯 체념했다. 이미 수차례 겪은 일이었다. 말은 안 했지만 자신도 한 차례 이미 주임원사로부터 경고를 먹은 상태였다.

그때, 사단 주임원사가 직접 행차했다.

"충성!"

"그래. 성재가 누구야?"

"상병 강성재?"

"너 주임원사 따라와라."

주임원사는 성재를 데리고 충성관으로 떠나고.
무궁화관에서 벨이 울렸다. 벨과 함께 투입되는 서빙담당 후임병들. 무궁화관으로 가는 후임들의 뒷모습을 보며 선임병 둘은 고개를 절레절레 저으며 서로 의견을 교환했다.

"서효석 병장님. 여기가 원래 좀 더럽습니다. 연대 간부식당보다 더하지 않습니까?"

"그러네. 눈치 볼 것도 많고…."

"원래 군 생활 오래 할수록 성품이 좋은 사람도 있는 반면, 썩은 사람도 많습니다."

그때, 터벅터벅 걸어오는 남자. 그를 보며 서효석과 김종태는 깜짝 놀라 그를 바라보고 힘찬 경례를 실시했다.

"충성! 사랑합니다."

사단장은 경례를 받아준 후, 병사들의 이름표를 확인 후 서효석에게 말했다.

"어. 그래. 효석이? 성재는 지금 어디 있어?"

"지금 사단 수임원사가 불러서 충성관으로 갔습니다."

"그래? 알았어. 효석이는 사단장 따라와."

"?!"

서효석은 의문 섞인 표정을 지은 채, 일단 사단장의 뒤를 쫓았다.
홀로 남은 김종태. 그는 영문 모를 일들이 벌어지는 오늘 상황을 이해하지 못한 채 생각을 정리했다.

'사단장님이 서효석 병장하고 성재 이름을 알고 있어?! 빽이 얼마나 좋은 거야?'

쟤 만나려고 헬기를 2번이나 탔었지

성재는 충성관에 들어갔다. 그 안에 있는 간부 둘. 그리고 조리병 하나.
무뚝뚝한 말투로 말하는 사단 주임원사.

"앉아."
그의 말에 성재는 테이블에 앉았다.
그러더니 소주를 종이컵에 한잔 따라준다.
"먹어."
성재는 고개를 숙였다. 너무 많은 양.

"죄송합니다. 일과시간에는 술을 마실 수 없습니다."
"나, 주임원사야. 먹어. 내가 책임질게."
"…알겠습니다."
성재는 소주 한잔을 꽉 들이켰다. 오랜만에 알코올이 식도를 넘어 몸에 퍼지자, 그의 조그마한 몸에서 열기가 올라오기 시작했다.
두 주임원사의 옆에는 이미 소주 빈 병이 2병이나 있었다.
사단 주임원사는 성재의 어깨에 손을 올리며 말했다.

"강성재?"

"상병 강성재."

"여기 호영이 아버지가 주임원사랑 친한 동기야. 그리고 36사단 주임원사이기도 하고, 무슨 말인지 알겠니?"

"잘 모르겠습니다."

그러자 윤호영의 아버지가 손을 절레절레 저으며 말했다.

"호태야. 됐다. 그 녀석! 중졸이다. 여기 중학교까지만 졸업했다고 되어 있네."

자신의 생활지도기록부. 그게 윤호영의 아버지 손에 들려있다.

'왜? 저게 왜 저기 있어?!'

옆에서 쳐다보는 조리병. 그는 키득키득 웃으며 손가락으로 가리켰다.

그건 바로 가정의 월수입이 적혀있는 칸. '푸드트럭 / 80만 원.'

원사라는 입에서 저렴한 말투가 흘러나왔다.

"야, 너희 아버지, 푸드트럭 왜 하시냐? 월 80만 원 가지고 생활이 되겠냐?"

성재는 자신을 모욕하는 건 참아도, 가족을 욕하는 건 참을 수 없었다.

"그런 말씀 하시는 건 옳지 않은 것 같습니다. 일어나겠습니다."

성재는 자리에서 일어나서 박차고 나가려 했다.

그러자 옆에 있던 윤호영의 아버지, 윤성규 원사가 혀를 차며 말했다.

"역시 가정교육 덜 받았네. 너희 아버지도 중졸이고, 너도 중졸이고, 어휴, 쓰레기 같은 집안! 야! 인마! 너 또 우리 호영이한테 까불면 징계한 후에 해안으로 보내버린다. 알았어?"

성재는 울컥했다. 술김에 더욱 화가 났다.

"간부님 맘대로 하십시오. 대신 저도 그때는 가만있지 않을 겁니다."

성재는 최후통보를 하고 자리에서 일어났다.

그런 그의 행동을 보며, 사단 주임원사가 어이없다는 표정을 하며 말했다.

"와 진짜 가정교육 못 받았네. 얘가 어떻게 조기진급을 한 거야? 인성 쓰레기인데, 얌마!"

성재는 평소 교육받은 대로 행동했다. 취한 간부가 불합리한 행동을 한다면 그 자리에서 일어나, 현장을 벗어나서 실장에게 보고하라고. 그래서 자리를 뜨려 일어난 것이었다.

그런데 그 출입구에 사단장이 나타났다. 성재는 깜짝 놀라 경례를 실시했다.

"충성! 사랑합니다."

"어. 맞아. 네가 성재구나."
사단장이 성재를 반기자, 두 원사의 얼굴에는 미묘한 변화가 일어났다.
'뭐지?'
그리고는 곧장 정신을 차려 사단장에게 인사를 건넸다.
"충성! 사단장님, 여긴 무슨 일이십니까?"
"아, 주임원사, 군단장님이 오셨어. 옆에 분은 누구신가?"
"36사단 주임원사입니다. 제 동기인데 잠깐 얼굴 보러 왔습니다."
"그래? 아 반가워요. 23사단장입니다."

사단장의 소개에 흡사 아무 일도 없었던 듯, 방그레 웃는 호영이 아빠, 원사 윤성규.
"반갑습니다. 사단장님."
"이왕 이렇게 된 거, 주임원사 두 분, 잠깐 저희 군단장님께 인사라도 하고 가시죠? 어때요? 괜찮죠?"
"그럼요. 좋습니다. 사단장님, 바로 건너가겠습니다."
주임원사들은 장군과의 만남의 자리를 기회라고 생각하며 흡족한 얼굴로 일어났다. 버릇은 갔다 와서 고쳐주면 될 일이다.
그런데 사단장이 그 녀석의 이름을 또 한 번 부른다.
"성재! 너도 따라와라."
두 명의 원사는 서로를 쳐다보며 말없이 표정과 제스처로 서로의 의견을 교환했다.
'뭐야? 사단장이 쟤를 왜 데려가?'
'내가 알겠냐? 네가 알아야지.'

"충성!"
두 명의 원사는 군단장을 보며 경례를 실시하고 들어갔다.
"아, 그래. 누구라고?"
"23사단 주임원사입니다."
"36사단 주임원사입니다. 처음 뵙겠습니다. 군단장님."
"그래. 그래. 둘 뿐인가? 합석 가능하지?"

"네. 알겠습니다."

원사 둘은 지금이 어떤 상황인지 몰랐다.
일단 지금은 군단장과의 인맥을 쌓기에 집중했다. 그게 자신들의 군생활에 좋은 영향을 끼칠 테니까. 그런데 상황이 미묘하게 어긋나기 시작했다. 단순히 인사자리가 아닌 것 같다. 그건 최관태 중령의 멘트로부터 시작되었다.
"지금부터 18-11회 호국미식회 정기모임을 시작하겠습니다. 참모장님! 시작하시죠."
배원영 대령은 미소를 지은 군단장을 바라보았다.
"오늘 주제는 앞서 말씀드렸다시피, 중국과 일본이 우리나라에 미치는 영향이라고 말씀드렸습니다. 일단 중국부터 알아보겠습니다. 효석아?"
그러자 서효석은 먼저 힘찬 경례를 실시했다.
"충성! 오늘 준비한 요리에 대해 말씀드리겠습니다.
"먼저 이 요리는 양장피로서…(중략)"

서효석이 소개하는 요리는 바로 양장피.
연겨자와 레몬, 식초, 간장, 호두로 만든 크림, 설탕으로 만든 소스.
거기에 잡채용 고기와 오이, 새우, 오징어 몸통, 계란의 지단, 새송이버섯, 청피망과 홍피망을 전부 1×5×0.5cm로 잘라, 원형 접시 위에 볶은 고기를 놓고, 주변에 오색빛깔을 담은 채소와 해산물의 만남. 군단장은 설명을 끊고 핵심으로 넘어갔다.
"본래 양장피는 양념에 섞어 나오지 않나?"
"저는 개인의 기호를 맞추기 위해 소스로 만들었습니다. 코를 찌르는 겨자에 익숙하지 않은 분들에게 양장피는 결코 흥미로운 음식이 아닙니다. 그래서 제가 양장피를 만들 때는 이렇게 개별 소스를 만들어서 손님에게 제공합니다."

효석의 답변을 듣고 있던 성재는 방금 있었던 기억을 지우려 노력했다.
'티 내지 말자. 잊자. 잊어!'
참모장 보직에 따른 군단장 격려행사. 기분 나쁜 티를 내면 행사가 잘못될 수도 있다.
서효석의 대답에 모든 간부들은 효석이 만든 요리를 맛보며 미소를 지었다.
"군단장님, 이거 정말 괜찮습니다. 본래 양장피는 소스에 비벼서 나오지 않습니까? 그런데 이렇게 해먹으니까, 채소를 더 많이 먹고 싶은 사람은 채소를 더 많이 챙기고, 오징어나 새우 등 해산물을 좋아하면 해산물을 더 집어서 소스에 찍어 먹을 수 있게 되었습니다. 새로운 방식의 접근, 신선한 것 같습니다."

최관태의 말에 군단장이 미소를 지었다.

첫 스타트가 좋으니, 두 번째, 세 번째 요리도 평가가 계속 좋아진다.

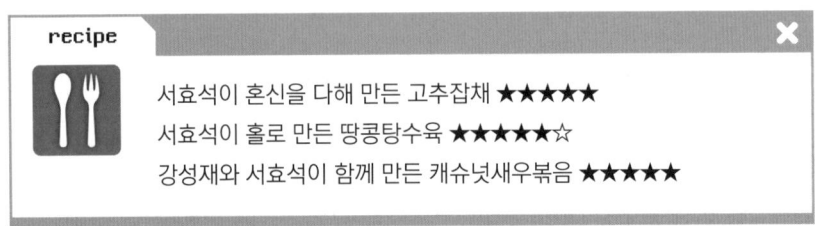

특히 저번 1위 요리한 캐슈넛새우볶음보다 땅콩탕수육의 반응이 기가 막혔다.

"와! 효석아. 이게 뭐라고 했지?"

"땅콩 탕수육입니다. 땅콩을 갈아 반죽에 넣어 탕수육 피에 땅콩 맛을 입혔습니다."

"후우, 미치겠다. 아몬드도 넣은 건가?"

"아, 맞습니다. 아몬드 맛도 느끼셨습니까? 정말 고르게 갈았는데, 입자가 컸던 것 같습니다. 죄송합니다."

"아니야. 맛으로 알아차린 거야. 입자가 크진 않았어."

성재는 서효석 병장이 정말 대단하다고 생각했다.

'실력의 끝이 보이질 않아. 이게 중화요리 13년의 노련함이란 건가?'

윤호영의 아빠, 윤성규 원사도 군단장이 서효석이란 병사를 신뢰하는 것을 알게 되었다. 칭찬, 칭찬, 칭찬. 그런데 그 옆에 있는 녀석이 자꾸 걸린다. 강성재! 저 똥수저 자식은 도대체 뭔데 여기 있는 건데?! 왜! 우리 아들은 안 부르고?

그때 사제장교 조석호 대위가 입을 열었다.

"그럼 이제까지는 중국이 우리나라에 미치는 영향에 대해 탐구해보았고, 지금부터는 일본이 우리나라에 미치는 영향에 대해 알아보겠습니다."

그러자 참모장이 미소를 지으며 말했다.

"성재! 나가서 가져와."

"상병 강성재! 바로 준비하겠습니다."

성재가 배원영 대령의 말에 조리실로 나갔다. 군단장은 미소를 지으며 말했다.

"효석이 요리는 오늘 100점 만점에서 96점은 줄 수 있는 수준인 것 같은데, 과연 다음 요리는 몇 점을 줄 수 있을까? 주임원사들 의견은 어때? 서효석 병장이 만든 요리! 어땠어?"
"정말 대단했습니다. 이렇게 맛있는 탕수육과 양장피는 처음 먹어봅니다."
"저는 캐슈넛새우볶음이 좋았습니다."
윤성규 원사는 대답을 하며 미소를 지었다.
일식이라고 하면 자신의 아들의 전문분야였다. 일본에서 공부 대신 익힌 회 뜨기 기술.
군단장은 소문대로 미식가였다. 까다롭게 음식을 평가하고, 맛집만 찾아다니는 8군단장.
그의 소문은 웬만한 간부들이라면 다 알고 있었다. 설마 그게 사실일 줄이야.
그런데 어떻게 보면 그게 기회가 된다.
자신의 아들이 군단장 앞에서 잘 보일 수 있다면!
그걸 이용해 자신도 군단장과의 인맥을 더욱 돈독히 할 수 있다.

호영이가 회를 뜨고, 그것을 맛보는 군단장 앞에서 이렇게 말하면 된다.
- 사실은 저 병사가 제 아들입니다! 군단장님!
그럼 이렇게 대답할 것이다.
- 오! 36사단 주임원사, 훌륭한 아들을 두었네. 대단해! 정말 대단해!
그런데 이상하다. 왜 호영이가 안 오고, 저 똥수저 놈이 들어오는 건데?
내 아들은? 도대체 뭘 하고 있는데?!
강성재는 이동식 아일랜드를 끌고 무궁화관으로 들어왔다.
그곳에는 팔딱팔딱 뛰는 생물 광어가 놓여 있었다.
관심 병사 녀석이 경례를 실시했다.
"충성!"
참모장이 미소를 지은 채, 말했다.
"제가 가장 좋아하는 병사 녀석입니다. 저런 아들 하나 있었으면 하는 녀석이죠. 똘똘하기도 하고, 인생을 마주하며, 성재의 노력을 옆에서 지켜보다보면 항상 얼굴에 미소를 깃들게 하는 병사입니다. 오늘 그 병사가 그동안 숨겼던 실력을 보여준다고 합니다."
참모장의 말에 군단장의 입꼬리가 볼 끝까지 올라간다.
"설마! 설마! 회도 뜰 줄 아는 거야?"
그러자 성재는 큰 소리로 대답했다. 약간 취기가 올라서 그랬는지도 모른다.

"네! 자신 있습니다!"
성재의 대답에 사제장교 조석호 대위가 미소지으며, 성재에게 다가가 귓속말했다.
"아까 점심때 한 것처럼 또 할 수 있지?"
"네! 할 수 있습니다."
성재의 대답을 들은 전 중대장. 조석호 대위. 행사 진행 담당답게, 능숙한 멘트를 했다.

"그럼 지금부터 일본이 우리나라에 미치는 영향에 대해 탐구해보도록 하겠습니다."
성재의 손에 들린 회칼이 광어를 가른다.
몸통만 남은 생물에서 피를 씻은 다음 척추 부분을 칼로 자른다.
내장을 긁어내고, 포를 뜬다. 그것을 보며 박수를 치는 군단장.
"나 군생활 하면서 병사가 내 앞에서 회 뜨는 거 처음 봤다. 역시 성재! 성재가 최고다!"
군단장이 박수를 치자, 주변 간부들도 다 박수를 치고, 마찬가지로 성재를 칭찬하기 시작했다. 윤호영의 아버지. 윤성규 원사는 자신의 아들을 찾았다.
'이 자식! 도대체 어딜 간 거야? 오늘 같은 날, 왜 우리 아들 대신에 저 자식이 있는 거야?'
그때, 군단장이 다시 한번 되물었다.
"36사단 주임원사라고 했지?"
"네. 군단장님."
"쟤가 말이야."
군단장이 성재를 가리킨다. 그리고는 미소를 짓는다.
'뭐지? 무슨 의미지?'
도저히 무슨 의미인지 알 수 없다. 그러나 군단장이 대답을 내놓았다.
"내가 제일 좋아하는 병사야. 쟤 만나려고 헬기를 2번이나 탔지, 너만 알고 있어라?"
군단장은 진심이 담긴 농담을 하며 씩 웃었다. 사제장교가 정리멘트를 날렸다.
"그럼 회 뜨는 장면은 보셨고, 이 자리를 기원하기 위해, 술 한 잔을 돌리겠습니다. 술은 저희 부대가 철벽부대이기 때문에, 방패주에 담겠습니다."
사제장교 손에 들린 방패 모양의 술병.
직접 제작한 사단마크의 술병에 군단장이 미소를 지었다.
"좋아. 배 대령! 회 올 때까지, 참모장 보직 기념 축배사 준비하라고!"

선처하는 것이 좋을 것 같습니다

행사는 무리 없이 진행되었다.

술잔이 오가고, 분위기는 달아오른다.

"야! 좀 덥지 않냐?"

군단장의 말에 참모장이 일어났다.

"에어컨 켜겠습니다."

"아니, 그럴 필요까진 없고, 문 좀 열어봐."

"알겠습니다."

여닫이문을 여는 사제장교.

그리고 참모장의 축배제의가 이어진다.

"모두 잔을 채워주십시오. 잔은 왼쪽 1크리크에 있는 사람에게 채워주시면 됩니다."

크리크. 소총의 영점(조준선 정렬과 표적 정렬)조정 때 쓰는 용어.

"먼저 이 자리를 마련해주신 군단장님께 감사의 인사를 드립니다. 저는 오늘 호국미식회 가입을 계기로 여기 계신 분들께 한 가지 약속을 드리고자 합니다."

참모장의 말에 군단장이 말했다.

"오, 기대된다. 계속해!"

"저에게는 딸이 하나 있습니다. 그 녀석이 지금 요리를 배운다며, 서울로 전학을 갔습니다. 내년이면 성인이 되는데, 그때에도 제가 이 모임을 주최할 수 있는 영광을 얻게 된다면, 여러분 앞에서 제가!"

그의 말에 군단장이 고개를 저었다.

'자식을 불러서 자리를 마련하는 건 아닌데?'

그의 생각을 읽었을까? 참모장이 미소를 지으며 말한다.

"딸에게 요리를 배워서 여러분께 직접 대접해보겠습니다."

참모장의 말에 사단장이 씩 웃었다.

"원영아!"

"네. 사단장님!"

"넌, 미각이 덜 발달 돼서 안 돼."

"네?"

"넌 무슨 요리가 나와도 다 맛있다고 하잖아."

"하하하, 알아차리셨습니까? 그래도 사단장님, 그걸 군단장님 앞에서 말씀하시면…."

배원영 대령이 사단장의 농담을 받아치자, 군단장이 씩 웃었다. 이런 허무하고 재미없는 농담도 웃어주는 게 바로 군인들의 매너. 상급자도 마찬가지고, 하급자도 마찬가지다.

"그럼 모두 잔을 들어주십시오. 제가 '호국미식회를'하고 선창하면, '위하여'를 후창해주시면 감사하겠습니다. 호국미식회를!"

"위하여!"

분위기가 무르익고 있는 가운데, 서빙하는 병사들이 분주하게 움직였다.

그런데 자신의 아들인 호영의 얼굴이 코빼기도 보이지 않는다.

윤성규 원사는 자리에서 일어났다. 그러자 친구인 호태가 걱정스러운 얼굴로 말한다.

"성규야, 왜? 불편해?"

"아니야. 잠깐 화장실 좀 다녀올게."

동기에게 말하고, 일단 자리에서 일어나는 윤성규. 아들을 찾으러 조리실로 걸어갔다. 하지만 아들은 그곳에 없었다. 다른 병사들이 웃으며, 서로 대화를 나누고 있었을 뿐.

"이번에 또 포상받는 거 아닙니까?"

"그럴지도 몰라. 군단장님도 오셨어. 대박이야! 잘들 하자!"

"네. 알겠습니다."

병사들은 모여서 싱글벙글 웃음을 지었다. 얼마 전, 사단장님으로부터 위로 휴가를 받은 후임병들은 오늘도 또 휴가를 받을까 기대했었기 때문이었다.

윤성규 원사는 자신의 아들을 왕따시키는 것 같은 기분이 들었다.

그래서 반말로 병사들에게 말했다.

"야! 너희들! 내 아들 못 봤어?"

"간부님하고 같이 있지 않으셨습니까?"

"뭐? 아직 안 왔어?"

윤성규는 생각했다. 아까 술자리에 자신의 아들을 남겨두고 나온 것을.

'설마, 이 자식! 혼자 술 먹고 있는 거 아니야? 아니겠지?'

그래도 혹시나, 하는 생각에 자리에서 일어났다. 아들이 그 정도로 생각 없으리라고는 상상도 하지 않았다. 윤성규가 떠나고, 그때, 돌아오는 후임병.

"강성재 상병님? 참모장님께서 회 한 접시 더 떠오랍니다."

"회? 광어? 우럭?"

"이번에는 우럭으로 하라고 하셨습니다."

"알았어. 바로 준비할게."

성재가 분주히 움직이자, 신기한 듯 바라보는 김종태.

"서효식 병장님, 성재는 원래 회도 뜰 줄 알았습니까?"

"나도 잘 모르겠네. 이 자식! 나한테 한 번도 회 뜨는 거 보여준 적이 없는데?"

"그렇습니까? 능숙하게 뜨던데 말입니다."

성재가 생물 우럭을 이동식 아일랜드 위에 올렸다.

"다녀오겠습니다."

"그래. 칼 조심해서 써라."

윤성규 원사는 충성관에 있는 자신의 아들을 바라보았다.

텅빈 소주병. 테이블에 엎어진 병사.

"호영아! 야, 인마!"

"ㅇㅇㅇ."

'아, 술을 왜 이렇게 많이 먹었어?! 지금 군단장님 앞에서 잘 보여도 시원찮을 판에! 다른

병사들은 휴가받으려고 기를 쓰고 있는데, 넌 인마!'

두 눈이 살짝 풀려 있는 아들의 얼굴을 본 아빠는 도저히 답이 나오지 않는다.

'이거 진짜 심각한 거 아니야?'

그때, 장호태 원사가 윤성규 원사를 불렀다.

"성규야! 군단장님이 너 찾는다. 너 축배제의 할 때 다 됐어! 빨리 와."

"어. 아들놈이 취했어. 어떻게 하지?"

"어떻게 하긴 뭘 어떻게 해. 관리병 불러서 재워. 그럼 되잖아."

"알았어. 금방 마무리하고 바로 갈게."

"야! 바로 와!"

동기의 말에 윤성규 원사는 호출벨을 눌렀다. 그러자 병사들이 벨을 듣고 찾아왔다.

"너희들, 호영이 방 좀 안내해라. 취했다. 취했어."

"알겠습니다."

걱정스럽긴 했지만, 후임병들에게 맡겨놓고 다시 자리를 뜨는 윤성규.

그가 다시 무궁화관에 들어가자, 군단장이 말을 건넨다.

"도망친 건가 했네. 윤 원사는 어딜 다녀온 거야?"

"잠깐 화장실 좀 다녀왔습니다."

"좋아. 다음 축배멘트 준비하게."

"네. 알겠습니다."

"그럼 성재야! 즉석에서 회 떠서 줄 수 있지?"

"네. 알겠습니다."

군단장의 주문에 성재는 자신의 온 정신을 집중했다.

'우럭회 ★★★★ 레시피'를 선택하고, 홀로그램을 확인한다.

그리고 재생속도를 0.5배로 돌렸다.

홀로그램 녀석은 걱정 말라며, 엄지손가락을 내밀더니, 성재가 해야 될 동작을 천천히 선보이기 시작했다. 그 동작을 따라 하며 우럭을 뜨기 시작하는 성재.

그런데 갑자기 홀로그램이 회를 뜨다말고, 성재를 향해 ×자를 펼치며 경고를 보냈다.

'이런 적이 없는데? 뭐야?'

성재가 안절부절못하자, 주머니에서 머리끈을 꺼내는 홀로그램.

머리끈에 적힌 네 글자.〈위험! 위험!〉
그러고 보니, 성재의 시스템창에 이러한 메시지가 떠 있었다.

> ⚙ ✓ ✕
> 사용자 강성재에 대한 윤호영의 적개심이 432 상승했습니다
> Danger!
> Danger!
> 윤호영의 적개심이 위험 수치에 도달했습니다
> 위험에 대비하십시오

성재는 칼을 조리대에 놓고 출입문을 바라보았다.
두 명의 병사가 막는데도 윤호영 일병이 그들을 뿌리치고 들어왔다.
"네가… 회를 왜 떠! 강성재! 강성재!"
술에 취해 앞뒤 구분이 안 가는 상황.
그는 자신의 일까지 빼앗아갔다는 분노로 강성재를 향해 소리쳤다.
흐릿해서 몸도 제대로 가누지 못하는 병사. 그의 술주정.
성재는 윤호영을 말렸다.
"윤호영 일병님, 들어오지 마십시오. 여기 간부님 계십니다."

그러나 막무가내. 무궁화관에 들어오더니, 성재가 내려놓은 칼을 잡고, 그가 손질하던 우럭의 뱃살에 칼을 찍으며 뒤의 후임병에게 말한다.
"야! 누가 시켰어? 얘한테 회칼 주라고 누가 했어?"
후임병들은 덜덜 떨며 선임병한테 말했다.
"칼 내려놓으십시오! 윤호영 일병님! 칼 내려놓으십시오!"
그러자 녀석은 칼을 다시 우럭에서 뽑아 위협석으로 휘두르며 밀했다.
"누가 시켰냐니까? 너냐? 아니면 너냐?!"
성재는 그에게 서서히 다가가, 재빨리 그를 제압하려 했다.
그런데 그의 아버지인 윤성규 원사가 나섰다.
"윤호영! 윤호영! 이 자식아! 너 뭐해?! 뭐하냐고!"
그러나 그의 행동은 오히려 역효과.
시야도 흐릿흐릿해진 녀석이 혼미한 정신상태에서 아버지의 목소리를 듣고 반응했다.

"아빠는 뭐했어? 왜 얘 처리 안 했어? 혼내준다며! 다른 부대 보낸다며!"
윤성규 원사는 아들의 술주정에 양손을 내밀며 입을 열었다.
"아들아! 아빠 살려줘라. 칼 좀 내려놓자. 여기서 이러면 안 돼. 너 이러면 안 돼."
"내가 뭘 했다고! 내가 뭘 잘못 했는데?"
"칼 내려놓고 말하자. 아빠잖아. 칼 내려놓자."
하지만 녀석은 오히려 성질을 부렸다.
"아빠는 왜 내 편 안 들어? 아빠가 말 했잖아. 아~아! 내 편 들어준다고 말했잖아."
녀석을 말리려고 다가가는 윤성규 원사. 하지만 반항하던 아들의 손에 들린 칼에 의해 전투복이 찢겨나갔다. 그리고 흐르는 피. 다행히 깊은 상처는 아닌 듯했다.
윤성규는 놀라서 뒤로 물러나며 아들에게 애원했다.
"아들아… 호영아! 호영아! 칼 내려놔! 칼 내려놔."
그때, 성재는 시선이 아버지에게 돌아간 윤호영 일병을 보며 속으로 외쳤다.

'요리사의 신체 개방.'
그리고 강화된 신체로 재빨리 녀석의 손 등을 내리쳤다.
떨어지는 회칼.
회칼이 떨어짐과 동시에 내지르는 정권 동작.
배를 정확히 가격한 성재의 정권에 그가 숨을 쉬지 못하고 쓰러진다.
그리고 타이밍 좋게 출동하는 수색대대 5분대기조.
수색대대 소대장이 원점을 보존하고, 병사들이 성재가 내지른 정권에 배를 부여잡고 쓰러진 채, 숨을 몰아쉬는 윤호영을 둘러싸고, 포박한다.
군단장은 긴급상황에 한숨을 돌리며 말했다.
"5분대기조 부른 건가?"
그러자 사제장교 조석호 대위가 대답했다.
"그렇습니다. 조금 전, 제가 지휘통제실에 긴급요청했습니다."
"바로 끌고 가. 이건 사법처리해야 되니까, 바로 헌병대 인계해서 구류시키고."
그때… 정신을 잃은 아들을 두고, 윤성규 원사가 군단장 앞에서 무릎을 꿇었다.
"군단장님, 죄송합니다. 저 녀석 제 아들입니다. 큰 실수를 한 것 같습니다."
제아무리 동기라지만, 사단 주임원사도 이것은 챙길 수 없다. 철저히 남이 되어야만 하는 상황. 그는 동기의 편을 들지 못하고, 사단장이나 군단장이 자신의 이름을 호명하지 않았으면 하는 바람에서 친구를 외면한 채, 고개를 푹 숙였다.

다행히 군단장은 그의 애원을 들어줄 듯, 자리에서 일어나 그의 앞으로 걸어 나온다. 윤성규는 최악의 상황에서 자신을 용서해 주려는 군단장의 행동에 눈을 감았다. 그런데 군단장은 무릎 꿇은 그를 지나쳐, 성재를 향해 말했다.

"성재야. 괜찮니? 다친 데는 없어?"

"상병 강성재! 괜찮습니다. 군단장님, 많이 놀라셨을 것 같습니다. 죄송합니다."

"아니야. 너만 안 다치면 돼. 야! 참모장! 배 대령!"

"네. 군단장님."

"성재하고, 후임병 2명 데리고 바로 의무대 다녀와. 가서 다친 곳 없나 확인하고 바로 조치해. 알았어?"

"네. 분부대로 하겠습니다."

성재는 위기에서 호국미식회 회원들을 구하고, 곧바로 배원영 대령과 사제장교에 의해 의무대로 진료를 하러 이동했다.

그리고…. 두 주임원사를 바라보는 군단장의 시선.

"사단장! 수사관들 불렀나?"

"바로 부르겠습니다."

"당장 부르고, 이 두 녀석, 왜 여기 왔는지, 여기서 뭘 했는지, 왜 저 병사가 근무시간에 왜! 술을 먹고 있었는지 철저하게 조사해! 알았어?"

"알겠습니다."

"가볼 테니까, 최대한 빨리 지휘보고 할 수 있도록!"

군단장은 밥맛이 떨어졌는지 자리에서 일어났다. 최관대 중령은 분위기를 파악하고 곧바로 일어나 군단장을 수행했다.

그러자 36사단 주임원사는 다시 한번 떠나려는 군단장의 앞을 막고, 무릎을 꿇었다.

"죄송합니다. 군단장님! 용서해주십시오. 제발 용서해 주십시오."

그러나 이미 용납할 수 있는 수준을 넘어선 상태. 군단장은 아무 말도 없이 자리를 박차고 나가버렸고, 사단장은 분노의 시선으로 두 주임원사를 바라보았다.

군단장님 앞에서 절대 보여서는 안 될 실수를 한 두 명의 주임원사. 아들의 실수에 눈물을 흘리는 36사단 주임원사와 동기를 잘못 둔 덕분에 고개를 푹 숙인 23사단 주임원사. 그 둘에게는 오늘 하루가 최악의 날이 되었다.

사단장은 이틀 뒤 직접 군단으로 이동해, 군단장에게 대면보고를 실시했다.
"군단장님, 사건 처리 결과보고 드리겠습니다."
"그래. 썩 좋은 일은 아니었다. 그렇지?"
"네. 물의를 일으켜서 죄송합니다."
"그래. 일단 보고해 봐."
"네. 먼저 문서를 봐 주십시오."

〈철벽회관 조리병 칼부림 난동사고 관련 조치결과 보고〉
사고자 : 23사단 본부대 회관조리병 일병 윤호영(23)
사고내용 : 23사단 본부대 회관조리병인 윤호영 일병은 자신보다 군 생활이 짧지만 조기진급해서 선임인 강성재 상병(22)가 자신보다 인정받는 상황에 대한 불만을 품고 칼을 휘두르다, 자신의 아버지인 윤성규 원사(52)에 상해를 입힌 사고임.
원인 / 조치 : 해당 병사는 자신보다 군 생활이 짧은 병사의 조기진급에 불만을 품고 있었음. 관리 간부인 조리실장 차상철 상사와 김종태 분대장의 24시간 밀착지도 관리에도 불구, 고쳐지지 않는 문제점을 발견하여 지속적으로 상급자에게 보고하였으나, 사고자의 아버지인 윤성규 원사(36사단 주임원사)와 친분이 있는 장호태 원사(23사단 주임원사)로 인해 보고되지 않고 당사자 선에서 무마되었음.
특히 사고 당일 장호태 원사(52)는 본부대 행정보급관에게 지시하여, 강성재 일병의 생활지도기록부를 외부로 반출하여, 자신의 동기와 병사에게 공개하는 등, 개인정보관리법을 위반하였으며, 불합리한 지시는 물론, 근무시간에 친분을 이용해 병사에게 술을 먹이는 등 직권 남용 등의 행위로 징계위원회에 회부할 예정임.

군단장은 마음에 안 드는지 고개를 저었다.

"윤성규 원사에 대한 이야기가 없다?"

"징계 규정상 윤성규 원사에게 적용 가능한 징계는 품위유지 위반밖에 없었습니다. 저희 사단 소속이 아니었고, 휴가를 내고, 명목상은 자식을 보기 위해 면회 온 것이었기에 징계 규정상 적용할 수 있는 게 이것 밖에 없었습니다."

"그런데? 아까 전화통화로 한 내가 결심할 사항은 도대체 뭐야?"

"군법에 의해 처리될 경우, 윤호영 일병의 경우 최소 징역 1년에서 최대 5년의 형을 살게 됩니다. 윤성규 원사는 이 사항에 대해 자신이 대신 책임지고 싶어 합니다."

"대신? 뭘! 걔가 뭘 할 수 있는데?"

"군복을 벗겠답니다."

"자식 때문에 옷을 벗어? 군 생활 30년도 넘게 했는데? 지금 나가면 포장(대한민국 상훈의 하나)도 못 타."

"명예를 포기하고, 자식을 살리겠다는 판단 같습니다. 만약에 저라도 그런 결정을 내릴 것 같습니다."

사단장의 말에 고개를 젓는 군단장. 하지만 역시나 팔은 안으로 굽는다.

"이 사고, 언론에 나가지는 않았나?"

"네. 그렇습니다."

"사단장! 네 생각은 어때?"

"잘못된 부성애가 이런 결과를 낸 것 같습니다. 선처하는 것이 좋을 것 같습니다."

"그래. 그럼 그렇게 조치해. 전역지원서 내는 조건으로 아들놈은 군법 처리 대신 징계로 대신하겠다고."

"알겠습니다. 이상으로 모든 보고를 마치겠습니다."

"사단장! 너희 주임원사는 징계 후에 다른 놈으로 바꿔. 아주~ 형편없어."

"알겠습니다."

"그런데 너 성재 애긴 쏙 뺐다?"

"성재는 건강상 이상 없습니다."

"그래? 그럼 한 달 안에 한 번 더 약속 잡자."

굴려!

시간이 흘러가면, 주변 환경은 바뀌기 마련이다. 철벽회관 또한 변화의 기로에 마주쳤다.
성재는 조리실장에게 다가가 말했다.
"실장님, 결심했습니다. 마지막 얼굴 보겠습니다."
그러자 차상철 상사는 걱정스러운 얼굴로 성재에게 말했다.
"괜찮겠어? 꼭 안 가도 되는데?"
"아닙니다. 저도 윤호영 일병하고 마지막으로 대화 좀 하고 싶었습니다."
"그래. 그럼 가자. 14시에 입창하니까."

일병 윤호영(23).
본래는 형사처벌 대상, 하지만 아버지가 대신 책임진다는 말에, 군단장 직권으로 형사고발을 하지 않고, 징계위원회에만 회부시켰다. 징계위원회에서 영창(최대 15일), 휴가제한, 근신 등의 징계를 내리게 되며, 영창을 받게 되면 군 전역일이 그만큼 늘게 된다.
그의 처분은 당연하게도 영창 15일.
사단장님이 관여하셨는지, 대기기간이 긴 영창입창이 그날 바로 결정되었다.
본부대장은 윤호영에게 말했다.

"호영아, 너 왜 우냐?"

"죄송합니다. 정말 죄송합니다."

"그러니까 평소에 잘하지 그랬냐? 아무튼, 군사법원 재판은 면했으니까 다른 부대 가서도 잘 해. 알았어?"

"네. 그동안 감사했습니다."

윤호영이 나가고, 본부대장은 표정을 구겼다.

'다행히 잘 끝났네. 끝났어.'

본부대 막사 복도. 입창을 준비 중인 조리실장 차상철. 그리고 그와 옆에 함께 있는 윤호영과 강성재. 윤호영은 조리실장에게 입을 열었다.

"실장님, 잠깐 강성재 상병하고 단둘이 이야기해도 되겠습니까?"

"그래. 사고치진 마라."

"사고 안 칩니다."

차 상사는 윤호영의 부탁에 잠시 흡연장이 있는 건물 밖으로 나갔다.

그리고 성재와 단 둘이 남은 호영이 먼저 입을 열었다.

"탄원서 썼다는 이야기 들었어."

그의 말에 성재가 고개를 끄덕였다. 그리고 말했다.

"이제 어디로 가십니까?"

"나도 모르겠다. 무슨 해안감시 한다는데, 거기가 어딘지 알아야지."

성재는 그의 말에 고개를 끄덕였다.

"TOD 감시병일 겁니다. 가서 온종일 모니터로 감시하는 보직입니다."

"그렇구나. 내가 마지막으로 보자고 한 것은 왜냐면은…."

성재는 그가 무슨 말을 하려는지 알 수 있었다.

> ⚙ ✓ ✗
>
> 사용자 강성재에 대한 윤호영의 적개심이 0이 되었습니다
> 위험수치에서 벗어났습니다

"안 하셔도 됩니다. 가서도 군 생활 잘하시고, 다음에 또 뵈었으면 좋겠습니다."

"그래. 미안했다. 정말 미안했다."

"그럼… 조심히 가십시오. 멀리 안 나갑니다. 충성!"
"충성!"
윤호영은 성재에게 마지막으로 사과를 한 후, 조리실장과 함께 영창이 있는 헌병대로 향했다. 성재는 그를 보며 고개를 푹 숙였다. 아쉬운 헤어짐.
사람은 언제 다시 만날지 모른다.
성재는 떠나는 그의 모습을 끝까지 지켜보았다. 그리고 자신을 향해 다짐했다.
'난 저렇게 살지 말아야지.'

부대에 다시 평화가 찾아왔다.
사고 조치 때문인지 철벽회관도 리모델링 공사에 들어갔다.
그 이유는 무궁화관을 제외한 모든 방을 없애고, 홀로 만든다는 것.
병사 홀로 빈 방에 남아 술을 먹었던 게 사건의 원인이라며, 사단장님 전용인 무궁화관을 제외한 다른 방을 없애겠다는 것. 일단 사고가 나면 무조건 조치를 해야 되는 곳이 군대였기에, 회관 조리병들은 예정에도 없던 휴식을 얻게 되었다.
무려 2주. 좋기만 할 줄 알았는데, 알고 보니 절대 좋은 일이 아니었다.
"회관 조리병들 5명 전부 A조랍니다."
게시판에 붙어 있는 주간훈련예정표와 유격훈련 명단.
거기에 붙어 있는 훈련참석 대상.
"으아아아아아!"
성재는 훈련을 피해갈 수 없는 끔찍한 운명에 소리를 지르고, 다른 병사들 또한 마찬가지였다.
"아, 유격훈련, 진짜 싫습니다."
"나도 싫다. 아, 꼬였다. 꼬였어."
"그래도 다행인 게 기행부대라서 1주일이 아니라 2박 3일입니다."
"어. 그래도 유격은 빡세."

본부대는 장교가 단 2명밖에 없다.
소령인 본부대장과 중위인 행정장교. 행정장교는 생활관을 돌며 말했다.

"다들! 주목!"

"주목!"

"CS복 나눠줄 테니까, 자기한테 맞는 전투복 골라가라."

"네. 알겠습니다."

CS전투복. 구형 전투복. 폐급 중에 폐급.

매일 국방무늬만 입다가 얼룩무늬를 입다 보니, 뭔가 새롭기도 하다. 과거 군인들이 입었던 복장.

"전투복 다 골랐으면 바로 방탄 피 벗기고, 자기 번호에 맞게 반창고 붙여라."

"알겠습니다."

파란색 원통에 흰색으로 말려있는 흰색 반창고.

그것을 7cm 정도 크기로 자른 후, 그 후에 유성매직으로 다음과 같이 표기한다.

[본부 - 23].

성재는 반창고에 자신의 번호를 기입하고, 그것을 피를 벗긴 방탄헬멧 정 가운데에 붙였다.

'아… 내가 유격을 받게 되다니….'

물론 하나 더 만들어야 했다.

[본부 - 23], 이것을 조금 전에 받은 폐급 전투복 이름표에도 붙여야 한다.

다음 날. 오후 5시. 식사를 마치고, 부대에 방송이 나왔다.

[유격훈련 출발 5분 전! 전원 연병장으로 집합!]

연병장으로 나가는 병력들.

군장에 군장덮개를 씌우고, 방독면은 다리메어를 하며, 소총은 어깨걸어 총 자세로 정렬한다.

본부대장은 사열대에 선 채, 입을 열었다.

[긴 말 하지 않는다. 단 한 명도 낙오하지 않으면 전원 포상 휴가다. 훈련 끝까지 절대 포기하지 않는다. 알겠지?]

"네! 알겠습니다."

유격훈련 가는 길. 깃발을 들고 가는 기수와 그 뒤를 따르는 병력들.
간부들은 전원 경광봉을 들고 있고, 병력들은 군장 덮개 위로 전원 야광 X반도를 찬 후, 해안도로를 따라 걸어간다.
지휘관인 본부대장은 뒤에서 코란도 스포츠를 타고 왔으며, 행보관은 행군을 하지 않았기에, 본부대 행정장교와 경비소대장과 경비부소대장이 통제했다.
다들 초급간부인 중위, 중사, 하사였기에 크게 터치하지 않고, 오히려 병사들과 어울려 잡담을 실시했다.
경비소대장인 고태훈 중사가 친근한 사이인 김종태 상병을 보며 말했다.

"야! 종태야! 너네 운 졸라 없다?! 간부식당 조리병들은 훈련 다 빠졌는데, 어떻게 너넨 이렇게 꼬여 버리냐?"
그러자 종태는 고개를 푹 숙이며 대답했다.
"아, 힘듭니다. 그런 말씀 하시지 마십시오. 소대장님! 제 인생에 유격은 없는 줄 알았단 말입니다."
경비소대장이 조리병들의 건강상태를 알아보기 위해 건넨 말.
그가 지나치자, 같이 붙어서 행군하던 병사들이 서로를 바라보며 욕을 해댔다. 특히 순하기만 했던 후임병들의 입에서 나온 소리가 가관이었다.
"윤호영 일병, 만약 보게 되면 진짜 죽여 버릴 겁니다."
"맞습니다. 갑자기 유격이 웬 말입니까? 윤호영 걔가 사고만 안 쳤어도 이렇게는 안 됐습니다."
"아, 짜증난다. 그만하자."

회관 관리병은 사실 모든 훈련에서 열외가 된다. 교육도 열외, 훈련도 열외, 점호도 열외, 사실상 회관에서 서빙하거나, 요리하거나, 객실 관리만 해주면 된다.
그런데 갑작스러운 사고로 인해 회관 공사를 하게 되니 이런 상황이 생긴 것이다.
설상가상. 유격훈련장까지 완전군장 행군이라니. 성재뿐만이 아니라, 조리병들 전원이 훈련소나 신병교육대 이후 처음으로 완전군장을 메고 40km 행군을 실시하는 것.

원래 기행부대(주 임무가 전투지원, 행정이 주 업무)라서 20km인데, 철벽사단은 기행부대, 전투부대 상관없이 무조건 40km 행군을 실시한단다.

행군은 특별할 건 없었다.

그냥 지루하고, 다리 아프고, 피곤하다.

그곳에선 조리실장과 행정보급관이 테이블과 보온통을 세팅하며, 병력들을 기다렸다.

"자! 대휴식 장소에 도착했는데, 지금부터 30분 준다. 화장실 다녀올 사람 다녀오고, 라면 먹을 사람은 바로 행정보급관님 옆에 가서 컵라면, 육개장 받아가라! 과일화채도!"

"알겠습니다."

지친 피로를 잠시 푸는 시간.

육개장과 과일화채.

별거 아닌데, 왜 이게 이렇게 맛있는 건지….

유격장에 도착한 시간은 새벽 4시.

다 쓰러져가는 구형 막사. 대충 짐을 풀고, 모두가 순식간에 뻗어 잠에 취한다.

그런데 2시간도 재우지 않고 누군가가 병력들을 깨운다.

"모두 기상합니다. 기상! 기상!"

이상한 빨간 모자를 쓴 아저씨들.

빨간색 모자에 빨간 T-셔츠와 전투복 하의를 입은 남자들.

계급도 없고, 얼굴도 가린 녀석들이 침상형 막사에서 자고 있는 병력들에게 계속해서 소리를 지른다.

"기상합니다! 기상! 기상! 기상!"

그리고 그들 뒤에는 검은 모자를 쓴 교관들이 짙은 선글라스를 끼고 말 한마디 없이 병력들의 동작을 지켜보고 있다.

그들은 씻지도 못한 채, 연병장으로 모이게 되고.

잠에 덜 깬 채 눈을 비비고 들어오는 병력들을 향해, 방송 앰프를 통해 악의에 찬 질책이 전달된다.

[겨우 40km 걷고 헉헉대서 되겠습니까? 아직 본 게임 시작도 하지 않았습니다.]
우렁찬 말투. 목소리에서 흘러나오는 패기와 열정이 긴장감을 조성한다.

[통제간부는 지금 바로 병력들 앞쪽에 정렬시키고, 병력들 통제해서 보고 준비합니다. 지금부터 1분 주겠습니다.]
본부대 행정장교는 잠이 덜 깬 상태였지만, 불만을 티 내지는 않았다.
그는 원래 그렇게 교육받았다. 병력들 앞에서 무너지지 않는 게 간부.
그는 지친 몸과 졸린 눈을 뒤로하고 통제를 시작했다.

[좌측 1열부터 앉으면서 번호!]
그가 열심히 통제하는데도 앞에 있는 교관은 더욱더 빡빡하게 굴어온다.

[30초 남았습니다! 동작 빨리빨리 안 합니까?!]
[15초 남았습니다. 본 교관은 수십 개 부대의 유격훈련을 통제해 왔습니다. 그로 인해 많은 부대를 접했고 직접 겪었습니다. 그런데 그 수십 개의 부대 중에 오늘 입소하는 본부대가 가장 최악인 것 같습니다.]
이 멘트에 속으면 안 된다. 본부대 행정장교는 이미 그들의 멘트가 고정멘트라는 것을 알고 있었다.
첫날 험악한 분위기를 조성해 병력들을 원활히 통제하고, 주도권을 가져오는 그들만의 방법. 분명 알고 있는데도 직접 당해보니까 속으로 절로 욕이 나온다.
'하아… 진짜! 왜 저렇게 빡빡해!'
역시나 짜증나는 진행방식.

[시간 다 되었습니다. 가장 선임 간부 앞으로 나옵니다.]
본부대 행정장교는 40여 명의 병력 대표로 앞에 나왔다.
[그럼 훈련대장님이 오실 때까지, 본 교관의 진행에 맞추어 입소신고식 연습합니다.]

"신고합니다. 23사단 본부대 42명은…(중략) 이에 신고합니다!"

[훈련대장님 훈시!]

훈련대장은 예상과는 달리 차분하고, 매우 신사적인 사람이었다.
"본 대장은 여러분들을 훈련시키기 위해 임시로 파견된 60연대 3대대 부대대장이고, 여기 교관과 조교들은 각 부대에서 이번 5월부터 7월까지 진행되는 유격훈련 교관, 조교 희망자들 중 체력 우수자들로 구성되어 2주간 열심히 준비해왔습니다. 본 훈련은 PT 체조, 장애물 극복, 화생방, 참호 격투 등으로 이루어져 있으며, 이러한 훈련은 여러분의 올바른 정서함양과 육체능력의 향상을 통해 군인으로서 제 역할을 만드는 데 그 목적이 있습니다. 여러분들이 단 한 명도 낙오하지 않고 끝까지 훈련을 마칠 거라 본 대장은 믿어 의심치 않습니다. 그럼 모두 파이팅!"
그래서 다들 안도의 한숨을 내쉬었다.

[이상으로 유격훈련 입소식을 모두 마치겠습니다. 훈련대장님께 대한 경례!]
"충성!"
바로 PT를 시킬 줄 알았는데, 별 말없이 끝내는 것을 보며, 성재를 비롯한 병력들은 안도의 한숨을 내쉬었다.
'밥은 주고 훈련 시키려나 보다.'
'다행, 다행!'
그때, 성재는 자신이 아는 얼굴을 발견했다.
빨간 모자를 쓴 아저씨, 성재는 그를 보며 반가운 목소리로 말했다.
"어? 야! 오민호!"
그런데 녀석은 성재를 모른 척하더니, 모자 앞창을 내리며, 목소리를 깔았다.
"23번 교육생, 지금부터 말하지 않습니다!"
그때, 사열대에서 내려가는 훈련대장.
그가 내려가자, 가장 선임교관이 훈련대장을 따라가며 말했다.
"대장님, 어떻게 하면 되겠습니까?"
그러자 씩 웃는 훈련대장. 그는 단답형으로 선임교관에게 말했다.

"굴려!"

165
도하해 봅니다

[1번 교육생 기준!]
"1번 교육생 기준!"
[체조 대형으로 벌려!]
"유격대 얍!
그것을 본 선임 교관이 조교들에게 명령했다.
[교관 및 조교 정위치!]
그러자 빨간 모자의 조교와 검은 모자의 교관들이 40명 사이사이로 들어간다.
"정위치!"
정적이 흐르는 가운데, 사열대에서 지휘하는 선임교관.
[본 교관은 본부대장님으로부터 전 병사가 유격체조를 익혔다고 들었습니다. 맞습니까?]
그러자 선임 교관 뒤에 있던 본부대장은 뒷짐을 쥔 채, 고개를 끄덕인다. 병력들은 주말을 이용해 유격체조를 연습했다. 그건 성재도 마찬가지였다. 동작 자체는 신병교육대대에서 훈련병 시절 때 이미 한 번 배운 동작이었기 때문에 익히는 데는 큰 무리가 없었다.
그러나 문제는 유격훈련의 강압적인 분위기였다.

[다들 꿀 먹은 벙어리입니까? 왜 말이 없습니까? 유격체조, 전 장병이 익혔다고 들었습니

다. 맞습니까?]
"맞습니다!"
이럴 때, 모두가 다 맞다고 대답하면 좋을 텐데, 꼭 한 명씩 실수를 하기 마련이다.
틀려도 맞다 대답하는 게 이 상황에선 올바른 정답인데, 군 생활을 이제 막 시작하는 이등병에게는 그게 어려워 보였다.
"이병! 문성식! 어제 전입 와서 모르겠습니다!"
선임 교관은 약점을 물었는지, 평소보다 더 과장스러운 목소리로 소리 질렀어.
[누가! 관등성명 대랬어?! 야! 쟤 몇 번이야? 조교! 열외 시켜서 따로 온몸 비틀기!]
교관의 말에 이등병은 울먹이고, 그럼에도 조교는 그 녀석을 따로 불러낸다.
"41번 교육생, 옆으로 빠집니다. 신속하게 움직입니다."
그 이등병은 호루라기 소리와 함께 괴상한 동작을 하고 있고, 나머지는 꿀 먹은 벙어리가 된 채, 차렷 자세로 정면을 바라보았다.

[본 교관은 여러분의 교육 태도에 따라 온종일 장애물 극복 훈련 없이, PT체조만 할 수도 있습니다. 교육생들도 그것을 원하는 것 같습니다. 교관이 생각하는 것이 맞습니까?]
"아닙니다."
[교육생들은 유격훈련에 입소했으니, 유격훈련 간 명령 체계에 따릅니다. 앞으로 긍정적인 대답은 무조건 "악!" 이라고 대답합니다. 알겠습니까?]
"악!"
그러나 또 실수한 병사가 나타나고.
"알겠습니다!"
선임교관은 소리를 지른다.
[조교! 정신 못 차린 새끼! 열외 시켜!]
"31번 교육생 본 조교 따라 열외 합니다."
[이제부터는 교육생들 믿고 천천히 본 훈련에 들어가 보겠습니다. 1번 높이뛰기는 양팔을 허리 뒤로 날갯짓을 하듯이 펼치고, 다리를 투명 의자와 비슷한 자세로 구부린 상태에서 시작합니다. 옆에 있는 시범 조교의 동작을 보고 따라 해봅니다. 이것이 준비자세입니다. 알겠습니까?]
"악!"

[목소리가 작습니다. 알겠습니까?]
"악!"
준비자세로부터 구분동작 하나, 둘, 셋, 넷을 연달아 익히는 과정.

하지만 본격적인 게임은 지금부터였다.
[이제 유격체조 1번 높이뛰기부터 14번 팔 동작 몸통 받혀까지 알아보았습니다. 그럼 본격적으로 유격체조를 시작해보겠습니다. 유격체조 3번 엉덩이 올리기 4회, 몇 회?]
"4회!
[엉덩이 올리기 3회 시작!]
삑! 삐 삐이익! 삑! 삐 삐이익!
"하나!"
호루라기 소리와 같이 교육생들이 내지르는 함성.
성재는 선, 후임들과 함께 힘차게 함성을 질렀다.

삑! 삐 삐이익! 삑! 삐 삐이익!
"둘!"
삑! 삐 삐이익! 삑! 삐 삐이익!
"셋!"
그리고 갑자기 멈추는 호루라기 소리.
그리고 40여 명 중 약 13명이 동작을 멈추지 않고 계속하고 있다.

[정신 똑바로 못 차려?! 엉덩이 올리기 6회! 몇 회?!]
"6회!"
[목소리가 작다. 엉덩이 올리기 12회! 몇 회?!]
교육생들도 정신을 차렸는지, 이번에는 악을 질렀다.
"12회!
그러자 교관은 씩 웃더니, 숫자로 또 장난을 친다.
[엉덩이 올리기 11회 시작!]

다행히 이번에는 아무도 실수하지 않았다.
그런데 유격체조는 끝날 기미를 보이지 않는다. 아침도 먹이지 않았는데….
그렇게 쉬지 않고 2시간을 하니, 온몸에서 땀이 흐른다.
그리고 마지막! 최악의 유격체조!
[마지막으로 8번 온몸 비틀기! 5회! 몇 회?]
"5회!"
그런데 이건 횟수가 문제가 아니다.
교관이 호루라기를 부는 것을 멈추고 한 자세에서 고정시킨다.
그리고 조교는 그것을 지능적으로 이동한다.
"호루라기 안 불었습니다. 구분동작에서 움직이지 않습니다!"

L자로 만든 몸, 땅에서 든 머리, 방탄은 중력에 의해 자꾸 아래로 향하고, 머리를 일부러 들어야 하는 동작에서 온몸이 미칠 듯이 아파온다.
평소 안 쓰던 근육. 그래서일까? 모두의 입에서 비명이 흘러나왔다.
서효석이 눈물 나오는 것을 참으며 버티고 있었다. 하지만 허리에 힘이 더 이상 들어가지 않는 그의 다리는 달달 떨린다.
성재는 안타까운 얼굴로 옆에 있는 효석의 얼굴을 바라보았다.
체력적으로 자신 있는 본인과는 달리 대부분 체력이 약한 조리병들.
그런데 조교 하나가 서효석 병장 뒤에 있는 김종태 상병에게 소리를 질렀다.
"똑바로 안 합니까! 13번 교육생, 계속 이런 식으로 하면 교관님께 훈련 연장하자고 건의하겠습니다!"

조교의 이야기를 들었는지, 교관은 방송 마이크를 통해 지휘했다.
[저 새끼, 열외 시켜서 따로 교육시켜! 잘 들어! 지금부터 한 명만 더 열외 하면 PT, 오늘 일과 끝날 때까지 한다. 버텨! 정신력으로 버티란 말이야!]
더욱 과격해지는 분위기.
그럼에도 서효석의 바들바들 떨리는 다리가 떨어지려 하고, 그것을 본 조교 하나가 그를 발견하고는 걸어간다.
성재는 제발 서효석이 버티기를 바랐다. 안 그래도 서효석과 자신은 부대에서 굴러온 돌이었다. 타 대대에서 왔기 때문에 친한 병사도 거의 없다.

거기에 남들과 같이 내무생활을 하지도 않는다. 여기서 민폐를 끼치면, 전역 때까지 손가락질만 받다 갈지도 모른다. 그래서 서효석 병장도 악착같이 버티는 것 같았다. 눈물이 찔끔찔끔 나오는데, 도와줄 수 없는 현실이 자꾸 성재의 가슴을 쿵쾅쿵쾅 내리쳤었다.

그런데 그 조교는 갑자기 서효석 병장의 전투화를 양손으로 잡아준다. 그리고 말했다.
[24번 교육생, 아무 말도 하지 않고, 머리 땅에 대고 잠시 쉽니다.]
성재는 그 조교를 보며 씩 웃었다.
녀석이었다. 오민호.
'짜식, 멋있는 척하고 있네?'
[열외 인원 전원 집합! 본 교관은 썩 만족스럽지는 않았지만, 그래도 마지막까지 포기하지 않고 남은 24명의 교육생의 전우애를 확인했다. 열외한 교육생들도 모두 그렇게 느꼈나?]
마지막이라는 말에 본부대 전 병사의 힘찬 함성이 울려 퍼지고.
"악!"
선임교관은 선글라스 뒤로 눈웃음을 감추며, PT 체조를 마무리했다.
[그럼 선임 간부는 병력 통제해서 아침 식사하러 이동합니다.]
그의 말에 본부대 행정장교는 안도의 한숨을 내쉬며 병력들을 인솔했다.
"목표! 취사장! 전원 뛰어~ 가!"
그의 지휘에 병력들은 왼발에 유격대란 구호를 붙이며 취사장까지 달렸다.
"유격대! 유격대! 유격대! 유격대!"

취사장에서 자리에 앉은 김종태가 말을 꺼냈다.
"감사의 기도 실시!"
[오늘도 우리에게 풍성한 식사를 마련해 주신 국민들의 노력과 봉사에 경건한 마음으로 감사드리며, 이러한 식사시간을 가질 수 있게 한 자랑스러운 조국과 오늘의 나를 있게 하신 부모님께 깊이 감사드립니다.]
감사의 기도가 끝나고, 다시 한번 분대원들에게 말하는 분대장.
"먹자!"

성재는 조리병들과 함께 식사를 먹었다. 김종태 상병을 비롯한 새로운 5명의 식구.

그동안 요리하면서 많이 친해졌었다고 생각했는데, 지금까지는 보지 못했던 후임병들과 선임병들의 표정이 보인다. 해맑게 웃는 표정에서 느끼는 친근감.

그런 좋은 분위기 속에 부실한 반찬이 눈에 거슬린다.

요리사의 눈으로 확인한 식단은 평균 2성짜리였다. 여기 취사병들은 정말 실력이 쥐뿔도 없어 보였다. 그런데 후임병들은 그것을 먹으며 또다시 해맑게 웃었다.

"밥 진짜 꿀맛입니다."

"그러게? 오랜만에 몸 움직이고 먹어서 그런지, 진짜 맛있다."

그런데 성재의 입맛에도 생각보단 맛있게 느껴졌다.

'진짜 땀을 빼서 그런가? 맛있네.'

성재는 미소를 지으며, 아까 훈련받았을 때의 후임병 모습을 이야기했다.

"야! 너희들, 운동 좀 해야겠더라?"

"보셨습니까?"

"그래. 봤지. 처음부터 열외만 한 5번 하던데?"

"네. 반성해야겠습니다. 오늘 솔직히 많이 힘들었습니다."

다들 일상적인 대화를 나누고, 김종태 또한 성재를 향해 궁금한 점을 물었다.

"그나저나 성재, 너 체력 진짜 좋다. 평소에 운동 많이 했어?"

"조금씩 하긴 하는데, 사실 다 노가다 근육입니다. 배관공 4년 동안 하다 보니까 아직까지 체력은 꽤 쓸만한 것 같습니다."

꿀맛 같은 휴식을 보내고, 오후 1시까지 휴식. 그리고 시작되는 장애물 훈련.

훈련은 총 8조로 나뉘었는데, 철벽회관 조리병들은 모두 같은 조에 편성이 되었다.

"1조 다 온 겁니까?"

"그렇습니다."

"그럼 훈련 진행하겠습니다."

조교 둘만 있는 기초 장애물 1번 코스.

"본 장애물은 기초장애물 1번, 줄 잡고 건너기입니다. 본 장애물은 높이 12m 기둥에 기다란 로프가 2개가 설치되어 있습니다. 좌측선이 1번 로프, 우측선이 2번 로프가 되겠습니다. 본 장애물 실시 목적으로는 급류가 심한 하천을 극복할 때, 여러분의 생존 능력을 높이는 데 있습니다. 그럼 먼저 본 조교가 시범을 보이겠습니다."
빨간 모자를 쓴 조교는 오른쪽 손으로는 로프를 잡고, 왼쪽손은 수평 어깨높이로 쭉 뻗은 후 '도하! 준비 끝!' 이라는 구령을 외쳤다.
선임 조교가 다시 명령을 내린다.
[도하!]
그러자 조교는 양다리를 꽉 붙인 채, 허리와 다리를 90도 직각 모양으로 만든 후, 밧줄을 타고 하천을 극복하며 외쳤다.
"유! 격! 대!"
완벽하게 착지하는 조교. 그것을 보고 다른 조교가 미소를 띠운 채, 고개를 들었다.

"혹시 저 동작 한 번에 성공할 수 있다! 하는 교육생 있습니까?"
다들 손을 들었다.
당연했다. 각 장애물에서 점수를 매기는 조교들의 측정 점수에 따라 포상 휴가가 나오기 때문이었다.
가장 먼저 나선 서효석!
"24번 교육생! 자신 있습니다."
"좋습니다. 도하해봅니다."
밧줄을 잡고 힘찬 목소리로 조교에게 외치는 서효석 병장.
"24번 교육생! 도하 준비 끝!"
"도하!"
그런데 운동신경이 영 없는지, 다리를 90도로 유지하지 못하고 풍덩 빠져버린다.
후임병들도 마찬가지고, 김종태도 마찬가지. 5명 중 4명이 아무도 성공하지 못하고 모두 하천에 빠져버렸다.
"교육생들, 정말 너무 못하는 것 같습니다. 23번 교육생! 같은 조 인원들이 모두 실패했습니다. 심정이 어떻습니까?!"
성재는 조교의 말에 미소를 지었다.
"자신 있습니다!"
"그 자신감 좋습니다. 도하해봅니다!"

성재는 자신의 운동신경을 활용하여, 아까 했던 조교의 동작을 그대로 따라 했다.

활처럼 굽은 허리. 쭉 뻗은 다리. 밧줄을 타고 인디아나 존스의 주인공처럼, 정글의 타잔처럼 유연하게 날아가는 몸.

그리고 탁!

완벽한 착지. 그리고 아무도 하지 않은 마무리 동작.

"23번 교육생! 도하 끝!"

그걸 본 조교는 고개를 끄덕이며, 입을 열었다.

"23번 교육생! 아주 잘했습니다."

그리고 2번째 장애물…. 강하 훈련.

이곳은 10m 높이에서 뛰어내리는 훈련장이었다.

못 뛰어내린다며, 오금을 떠는 병사들도 있고, 자신 있게 뛰어내리는 병사도 있었다.

성재의 차례가 다가왔다. 그곳의 조교는 오민호였다.

"23번 교육생?!"

"23번 교육생!"

"기분이 어떻습니까?"

"좋습니다."

"지금 가장 생각나는 사람이 누구입니까?"

"여동생입니다!"

오민호는 고개를 저었다.

"제가 아는 23번 교육생은 좋아하는 여성이 있는 것으로 알고 있습니다. 그 이름을 한 번 불러봅니다."

성재는 오민호의 짓궂은 장난에 그를 노려보았다. 녀석은 씩 웃는다.

"23번 교육생, 도하 준비가 되어 있지 않은 것 같습니다. 밑에서 PT체조 하고 다시 올라오겠습니까?"

"아닙니다!"

"그럼 그 이름 불러봅니다!"

아파도 저 원망하지 마십시오

성재는 고민했다.
내가 좋아하는 여자? 누굴 말하는 거야?
요리에만 집중하느라 연애는 중요하지 않다고 생각했던 성재를 압박하는 동기.
"23번 교육생! 왜 그녀의 이름, 말을 못합니까? 그 이름 불러봅니다."
'아! 오민호! 이건 아니야! 이건 아니잖아!'
"23번 교육생은 용기가 없는 것 같습니다. 같은 조 모두 내려가서 PT체조 하고 옵니다. 내려갑니다!"

오민호의 말에 혀를 차는 성재. 그는 어쩔 수 없이 힘찬 함성을 내질렀다.
"악! 23번 교육생 도하 준비 끝!"
"누가 도하 준비하라고 했습니까? 모두가 알고 있는 그 이름 크게 한 번 불러봅니다."
성재는 오민호의 꼬장에 어쩔 수 없이 말했다. 이름을 흐릿하게.
"…야! 보고 싶다!"
녀석은 여전히 놓을 줄 모른다.
"목소리가 작습니다. 다시 한번 23번이 좋아하는 여성분 이름을 더 크게 질러봅니다. 아래 대기하는 동료들에게 들릴 만큼 큰 목소리로 있는 힘껏 내지릅니다.”
성재는 결국 용기를 내서 큰 목소리로 외쳤다.
이게 맞는 건지, 아닌지는 중요하지 않았다. 그는 두 개의 선택지에서 분명 자신의 마음이 원하는 선택지를 골랐다.

“윤아야! 보고 싶다!”

그제야 미소를 띠는 오민호 일병, 그는 성재의 등을 밀어 도하 위치에 서게 만들었다.
“좋습니다! 23번 교육생의 힘찬 함성만큼 반드시 그 사랑 이루어지길 응원하겠습니다. 도하!”
“도하!”
성재의 몸이 공중에서 떨어졌다. 레일을 따라 몸이 흔들리는 그의 모습. 그리고 그런 성재를 멀리서 동영상 촬영하던 사단 정훈공보장교가 씩 웃었다.
‘짜식, 여자친구 있었네? 홍보영상으로 넣어 줄까?’

훈련은 계속되었다. 성재는 독보적인 성적으로 장애물을 대부분 극복했다. 이제 남은 곳은 하나. 줄 잡고 오르기. 그곳에는 사람들이 몰려 6개의 조가 줄지어 기다리고 있었다.
이곳은 조금 특이했다. 조교 둘만 있는 다른 장애물과는 다르게 이곳은 교관이 직접 통제하고 있었다.
레인저 복장에 달려있는 공수마크. 그것도 낙하산 위에 별이 하나도 아니고, 노란별이 2개나 붙어 있었다. 그건 고공강하 횟수가 무려 200회 이상이라는 것.
‘뭐지?’

“이곳은 장애물 극복 최종 단계, 줄 잡고 오르기입니다. 본 교관이 시범을 보이겠습니다.”
그는 자신의 체력을 자랑하듯, 순식간에 꼭대기까지 올라갔다. 그러더니 미소를 지으며 스르륵 내려온다.
그는 힘자랑을 하며, 병력들에게 말했다.
“본 교관은 특전사에서 10년간 복무하고, 여러분과 같은 23사단, 62연대 1대대에서 부소대장으로 임무수행 중에 있습니다. 조교! 몇 초 걸렸지?"
"꼭대기까지 7초 걸렸습니다."
교관은 선글라스를 살짝 들어 올리며, 교육생들을 향해 말했다.
"교육생들 뭐합니까? 박수 안 칩니까?"
짝짝짝짝!
특전부사관 출신, 상사(진) 김태규. 체력에서만큼은 젊은 사람들에게 절대 밀리지 않는다고 자부하는 그는 보병부대에서 잘 적응하지 못했다.
오히려 특전사에서만 근무해, 힘만 자랑하는 무식한 부사관이라는 소문이 돌았다.
이건 통상적인 전방사단 육군의 분위기였다.
보병부대에서는 특전사 출신을 무시한다. 특전사에서는 보병부대 출신을 무시한다. 그게 장교든, 부사관이든 상관없었다. 각 부대 특성에 따라 간부들의 성향이 다르기 때문이다.
그런 보병부대 부사관들 사이에서 적응하지 못한 그는 때마침 희망자를 뽑는다는 유격대 대 교관 모집 공문을 보고 자원했다.
단 3개월이지만, 그동안 머리도 식히고, 체력 약한 병사들을 보며 받았던 스트레스도 풀고, 자기 자랑도 한다. 이것이 병사들 앞에서 직접 시범을 보이는 그의 속내.
김태규는 자신의 체력에 자신이 있었고, 이제까지 본부대에서 자신보다 체력이 좋은 교육생은 단 한 명도 본 적이 없었으므로, 병력들 앞에서 자신 있게 말했다.

"자! 여기 본 교관보다 더 빨리할 수 있다. 성공하면 바로 2박 3일 포상 휴가 부여하겠습니다. 자신 있는 교육생 앞으로 나옵니다."
본부대 병사들은 너도나도 손을 흔들었다. 그러나 본부대는 본래 기행부대. 다들 그를 이기려고 도전을 해보지만, 7초는 커녕 꼭대기까지 올라가는 것도 버거워 보였다.
"거기 11번 교육생, 포기하고 내려옵니다."
"33번 교육생도 더 이상 무리하지 않고 내려옵니다."
그리고 드디어 성재의 차례. 자그마한 체구.
교관은 씩 웃으며 말했다.
"23번 교육생! 할 수 있겠습니까?"
"할 수 있습니다!"
"몇 초면 가능하다고 봅니까?"

"5초면 가능하다고 생각합니다."
"뭐?"
"5초면 가능하다고 생각합니다!"
상사(진) 김태규는 자신의 소매를 걷으며, 팔뚝을 자랑했다.
"23번 교육생은 자신감이 정말 대단한 것 같습니다. 본 교관은 10년 동안 특전사에서 근무하면서 하루에 5시간 이상 하루도 거르지 않고, 체력단련에 투자하며, 이러한 근력과 체력을 얻었습니다. 그런데 23번 교육생은 그러한 교관보다 빠르다고 자신했습니다. 어디 한 번 23번 교육생이 정말 5초면 올라갈 수 있는지 모두의 앞에서 확인해보겠습니다!"
성재는 포상 휴가를 얻기 위해 워밍업을 시작했다.
양손을 털고, 밧줄을 올라가기 위해, 옆에 준비되어 있던 목장갑을 착용했다.
그리고 심호흡을 가다듬었다.

'요리사의 신체 발동!'
그리고 외침!
"23번 교육생 등반 준비 끝!"
"등반!"
본래 성재는 운동을 꾸준히 해 왔다. 마른 체형 때문에 근육이 도드라지진 않았지만, 힘은 꽤 센 축에 속했다. 일명 노가다 근육, 거기에 시스템에 의해 부여된 요리사의 신체가 특전사인 간부보다 부족한 체력과 순발력을 보조한다. 등반하는 속도가 상상을 초월하는 성재. 그는 양팔과 다리의 힘을 이용해서 불과 5.3초 만에 등반을 완료했다.
그러자 옆에서 초시계로 시간을 재던 조교가 미소를 지으며 큰소리로 외쳤다.
"23번 교육생! 5.3초입니다."
초시계를 든 조교는 특전시 교관을 매우 싫어했었다. 다혈질 성격과 자신보다 조금이라도 못하면 타인을 깔보는 행동 때문이었다. 녀석은 2주 동안 교관과 조교들 앞에서 어떻게든 가오를 잡으려고 했다. 그의 생각대로 그보다 체력 좋은 간부는 한 명도 없었다.
그런데 조교 중에는 있었다. 그게 바로 오민호. 오민호를 2주 동안 얼마나 갈구는지, 직접 겪어본 사람들은 학을 뗐다. 어쩔 수 없이 병사 중 가장 선임인 자신이 후임 대신 희생하며 녀석과 한 조가 되었다.
옆에서 지켜보는 것만으로도 짜증이 몰려오지만, 다행히 녀석에게 저 조그마한 체구의 병사가 복수를 해줄 수 있을 것 같아 기분이 좋았다.
"23번 교육생 하강 완료!"
성재가 내려오자, 본부대 병사들이 모두 박수를 쳤다.
그리고 웅성거리며 대화를 나눴다.
"와 교관님보다 빠르네."
"강성재! 강성재! 최고!"
"교관님을 그냥 이겼네. 크큭"
"포상 휴가 축하드립니다. 강성재 상병님!"
김태규는 어이가 없었다.
'뭐지? 쟤는 도대체 뭐야? 수색병인가?'
그런데 병사들의 말에서 그의 보직이 드러난다.
"와 취사병 대박! 취사병이 특전사를 이겼어."

순간 빡침.
그러고 보니, 자신은 손의 힘만을 이용했는데, 녀석은 발까지 사용했다.
그는 확신했다. 이건 반칙이라고! 같은 조건이면 자신이 무조건 이긴다고.
"23번 교육생은 반칙을 했습니다. 줄 잡고 오르기에서 발을 이용해 줄을 타고 올라갔습니다. 이번에는 손의 힘만을 이용해 다시 한번 줄을 타고 올라가 봅니다."
성재는 간부가 자신을 째려보는 시선이 자신의 등 뒤에서 느껴졌다.
그래도 포기할 수 없었다. 휴가증이 달려있었으니까.
"23번 교육생! 등반 준비 끝!"
"등반!"
이번에는 아까보다 더 빠른 4.9초. 거추장스러운 다리를 사용하지 않고 악력으로만 오르자, 몸이 더욱더 재빠르게 움직여진다. 순식간에 가장 상단의 나무기둥을 터치하고, 줄에서 로프를 타는 것처럼 내려오자, 병력들이 환호했다.
"와! 취사병이 특전사 이겼다!"
"강성재! 강성재! 강성재! 강성재! 강성재!"
그걸 본 병장 조교.
"23번 교육생! 4.9초 나왔습니다. 교육생의 승리입니다."

때마침 훈련 진행사항을 순찰하던 훈련대장과 훈련이 다 끝난 교관과 조교들이 마지막 장애물에서 교관을 이기는 병사를 지켜보았다. 특전사 김태규의 표정을 확인한 훈련대장이 입을 열었다.
"김태규 중사! 오민호 조교한테 지더니, 또 졌어? 특전사가 체력이 그래서 되겠냐?"
김태규는 훈련대장의 말에 화가 치밀었다.
'아, 순발력은 나이 때문에 어쩔 수 없나? 힘으로 이겨 보자. 저 자식! 힘으로!'

잠시 휴식시간이 주어지고.
"자! 10분간 휴식 후에 불합격 과제에 대해 재평가가 있을 예정입니다. 혹시 모든 장애물 합격하신 교육생 있습니까?"
"23번 교육생!"
"좋습니다. 23번 교육생은 열외 합니다."
성재는 교관의 지시에 열외했다.
"23번 교육생은 교관 및 조교들과 같이 먼저 식사 후에 별도 휴식 부여하겠습니다. 교관 및 조교 따라옵니다."
"악!"
"좋습니다. 이동합니다!"
날씨가 매우 더웠다. 성재는 취사장에 들어서며 더욱더 심한 열기를 느꼈다.
더운 날씨 때문일까? 요리의 등급이 많이 낮은 편이다.

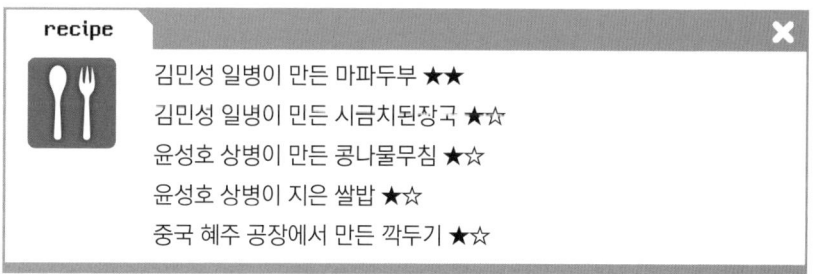

그래도 먹을 만은 했다. 훈련이 모두 끝난 장애물을 통제하는 교관과 조교들은 별 불만 없이 밥을 먹었다.
그런데 식사가 끝나고, 1시간이 지나도, 1시간 30분이 지나도 병력들이 오질 않는다.

다들 지쳐서일까? 교관도 조교도 모자를 벗고 취사장 테이블에 엎드려 잠이 들었다.
성재도 마찬가지.

이제 해가 뉘엿뉘엿 넘어가려는데 드디어 병력들이 들어온다.
5월인데도 유난히 더운 날씨. 저녁인데도 30도를 웃도는 기온.
"기상! 조교들하고, 거기 교육생! 식사 분배해라!"
"알겠습니다."
교관들은 지친 몸을 일으켜, 이제 들어오는 병력들이 식사를 할 수 있게 씻고, 발을 털고 오게 통제하고, 조교들과 성재는 식사를 분배하기 위해 배식대에 위치했다.
밖에서 온갖 승질을 다 부리고 들어오는 특전사 교관. 녀석은 툴툴거리며 입을 열었다.
"아! 쪽팔려. 오늘 일진이 안 좋네."
그의 말에 옆에 있는 하사 교관이 입을 열었다.
"김태규 중사님, 무슨 안 좋은 일 있으십니까?"
"아, 오늘 이상한 취사병 새끼 때문에, 훈육대장 앞에서 개쪽당했다. 개쪽당했어. 너희는 밥 먹었냐?"
"네. 다 먹었습니다. 썩 맛있지는 않은데, 드실 만은 합니다. 얼른 드십시오."

성재는 김태규가 자신을 욕하는 것을 발견하고는 고개를 푹 숙였다.
그런데 녀석은 성재를 발견한 모양이다.
"야, 뭐하냐? 열외냐? 왜 여기서 쉬고 있냐?"
성재는 교관의 말에 대답했다.

"아닙니다. 모든 장애물 다 통과하고, 취사장에서 조교 통제 따르고 있었습니다."
"에이, 말대답하는 거 봐! 어휴! 재수 없어! 이 싸가지!"
성재를 밀치고 마파두부를 왕창 떠 가는 특전사 출신 김태규.
성재는 그의 행동에 고개를 저었다.
'저 간부 진짜 불쌍하다. 저렇게 해서 일상생활이 되려나? 군인이니까 상관없나? 아… 이럴 때는 진짜 빨리 전역하고 싶다.'
성재는 그의 몸에서 날린 흙먼지가 눈에 들어가자, 눈을 깜박이며 먼지를 털었다.

"23번 교육생, 괜찮습니까?"

"아, 네. 눈에 먼지가 들어간 것 같습니다."

"잠깐 세수하고 와도 됩니다."

"감사합니다."

성재는 흐르는 수도의 물로 눈을 씻었다.

그리고 눈을 깜박이며 시야를 확보했다.

세 번 깜박이자, 저절로 발동하는 능력.

'요리사의 눈.'

능력을 발동한 채로 돌아오는데, 식판 분배대에 있는 반찬의 등급이 이상했다.

분명 17시에는 괜찮았는데, 지금은 다르다.

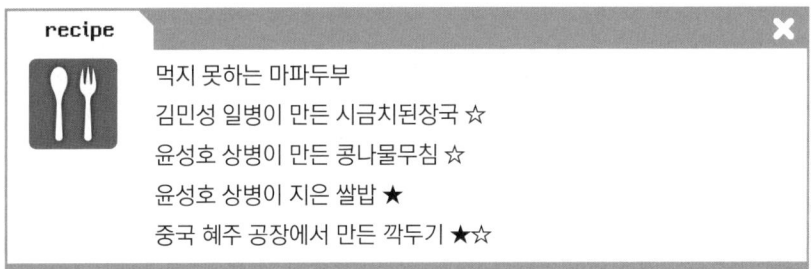

'뭐지? 등급이 다 왜 저래?'

성재는 다시 한번 요리들을 확인했다.

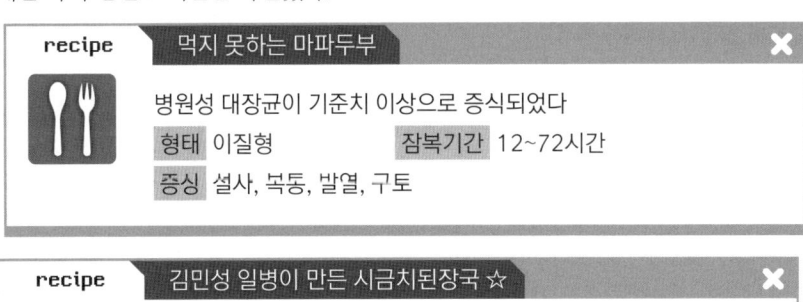

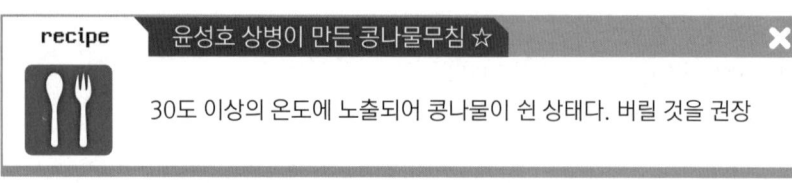

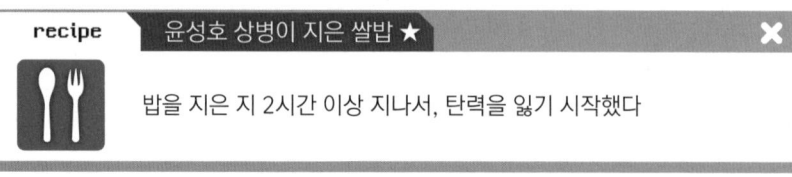

성재는 마파두부의 상태를 확인하고, 곧바로 간부 식탁의 김태규 중사에게 말했다.

"뭐야? 휴가증 없으니까 꺼져!"

"…그 말 하려고 온 거 아닙니다."

"그럼 뭔데?"

"마파두부 드시면 안 됩니다."

"야! 밀었다고 지 시비 거는 거냐? 너는 이거 먹었어? 안 먹었어?"

"먹었습니다. 그래도 지금 시간이… 많이 흘…."

"장난해?! 장난하냐고! 꺼져!"

그때, 몰려오는 교육생들.

지금 여기서 더 시간을 끌다가는 같은 부대원들까지 병원성 대장균에 노출되고 만다.

'전 할 거 다 했습니다. 아파도 저 원망하지 마십시오.'

XX에 힘을 얼마나 준 거야?

성재는 간부에게 간단히 목례만 하고는, 식판 분배대로 다가가 조교에게 말했다.
"저, 조교님?"
"네. 교육생, 눈은 이제 괜찮습니까?"
"이거 마파두부 좀 오래되어서, 조금 전 조리한 것하고 바꿔오겠습니다."
"어? 안 그래도 아까 취사병들이 그 말 저한테 했었습니다. 제가 깜박했네요. 저랑 같이 가십니까?"
성재는 마파두부를 들고 조리실 안쪽으로 들어갔다.
"취사병 아저씨, 이거 식중독 지수 보니까, 상온에 오래 노출되어서 마파두부 새 걸로 교체하겠습니다."
"아, 그러네요. 안 그래도 저희가 식중독 지수 고려해서, 빈친 20분 전에 다 새로 했거든요. 여기 있는 음식들도 같이 교체하죠."
새 마파두부는 등급에 문제가 없었다. 성재는 안심하고 병력들에게 음식을 배분했다.

다음 날, 아침에는 기마전, 타이어 끌기 등이 시작되었다.
서로 몸으로 부대끼다 보니, 본부대 병사들과도 많이 친해졌다.

"강성재 상병님! 최고십니다."
"성재야! 앞으로 잘 부탁해!"
"강성재 상병님! 체력 정말 좋으신 것 같습니다."
"앞으로 친하게 지냈으면 좋겠습니다."
"운동 좋아하십니까?"
물론 요리가 아니라 운동 쪽으로 친해진 게 흠이라면 흠일까?
그리고 마파두부를 먹은 특전사 교관 쪽도 다행히 멀쩡해 보였다.
'걱정했었는데, 다행이네.'

유격훈련의 꽃은 뭘까? 참호격투가 아닐까? 예상외로 세심하게 준비한 참호격투장.
보통 흙을 파고, 그 주변에 모래주머니를 쌓고, 물을 집어넣는 줄 알았는데, 비닐을 싹 깔고, 갑바천으로 이중으로 깔아 흙탕물 대신 투명한 물로 준비해 주었다.
참호격투의 통제교관이 씩 웃었다.
그는 문제의 특전사 교관, 김태규 중사였다.
"환자 및 체력저조자가 많은 관계로, 본 교관과 조교 14명이 본부대 42명에게 참호격투를 제안합니다. 1:1로 실시하되 연승전 형식으로 실시하고, 본부대 병력이 이기면 전원 포상 휴가를 부여하겠습니다. 응하겠습니까?"
통제교관의 자신감에 본부대 행정장교가 열 받은 듯, 협상에 응했다.
'무시하는 것도 아니고, 15:42?!'
특전사 교관은 미소를 지으며, 체력이 좋은 조교 14명을 차례대로 세웠다.
그리고 행정장교에게 미소를 지었다.
"장교님, 그럼 순서를 정해서 한 명씩 차례대로 정해주십시오. 저희는 이 순서대로 하겠습니다."
"저희 무시하지 마십시오. 특전사가 다가 아닙니다!"
"글쎄요? 붙어봐야겠지요?"
행정장교는 나름 전략을 세웠다.
"몸무게 낮은 순으로 나와!"
좌르르륵 줄을 서는 병사들. 몸무게 70kg 이하가 거의 30명이다. 성재도 그 축에 속했다.
특전사 교관이 행정장교에게 입을 열었다.

"거기 23번 교육생은 젤 마지막으로 해 주시죠."

"뭐죠? 목적이 뭡니까?"

"그쪽도 패널티 하나는 있어야 되지 않겠습니까? 체력 좋은 놈은 마지막으로 해달라 말입니다."

"교관님, 저희 본부대 무시한 것! 후회하게 될 겁니다."

"하하하하!"

행정장교는 장교답게 모두의 응원을 받으며 1번으로 앞에 섰다.

그는 조교를 무려 2명이나 장외로 넘어트리며, 스코어 13 : 42로 앞서갔다.

그런데 3번째 조교 녀석의 힘이 만만치 않았다.

"으아아아악!"

마지막까지 힘을 짜내 같이 밖으로 끌고 나가며 아웃되는 행정장교.

그래서 스코어는 12:41. 매우 유리한 상황.

하지만 키 164cm, 56kg의 조그마한 체형. 힘도 잘 쓰지 못하는 병사들은, 체력 위주로 뽑아 엄선된 조교들을 당해내지 못했다.

깨끗했던 물은 어느새 흙탕물이 되어 있고, 스코어 격차는 계속해서 좁아져 간다.

.
.
.

서효석은 지친 조교 한 명을 밀쳐내고, 이제 마지막 2명만을 남겼다.

그런데 마지막 2명 중 하나가 바로 그 무식한 체력을 가진 오민호였다.

"오민호! 봐줘라. 포상 휴가 좀 가자!"

"죄송합니다. 저도 이겨야 포상 나갑니다."

"나쁜 놈! 덤벼!"

하지만 오민호는 끝내주는 체력을 바탕으로 서효석을 바로 들어 올리더니, 곧바로 장외로 밀어버렸다.

"스코어 2 : 3!"

오민호를 이겨낼 자는 없었다. 그 이후 나온 경비소대장도, 경비부소대장도 오민호의 압도적인 체력적인 우위에 무릎을 꿇고 말았다.

민호는 아직도 체력이 쌩쌩한지 여유 있게 본부대의 마지막 희망 성재를 불렀다.
"강성재! 들어와라! 한번 붙어보고 싶었다."
"나도 붙어보고 싶었다. 인마!"

성재는 씩 웃었다.
둘이 서로를 향해 견제하자, 조교들도, 본부대 병력들도 분위기가 달아오른 듯, 힘찬 함성과 열화와 같은 박수가 이어졌다.
성재는 생각했다. 오민호, 특급 전사. KCTC 전투 영웅.
하지만 자신도 자체 측정한 체력은 특급이다.
같은 동갑, 신병교육대 같은 기수 동기 녀석.
많은 추억을 같이했고, 60연대 1대대에서부터 많은 기억을 함께했던 녀석.
이번에 헤어지면 언제 볼지 모른다. 언젠가는 힘으로 붙고 싶었던 것도 사실.
그런 기회가 자신에게 돌아오자, 더욱 불타올랐는지 몰랐다.
남자와의 격돌.

"승부다!"
"오케이! 안 봐준다!"
둘이 서로 손을 잡으려 하는데, 누군가가 소리 질렀다.
"오민호! 나와!"
김태규 중사가 민호에게 나오라고 명령했다.
"아, 교관님! 저 성재랑 한판 붙어보고 싶습니다."
"됐어. 내가 처리할게. 나와!"
특전사 교관의 명령에 고개를 푹 숙인 채, 자리에서 나오는 오민호.
그는 울상이 되어 참호격투장 밖으로 나오고, 김태규는 승리의 미소를 지어보였다.
'네가 나이가 어려서 순발력은 좋아도, 나한테 힘으로는 안 될걸?'

"교관님! 교관님! 교관님!"
유격 조교들은 교관을 응원하고!
"강성재! 강성재! 강성재!"

본부대는 성재를 응원한다.

스코어 1:1, 각 팀에는 포상 휴가가 걸린 상황.

김태규는 굵은 근육질 팔로 성재의 팔을 붙잡았다. 성재 또한 자신의 손으로 특전사 간부의 팔을 붙잡으며 힘 대결을 시작했다.

성재는 간부의 악력을 온몸으로 체험하고 이를 악물었다.

'모두의 포상이 달렸어. 이기자! 꼭 이기자!'

그러나 성재의 몸이 바닥에 고꾸라졌다. 녀석은 흙탕물 바닥에 고꾸라진 성재를 다시 들어 올려 땅바닥에 메친다.

성재는 직감했다. 능력을 사용하지 못하고는 이기지 못한다고.

'요리사의 신체'를 개방했다.

그런데… 체력이 올라갔다고 해서 힘이 강해지는 것은 아니었다.

그는 성재를 다시 바닥에 메쳤다.

"퉤! 퉤!"

성재는 흙탕물이 입으로 들어가자 입 밖으로 뱉었다.

"왜? 못 이기겠냐?"

교관 녀석은 싱글벙글 웃으며 성재를 농락했다.

그때, 떠오르는 시스템창.

Tip 요리사의 손 Chef's hand!

성재는 악을 물고, 곧바로 자신의 스킬 포인트를 요리사의 손에 투자했다.

skill 요리사의 손 Chef's hand

요리사의 손의 랭크에 따라 섬세한 동작이 가능하며, 기초 근력 또한 강화시켜 줍니다. 현재 Rank : D

속으로 그가 외치자, 요리사의 손이 사용되고, 요리사의 신체 밑에 새로운 패러미터가 생겼다. 이 패러미터도 조금씩 줄어들며 남은 시간을 표시하였다.

"으아아아아!"

성재가 달려들었다. 그러자 특전사 간부는 싱긋 웃으며, 자신의 힘으로 녀석과 격돌했다.

그런데 조금 전까지만 해도 자신에게 게임이 안 되던 녀석이 자신과 대등한 힘을 내기 시작했다.

'뭐지? 이 새끼 뭐야!'

그런데… 녀석이 갑자기 등을 돌리더니, 자신을 바닥에 메다꽂는다.

"아아아악!"

그의 하얀 얼굴이 순식간에 흙탕물로 뒤집어썼다.

김태규 교관은 어이없는 표정으로 녀석을 바라보았다.

'이 새끼, 반항하네?'

그가 성재를 향해 돌진했다. 성재도 녀석을 향해 돌진했다.

쿵!

서로 부딪히는 전신. 그리고 온몸에 오는 충격.

그런데 김태규는 그 충격에 깜짝 놀라 뒤로 빠졌다.

'아… 뭐야… 배가 갑자기 왜 아픈 거야? 미치겠네.'

성재는 경직된 눈빛으로 바라보며 말했다.

"교관님, 빼시는 겁니까?"

"뭐야?! 야! 말 똑바로 해! 뭐라고 했어?"

지금은 남자 대 남자의 승부! 기선제압 당하는 자가 지는 거다. 성재는 강하게 나갔다.

"간부님! 덤비시지 말입니다."

"아! 이 새끼가!"

그는 모두가 바라보는 앞에서 실수로 욕을 하고 말았다. 그러자 본부대 병사들이 그를 향해 야유를 내보낸다.

"우우우우~ 우우우우."

그래도 김태규는 개의치 않았다. 앞에 있는 녀석을 장외로 넘어뜨려 자신이 강하다는 것만 증명하면 그만이었다.

그런데 몸이 자꾸 이상하다.

꾸르륵!

'아, 젠장… 배가 또….'

그가 잠깐 배를 만지며 고개를 숙였다. 그 찰나의 순간, 집중력이 흐트러졌을 때, 앞에 있는 조그만 녀석의 모습이 갑자기 사라졌다.

상사(진) 김태규는 당황했다.

'어디 갔어? 이 새끼! 어디 갔어?'

그때, 시야 사각에서 나타나는 성재.

그 병사는 김태규를 유도동작의 하나인 한 손 업어치기를 통해 장외로 밀어냈다. 순식간에 벌어진 일이기에 저항하지 못한 특전사.

시야에만 잡혔더라면 대응할 시간이 있었을 텐데….

팡! 바깥으로 내동댕이쳐지는 특전사.

그가 장외로 나간 것을 보고 심판을 보던 훈육대장이 승리를 선언하려 했다.

김태규는 아무 일 없었다는 듯, 바로 일어나며 말했다.

"야! 한 판 더해! 한 판 더 해!"

하지만 그 순간! 녀석의 바지에서 알 수 없는 덩어리가 떨어졌다.

흙탕물과 섞인 덩어리. 그리고 웅성대는 병사들.

잠시 후 그 실체를 정확히 확인한 본부대 병사들은 키득키득 대며 웃었고, 훈육대장은 당황한 채, 조교들한테 말했다.

"야! 조교들 뭐해! 빨리 판초우의로 가려! 가려줘! 아, 미친! 똥꼬에 힘을 얼마나 준 거야?"

다음 날. 부대 복귀 후 병력들은 모두 해맑은 미소로 복장을 반납했다.

힘들었지만, 즐거운 일도 많았다. 모두 2박 3일 휴가도 받았고, 23사단, 부대 역사에 남을 만한 일도 직접 경험하며 미소를 지었다.

본부대의 유격훈련. 성재는 『취사병, 전설이 되다!』라고 적은 자신의 수첩에 그날 있었던 일을 적어놓으며, 미소를 지었다.

상사(진) 김태규는 그날부로 유격 교관을 그만두고 부대로 돌아갔다.

그가 돌아온 날, 62연대 부사관들은 그를 이렇게 불렀다고 한다.

"김태규 변사! 특전사라 그런지 거기 힘도 좋더라? 잘 싼다며?"

같은 시각. 정훈공보부 정훈공보장교 남궁민 중위. 그는 이번 본부대 유격훈련 영상을 마지막으로 포함하며, 올해 23사단 홍보영상 편집본을 완성했다.

본래는 동기인 문화장교 장기정 중위가 해야 될 일인데, 다음 달에 전역한다며, 회사에 면접을 보기 위해 길게 휴가를 나간 것.

덕분에 그가 할 일이 더욱 많았다.

그래도 그는 혼자가 아니었다. 장비담당관 하민정 하사가 있었다.

"공보장교님, 오늘 오전 업무는 제가 다 하겠습니다."

"그래요? 매번 고마워서 어떻게 해요?"

"고맙긴요. 다 같은 팀인데요. 지금 바로 참모장님께 대면보고 하십니까?"

"네. 참모님이 저보고 직접 들어가라 시네요. 앞으로 실무자가 직접 보고하라고. 빡세죠? 그나저나 장비담당관, 매번 도와주셔서 항상 미안해 죽겠습니다."

공보장교, 남군의 말에 여군인 그녀는 흐뭇한 미소를 지었다.

"그럼 공보장교님이 밥 한번 사십시오. 이번에 철벽회관 리모델링 해서, 카페테리아로 개선했답니다. 같이 가시죠."

"아, 그래요? 누구랑 갈까요?"

"둘이 가면 되지 말입니다."

"에이, 그래도 남군이랑 여군, 이렇게 단둘이 가면 이상하지 않습니까?"

"뭐 어떻습니까? 같은 지휘관계에 놓인 사람들끼리는 사귀지 못하게 되어 있지 않습니까? 아무도 저희 사이 오해 안 합니다. 걱정하지 마십시오."

"……"

남궁민은 그녀의 말에 묵묵히 편집 파일을 업무용 USB에 저장했다.

저장 후, 무뚝뚝한 말로 일관하는 남자.

"그럼 참모장님께 이번 홍보영상 보고하러 가겠습니다."

"네! 야근하셨으니까, 보고하고 바로 퇴근하십시오. 제가 참모님 오시면, 밤새고 퇴근했다고 바로 보고하겠습니다."

"네. 고마워요."

공보장교가 떠나고, 하민정 하사는 남궁민 중위가 나간 문을 계속해서 지켜보았다.

'공보장교님! 이제 곧 다른 부대로 떠나시면서, 왜 아무 말도 없으십니까? 제가 모를 줄 알았습니까? 끝까지 일만 하시다 가실 겁니까?'

오랜만에 신나게 놀아보지 말입니다

참모장실에 들어간 공보장교.
"충성! 23사단 홍보영상 제작결과 보고하러 왔습니다."
"그래? 잠깐 앉아."
남궁민 중위는 배원영 대령의 지시에 원형 탁자 테이블에 앉았다.
참모장이 호출벨을 누르자 비서실에서 당번병이 들어왔다.
"찾으셨습니까?"
"그래. 공보장교! 커피? 녹차?"
"커피 마시겠습니다."
"그래. 커피 2잔!"
당번병은 참모징의 말에 90도로 히리를 숙이고는 곧바로 참모장실 밖으로 나갔다.
배원영은 공보장교에게 물었다.
"왜 대대로 가고 싶어졌나? 여기 있으면 장기복무도, 진급도 유리할 텐데?"
"그냥 가고 싶어서 신청했습니다."
"그냥 가고 싶은 게 어디 있어? 정훈참모가 괴롭히나?"
"아닙니다."
배원영의 말에 숙연해지는 남 중위. 커피 2잔을 들고 들어오는 당번병.

"그래. 일단은 보직 이동하는 것으로 결재하마."
"감사합니다. 그럼 홍보 영상 지금 틀어보겠습니다."
배원영은 2018년, 23사단 홍보영상 제작 편집본을 최초로 확인했다.

- 우리 23사단은 정예 상비사단 중 하나로서, 1998년 창설된 이후….

레펠 훈련장에서 성재의 모습이 보인다.
늠름한 녀석의 얼굴을 보며 참모장의 얼굴에도 웃음꽃이 피었다.
그리고… 문제의 장면.

- 목소리가 작습니다. 다시 한번 23번이 좋아하는 여성분 이름을 더 크게 질러봅니다. 아래 대기하는 동료들에게 들릴 만큼 큰 목소리로 있는 힘껏 내지릅니다."

그리고 성재의 대답!

- 윤아야! 보고 싶다!

순간 당황한 배원영 대령. 그는 공보장교에게 인상을 쓰며 말했다.
"공보장교!"
"중위 남궁민?"
"저거 지워! 당장 다시 만들어! 알았어?"

같은 시각. 성재는 새로 리모델링한 철벽회관 개관식을 준비하고 있었다.
그때 떠오르는 시스템창.

사용자 강성재에 대한 배원영의 호감도가 800 하락했습니다

'뭐지? 내가 뭘 잘못했나?'

성재는 자신이 모시던 연대장의 호감도 하락에 당혹감을 감추지 못했다.
그때, 조리실장인 차상철 상사가 갑자기 놀란 눈을 하고 있는 성재를 향해 물었다.
"어디 아파? 표정이 왜 그래?"
"아닙니다. 잠깐 집 생각 좀 했습니다."
"그래? 안 아프면 됐어. 준비하자!"
"알겠습니다."
성재는 이번에 3개의 방을 헐고, 새로 설치한 카페테리아에 새로운 메뉴들을 세팅하고 있었다. 그런데 계속해서 시스템 메시지가 떠오른다.

사용자 강성재에 대한 배원영의 호감도가 300 하락했습니다
사용자 강성재에 대한 배원영의 호감도가 150 하락했습니다

"성재야! 너 좀 쉬어라. 아파 보인다."
"네. 죄송합니다."
방 안, 침대에 누운 성재는 눈을 감았다. 더 이상 시스템 창을 보지 않기 위해서였다.
이유 없는 배원영 대령의 호감도 하락에 성재는 서운한 감정이 들었다.
'내가 실수한 게 있는 건가?'
"성재야! 개관식 시작한다. 내려와라!"
"알겠습니다."
성재는 수십 개의 메시지를 지우기 위해 속으로 외쳤다.
'호감도 창 제거!'
그러자 호감도 하락을 외치는 수십 개의 메시지가 일순간 사라졌다.

철벽회관 리모델링. 조그마한 공사가 끝났음에도 개관식을 여는 군대.
인사참모가 행사를 진행하고, 많은 간부들이 하객으로 모였다.
"지금부터 철벽회관 재 개관식을 시행하겠습니다."
참모장은 개관식이 끝나고 성재를 찾았다.
'이 녀석, 진짜! 이제까지 그것 때문에 나한테 잘 보이려고 했던 건가?'

하나 뿐인 딸. 윤아하고 어디까지 갔는지, 뭘 했는지, 도무지 감이 오질 않는다.
'윤아랑 언제 그렇게 가까워진 거야?'
카페테리아 앞. 뷔페식으로 놓여있는 음식 앞에 서 있는 강성재. 녀석이 사단장 앞에서 보고를 시작했다.
"충성! 간부식당 카페테리아, 점검 준비 끝!"
"그래. 성재구나. 직접 만들었니?"
"상병 강성재! 그렇습니다."
호국미식회 사단장님의 호감까지 사 버린 녀석을 보며 참모장이 한숨을 내쉬었다.
'내가 저 표정에 속았네. 속았어.'
한편, 성재는 또 한 번 내려가는 호감도를 보며 일단 감정을 추슬렀다. 그에게 무슨 잘못을 저지른 걸까? 도무지 감이 잡히지 않는 성재는 참모장의 얼굴을 쳐다보았다.
그런데 순간 움찔했다. 째려보는 그의 눈. 얼마 전까지만 해도 항상 따스한 눈빛을 주는 지휘관의 눈빛이 확실히 매섭게 변해버린 것이다.
"......"
성재는 고개를 푹 숙였다. 더 이상 찍히지 않기 위해서였다.
평소라면, 환한 웃음을 짓고 지나갈 참모장이 성재를 무시하고 복도를 지나쳐 간다.
참모장은 성재를 무시하고, 공사가 끝난 공간을 확인하는 사단장을 수행했다.
모든 공사현장을 확인한 사단장이 말을 꺼냈다.

"공병대대장! 감독 잘했네. 내가 원하는 대로 됐네! 좋아!"
"감사합니다."
"그럼 음식 맛 좀 볼까?"
"네. 사단장님!"
참모장은 마음이 싱숭생숭, 온종일 편치 못했다.
'어떻게 해야 하지?'
딸에게 전화로 물어보자니, 둘이 교제한다고 대답할까 봐 두렵고, 그렇다고 안 물어보자니, 너무나 궁금하다.
그가 내린 결론은 결국 당사자에게 물어보는 것.
그런데 사단장님이 그럴 틈을 주지 않는다.

"조리실장! 바뀐 메뉴가 뭐야?"

"네. 사단장님, 보고 드리겠습니다. 이번 철벽회관에서는 1군사령부 예하 전 부대 중 최초로 카페테리아 형식을 적용하였으며, 뷔페식 메뉴 16종과 그날의 특선 메뉴로 이루어져 있습니다."

"특선메뉴? 그게 뭐지?"

"특선메뉴는 한정적인 기간에만 파는 메뉴를 뜻합니다. 그 날의 주방장이라고, 중화요리는 서효석 병장이, 일식 요리는 강성재 상병이, 한식은 김종태 상병, 베트남 요리는 장진석 일병이 각각 1일씩 돌아가며 맡게 됩니다."

"호오! 그럼 그날그날 주방장이 바뀌는 건가?"

"그렇습니다. 저희는 그것을 책임주방장 제도라고 이름 지었습니다."

"오늘은 무슨 날인가?"

"일식 요리입니다. 강성재 상병이 맡게 되었습니다."

조리실장이 미소를 지으며, 각 책임주방장별 메뉴판을 꺼내 들었다.

〈책임주방장 상병 강성재〉
- 나가사키짬뽕 6,000원
- 장어덮밥 10,000원
- 오코노미야키 6,000원
- 창코나베 25,000 원 / 3~4인분
- 와쇼쿠윙 2,000 원 / 1개
- 각종 회 / 시가

성재가 만들 수 있는 음식은 총 5개, 사단장이 물었다.

"이걸로 돈이 남겠나? 남는 돈으로 비품도 사야 되고, 복지비로도 활용해야 되잖아."

"네. 저희가 계산하기로는 마진율은 20%로 보고 있습니다. 뷔페식으로 전환하여, 1인 기본 7,000원을 받을 예정이고, 책임주방장이 그날 준비하는 메뉴와 주류, 음료로 부가수익을 얻어, 1일 매출 최소 40만 원 이상은 달성할 수 있을 거라 생각합니다."

"40만 원이면 한 달에 1천 2백만 원인 건가?"

"네. 토, 일요일을 제외한 공휴일과 앞으로 매주 월요일은 쉬기 때문에, 약 1천만 원 정도

매출 예상하고 있습니다."
"1천만 원이라, 내가 쓸 수 있는 공금은 얼마 나오지 않겠군."
"죄송합니다."
사단장은 다소 보수적인 수치에 고개를 저었다.
순이익 중 15%가 사단장이 개인적으로 쓸 수 있는 품위유지비. 공관에 부족한 물품이나, 운동기구, 가구 등에 사용할 수 있다. 85%는 장병 복지를 위해 사용한다.

"아니야. 괜찮아. 어차피 다 복지 예산이고, 장병에게 돌아가는 예산인데, 많아 봐야 뭐가 좋겠어. 그럼 뭐부터 먹어볼까? 추천메뉴 불러 봐."
성재는 사단장의 말에 미소로 화답했다.
"사단장님! 오늘의 추천메뉴는 장어덮밥입니다."
병사의 말에 입꼬리가 살짝 올라가는 사단장. 대답을 알면서도 병사에게 되물었다.
"왜 장어덮밥이 추천메뉴지?"
그런 사단장의 말에 성재는 빙그레 웃으며 대답했다.
"장어가 그곳에 좋습니다."
"크크, 다시 한번 말해봐!"
"남자의 힘에 좋습니다!"
"크크크, 그래. 거기에 좋으면 먹어야지. 그럼 다들 추천 메뉴로 먹어보도록 하지! 장어 못 먹는 사람 있나?"
사단장의 말에 부하들이 큰 소리로 대답했다.
"없습니다!"
"그럼 장어덮밥 먹고, 오늘은 집에 일찍들 퇴근하자고!"
"감사합니다!"
성재는 장어덮밥을 맛있게 만들었다.
대파와 다시다, 고추, 생강, 간장과 설탕, 물엿을 넣어 소스를 만들고, 사단장님이 좋아하시는 계란지단을 추가해서 만들었다.
장어 껍질에 있는 진액을 벗겨내고, 잔가시들을 처리할 수 있도록 칼집을 냈다.
팬에 익기 시작하는 장어. 초벌구이라 그런지 몸이 둥글둥글하게 말리기 시작한다.
성재는 홀로그램의 진지한 표정을 바라보았다.

'그래. 오늘은 장난치지 말고 제대로 가자. 연대장님 화나셨다. 화나셨어.'
성재의 마음을 읽었는지, 진중한 얼굴로 녀석이 요리에 집중한다.
따뜻한 밥과 달걀지단, 썰어놓은 장어구이, 거기에 성재가 직접 만든 소스가 발라지자, 비로소 등급이 나타났다.

	강성재가 만든 장어 덮밥 ★★★★★
	장정민이 만든 장어 덮밥 레시피에 자신만의 특제소스를 발라 더욱 먹음직스럽게 만들었다
	쫀득쫀득한 소스와 직접 볶은 참깨가 장어의 풍성한 맛을 살려주고, 그 옆에 따로 만든 달걀지단이 자칫 입맛이 까다로울 수 있는 미식가들의 불만을 잡아준다

"참모장! 결혼한 지 얼마 안 됐지? 이거 먹고 집에 가서 힘 좀 써야 되는 거 아니야?"
사단장의 말에 옆에 있던 인사참모가 기회를 잡으려 미소를 띤 채 말했다.
"그렇습니다. 사단장님, 참모장 요즘 신혼입니다. 장어 덮밥 먹고, 바로 들어가야 될 것 같습니다."
"클클, 인사참모! 너는 빨리 안 들어가도 돼?"
"아, 저는 가족이 현재 서울에서 살고 있습니다."
"그럼 장어덮밥, 그거 참모장 줘."
사단장의 말에 눈치를 살피며 참모장에게 장어 하나를 집어드는 인사참모.
그러자 껄껄 대며 웃는 각 중령 참모들. 사단장은 기분이 좋은지 조리실장을 불렀다.
"실장! 속초에서 사 놓은 벌떡주 있지?"
"네. 있습니다."
"그거 가져와!"
"알겠습니다."

사단장의 말에 참모들이 웃음을 터트리고, 부하들의 웃음을 보며 사단장 역시 승리의 미소를 지었다. 남자들만의 세계, 남자들만의 저녁의 밥, 술자리는 그렇게 화기애애하게 끝이 났다. 사단장은 끝나고 바로 부대 퇴근 버스를 불렀다. 사단 지휘통제실에서 근무하던 당직부관인 공보장교가 버스를 인솔하고 회관 앞으로 도착했다.
"다들, 차 끌고 가지 말고, 바로 집으로 들어가."

"알겠습니다! 들어가십시오!"
"너희가 먼저 간다. 집 말고, 밖에서 딴짓하는 꼴을 내가 못 보지. 1차에서 끝낸다. 119운동 기억하지?"
"1가지 술로 1자리에서 9시까지! 기억하고 있습니다."
"그래!"
참모장은 성재에게 따로 말하고 싶었다. 하지만 사단장 때문에 기회를 잃었다.
각 중령들은 얼굴에 홍조를 띤 채 말했다.
"참모장님?! 모두 2차 원하는 것 같은데 어떠십니까?"
그러나 배원영 대령은 홀로 고개를 저었다.
"다들, 취한 것 같은데 바로 들어가. 공보야! 영외 군인아파트로 바로 가자!"
"알겠습니다! 참모장님! 출발하겠습니다."
참모장, 그는 자신의 주머니에 있는 USB를 매만지며 홀로 생각했다.
'일단은 아내랑 이야기를 해봐야겠군.'
군인아파트에서 내리는 참모들과 참모장. 배원영 대령이 공보장교에게 말했다.
"조심히 복귀해!"
"알겠습니다."
그리고 다시 자신의 부하들인 소, 중령급 참모들에게 말했다.
"다들 먼저 들어간다."
"네. 참모장님, 조심히 들어가십시오."
"참모장님! 고생하셨습니다."
"선배님! 고생 많으셨습니다. 신혼 불태우십시오!"

참모장은 후배 장교들의 말에 고개를 끄덕이며, 자신의 아파트 통로로 들어갔다.
그가 신혼집에 들어가는 것을 확인하고 참모들은 얼굴에 미소를 띠었다.
군수참모가 가장 후임을 불렀다.
"정훈참모! 공보, 다시 불러와! 노래방이나 가자! 아까 덮밥하고 벌떡주 먹고 거기에 막 신호가 오기 시작하는데, 참느라 죽는 줄 알았다. 다들 인정하지?"
"그렇습니다! 오랜만에 신나게 놀아보지 말입니다."

169
남군들이 계속 밥 먹는 거 쳐다봅니다

다음날 아침, 윤미옥 여사는 홍조 띤 얼굴로 아침을 준비했다.
조금은 과했던 걸까? 신혼이라 원래 이런 걸까? 평소보다 조금은 무리했던 것 같기도 하고, 아닌 것 같기도 하고.
단둘이 있는 집, 윤아랑 같이 사는 것도 나쁘진 않은데, 본인을 위해서, 꿈을 위해서 서울로 가버리니, 조금은 쓸쓸하기도 했다.
"원영씨, 일어나요. 밥 준비 다 됐어요."
"아… 이리 와요."
밥 먹고 깨우려는데, 끌어안는 남편의 손길.
"괜찮겠어요?"
"너 이상 밀하면 흥 깨저요. 그리니까 우리 즐깁시다."

남편이 출근하고 집안청소를 하는 윤미옥.
다리의 미세한 떨림이 아직은 멈추지 않아 잠시 주저앉았다.
TV를 켜고, 결혼식 영상을 재생했다.

- 원영이 녀석! 사실 아직 40대이고 팔팔합니다. 군인이면서 전투병과지 않습니까? 그래서 신부 대신 제가 몰래 확인했습니다.
- 이 정도면 뭐, 허니문은 말 안 해도 아시겠죠?

자연스레 방긋! 주례사에서 틀린 내용이 하나도 없다.
미소를 머금은 그녀는 신나서 청소를 시작했다. 소파 위에서도, 책상 위에서도, 침대 위에서도, 어제의 격렬했던 밤이 계속해서 떠오른다.
술 냄새가 조금은 에러이긴 했지만.
'그 정도는 애교로 봐줘야징.'
그리고 윤아의 방. 살짝 어질러진 장소. 둘만의 몸 쓴(?) 추억을 치우다, 책상 밑에 떨어져 있는 무언가를 발견하는 그녀. 윤아의 방에 떨어져 있는 메모리카드.
'USB? 윤아가 노트북 챙기면서 이건 안 챙겼나 보네.'
그녀는 이제 자신에게 생긴 자식의 책상 서랍을 열고, 그 USB를 집어넣었다. 그리고 딸에게 문자를 보냈다.
- 윤아야, 집에 USB 있더라. 책상 첫 번째 서랍에 넣어두었으니까 집에 오면 찾아가.
그리고 곧바로 답장.
- USB요? 아, 집에 가면 확인해볼게요. 엄마!
새로 생긴 자식의 답장에 설레는 얼굴.
윤미옥은 자신이 꾸린 가정에서 청소기를 돌리며, 인생의 행복을 만끽하고 있었다.

같은 시각. 참모장은 잃어버린 USB를 찾았다.
'어디다 둔 거야? 어제 회관에서 술 먹고 잃어버렸나?'
그래서 전화를 걸었다.
- 통신보안, 회관 조리병 상병 강성재입니다. 무엇을 도와드릴까요?
그런데 하필이면 그 녀석이 받는다.
"강성재!"
- 통신보안? 상병 강성재입니다. 누구신지 말씀해주실 수 있으시겠습니까?
"참모장이다."

- 충성! 부대 이상 없습니다.

나쁜 녀석이긴 해도, 군대 예절만큼은 완벽하게 하는 녀석. 배대령, 그는 충격받은 어제와는 달리, 이성을 유지하고 통화한다.

"거기 혹시 파란색 USB 있냐? 청소하면서 발견된 거 없어?"

- 찾아보겠습니다.

"있으면 보관하고 있어. 나중에 갈 때 찾아갈 테니까."

- 알겠습니다.

"그리고 성재 너!"

- 상병 강성재?

"여자친구 있어?"

- 참모장님? 저 모쏠입니다.

"모쏠이 뭐야?"

- 모태 솔로입니다. 태어날 때부터 지금까지 여자친구 없습니다.

"그래?"

그의 말에 갑자기 방긋 입가에 미소가 번지는 배 대령.

"너! 그럼 유격장에서 우리 딸 이름은 왜 불렀어?!"

- …오민호가 시켰습니다.

"오민호? 그 또라이? 걔 위문 열차에서 나, 엿 먹인 병사 맞지?"

- 그렇습니다.

"그래. 알았어. 강성재! 나중에 참모장이 우리 집사람하고 연결해서, 성재한테 좋은 여자친구 소개시켜줄게. 기독교도 괜찮지?"

- 아닙니다. 괜찮습니다.

"아니야. 싱재야. 내 나잇대에는 사람 많이 만나보는 것도 좋아. 이 참모장은 우리 부대에서 성재를 가장 인정하고, 가장 좋아해. 그러니까, 나중에 또 한 번, 참모장 집에서 밥 한번 먹으면서 이야기하자. 알겠니?"

- 네. 알겠습니다.

참모장은 만족스러운 표정으로 전화를 끊었다. 이때 들어오는 장비담당관 하민정.

"충성! 공보장교 대신 편집본 영상 최종본 보고드리겠습니다."

홍보영상을 처음부터 끝까지 확인한 배 대령. 자신의 의도가 완벽하게 반영된 영상을 보자 만족스러웠다.

"좋아. 이걸로 사단장님께 보고 반영해."

"감사합니다!"

"그래! 그리고 하민정 하사! 생활하는 데 불편함은 없나?"

"네. 특별히 없습니다."

"그래. 수고했어."

"감사합니다."

처음으로 여군의 대면보고를 받은 배 대령은, 자신의 수첩을 열었다.

그리고 이렇게 적어놓았다.

〈사단 여군 간담회 장소 변경 - 사단 간부식당 → 철벽회관〉

같은 시각. 성재는 참모장의 호감도가 돌아온 것을 확인했다.

> ⚙ ✓ ✗
> 사용자 강성재에 대한 배원영의 호감도가 1,532 상승했습니다

'윤아, 이름 부른 게 걸린 거네. 그래서 싫어했던 거고….'

처음부터 끝까지 오민호 탓! 녀석 때문에 되는 일이 없다.

그때, 후임병이 선임병을 불렀다.

"강성재 상병님? 실장님이 회의 한다고 합니다. 모이시랍니다."

"어. 가자."

조리실장 차상철은 회의를 진행했다.

"모두 잘 알겠지만, 우리가 이제 카페테리아를 열었잖아. 임무도 각자 부여했고!"

"그렇습니다."

"그래서 그런지 예전보다 인테리어도 고급스러워졌고, 깔끔해졌지?"

성재는 차상철의 말에 주변을 둘러보았다.

천장에 걸린 샹들리에와 고급스러운 문양으로 도배된 벽, 그리고 기품이 흘러넘치는 미술작가들의 작품들. 거기에 중간 중간에 놓인 나무 화분들과 난초들까지.

그때 대답하는 서효석 병장.

"맞습니다!"
"그럼 무슨 생각이 들어?"
"유지비가 많이 들 것 같습니다. 많이 팔아야 될 것 같습니다."
"그래. 앞으로는 진짜 손님 많이 받아야 돼. 그러려면 너희들 행동거지도 똑바로 하고, 열심히 일도 해야 되고!"
"알겠습니다."
"그래. 그리고 내일 갑자기 행사가 잡혔다."

비서실장의 말에 모두가 의아한 얼굴로 쳐다보았다.
"여군 간담회, 간부식당에서 하기로 했던 거, 여기로 바뀌었대. 간부식당 조리부사관한테 조금 전, 연락 왔다. 참모장님께서 이곳으로 변경하겠다고."
"알겠습니다. 어떤 것 준비하면 되겠습니까?"
"간담회니까, 원형 탁자 준비하고! 음식도 여성들이 좋아할 만한 음식으로 더 많이 준비하고! 알겠니?"
"네, 알겠습니다. 그런데 여성들이 좋아할 만한 음식이 뭐가 있습니까?"
"샐러드 바 같은 거 많이 먹지 않을까?! 살 안 찌는 거."
조리실장의 말에 고개를 갸웃거리는 서효석 병장.
"왜?!"
"아무것도 아닙니다."
"짜식, 싱겁긴, 됐어. 행사비로 28만 원 받았으니까, 적자는 안 날거야."

다음 날, 23사단의 모든 여군들이 부대로 들어왔다.
전방 부대라서 그리 많은 수는 오지 않았다. 장교 18명, 부사관 21명으로 총 39명.
남군 간부만 약 1,200여 명이 넘는 것을 고려하면 엄청 적은 숫자다.
여군간담회를 주관하는 간부는 당연히 사단장.
그가 들어오자, 여군 중 가장 선임인 의무대장이 사단장에게 보고를 시작했다.

"충성! 여군 간담회 인원 보고, 총원 42, 열외 3, 현재원 39, 열외내용 휴가 2, 근무취침 1."

"그래. 쉬어!"

"쉬어!"

의무대장의 쉬어라는 구령에 미리 맞춰둔 인사를 건네는 여군들.

성별만 여성일 뿐이지. 철저하게 훈련받은 군인들. 여군 간담회는 순조롭게 진행되었다. 이동식 빔프로젝터를 설치하고, 대한민국 여군의 역사부터 미래까지 간단한 교육이 이루어졌다. 이 프로그램은 인사참모가 주관했다.

"우리나라는 2020년까지 장교는 전체비율 중 5%, 부사관은 전체 비율 중 7%를 여군으로 채울 생각입니다. 현재 저희 부대의 여군 비율은 약 3%로서, 전방 사단 중에서는 상당히 높은 편이나, 육군 전체로 볼 때는 낮은 비중을 차지하고 있습니다."

참모의 말에 사단장이 궁금한 점을 물었다.

"그래? 왜 그렇지?"

"자료 화면 보시면서 설명 드리겠습니다."

내용은 간단했다. 전방 부대에서 여군 보직을 기피하고, 병과 선발 자체도 전투병과보다는 행정병과에서 여군의 소요가 더 많아, 전방으로 올 기회가 적다는 점. 그래서 간호병과나, 인사행정병과(부관), 병기, 화학, 법무, 병참, 의무병과 등에서는 장기복무 여군의 비중이 높은 반면, 포병, 항공, 기갑 등의 병과에서는 여군 비율이 거의 없다시피 했다.

시간이 흘러, 20분간 진행된 모든 교육이 끝났다.

"자! 이제까지 우리나라 육군에서의 여군의 역사와 현 실태에 대해서 간단하게 알아보았습니다. 지금부터는 약 2시간 동안 여군 선, 후배와의 솔직한 대화, 각종 애로사항 면담 등의 시간을 갖겠습니다. 장교 대표인 의무대장 정경희 소령과 부사관 대표인 60연대 1대대 인사담당관인 허란희 상사는 각각, 장교와 부사관으로 근무하며 애로사항이 있었던 것을 오늘 참석자를 대상으로 종합해서 저한테 제출하여 주십시오. 그럼 지금부터 장교, 부사관 따로 모여서 선, 후배와의 만남 자리를 개최하겠습니다. 뒤쪽에는 샐러드 바가 준비되어 있으며, 그곳에서 마음껏 드시면서 오늘 이 자리를 통해 무언가 얻어가는 게 있으면 좋겠습니다. 부족하시면 테이블에 호출벨을 누르면 바로바로 조리병들이 와서 가져올 테니, 오늘 이 자리를 즐기시면 됩니다. 그럼 지금부터 모든 남군은 퇴장하겠습니다."

인사참모는 마지막 멘트를 끝내고 밖으로 나왔다. 여군들끼리 진솔한 대화를 나눌 수 있게 배려하라는 사단장의 지시가 있어서였다.

모든 남군이 빠져나가자, 사단장의 의도대로 여군들만의 솔직한 대화가 이어졌다.

"조리실장님 말이 맞는 것 같습니다. 리필도 신경 쓸 필요 없고 무난히 끝날 것 같습니다. 여군들이 먹으면 얼마나 먹겠습니까? 다들 자기 관리 잘하지 않습니까?"

김종태의 말에, 서효석이 고개를 저었다.

"그런가?"

여전히 의심을 거두지 못하는 눈빛. 그때 울리는 벨.

딩-동!

분대장은 성재를 향해 말했다.

"성재야. 가 봐라. 서빙도 많이 해 봐야지."

"네. 제가 가보겠습니다."

연미복에 검은색 단화를 입고 들어가는 성재. 의무대장이 여군들에게 말하고 있었다.

"너희들! 진짜 적당히 좀 먹어! 벌써 다 먹으면 어떻게 해?"

"대장님! 여기 너무 맛있습니다. 아~오, 오늘 안 그래도 식당에서 남군들이 계속 밥 먹는 거 쳐다봐서 점심도 제대로 못 먹었습니다."

"저도 그렇습니다. 오늘 이거 기회지 않습니까? 일단 의무대장님도 배부터 채우십시오. 남군들 정말 짜증납니다. 우리는 군인 아닙니까? 여자는 꼭 조금만 먹는다는 편견 때문에 눈치 보는 것도 정말… 아닌 것 같습니다."

그녀들의 진솔한 대화가 들리고, 성재는 16종의 음식이 놓인 테이블을 바라보았다.

벌써 바닥을 보이고 있는 음식들.

특히 탕수육, 고기완자 등의 고기 요리는 아예 흔적조차 보이지 않는다.

그때 허란희 상사도 미소를 지으며 성재에게 다가왔다.

"성재야!"

"네. 담당관님!"

"다 리필 되지? 음식 너무 맛있다. 빨리 리필 해줘. 배부터 채우게!"

성재는 바닥을 보이는 접시들을 확인했다. 그리고 절망했다.

'다 다시 만들어야 되잖아?'

170

여군은 여군이 교육한다

여군들의 먹성에 놀라고, 속도에 놀랐다. 거기에 책임주방장 메뉴도 마구 시킨다.
"이거 추가해주고, 이것도 5개, 이것도!"
성재는 16종의 다른 음식이 담겨있던 빈 접시를, 이동식 카트에 모두 담아 조리실로 가져왔다. 놀란 눈을 한 병사들.
"강성재 상병님, 이게 뭡니까?"
"다 어디다 덜고 오신 겁니까?"
"실장님이 여군들 적게 먹는다고 하지 않았습니까?"
성재는 후임병들의 말에 담담히 말했다.
"일단 샐러드하고, 과일 등 채울 수 있는 것부터 바로 채워."
그리고 조리해야 될 목록을 판단해서 말했다.
"서효석 병장님, 탕수육부터 부탁드리겠습니다."
"음… 예상대로 많이 먹네."
"다시 한번 말씀해주시겠습니까?"
"아니야. 아무것도 아니야."
"……."
성재는 최선을 다해 자신이 맡은 음식을 만들었다.

저번 휴가 때, 정민이랑 갔던 케이뷔페에서 배웠던 레시피, 또 그것을 응용한 요리.

recipe 성재가 직접 만든 연어아가미구이 ★★★★★
데리야끼 소스로 구워낸 연어아가미 구이, 양파와 바삭 구운 연어껍질, 부드러운 속살이 만나 최상의 결과를 구현하였다
사단회관 조리병 직업보너스에 의해 등급이 ☆만큼 향상하였다

recipe 성재가 만든 장어초밥 ★★★★☆
장어덮밥을 만들었던 레시피를 응용하여 만들어낸 장어초밥
기름진 장어의 속살을 익혀, 특제소스를 바른 후, 식초와 레몬즙, 설탕, 소금을 섞어 지은 초밥용 밥에 시중에서 파는 적정량의 고추냉이를 넣어 만들었다
사단회관 조리병 직업보너스에 의해 등급이 ☆만큼 향상하였다

recipe 성재가 만든 문어숙회 ★★★★☆
오늘 아침에 구입한 손질된 문어를 굵은 소금으로 손질해 조리했다
삶은 후, 같이 준비한 양념장으로 초장과 참기름장을 선택해 선택지를 제시한 요리
사단회관 조리병 직업보너스에 의해 등급이 ☆만큼 향상하였다

성재는 요리를 완성한 후, 옆에 있는 버너에서 화려하게 팬을 돌리는 선임병을 바라보았다. 불이 얼굴 높이까지 화르륵 올라와 뜨거운 열기가 주변에 퍼지는데도, 아무렇지 않게, 팬을 잡은 손을 놓지 않는 선임병.

서효석은 만족한 표정으로 접시에 요리를 옮겨 담았다.

성재는 서효석의 요리를 보며 다시 한번 감탄했다.

recipe 서효석이 만든 과일탕수육 ★★★★★
지난번 만든 땅콩탕수육과는 또 다른 방법으로 만든 탕수육
지난번에는 저온에서 오래 튀겨 만든 부드러운 튀김옷이 인상적이었다면, 이번에는 고온에서 바짝 튀겨 바삭바삭한 맛을 구현해 냈다

저번에 만든 땅콩탕수육의 튀김은 두꺼운 흰색 코트였다면, 이번 과일탕수육은 검은색 얇은 면 티셔츠. 물론 등급 차이는 있었다.

대회 때 그가 만든 땅콩 탕수육의 등급은 무려 ★★★★★☆.
등급은 저번보다 ☆만큼 떨어졌지만, 그래도 ★★★★★.
자신이 등급보너스를 부여받은 것과 동급의 요리인 것.
성재가 뚫어지게 쳐다보자, 서효석 병장이 성재를 째려보았다.
"왜? 뭘 그렇게 쳐다봐? 또 레시피 훔치려고?"
"에이, 아닙니다. 왜 이렇게 부정적으로 보십니까?"
"넌, 인마, 그 습득력이 무서워."
그래도 성재는 아무렇지 않게 궁금한 점을 끝까지 물었다.
요리에 대한 배움은 끝이 없기에. 레시피에 대한 것은 몇 번 보면 홀로그램이 알아서 해주겠지만, 요리에 대한 지식 그 자체는 직접 이해해야 했기에.
"이번엔 왜 탕수육을 높은 불에서 익히셨습니까? 약한 불에서 오래 하시는 게 더 맛있지 않습니까?"
단순히 튀김옷이 두껍고 얇고의 차이가 아니다. 왜 과일 탕수육은 높은 온도에서 짧은 시간만 튀겨냈을까? 그 선택이 궁금했던 것이다.

성재의 고뇌가 섞인 질문에 서효석은 귀찮은 표정을 지으며 말했다.
"왜냐고? 더 많이 판다고 돈이나 휴가가 나오는 것도 아니잖아. 빨리빨리 만들고, 배부르게 만들면 되는 거 아니야?"

그의 대답에 충격.
결국, 서효석도 사람이었다.
이제 전역이 80여일 밖에 남지 않은 병장. 이 모든 게 귀찮은 것이다.
성재는 피식 웃었다. 그러고 보니 자신도 어느새 상병이다. 밑에 수족같이 부릴 병사가 2명이나 있었다. 성재가 씩 웃으며 후임병들에게 말했다.
"내 밑에 모여!"
"부르셨습니까? 강성재 상병님?"
"어떤 것 때문에 그러십니까?"
"선임들이 만든 요리, 나오자마자, 빨리 가져가서 세팅해라!"
"알겠습니다. 강성재 상병님은 쉬고 계십시오. 저희가 다 하겠습니다."

방긋 터지는 미소. 조금은 여유로워진 군 생활에 만끽하는 아주 조그마한 자유.
옆에서 동치미 국물을 따로 뜨던 김종태가 미소를 지었다.
'성재도 빠졌네. 빠졌어.'

리필은 2번이나 더 해야만 했다.
여군들의 식사량은 차원을 달리했다.
그동안 남군 시선 때문에 마음대로 못 먹은 탓인지, 정말 꾸역꾸역 많이도 먹었다.
성재를 비롯한 조리병들은 홀에 들어가 설거지거리를 가져오기 시작하고, 여군들은 식사를 하면서 나누었던 애로사항들을 종합해서 발표하기 시작한다.
정경희 소령과 허란희 상사는 각 장교와 부사관 대표로서 각 신분별 종합사항을 서로 맞춰보며 의견을 나눴다.
"의무대장님? 부사관 애들 좀 빠진 것 같습니다. 제가 따로 교육 좀 해야겠습니다."
"그래요? 허 상사가 고생이 많네요. 장교는 내가 교육할게요. 일단 염색 허용해달라는 거는 삭제 하실 거죠? 의무병과에서 15년째 군생활을 하면서도 아직도 이런 내용 나오니까, 고개가 저절로 수그러지네요. 의정(의무행정) 애들하고, 간호병과 애들이 너무 풀어져서 갈색으로 염색 많이 하고 다니잖아요. 그래서 상대적 박탈감을 많이 느꼈는지, 3명이나 염색 허용해달라고 나왔네요."
"네. 여군 관사 출입구에 병사, 불침번 서달라는 것도 너무 나간 것 같습니다. 통신대대 망관리 장교님이 쓰신 것 같은데, 어떤 생각인지 모르겠습니다. 간부 막사에 병사를 불침번 세운다니…."
"그래요. 허 상사 잘 봤어요. 아마 통신학교 여군숙소가 주둔지 내에 있다 보니까, 병력들이 야간에 위병소 근무를 섰나 봐요. 그걸 생각하고 떠올린 거겠죠. 초급 장교들은 이래서 안 된다니까!"
"네. 그럼 장교, 부사관 각각 교육하는 거로 할까요? 아니면 통합해서 할까요?"
"통합하는 게 좋겠죠?"
"대장님께서 하시나요?"
"이번에는 허 상사가 해줘요. 내가 책임지고 서포트 할게요."
"네. 알겠습니다."
허란희 상사는 고개를 들어, 여군 부사관들한테 말했다.

"부사관들 전체 주목!"

"주목!"

"장교분들도 계급은 위이시지만, 군 생활의 선배로서 간단히 말씀드리고자 하는 사항이 있으니까, 잘 들어주셨으면 좋겠습니다."

허란희 상사는 쩌렁쩌렁한 목소리로 말했다.

"여러분들! 우리가 들어올 때 경쟁력 몇 대 몇이었어요? 최소 15:1이었죠? 남군들 생각해 봅시다. 최대 3:1이에요, 남군들은 장교나 부사관 지원할 때, 미달도 빈번하게 나죠? 그에 비하면, 우리 여군들은 진짜 다 우수자원들이에요. 여러분들 교육기관 때, 1등에서 5등까지 다 누가 했는지 기억합니까? 대부분 우리 여군들이 했어요! 기억해요? 교육기관에 여군하고 같이 훈련받으면 남군들이 불만 가득한 시선으로 우리 처다보는 거. 우리 독하게 했잖아요! 군인하고 싶어서, 의무도 아닌데, 자원해서 여기 있는 거잖아요! 근데 지금 다들 뭐야? 아, 이름은 안 밝히겠지만, 여기 쓴 거 하나 볼게요. 남군하고 좋아졌어요. 같은 사무실인데 매일매일 설레요. 어떻게 해야 될까요? 고백하면 군기위반인데…"

익명으로 쓴 정훈공보부 장비담당관 하민정 하사가 고개를 푹 숙였다.

그녀가 고개를 숙이든 말든, 허란희 상사는 장교와 부사관들을 향해 소리쳤다.

"미친 겁니까? 연애하러 왔어? 우리들, 나라 지키러 온 겁니다. 누군지 예상은 가지만! 더 이상 말은 하지 않겠습니다. 조심합니다. 알겠습니까?!"

"……."

허란희 상사는 거기서 끝내지 않았다.

"그리고 장교님들도 한 마디 해 드릴게요. 병사가 존댓말 해주니까, 마음대로 부려도 된다고 생각하는 겁니까? 쟤들, 마음속에 다 기억해요. 저희도 장교님들께서 반말하면, 앞에서 뭐라고는 안 해도 마음에는 다 담아둬요. 걔네도 인격체고, 우리와는 달리 국방의 의무로 강제로 끌려온 겁니다. 요즘 대위님들 월급 얼마 받으세요? 수당 다 합치면 300넘게 받으시죠? 걔네들, 2018년 되어서 30만 원 남짓 받아요. 작년이요? 평균 20만 원도 못 받던 애들이에요. 그런데 걔네들을 불침번으로 쓰자고요? 막사 청소 좀 시키자고요? 그러니까, 우리 여군들이 남군들한테 무시당하고, 진급에서 밀리는 겁니다. 아까 말했죠? 우리들이 교육기관에서는 남군들보다 월등히 앞선다고요. 근데 왜 위에 못 올라가요? 나, 여자니까 이 정도는 당연히 요구할 수 있지 않나? 이 정도는 사회에서도 당연히 해주는데? 이렇게 생각하니까 못 올라가는 겁니다. 군대는요! 같은 계급, 같은 호봉이면 남군이 랑 여군이랑 같은 월급 받아요. 같이 진급 들어가요, 휴가도 같고, 복지지원도 같아요. 그런데 왜 더 대접받으려고 그래요? 왜 애로사항 같은 걸 적고 그래요? 이럴 시간에 어떻게 하면 남군보다 더 잘할 수 있을까 생각해요. 체력으로 안 되면, 군 관련 규정이나 법으로라도 이기려고 노력하세요. 그리고 훈련 나가면, 화장실 자기가 직접 설치하세요. 병사들한테 간이 화장실 설치해달라고 하지 말고요. 그 정도는 다 기본으로 하시는 겁니다. 여기 후방 아니에요. 일반 공무원들 아니고요. 전방부대, 접적부대, 상비사단입니다. 이 정도면 제가 드릴 말씀 다 한 것 같습니다.”

성재는 처음 보는 허란희 상사의 박력에 깜짝 놀랐다.
그녀의 말이 끝났음에도 여군들은 어안이 벙벙한 듯, 서로를 쳐다보았다.
조금 전까지는 화기애애하며, 샐러드와 탕수육 등 맛있는 것을 먹으며 의견을 나누었던 선배 부사관. 그녀가 돌변한 것에 적응이 되지 않은 탓이다.
물론 의무대장도 마찬가지였다.
“장교들, 너희도 똑바로 해! 알겠어? 너희들이 약한 척하니까, 남군들이 우릴 만만하게 보는 거잖아. 오늘 허 상사 얘기 중에 틀린 말, 하나도 없어. 알겠니?”
“알겠습니다.”
여군들은 의무대장의 마무리 멘트를 들으며, 다들 고개를 끄덕였다.
간담회가 모두 끝나고. 정경희 소령과 허란희 상사는 서로를 마주 보며, 눈빛을 교환했다.

서로를 신뢰했기에, 할 수 있었던 행동.
오늘도 그 둘은 소수집단인 여군들을 이끌었다.

인사참모는 의무대장을 보며 다시 한번 되물었다.
“정말 애로사항이 하나도 없습니까?”
“네. 없습니다.”
그리고 고개를 돌려 60연대 1대대 인사담당관인 허란희 상사에게도 물었다.
“부사관들 종합된 것도 없습니까?”

"네. 저희도 없습니다."
"정말, 우리 사단 여군들은 전방 사단에 보직되어 있음에도 불구하고, 다들 열심히 하는군요. 사단장님도 좋아하실 것 같습니다."
인사참모의 말에 인사담당관이 미소를 지었다.
"그게 저희 여군이 있는 목적이죠. 남군에 뒤질 수 있겠습니까?"
"하하하, 허 상사, 오늘 즐거웠습니다. 정 소령도 고생했어."
"고생하셨습니다. 인사참모님!"
인사참모는 빈 종이만 덜렁 남은 애로사항 칸을 보며, 미소를 지었다.
'오늘은 큰 지적사항은 없겠군. 사단장님도 기분 좋으시겠고.'

그런데 조리실장 차상철 상사가 갑자기 안에서 뛰어나온다.
"저! 인사참모님?! 인사참모님!"
"어. 조리실장, 왜 그래?"
"저, 적자 났습니다. 추가로 지원해주셔야 될 것 같습니다."
"뭐?! 적자가 나? 얼마나 났는데?"
그때, 성재와 김종태가 연미복을 입은 채로 조리실장에게 다가와서 보고했다.
"실장님! 저녁 장사할 식재료 다 떨어졌습니다. 지금 빨리 장 보러 가야 합니다. 아니면 장사 못 할 것 같습니다."

인사참모.
그는 계산서를 보며 어안이 벙벙했다.

   지출 : 776,000원
   수입 : 280,000원
   미수금 : 494,000원

"49만 4천 원?! 이거 다 사단장님 활동비에서 나온 건데, 이걸 내가 어떻게 처리해?!"
인사참모의 말에 조리실장은 씩 웃었다.
"같은 생각입니다. 저희 선에서 해결이 안 됩니다. 인사참모님, 부탁드리겠습니다."

종교 전쟁이 시작되었습니다

사단 군종실.
그곳에는 오랜만에 군종목사, 군종신부, 군종승려(스님)들이 모여 회의를 진행했다. 그중에서도 소령급인 군종신부. 사단 내 단 하나밖에 없는 천주교를 맡고 있는 그는 올해 1분기 종교행사 참석인원 종합결과를 보며 미소를 지었다.
"요즘 개신교(기독교)가 많이 어렵나 봅니다. 인원이 많이 줄고 있습니다."
그의 말에 군종목사는 고개를 저으며 대답했다.
"갑자기 60연대에서 쏙 빠졌습니다. 한 30% 정도 인원이 빠진 것 같습니다. 한번 원인 분석을 해봐야 될 것 같습니다."
"음, 불교는 현재 특별한 현황이 어떤 게 있죠?"
"아, 저희 쪽은 특별한 긴 없습니다. 5월 22일에 부처님 오신 날을 기념해서, 연등행사 준비하고 있고, 사단장님이 허락해주셔서 부대개방 행사 진행할 예정입니다."
"자! 그럼 이번 안건인데요. 5월 말에 수색대대 천리 행군이 계획되어 있습니다. 훈련 관련해서 지원일정은 제가 편성해보았습니다. 첫날은 모두 다 참석하셔야 되고요. 2일 차는 저희 천주교에서, 3일 차는 목사님이 신경 써주시면 감사하겠습니다. 4일 차는 법당에서 시간 되신다고 하셨고, 마지막 날은 모두가 같이 가셔야 합니다. 다들 문제없으시죠?"
"네. 그런데 신부님? 문서에 적힌 이건 뭡니까?"

군종목사는 문서에서 〈※ 지원금액 한도 / 1인당 3,000원 이내 준수〉라는 항목을 가리키며 군종참모를 맡고 있는 군종신부(천주교)에게 물었다.
"아, 한 명당 3,000원 이내에서 지원하자는 일종의 합의이지요. 솔직히 말할게요. 물질공세로 서로 신도, 신자들 확보하려고 경쟁하지 맙시다. 네?"
신부의 말에 군종목사가 피식 웃었다.
"아니! 신부님이 그런 말씀 하시면 곤란하죠. 매번 종교행사 끝나고 병력들에게 불고기햄버거하고 캔 콜라 나눠주시면서, 3,000원 이내만 지원하자고요?"
그러자 신부가 눈썹을 추어올리며 말했다.
"목사님들이 그런 말 할 처지는 안 될 텐데요? 저번 주에 예배 끝나고 남아서 다 같이 치킨하고 피자 시켜 먹었다면서요. 아니 무슨 치킨하고 피자 먹는데 300만 원을 씁니까? 장병들 마음 홀리지 마세요. 60연대 보니까 답 나오네. 종교행사 참석인원이 들쭉, 날쭉! 들쭉, 날쭉! 피자 나온다 하면 무교인 병사들이 엄청 나오고! 반성 좀 하세요. 돈으로 뭐! 다 되는 줄 알아요?"
"······."

군종승려는 기독교와 천주교의 경쟁에 말없이 고개를 숙였다.
종교행사 인원 참석이 가장 적은 불교. 외부 예산 지원도 3개의 종파 중, 가장 적다.
법당에 오는 장병들에게 줄 수 있는 것은 고작해야 초코파이 하나와 콜라 하나.
종교라는 것 자체가 물질적인 것보다는 믿음과 신념이 우선시 된다 하지만 더 많은 중생들을 구제하기 위해서는 물질적 지원이 필요한 것도 사실.
더구나 조금만 있으면 부처님 오신 날. 힘들어서 준비하는 연등축제와 제등행사, 불교문화마당까지 준비하는데, 얼마나 많이 참여할지가 의문이다.
'아, 이걸 누구한테 이야기해야 하나?'
군종스님, 그는 혼자만의 고민을 마음속에 간직하며 해결책을 모색했다.

그는 사단으로부터 한 통의 전화를 받았다. 조금 전, 군종스님과 함께 회의에 참석했던 사단 군종목사였다.
"네. 목사님! 잘 지내셨어요?"

- 아니, 김 대위는 말이야.

"네? 김 대위요? 저 말씀 하시는 겁니까?"

전화를 건 상대는 사단 군종목사이자, 소령(진) 윤성주.

자신보다 짬이 많은 건 알지만, 계급으로 부른 적은 없어서 군종목사는 깜짝 놀랐다.

- 김성주 대위! 그럼 내가 통화하는 게 누군데? 김 대위 너 아니야?

"네. 맞습니다."

- 종교행사 인원이 왜 이렇게 줄었어? 복음 전파 제대로 하고 있어?

"그것보다는…."

- 그만 말해. 다 결과가 말해주니까! 내가 고작 신부들 따위한테 욕을 먹어야 돼?

"죄송합니다."

- 시끄럽고, 종교행사 참석인원 평균 60명에서 100명으로 늘려! 무조건 늘려! 알았어?

오랜만에 느껴보는 갈굼.

김성주 목사는 군종목사로 재입대 전, 병사로 생활했던 지옥 같은 21개월이 떠올랐다.

'도대체 뭐야? 무슨 일이 있던 거야? 왜 나한테 화를 내는데?'

사단 군종목사가 전화를 끊자마자 곧바로 사단에 있는 임관 동기에게 전화를 걸었다.

"바쁘냐?"

- 아, 김 목사! 무슨 일? 네가 나한테 전화를 다 하고?

그가 전화를 건 사람은 바로 사단 군종스님, 강철중.

나이도 같고, 재작년에 학생중앙군사학교에서 9주간 훈련도 같이 받은 동기였다.

"다름이 아니라, 우리 윤성주 목사님이 나한테 화를 낸다. 사단에서 무슨 일 있었냐? 물어 볼 사람이 너밖에 없다."

"아, 그 사람? 신부님하고 또 한바탕 했지 뭐. 기독교랑 천주교랑 싸우는 게 한 두 번이냐? 그나저나 너희 종교행사 참석 인원 왜 이렇게 줄었냐? 훈련 때문에 그런 거야? 전역한다 고 해도 그렇게 팍팍 줄진 않을 텐데, 보통 서서히 줄지. 신병이 안 오는 것도 아닐 테고…."

"아, 그게 말이야. 우리 간부식당에 있던 조리병들 중에…."

조리실장은 갑작스러운 군종스님의 방문에 의아하면서도, 일단 인사를 건넸다.

"안녕하십니까?"

"실장님~ 잘 지내셨죠?"

군종스님과 조리실장이 만나는 일은 거의 없었다. 하는 일도 달랐고, 둘 다 훈련에도 열외되는 보직이어서 엮일 일도 없었다. 더구나 종교 행사는 회관이 아닌 각자의 교회, 법당, 성당에서 진행했다. 그러니 뭐, 서로 뻘쭘할 수밖에.

"저 부탁 좀 하고 싶어서…."

"부탁이요? 어떤 부탁이십니까? 군종실에서 그냥 공문으로 지시 문건 하나 내리시면 저희가 알아서 할 텐데… 굳이 여기까지 오실 필요가…."

차상철은 무언가 이상한 낌새를 느꼈다.

"실장님, 부탁할게요. 우리 법당에서 병사 2명만 지원 좀 받읍시다. 일요일 아침에만 딱 3시간, 이렇게 협조 좀 부탁드릴게요. 실장님."

"인원이라면 저희 병력 말고, 영선반에 협조 요청하시는 게 좋을 겁니다. 연등도 달아줄 테고, 주변 청소도 다 해드릴 겁니다."

"저는… 그런 인원 말고, 요리 잘하는 인원으로 받고 싶어서요. 저도 참, 이해는 가지 않지만, 60연대에 있는 제 동기인 목사 녀석이 꼭 해보라고 해서요."

사정을 들은 조리실장은 말도 안 되는 소리에 혀를 차면서도, 스님의 간곡한 부탁에 결국 승낙하고 말았다.

"부처님의 날 행사까지만입니다."

"네."

"강성재 상병하고, 서효석 병장, 그 두 친구로 좀…."

"네. 알겠습니다."

일요일 법당.

사단 직할대와 60연대, 61연대는 물론, 62연대와 포병연대까지, 사단 전 부대의 불교 종교행사 참석인원이 들어오기 시작했다.

수용인원 총 500명의 커다란 법당. 그러나 참석인원은 총 56명.

스님은 법당에서 들어오는 병사들을 바라보았다. 합장하고, 반절하는 녀석들.

"큰 절은 두 번 아니고, 세 번 하는 거야."

실수도 바로잡아주고, 좋은 말도 해 준다.

그런데 병사의 표정이 좋지 않았다. 계급장을 보니 이등병.

"표정이 왜 그래?"

"아닙니다."

설마… 했다. 그래서 물었다.

"누가 강제로 보내서 온 거니?"

그러자 이등병이 곧바로 이실직고를 해버린다.

"…그렇습니다. 당직사관님께서 불교인원 너무 적다고 이등병들 가라고 하셨습니다."

한숨이 절로 나왔다. 이게 현 불교의 실태란 말인가?

간부에게 동정 받아서 강제로 참석한 인원이란 말인가?

그러고 보니 이등병이 거의 40%. 56명 중 무려 22명이나 된다.

스님은 더 이상 말을 하지 않고, 밖으로 나왔다. 일찍 종교행사를 끝낸 것이다.

병력들이 나오자, 서효석과 강성재는 분주히 움직였다. 미리 만들어놓은 국수 면을 육수에 넣어, 바로바로 먹을 수 있게 나눠주었다.

물론 귀찮은 것도 사실이었다.

"대충 하자. 성재야. 잘하면 또 부를 거야."

"서효석 병장님, 변하신 것 같습니다."

"난 요리 배우러 사단 왔지. 이런 거 하러 온 거 아니다?"

"그럼 일반 소면으로 만듭니까?"

"그래. 그러자."

최선을 다하지 않아서 그런 걸까. 낮은 등급.

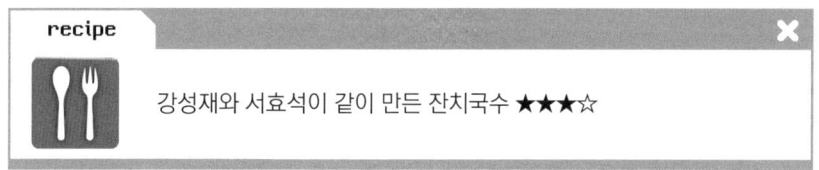

병사들은 호호, 불어가며 맛있다, 맛있다를 연발하는데도, 양이 많이 남았다.

모든 병력이 복귀하고, 뒷정리를 하는 성재와 효석이를 향해 군종 스님이 말했다.

"다음 주부터는 오지 않아도 된다."

"네?"

"안 와도 돼. 내가 미쳤지. 먹는 게 달라진다고 인원이 늘어날 리가 있나…."

그는 한숨을 푹 쉬었다. 그리고는 눈물을 글썽거렸다.

자존심이 상한 탓이었다.

성재는 서효석의 옆구리를 찔렀다. 그러자 서효석이 미안한 듯, 군종스님에게 말했다.

"죄송합니다."

그러자 스님은 소매로 눈물을 지우더니, 정색하며 말했다.

"갑자기 사과를 왜 해?"

"저희가 안일하게 생각했습니다. 다음 주에는 더 열심히 준비하겠습니다."

"됐어. 괜찮아."

"아닙니다. 정말 죄송합니다."

다음 주. 국수가 맛있었다는 소문이 났는지, 저번 주보다는 많은 인원이 참석했다.

불교행사 참석인원 80명. 그럼에도 500여 명 정원을 채우기는 어려운 장병 수.

그런데 병력들의 얼굴에는 저번과는 달리 웃음꽃이 피어있다.

"우와아아아아! 저 아서씨들 생각났다. 꿀타래! 꿀타래 아저씨!"

"위문 열차 때, 꿀타래 팔던 아저씨다!"

그리고 60연대 1대대에서 특히 많은 인원이 찾아왔다.

"성재씨, 사단으로 왔다고 들었어요. 이거 정말 맛있네요."

"저도요! 저도요!"

그리고 대망의 부처님 오신 날.

작년에 법당에 온 인원이 장병들 포함, 134명.

올해는 과연 몇이나 올까?

성재와 효석이는 서로를 바라보며 동작을 맞추었다.

그들의 손에서 나오는 꿀로 만든 실이 법당에서 나온 사람들의 눈을 사로잡는다.

고기 한 점 들어가 있지 않은 법당 음식으로 알맞은 간식.

견과류 꿀타래를 비롯해, 깻잎 꿀타래, 호박 꿀타래까지.

| recipe | 강성재와 서효석이 함께 만든 견과류 꿀타래 ★★★★☆ |

완벽히 숙달된 꿀타래 제조법으로 병사들의 시선을 사로잡았다
두뇌발달과 치매, 골다공증에 좋은 아몬드
변비 개선에 효과가 있는 캐슈넛
항산화성분이 다량 함유되어 시력보호효능이 있는 건포도가 들어갔다
맛과 영양, 시선을 모두 잡은 최고의 길거리 음식!
사단회관 조리병 직업보너스에 의해 ☆만큼 등급이 향상되었다

| recipe | 강성재와 서효석이 함께 개발해서 만든 깻잎 꿀타래 ★★★★★ |

법당 사람들이 좋아할 만한 자연식으로 개발된 메뉴.
깻잎의 감칠맛과 꿀타래 반죽의 핵심재료인 옥수수가루가 만나 환상의 조합을 이룬다.
채소가 30% 이상 함유되어 많이 섭취해도 입에 물리지 않는다는 게 장점
사단회관 조리병 직업보너스에 의해 ☆만큼 등급이 향상되었다

| recipe | 강성재와 서효석이 함께 개발해서 만든 호박 꿀타래 ★★★★★ |

건강한 단맛을 구현하기 위해 개발한 신메뉴
호박을 푹 고아 죽으로 만든 다음, 수분을 전부 빼서, 단맛만을 살렸다
입안에 들어가는 순간, 수분이 없어 단단했던 호박이 침과 만나 특유의 단맛이 살아난다
어린아이부터 노인까지 모두의 입맛을 맞춘 건강 디저트
사단회관 조리병 직업보너스에 의해 ☆만큼 등급이 향상되었다

법당 앞에 열린 먹거리 장터는 비좁았고, 특히 성재와 효석이 운영하는 꿀타래 먹거리 체험장은 너무나 많은 사람들이 빼빼이 몰려 있었다.

한편, 군종신부와 군종목사는 밖에서 만나 서로 대화를 나누었다.

"가도 작년처럼 뻘쭘 할 것 같군요. 150명이나 왔으려나?"

"대충 있다 갑시다. 와봐야 얼마나 왔겠습니까?"

그런데 법당에는 수많은 사람들이 몰려있었다.

그리고….

"신부님! 안녕하세요."

"목사님! 안녕하세요."

자신의 교회와 성당에 다니는 많은 병사들이 자신을 알아보고 인사를 건넸다.

목사는 자신에게 인사를 건넨 병사를 보며 혀를 차고 있었고.

'뭐지? 얘가 법당에 왜 와?! 모태신앙이라며!'

신부 또한 자신에게 인사를 건넨 병사를 어이없다는 듯 쳐다보았다.

'야! 인마! 너 이틀 전에 우리 성당에서 세례받았잖아. 여기 왜 있어?'

그런데 그 두 녀석이 인사를 건네고는 서로를 향해 대화를 나눴다.

"30분은 줄 서야겠다. 꿀타래 인기 엄청 많네."

"그러게. 저번 주부터 법당에서 초코파이 대신 꿀타래 준대. 아침은 법당이 나은 듯."

다음 날. 철벽회관에는 내용이 똑같은 공문 3개가 도착했다.

[불교 종교행사 지원 요청 (협조)], [기독교 종교행사 지원 요청 (협조)], [천주교 종교행사 지원 요청 (협조)]

1. 관련근거 : 육군 참모총장 구두지시 (18. 01. 14) - 종교행시 참석 적극 독려
2. 위 관련근거에 따라, 주말 종교행사간 해당 장병에 대해 협조를 요청합니다.

장소 : 사단 법당 / 사단 성당 / 사단 교회

일정 : 매주 일요일 10:00 ~ 12:00

예산 : 종교행사 참석인원당 3,000원 지원 (한도 없음)

대상 : 철벽회관 조리병 2명 (서효석 병장, 강성재 상병)

※ 꿀타래 조리 가능인원으로 협조요청.

조리실장은 공문 출력본을 보며, 3장을 모두 찢었다.

'3개 종교에서 다 보내달라면 어쩌자는 거야?'

두 분께서는 특별한 음식을 맛보시게 될 거예요

5. 23(수). 많은 시간이 흘렀다. 성재는 고개를 푹 숙였다.
"서효석 병장님! 휴가! 제가 가면 안 되겠습니까?"
"인마, 나도 좀 가자. 너 저번 달에도 엄청 다녀왔잖아."
김종태가 옆에서 성재의 등을 두드리며 위로의 말을 건넸다.
"무슨 사정이 있는지 모르겠지만, 6월에 가."
"네. 알겠습니다."
회관 조리병들은 휴가를 한 명씩밖에 나가지 못한다고 한다. 5명 중 2명이 빠지면 회관이 돌아가질 않는다고.
하필이면 이번엔 서효석 병장하고 휴가 신청기간이 겹쳐버렸다. 그래서 생긴 문제.
'친구들이랑 만나기로 했는데, 안 되겠네.'
성재는 선임들과의 대화가 끝나고, 곧장 공중전화가 있는 부스로 이동했다.
미리 구입한 1만 원짜리 선불 전화카드를 집어넣고, 친구한테 전화를 걸었다.

- 여보세요?
"어. 민식아! 나 성재!"
- 응. 언제 전화 하나 했네. 5월 26일 토요일부터 1박 2일! 무주로 갈 건데 가능해?

"아, 미안, 휴가 짧렸다. 못 나갈 것 같아.
- 그래? 오히려 잘 됐다. 이번에 다들 여자친구들이랑 짝지어서 가기로 했거든.
"여자친구? 철순이도 여친 있냐?"
- 어. 그 자식, 의경이잖아. 6주마다 휴가 나오더니, 결국 한 명 꼬셨어.
"대박이네. 누군데? 내가 아는 사람이야?
- 모를 걸? 우리보다 한 살 많다던데! 연기자 지망생이래.
"음… 그랬구나. 아무튼, 이번에는 못 간다. 다음 휴가 때 보자!"
- 알았다. 자주 연락하고!
"오케이!"

성재는 5월에 휴가를 나가고 싶었는데 못 간 것에 대한 아쉬움을 달랬다. 그리고 다음 달에 만나기로 한 사내에게 전화를 걸었다. 그는 바로 윤동현.
- 여…보세요? 누…구?
"동현이 형! 저에요. 성재!"
- 아, 성재야. 여기 새벽 2시다. 갑자기 무슨 일이야?
"형, 이제 5월 밀이잖아요. 인제 보나 해서요. 약속했있잖아요."
- 아, 맞다. 성재야. 6월에 보자고 했었지?
"네. 형, 한국 언제 오세요?"
- 나 6월 11일부터 18일까지. 내가 소개시켜드린다는 분 있었지?
"아, 그런 말도 하셨었어요. 도대체 소개시켜 준다는 사람이 누구예요?"
- 후후, 아직까진 비밀! 만나고 후회는 안 할 거야. 아! 너 부대 옮겼다더라? 전화가 그동안 안 되더라구!
"네. 지금은 사단 회관에 있어요."
- 오오올! 인정받았나 보네.
"네. 조금은요. 더 열심히 해야죠."
- 그래. 잘 지내고! 6월 12일 성실여대 앞에서 보자.
"성실여대요? 거기서 보자고요?"
- 그래!
"네. 알겠어요. 형! 주무세요!"

- 그래, 인마! 여기 8시간 빠르니까, 생각하고 전화해.

윤동현과의 만남. 이제 얼마 남지 않았다.
'과연 윤동현이 소개시켜주려는 사람은 과연 누굴까? 저번부터 계속 소개시켜주고 싶다고 노래를 부르던 그 사람은 남자일까? 여자일까? 아마 여자겠지? 그러니까 여대 앞에서 보자는 거 아니야?'
성재는 얼굴에 홍조를 띄웠다.
'동현이형 친동생이려나?'
그런데 그 의문을 풀어 줄 퀘스트가 등장하고.
성재는 놀란 눈으로 허공을 바라보며 퀘스트 내용을 속으로 읽어갔다.

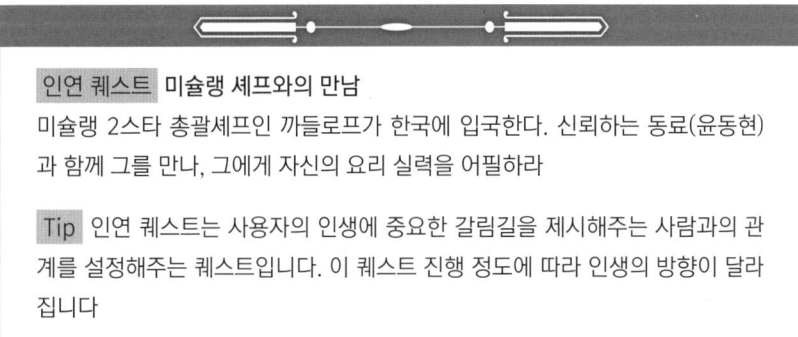

'뭐지? 이 사람은….'

그날 저녁. 성재는 김종태 상병이 소지한 미슐랭 가이드 서울 편을 펼쳐보고 있었다.
"뭘 그렇게 뚫어지게 쳐다봐?"
분대장 김종태의 질문에 성재가 선임병의 질문에 무심결에 대답했다.
"저 요리는 몇 성인가 싶어서요."
성재는 자신이 대답한 내용을 생각하다 깜짝 놀랐다.
'아, 내가 무슨 말을 한 거야. 날 미친놈으로 볼 텐데….'
그런데 의외의 반응이다. 김종태가 환한 얼굴로 미슐랭 가이드를 바라보며 대답한다.
"몇 성? 너도 알고 있었냐?"

성재는 당황했지만, 일단 그가 알고 있는 눈치였기에 고개를 끄덕였다.
"김종태 상병님도 혹시 음식 보면 이게 몇 성인지 아시는 겁니까?"
"당연하지. 야! 나도 요리에 관심 많아. 한식 말고는 조금 서툴러서 그렇지. 무시하지 마라. 나도 보는 눈은 있다?!"
그의 말에 옆에 있던 서효석도 자신의 생각을 보탰다.
"크크, 요리사 지망생이면 다 아는 거야. 나도 한때, 어디가 몇 성짜리인지 다 알았는데?"
서효석 병장님까지? 성재는 두 눈을 동그랗게 뜬 채, 주변을 바라보았다. 후임병들 또한 고개를 끄덕이며 말한다.
"강성재 상병님! 저도 알고 있습니다."
"저도 다 압니다! 책 보고 배웠습니다."
'뭐? 책을 보고 배워?'
그러고 보니, 빨간 서울 가이드 책 안에 별이 그려져 있다. 종류는 총 5가지.

1. Bib Gourmand
2. The Plate
3. ★ (1 Star)
4. ★ ★ (2 Star)
5. ★ ★ ★ (3 Star)

김종태 상병이 신나는 얼굴로 성재에게 설명했다.
"원스타부터 쓰리스타까지 가면 갈수록 대단한 식당이란 건 알지?"
성재는 그의 말에 안도의 한숨을 쉬었다.
'나처럼 음식의 등급을 보는 게 아니었어. 착각할 뻔했잖아.'
안심한 성재가 고개를 끄덕이자, 김종태가 설명을 이어갔다.
"빕 구르망(Bib Gourmand)하고 더 플레이트(The Plate)에 대해서는 알아?"
"잘 모르겠습니다."
"그럴 줄 알았다. 빕 구르망은 가격이 합리적이고, 저렴한 것에 비해, 근사한 음식을 제공하는 곳이야. 분위기도 괜찮고!"
"아, 저렴하면 어느 정도입니까?"

"일단, 이번 2018년 기준으로는 35,000원 이하에서 선정되었다고 해. 빕 구르망으로 선정된 레스토랑에 가게 되면, 1인당 35,000원 이하에서 맛있는 음식을 먹을 수 있는 거지."
성재는 빕 구르망으로 선정된 레스토랑을 책장을 넘기며 둘러보았다. 대부분 가격이 저렴하면서도, 고급스러워 보이는 요리를 메인으로 내세우고 있었다.
"더 플레이트는 어떻습니까?"
"음, 그건 작년까진 없던 건데…."
김종태의 대답에 서효석이 미소를 지었다.
"빕 구르망보다 아래 등급이야. 조금 비싸도, 좋은 요리를 맛볼 수 있는 레스토랑!"
"아, 무슨 뜻인지 알겠습니다."
성재의 대답에 서효석이 갑자기 페이지를 넘기더니, 어떤 식당 하나를 가리킨다.
"어? 어? 어?!"
성재는 깜짝 놀라 서효석을 바라왔다. 그러자 선임병은 씩 웃었다.
자신이 일했던 식당을 가리킨 서효석.

[1 Star] 외국계 기업 비비안 호텔 37층에 위치한 차이니즈 레스토랑 〈중립〉

성재는 재빠르게 미슐랭 가이드에 적힌 내용을 읽어보았다.

    이곳의 총괄셰프인 조정선 조리사는 광둥식 요리를 한국식으로 접목하여, 다양한 중식 요리를 선보이고 있다.
    이곳은 맛과 멋, 창의성까지 겸비한 훌륭한 차이니즈 레스토랑으로 분류되고 있다.
    현재 조정선 셰프의 알려진 수제자로는 강민성, 서효석, 진민서, 육동진이 있다.

성재는 깜짝 놀라 서효석을 쳐다보며 말했다.
"대박… 대박… 조그마한 중화요리 전문점이라고 말씀하셨잖습니까?"
그러자 서효석이 멋쩍은 듯, 머리를 긁적였다.
"종태야. 쟤 입 좀 어떻게 해줘라."
"네! 성재 넌 딱 봐도 이상한 거 못 느꼈어? 난 한 번에 딱 알았는데…."
"1월부터 같이 지냈는데도 몰랐었습니다."

김종태에게 대답하자, 서효석이 미소를 짓는다.

"그거야 당연하지. 내가 말을 아꼈잖아. 가서 얼마나 고생했었는데, 그리고 이전에도 말했지? 거기 그만둘 생각도 했었다고! 월급은 더럽게 안 준다. 진짜, 그러면서 스승님이 얼마나 짜증을 잘 부리는데, 그 여자! 아주 히스테리가 오진다. 오져! 내가 오죽했으면 꿀타래 배운다고 나갔었겠어?"

중화요리 13년의 경력. 1 Star 레스토랑에서 일했다던 서효석.

어쩐지, 처음부터 그의 수준은 높았다. 그가 혼자 만들어낸 5성 반짜리 요리.

그가 5성 반짜리를 만들어내는데, 미슐랭 2스타, 3스타의 요리는 도대체 몇 성일까?

성재는 도저히 풀리지 않는 궁금증을 뒤로하며, 미슐랭 가이드를 넘겼다.

그러자, 1 Star 목록 중 자신이 아는 레스토랑을 발견하였다.

'어? 여기는?'

토요일. 성재는 본부대 당직사령에게 성과제 외박 출발을 신고했다.

"충성! 외박 출발하겠습니다."

"그래. 위수지역은 알지?"

"네. 알고 있습니다. 삼척, 동해입니다."

"숙소는?"

"동해에 있는 에이스 모텔로 잡을 예정입니다."

"그래. 알았다."

사단 앞 버스정류장. 그곳에서 삼척 시외버스터미널로 간 성재는 반가운 얼굴을 향해 손을 흔들었다.

"여기입니다!"

성재가 외박 기간을 맞춰 만난 사람은 바로 60연대 간부식당의 조리병, 강희철 병장.

"요즘 어떻게 지내셨습니까?"

"크크, 요즘 내가 에이스 취급받는다."

"네? 에이스 말입니까? 크큭!"

"장난 아니야. 진짜라니까! 레시피 수첩대로 그대로 요리 따라 했더니, 다들 맛있대. 연대장님이 어제 포상 휴가도 줬고."

"오… 새로 오신 그 연대장님 말씀이십니까?"

"어. 맞아."

"축하드립니다."

성재는 강희철의 말에 씩 웃었다.

"강희철 병장님? 오늘 강릉 가시지 말입니다?"

"강릉? 위수지역은 삼척에서 동해까지인데? 걸리면 큰일 나. 요즘 헌병들도 막 돌아다닌단 말이야. 동해에서 적당히 놀자."

그러자 성재는 건빵 주머니에서 무언가를 꺼냈다.

"이거, 같이 가지 말입니다?"

"오! 잠깐만! 그거, 그거 아니야?"

강희철의 깜짝 놀라는 눈.

성재는 그런 강희철을 재촉했다.

"얼른 강릉행 버스표 끊으십시오. 9시 10분 차입니다."

"벌써부터 가자고?"

"네! 강릉 CGV에서 영화 한 편 보고, 경포대 가서 시간 보내다가, 그 앞에 있는 호텔 들어가면 됩니다."

성재의 손에 들린 티켓.

〈초대권〉 강릉 힐튼 호텔 디오르 레스트랑, 2인 디너

특급 호텔에서 단 한 번도 식사를 해보지 않은 그에게는 솔깃한 제안.

그가 머뭇거리자, 성재는 미소를 지은 채, 그가 넘어올 수밖에 없는 말을 뱉어냈다.

"강희철 병장님?"

"응?"

"저번에 그 동원훈련 때 셰프님 있잖습니까?"

"어! 기억 나."

"그 셰프님이 일하는 곳이 미슐랭 1 Star 레스토랑이랍니다."

"미슐랭? 미슐랭?"

"네. 오늘 가는 목적지가 바로 거기입니다. 오늘 미슐랭 1 Star 요리 먹으러 갈 겁니다. 이제 빨리 버스표 끊으십시오. 제가 쏩니다."

성재와 희철. 그들은 위수지역을 넘어 강릉으로 떠났다.

요즘 핫하다는 어벤져스 인피니티 워 영화를 보며 화끈한 액션에 소리도 질렸고, 이제 개장 준비를 하는 경포대에서 아름다운 풍경과 또래 여성들을 바라보며 눈요기도 즐겼다. 그것도 지겨워졌을 때는 당구도 치고! 게임방에 가서, 요즘 PC방 점유율 1위를 유지하는 배틀 그라운드도 하며! 즐거운 시간을 보냈다.

그리고 대망의 17시. 그들이 향한 곳은 강릉 힐튼 호텔.

힐튼 호텔 셰프 디 파티인 김진욱을 만나러 발걸음을 옮겼다.

호텔 앞. 양복을 입고, 귀에는 이어폰을 낀 남성들이 군복 입은 희철과 성재에게 90도로 인사를 건넸다.

성재는 그들에게 목례를 하고는 360도 돌아가는 회전문을 통해 안쪽으로 들어갔다.

안내데스크에서 점원이 인사를 건네고, 그들을 향해 다가가는 두 군인.

"무슨 일로 오셨습니까?"

"디오르 레스토랑 찾아왔습니다. 몇 층입니까?"

"아, 1층입니다. 바로 저쪽으로 가시면 됩니다."

디오르 레스토랑을 찾았다.

레스토랑에 군인 2명이 들어오자, 방긋 웃으며 다가오는 한 남자. 그의 이름은? 김진욱!

"안녕하세요."

"진짜 왔네. 그런데 뭐야! 여자친구랑 같이 오라니까!"

"아, 죄송해요. 여자친구가 없어서."

"후후, 너는 희철이 맞지?"

"네, 맞습니다."

"그래. 둘이 앉아 있을래? 오늘, 제 실력 보여줄게."

넓고 커다란 공간. 천장 높이가 10m는 되어 보인다. 반짝이고 윤기 나는 대리석 마감, 모든 바닥은 카펫이 깔려있고, 주변에 앉은 사람들은 양복 입은 외국인들이 반, 한국인들이 반이다. 모두 비즈니스 차원에서 방문한 것.

서민 생활과는 다른 세상에서 살고 있는 사람들. 그들을 보며, 성재는 강희철에게 말했다.

"군복 입고 여기 온 사람, 저희밖에 없는 것 같습니다."

"그러네. 됐어. 뻘쭘하면 지는 거야."

"그렇습니다."

테이블에 앉은 그 둘을 향해 여성 웨이터가 미소를 지으며 말했다.

"안녕하세요! 오늘 서빙을 맡을 윤소라라고 합니다."

"아… 네."

그녀의 말에 수줍은 두 군인은 고개를 끄덕이며, 눈인사를 시도하고.

윤소라는 아직 어린 두 군인 앞에서 미소로 일관한 채, 자신의 직무를 다 했다.

"저희 셰프님께서 정식 코스로 준비하겠다고 말씀드렸어요. 처음부터 끝까지 풀코스로 대접해드리겠다고."

"네?"

그녀는 두 군인에게 아이컨택을 한 후, 짧은 미소를 지었다.

"오늘, 두 분께서는 특별한 음식을 맛보시게 될 거에요. 일단 간단한 음료부터 제공해 드리겠습니다. 잠시만 기다려주시겠어요?"

같은 시각. 배원영 대령은 누군가에게 전화를 받았다.

"충성! 군단장님!"

- 그래. 어디쯤이지?

"지금 사단장이랑 동해 지나고 있습니다."

- 그래. 나도 30분 안에 도착할 거야. 곧 보자고!

"알겠습니다. 충성!"

배원영 대령은 전화를 끊은 후, 옆에 있는 사단장님께 보고를 실시했다.

"사단장님, 군단장님 30분 후에 디오르 레스토랑 도착하신다고 합니다."

"그래. 오늘 회비는 얼마지?"

"각자 22만 원씩입니다."

"음… 좀 세군."

"그렇습니다. 1 Star는 역시 1 Star인 것 같습니다."

너희 둘! 위수지역을 이탈했다지?

윤소라는 첫 요리부터 굉장한 걸 가져왔다.
얼음을 깎아 만든 돌고래 얼음장식. 그 옆에는 작은 접시가 여러 개 놓여 있다.
작은 접시 안에 담긴 요거트, 레몬, 적양파, 삶은 계란.
그리고 돌고래 얼음장식 바로 밑에는 캐비어가 깔려있다.
그때, 얼음으로 만든 돌고래가 녹으면서 눈물을 흘렸다. 그 눈물은 바로 밑에 놓여있는 캐비어가 담긴 작은 접시에 떨어졌다. 성재는 신기한 듯 눈을 떼지 못했다.
캐비어를 신선하게 유지시킬 수 있는 온도는 영상 5도 이하.
이제 막 얼음이 녹은 물의 온도는 영상 0도.
먹는 동안 신선도를 유지할 수 있는 식용얼음 조형물이 눈앞에 놓여 있는 것이다.
두 군인은 앞에 놓인 음식에 매료된 채, 손도 대지 못했다.
사실, 어떻게 먹는지 방법도 모르는 상태.
그 둘의 의아한 시선에 금세 상황을 파악한 윤소라가 환한 얼굴로 안내했다.
"드시는 방법을 설명해 드려도 될까요?"
그녀는 이런 일에 익숙한 듯, 유려한 손동작으로 음식들을 설명해주었다.
"지금 앞 접시에 놓인 비스킷에 요거트와 레몬, 적양파, 삶은 계란, 그리고 캐비어를 기호에 맞게 올려 한 입에 드시면 됩니다."

그녀의 말에 성재와 희철이가 고개를 끄덕였다.

훈련된 웨이터답게, 손님이 불편하지 않게 자리를 비켜주고, 희철이와 성재는 서로를 보며 방긋 웃으며 말했다.

"캐비어… 대박이다."
"그렇습니다. 이거 세계 3대 진미지 않습니까?"
성재는 떠난 그녀가 설명한 대로 비스킷 위에 재료를 올려놓았다.
그러자 보이는 등급.

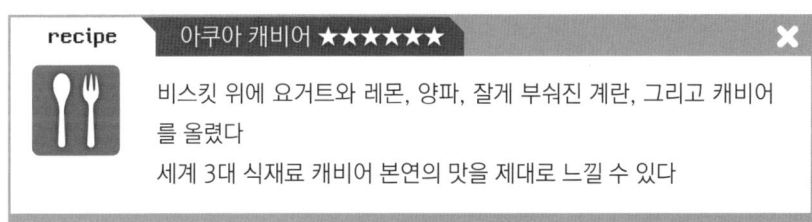

캐비어는 검은색이었다.
'철갑상어인가?'
성재는 캐비어만 집중해서 바라보았다. 이번엔 등급 대신 재료의 원산지가 보인다.

"으아아아, 나 못 먹겠어."
강희철이 호들갑을 떨자, 성재가 용기를 내어 먼저 입에 캐비어를 넣었다.
입안에 열리는 기적.
성재는 세계 3대 진미라 일컫는 캐비어의 신비를 혀끝으로 파악하고 있었다.
탱탱한 캐비어의 표면과 너무나 깔끔한 식감, 그리고 이어지는 크리미한 끝맛까지, 그야말로 놀라움의 극치.
비스킷, 양파, 부서진 계란들은 전부 캐비어의 맛을 부각시키기 위한 장치들.
'확실히 맛이 달라. 이런 식감은 처음이야. 이런 게 상류사회의 문화란 건가?'
시작부터 3대 진미인 캐비어가 나와버리니 성재의 기가 죽어버렸다.

더구나 이제까지 본 적도 없는 별 6개, 무려 6성.

성재는 생각했다.

'역시 요리사의 눈 랭크가 올라 6성 등급이 보이는 건가?'

현재 요리사의 눈 Rank는 B.

사단 회관 조리병으로 전직(?)하고 나서, 이제까지 보지 못했던 등급을 알게 되었다.

성재는 감동에 벅차, 한때 선임병이었던 사내에게 물었다.

"강희철 병장님? 드셔 보니까 어떠십니까?"

"음, 난 모르겠다. 처음 먹어보는 것이기도 하고, 일단 느낌이 이제까지 먹어본 적이 없는 재료라서 확실히 특이하긴 한 것 같아. 몰랑몰랑한 느낌? 너는?"

"저도 캐비어는 처음 먹어봤는데, 탱탱하면서도 입안에서 살살 녹는 게 예술입니다."

"크크크."

이어서 나온,

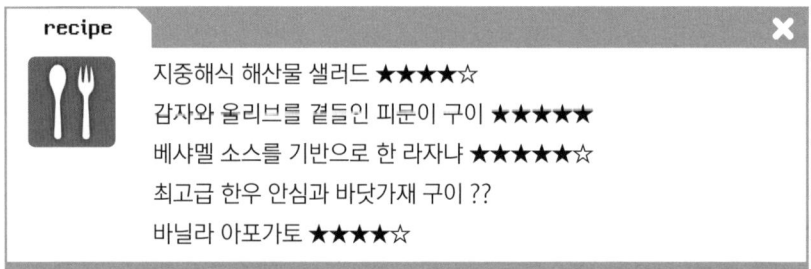

등급이 낮은 요리가 없다.

말 그대로 최상급의 요리들. 더구나 '최고급 한우 안심과 바닷가재 구이 ??'는 요리사의 눈(Rank : B)으로도 등급이 보이질 않는다.

성재는 문득 가격이 얼만지 궁금해졌다.

"강희철 병장님? 옆에 있는 계산서 좀 봐도 되겠습니까?"

그러자 깜짝 놀라는 두 눈.

"으악, 33만 원짜리입니다."

"뭐? 33만 원?!"

성재는 디너 초대권에 적힌 10만 원이란 말이 무색할 만큼 민망해졌다.

'뭐지? 덤탱이 쓴 건가? 셰프님이 영업한 거에 걸린 건가?'
낭패였다. 설마 이용당한 거 아니야? 아니지?
그때, 때마침 윤소라 웨이터가 미소를 지으며 다가왔다.
"드시면서 불편한 점은 없으셨나요?"
분명 예쁘고, 점잖고, 매너 좋은 웨이터의 말인데, 왜 이렇게 악마처럼 느껴지는지….
"저, 저희가 먹은 게 33만 원 짜리 코스가 맞나요?"
"네. 맞습니다. 최고급 지중해식 이탈리안 코스 요리 맞습니다. 요리에 무슨 문제라도 있었나요?"
그녀의 말에 성재는 고개를 저으며 말했다.
"아니요. 요리에는 문제가 없었는데…."
"네. 요리에는 문제가 없으셨군요. 서비스에서 문제가 있었나요? 불편했던 사항, 저한테 말씀해주시면, 고객님 가시는 길까지 불편한 점 없으시도록, 주의하고 고치겠습니다."
"아니… 아니요."
성재와 희철이는 도저히 말이 나오질 않았다.

'가격이 착하질 않네요.'
이 한마디를 하고 싶은 건데….

'어휴, 월급 다 날아갔네.'
성재는 씁쓸하면서도, 자신이 끌고 온 강희철을 보며 애써 미소를 지었다.
"강희철 병장님, 여긴 제가 내겠습니다. 걱정하지 마십시오."
"아니야. 반반 내자. 솔직히 어느 가격인지는 나도 예상은 했었어."
"그러셨습니까? 그래도 너무 죄송해서…."
둘의 대화를 듣고, 환한 미소를 짓는 그녀.
"아, 이것 때문이셨구나. 저희 셰프님이 이미 계산하셨어요."
그녀의 대답에 성재와 희철이 놀란 눈으로 대답했다.
"네?!"
"김진욱 셰프님이 처음부터 미리 계산하셨어요. 끝나고 잠깐 주방에 오라고 말씀도 전해 달라고 하셨거든요. 가르쳐줄 게 있다고."

희철이는 말도 안 된다며, 되물었고.

"와! 정말요? 이걸 다 계산해주셨다고요?"

그녀는 다시 한번 확답을 해주었다.

"네! 아, 그것 때문에 불편하셨던 거구나. 전 또, 표정이 안 좋으셔서, 제가 잘 못한 건 줄 알고 혼났네요."

그제야 안심한 두 사람. 장난기 많고, 넉살 좋은 강희철 특유의 농담이 튀어나왔다.

"아니에요. 누나가 잘못한 게 뭐가 있어요. 후후, 누나 정말 예쁘세요."

그러자 윤소라는 미소를 지으며, 희철이에게 말했다.

"저, 결혼했어요. 우리 군인 동생들! 말씀만이라도 고마워요. 다 드셨으면 주방으로 들어오실래요?"

"네!"

성재와 희철은 미소를 지으며, 그녀가 안내하는 대로 주방으로 들어갔다.

그러자 그 안에서는 7명의 셰프들이 김진욱의 통제를 받으며 일사불란하게 자신의 요리에 집중하고 있었다. 김진욱은 모든 통제를 하며, 두 군인을 향해 고개를 돌렸다.

"어떻게 맛있게 믹있어?"

"네. 잘 먹었습니다."

"다행이다. 뒤에 친구는? 괜찮았어?"

셰프의 말에 헤벌레 웃음을 지으며 대답하는 희철.

"네. 정말 맛있었습니다."

그러자 김진욱은 성재에게 본격적인 제안을 해 왔다.

"성재야. 너, 생각해봤어?"

"어떤 것 말씀이세요?"

"내가 추천서 줬잖아. 내가 직접 편지로 보내줬잖아. 왜 모른 척 하고 그래?"

"아… 추천서… 그 취업 추천서 말씀하시는 거죠?"

성재는 김진욱의 말에 잠시 고민에 빠졌다.

'요리를 배우기 위해, 이곳에 취직한다?'

성재의 표정을 본 김진욱은 다시 자상한 말투로 바꿔 말했다.

"일단 부담 갖지 말고, 여기에서 한 번, 우리들이 뭐하나 보고, 배울 게 있을지 없을지 네가 판단해봐."

"네. 확답 드리지 못해서 죄송합니다. 아직 전역도 많이 남았고… 아직 제 인생의 가능성을 봐두고 싶어서요."

"그래. 네 인생인데, 그 말이 맞지. 하지만 형이 생각했을 때, 이건 정말 좋은 기회라고 생각하거든. 기왕 요리 제대로 배워 볼 거면, 조건 좋은 레스토랑에서, 좋은 스승 밑에서 배우는 게 좋다고 생각해."

"어떤 면에서 그렇게 생각하셨어요?"

"성재, 너한테는 가능성이 보여. 빈말이 아니라, 난 정말 많은 사람들을 봐 왔거든. 그런데 너한테는 요리사에게 가장 중요한 인성, 매너, 성실, 노력! 모든 게 있어. 그러니까 난 확신해. 네가 좋은 곳에서 배우면, 정말 대성할 수 있을 거라고."

"……말씀만이라도 감사합니다."

성재의 대답에 강희철이 부러운 얼굴로 쳐다보았다. 장난기 많은 그이지만 차마 1 Star 레스토랑의 셰프 앞에서는 장난을 칠 수 없었다. 그 역시 요리사를 동경하고, 요리사로서의 삶을 희망했기에, 성재를 인정하는 김진욱 셰프가 얼마나 대단한 사람인지는 충분히 알고 있었다. 성재는 그에게 입을 열었다.

"잠깐 화장실 좀 다녀와도 되겠습니까?"

"그래. 다녀와."

화장실. 고급스러운 실내 장식, 향기로운 로즈마리향이 가득한 곳.
그곳에서 세수를 하는 성재.
이게 진짜인가? 나한테 이런 기회라니, 도저히 실감이 나질 않는다.
국내에서 몇 개 안되는 미슐랭 1 Star. 그곳 출신이 제안한 취업자리.
그런데 복도에서 시끌벅적한 소리가 들려온다. 익숙한 목소리.
음성만으로도 그들이 누군지는 예상이 가는 성재.

"하하하, 오늘은 군단장님이 무슨 말씀을 하시려나?"

"사단장님! 이번에도 식재료 맞춰보기 하자고 하지 않을까 싶습니다. 저번에 미각을 키우려면, 혀만으로도 음식의 식재료를 알아야 한다고 하지 않았습니까? 그래야 우리도 미식가가 될 수 있다면서…"

"크크, 배 대령! 넌 그게 쉬워 보이냐?"

"아닙니다. 저는 도저히 맞출 자신이 없습니다. 사단장님도 제 혀가 얼마나 형편없는지는 잘 아시지 않습니까?"

"크크, 맞아. 참모장은 나보다 더해. 어떤 음식이나 다 맛있다고 하니, 참나… 그래도 마누라가 좋아하긴 하겠다. 반찬 투정은 안 할 테니…."

"후후, 그렇습니다. 그게 유일한 장점입니다."

짐작이 확신으로 변했다. 참모장의 목소리를 몰라볼 리가 없는 성재.

그때 울리는 경고음.

danger! danger!

그래서 얼른 화장실 큰 칸을 찾았다.

1사로!

쿵쿵쿵.

쿵쿵쿵!

자리 없고. 다음 2사로!

쿵쿵쿵.

쿵쿵쿵!

역시 자리가 없다.

이렇게 큰 호텔에서 왜 대변기 칸은 2칸밖에 없는지. 성재는 원망스러웠다.

'어떻게 하지? 왜 하필이면 여기로 온 거야?!'

성재는 더욱더 크게 올리는 시스템 경고음에 고개를 저었다.

'정면 돌파하자! 나도 이때를 대비해서 생각해둔 건 있으니까, 잘만 대처하면 돼.'

이제 모퉁이만 지나면, 사단장과 연대장과 마주친다. 피할 공간 따위는 없다. 성재는 마음을 다잡았다. 징계를 피할 수 있는 완벽한 대처법도 있었으니까.

그런데! 천운이 따른 걸까? 참모장의 다급한 목소리가 들려왔다.

"사단장님? 군단장님! 도착하셨다고 합니다. 지금 나가야 될 것 같습니다."

"가자! 가!"

"넵!"

성재는 안도의 한숨을 내쉬었다. 그리고 옷을 훌훌 털며, 떠날 채비를 마쳤다. 다행히 그들은 화장실 모퉁이에서 돌아갔다.

이제 강희철 병장하고 합류만 하고, 모텔로 직행하면 된다. 단지 그 생각뿐이었다.

기다란 복도, 다행히 주방에 있던 강희철이 운 좋게도 화장실로 걸어온다.

성재는 강희철이 들키지 않고 빠져나왔다는 것에 대해 안도의 한숨을 내쉬며 말했다.

"강희철 병장님! 안 걸리셨습니까?"

그런데 대답 없이 걸어오는 선임병.

"강희철 병장님?"

"성재야…."

"네. 말씀하십시오."

성재의 대답에도 머뭇거리다가 뒤를 쳐다보는 희철.

희철이가 쳐다본 남자는 성재를 향해 환한 얼굴로 소리쳤다.

"강성재! 오랜만이다?"

성재는 깜짝 놀랐다. 그리고 곧바로 경례를 실시했다.

"충성! 잘 지내셨습니까?"

중령 최관태. 군단 군수과장이자, 호국미식회의 총무를 맡고 있는 사람.

그가 익살스러운 얼굴로 입을 열었다.

"잘 지냈지. 그런데 너희 둘! 위수지역을 이탈했다지?"

성재는 최관태의 말에 고개를 저으며 대답했다.

"군단 군수과장님? 따로 말씀드리겠습니다."

성재는 당황하지 않고 입을 열었다. 그런데 그 뒤에 군단장이 성재를 발견하고는 미소를 지으며 말했다.

"강성재!"

"충성!"

"따라와!"

"알겠습니다."

174

다음 코스 요리 가져오세요

강릉 힐튼 호텔의 위치. 강릉과 동해의 경계면.
본관(기존 건물)의 주소는 분명 강릉이었지만, 현재 레스토랑의 위치인 신관(리모델링 후, 증축된 건물)은 동해에 있다는 냉점.
검색포털사이트에서 검색 시 강릉 힐튼 호텔로 검색하면 분명 강릉시라고 나오지만, 디오르 레스토랑이라고 검색하면 동해로 나온다.
그렇기에 걸리더라도 평계를 댈 수 있었다.
'위수지역은 넘지 않았다고. 괜찮을 줄 알았다고.'
그런데 기회가 오질 않는다.
군단장은 참 군인이었다.
"사단장! 23사단의 위수지역이 어디까지였나?"
"삼척부터 동해, 강릉, 이 3개시입니다."
"아니, 간부 말고! 너희 사단 주둔지 병사들!"

사단장의 얼굴이 순식간에 붉어지고, 성재는 옆에서 고개를 푹 숙였다.
그러자, 옆에서 배원영 대령이 군단장에게 자신이 알고 있는 사실을 전했다.
"60연대하고 사단 직할대는 삼척하고 동해지역만 가능한 거로 알고 있습니다."

"그런데? 내가 알고 있는 강성재는 사단 본부대 소속인데, 왜 여기 있지?"

군단장의 말에 꿀 먹은 벙어리가 된 두 남자.

그리고 성재의 앞에 떠오르는 시스템창.

> ⚙ ✓ ✗
> 사용자 강성재에 대한 사단장의 호감도가 300 하락했습니다

성재는 분위기가 심상치 않자, 주변에서 희철이를 찾았다.

그런데 희철이는 성재와 같이 오지 않았다. 군단장의 전속부관이 무슨 지시를 받았는지, 녀석을 데려갔다.

'이미 끌려간 건가? 헌병대에 인계된 건가?'

사단장은 고개를 숙이며, 군단장에게 보고를 실시했다.

"헌병대 불러서 적법한 절차에 의해 처리하겠습니다."

사단장의 말에 군단장이 고개를 끄덕이고, 최관태 중령이 사단장의 말에 보탰다.

"전속부관 호텔 밖에서 대기 중입니다. 강성재 상병도 헌병대에 인계하겠습니다."

성재는 가슴이 요동쳤다.

여기서 끌려가느냐, 아니면 자신이 정당하다는 것을 말해보느냐. 그 결정의 기로에 섰다.

그런데 그때, 선택창이 떠오른다.

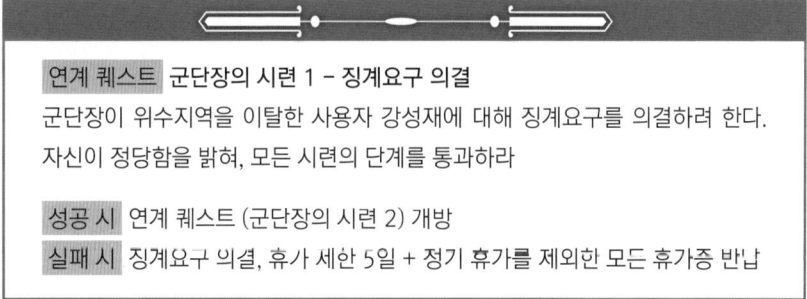

성재는 속으로 한숨을 내쉬었다.

'모든 휴가 반납이라고? 내가 남은 휴가가 며칠인데, 그걸 다 반납한다고?'

성재는 자신의 주장을 밝혔다.

"저, 드릴 말씀이 있습니다."

그런데 사단장이 고개를 떨구며, 참모장에게 지시했다.

"야! 다물어. 참모장! 쟤 데려가!"

군단장은 참 군인이었다. 규정과 규율에 입각해서 모든 일을 처리하는 융통성 없는 인간.
'왜? 나한테 왜?'
성재는 어떻게든 말하고 싶었다. 하지만 그동안 군대에서 지낸 그 경험이 절대 이 말을 내뱉지 못하게 하고 있다.
'여기 위수지역 안입니다! 저 잘못한 것 없습니다.'
이 한 마디인데, 왜 이렇게 힘든 건지.
그러나 참모장은 사단장의 지시를 어기고, 군단장에게 말했다.
"군단장님, 여기 주소는 동해시로 알고 있습니다. 제가 오늘 네비게이션 켜고 왔을 때, 디오르 레스토랑의 주소는 분명 동해였습니다."
그러자 사단장이 참모장을 째려본다.
성재는 푹 숙인 고개를 들어 올렸다. 참모장이 자신을 대신해서 시험에 들고 있었다.
배원영 대령의 말. 그러나 최관태 중령이 초를 쳐 버렸다.
"군단장님, 검색결과 호텔은 강릉인데, 레스토랑의 주소는 동해가 맞습니다."
"그래?"
"진입로는 무조건 강릉을 통해서 와야 합니다. 여기로 오는 길은 강릉에서 오는 길밖에 없습니다. 일시적이라도 분명 위수지역 이탈은 이탈입니다. 처벌하면 될 것 같습니다."

최관태 중령이 기를 쓰고 성재를 못살게 구는 이유는 단 하나.
'그때, 급양대에서 나한테 레시피 알려 줬어 봐. 내가 이렇게는 안 했다.'
분위기가 이렇다보니, 배원영 대령의 처지는 가시방석.
"징계해야겠지? 이의 없지?"
"……."
그런데 때마침 참모장의 편을 드는 사람이 한 명 더 등장했다.
"안녕하십니까? 강릉 힐튼 호텔에서 셰프 디 파티를 맡고 있는 김진욱입니다."
김진욱 셰프의 인사에 군단장도, 사단장도, 참모장도 그에게 시선을 돌린다.
군단장은 일어서며 그에게 악수를 청했다.
"아, 반가워요. 직접 보니 상당히 젊으시네요."

"과찬이십니다. 아, 혹시 성재가 무슨 잘못 했나요? 분위기가 안 좋아 보이는데?"
김진욱의 말에 군단장이 호기심 어린 눈으로 쳐다보았다.

"셰프님? 이 병사, 아세요?"
"네. 그럼요. 제가 불렀는데요. 안 그래도 우리 레스토랑에 영입하려고 제가 직접 신경 쓰는 인재 중 인재랍니다."
"아… 성재를 우리 셰프님께서 영입을 하려 한다고요?"
"그럼요. 얼마나 뛰어난 녀석인데요. 인성은 물론, 노력에, 천부적인 습득력까지, 모든 걸 다 갖춘 녀석이죠. 아하하, 말씀하시는 분은 군인이시군요."
"아, 그렇습니다."
"후후, 누구신지는 잘 모르겠지만, 성재는 제가 직접 불렀으니까, 저를 탓해주십쇼. 아, 이것 참, 정말 곤란하네요."
"아….'
군단장은 오늘 자신의 요리를 만들어 줄 김진욱의 말에 일단 성재를 앉혔다.
"앉자."
"네. 알겠습니다."
김진욱은 상황이 진정되자, 미소를 지었다.
성재는 일단 위기를 모면했다는 것을 알게 되었다.

> ⚙ ✓ ✗
>
> 연계 퀘스트 (군단장의 시련 1)통과에 따라 연계 퀘스트 (군단장의 시련 2)이 개방되었습니다

연계 퀘스트 군단장의 시련 2 -미각테스트
군단장은 사용자 강성재의 요리사로서의 미각 능력을 테스트하려 한다. 자신의 능력을 총동원하여 테스트에 통과하라

성공 시 상위 직업 개방
실패 시 사단장의 징계요구 의결

설상가상(雪上加霜).

한 번의 위기 뒤에 또 다른 위기.

군단장의 징계는 피했지만, 사단장의 징계는 피할 수 없다.

성재는 홀로 쓴웃음을 지었다.

'젠장….'

그때, 배원영 대령은 분위기를 환기시키기 위해 호국미식회의 시작을 알렸다.

"제 18-14회 호국미식회를 시작하겠습니다. 먼저 식사를 하기에 앞서, 오늘 요리를 준비할 셰프님에 대해 간략히 소개하겠습니다."

짝짝짝짝!

배원영 대령의 얼굴에 잡힌 남자. 김진욱은 다시 한번 고개를 숙이며 정식으로 인사했다.

"안녕하십니까? 강릉 힐튼 호텔, 디오르 레스토랑에서 셰프 디 파티를 맡고 있는 김진욱입니다."

짝짝짝짝!

배 대령은 자신이 준비한 멘트를 계속해서 이어갔다.

"여기 있는 김진욱 셰프는 현재 1 Star 레스토랑에서 8년째 일하고 있으며, 우리나라에서 가장 영향력 있는 셰프 Top 100위 안에도 소개된 바 있습니다."

짝짝짝짝!

김진욱은 머쓱한 얼굴로 인사를 하고 군 간부들을 바라보며 입을 열었다.

"아~ 어떻게 말씀드려야 될지 모르겠네요. 제가 얼마 전에, 동해시에 있는 동원훈련장에 동원훈련을 받으러 갔었거든요. 그때 저한테 상장을 주시던 연대장님께서 옆에서 박수를 쳐주시니, 마음이 참 싱숭생숭합니다. 무려 대령이시잖아요. 정말 병사 생활 할 때는 소령도 너무 높아서 복도에서 뵙게 되면 생활관에 숨고 그랬었거든요."

그의 대답에 군단장이 호탕하게 웃었다.

"하하하, 큰일이구만. 우리 셰프님이 겨우 참모장에 놀라고 말이야."

그러자 사단장이 군단장의 말을 이어가며, 참모장에게 지시했다.

"그렇습니다. 배 대령! 우리가 누군지 셰프님한테 설명 좀 해드려"
배원영 대령은 셰프를 보며 상황을 설명했다.
"중앙에 계신 분이 저희 8군단장님, 쓰리스타시고요. 그리고 옆에는 우리 사단장님, 투스타시고요. 그리고 저는 대령, 저쪽 저 키 작으신 분은 중령입니다."
그의 말에 김진욱이 어색한 미소를 지으며 다시 대답했다.
"아… 제가 실수를 했군요. 더 높으신 VIP분들이 오셨다니, 오늘은 특별히 더 요리에 정성을 담아야 될 것 같습니다."
김진욱의 말에 호탕하게 웃는 장군들.
"하하하, 우리 셰프님, 편하게 해요. 우리가 뭐, 군대에서나 장군이지. 밖에 나오면 장군인가? 다들 아저씨지."
그러자 사단장도 호쾌하게 웃으며 대답했다.
"하하하, 그렇습니다."
배원영 대령은 장군들의 농담에 속으로 안도의 한숨을 내뱉었다.
'다행이다. 잘 넘어갔네.'

군단장은 생각이 바뀌었다.
처음에는 단순히 징계하려 생각했었다.
그런데 생각해보니, 녀석이 얼마나 뛰어난지 궁금했다.
호국미식회를 매번 참석하며 가진 불만은, 자신과 눈높이가 맞는 간부가 몇 되지 않는다는 것이었다. 적어도 중령이나 원사급 이상은 되어야 맛집도 데려가고, 대화도 통하고 하는데, 그 급에서 자신처럼 요리에 관심 있어 하는 간부는 몇 없었다.
이린 미슐랭 레스토랑에 오면, 요리에 대해 수준 높고 교양있는 대화를 나눠야 하는데, 그런 게 가능한 간부는 여기에서 최관태 중령밖에 없었다.

미식가로서의 삶.
그가 전역한 후, 제 2의 인생으로 선택할 직업.
보다 많은 사람을 만나고, 보다 많은 경험을 해야 했다.
그래서 기분이 좋았다. 미슐랭 1 Star 셰프를 만나게 되었기 때문이었다.

그런데 그 대단한 셰프가 말하고 있다. 자신이 점 찍어두었던 녀석이 사실은 그보다 더 대단한 녀석이라고.

영입을 하고 싶다고. 그래서 데려왔다고.

그래서 과연 자신은 어느 수준이고, 그 녀석은 어느 수준인지 알고 싶어졌다.

단순히 음식을 만드는 거라면 자신보다는 병사가 훨씬 잘 만들 것이 분명했다. 하지만 미식가로서는 다르다. 이제까지 살면서 자신보다 미각이 뛰어난 사람은 군대에서는 거의 없었다.

미식가. 오랜 삶을 산 사람이 더욱더 유리할 수밖에 없다.

고작 20대 초반에게 미식가의 입맛은 기대하기 어렵다. 그래도 시험해보고 싶다.

왜 1 Star 레스토랑의 셰프가 이 녀석을 칭찬했는지.

"배 대령! 테스트 준비하지."
"알겠습니다."

흰 종이와 볼펜. 음식이 나오면 그 음식을 눈으로 보고, 직접 맛보며, 어떤 재료로 만들어졌는지 확인하는 호국미식회의 전통. 미식테스트.

처음 나온 요리는 돌고래 일음조각과 함께 나온 캐비어였다.

웨이트리스인 윤소라는 미소를 지으며, 가장 연장자인 군단장을 향해 말했다.

"오늘 미식테스트는 요청하신 바와 같이 옆에서 도와드리겠습니다."

각자 앞에 놓인 음식을 보고, 먹어가며, 재료를 차례대로 쓰는 호국미식회 회원들.

음식을 반 정도 먹은 후에 종이에 차곡차곡 써 나아가는 간부들은 어떻게든 군단장에게 잘 보이기 위해 잘 돌아가지 않는 머리를 굴리며, 식재료를 쓰고 있었다.

침묵이 흐르고,

눈을 감은 상태로, 식재료를 혀로 음미하던 군단장이 가장 먼저 말을 꺼냈다.

"비스킷!"

그러자 옆에 있는 웨이트리스가 미소를 지으며 말했다.

"비스킷 있습니다."

그녀의 말에 모두가 자신의 메모장에서 비스킷이 있는지 확인하며, 있으면 동그라미 표시를 했다.

그다음은 사단장이었다.
"레몬!"
"레몬 있습니다."
그리고 참모장.
"양파!"
"양파 있습니다."
다행히 처음 문제는 굉장히 쉬운 문제. 최관태 중령도 미소를 지으며 말했다.
"에그 스크램블"
"네. 에그 스크램블 있습니다."

그리고 대망의 마지막 식재료. 성재의 차례.
"캐비어!"
"캐비어 있습니다."
윤소라의 말을 듣고, 조금은 난이도를 높이는 군단장.
"어떤 캐비어?"
성재는 군단장의 의도를 알아차리고, 옅은 미소를 띠운 채, 대답했다.
"오세트라 캐비어입니다."
그러자 성재의 대답에 만족한 듯, 군단장이 격앙된 목소리로 말했다.
"그래! 그거지! 그렇게 맞춰야지! 캐비어말고, 오세트라 캐비어만 정답이야. 알았지?"

군단장의 말에 호국미식회 회원들은 동그라미 쳤던 캐비어에 다시 엑스자 표시로 덧칠해서 그은 후, 다함께 대답했다.
"알겠습니다."
성재는 5명의 사람 중 정답을 맞춘 군단장과 최관태 중령과 같이 '오세트라 캐비어'라고 적힌 메모장에 동그라미를 그렸다.
그러자 군단장은 얼굴에 미소를 띠운 채, 윤소라를 향해 말했다.
"웨이트리스? 다음 코스 요리 가져오세요."

최강 사나이

윤소라는 빈 접시를 가져가며, 고개를 저었다.
"지배인님, 직업군인들 너무 까탈스러워요."
그러자 그녀의 상시인 지배인이 미소를 지었다.
"됐어. 쟤네들은 적어도 식사는 점잖게 하고 가잖아. 그래도 고위직이야. 스스로는 나름 신사적이라고 생각할 걸?"
"어휴, 꼰대들, 정말 진상이에요. 술도 안 먹고, 왜 저렇게 노는지 모르겠어요. 서로 33만 원짜리 요리 내면서 재료 맞추기 하는 게 이해가 가요?"
"크크, 33만 원 아니야. 22만 원이야. 33% D/C해달라고 요청해서, 셰프님이 허락하셨다."
"그래요? 어휴, 진짜 저는요. 지금 남편도 별로 마음에 안 드는데, 저런 남자 만나라면 다시 태어나도 안 만날 거 같아요."
"후후, 불만 품지 말고 하자고, 다 우리 월급 주는 사람들인데…."
"네. 알았어요."

두 번째 요리. 윤소라의 진행에 모두가 돌아가며 재료를 맞추기 시작했다. 군단장이 먼저 말하고.

"토마토!"
"토마토 있습니다."
사단장이 말한다.
"허브!"
그런데 군단장이 태클을 건다.
"어떤 허브?"
"죄송합니다. 잘 모르겠습니다."
"참모장은?"
"…죄송합니다."

다음 순서인 최관태 중령이 대답하려 하자, 군단장이 태클을 걸었다.
"넌 다음에 대답해! 성재!"
성재가 군단장의 기대에 부응하기 위해 자신이 알고 있는 재료를 대답했다.
물론 이게 다 '요리사의 눈'에 의한 상세정보 능력.
"루꼴라 허브."
"루꼴라 허브 있습니다."
그러자 군단장의 얼굴이 다시 한번 폈다.
"루꼴라라고 안 적은 사람은 엑스표시 해!"

군단장의 미각테스트에 최관태와 성재를 제외한 두 명은 난감한 상황이 계속했다.
그나마 배원영 대령은 자신의 미각에 원체 자신이 없었기에, 그러려니 했지만, 사단장은 달랐다. 군단장에게 잘 보여야만, 보다 좋은 보직에 갈 수 있고, 높은 계급에 도전할 수 있다. 그렇기에 오늘 이 자리는 평소보다 스트레스가 극에 달했다.
다음 요리가 나왔을 때, 사단장은 유심히 다른 사람들을 살펴보았다.
그리고 하나를 알게 되었다. 군단장은 음식을 먹을 때, 눈을 감는 버릇이 있었다.
자신의 미각을 최대한 이끌어내기 위해, 다른 감각을 최대한 배제하고, 미각에만 온 신경을 집중하는 탓이었다.
사단장은 그때, 옆자리에 앉은 최관태 중령의 옆구리를 찌르며 눈치를 주었다.
'야! 알려줘 인마! 알려줘!'

그러나 최관태는 고개를 저었다. 사단장에게 잘 보여봐야 자신에게 득 될 것은 하나도 없는 녀석. 커닝을 해주다 걸리면 자신만 곤란하기 때문에 오히려 뻔뻔하게 모른 척을 해댄다. 사단장은 위기의식을 가지고, 원형 테이블 옆자리에 앉은 참모장을 바라보았다.
그런데 배원영 이 녀석은 아주 멍청하다 못해, 못 쓸 지경이다. 재료의 1/4도 다 채우지 못하는 녀석에게 무엇을 바라겠는가?

'아, 멍청한 자식! 진짜!'
그런데 갑자기 자신의 앞에 찢어진 메모장 하나가 날아왔다.
사단장은 미소를 지으며, 최관태에게 고마움을 느꼈다.
'녀석, 결국 줄 거면서… 빼고 그러냐.'
그래서 녀석을 쳐다보는데, 오히려 최관태는 고개를 군단장 방향으로 돌린 채, 자신을 대놓고 무시하고 있다.
'뭐지? 이 새끼가 아닌가?'
그때, 자신의 앞에 있는 병사가 눈을 응시하며 고개를 끄덕였다.
아무 소리 내지 않고, 아무한테도 들키지 않았다며, 눈으로 대화를 시도하는 병사.
사단장은 그제야 자신에 커닝페이퍼를 준 녀석이 성재라는 것을 알게 되었다.
'어? 잠깐만! 이번 요리 정답만 있는 게 아니잖아?'
성재는 이번 코스 요리에서 나오는 모든 정답을 사단장에게 건네준 것이었다.
성재는 자신이 누구에게 잘 보여야 하는지 제대로 알고 있었다.
사실 2번째 요리가 나왔을 때 건네주려 했었다.
그러나 불가능했다. 커닝페이퍼를 따로 만들 시간이 필요했기 때문이었다.
군단장이 눈을 뜨며, 다시 입을 열었다.

"자, 3번째 요리 시작해볼까? 감자!"
"감자 있습니다."
군단장은 사단장을 쳐다보았다. 그때, 성재로부터 커닝페이퍼를 건네받은 사단장은 자신 있게 대답했다.
"엑스트라 버진 올리브!"
그의 대답에, 윤소라가 확인차 대답을 해주고.

"엑스트라 버진 올리브 있습니다."
군단장은 당연히 틀렸다는 듯, 사단장을 쪼으려는데…
"엑스트라 버진 올리브 말고 종류?! 어? 맞췄어?"
명칭까지 확실한 대답을 사단장이 내놓자, 고개를 갸웃거렸다.
"그렇습니다."

이어서 나온 식재료 맞추기. 참모장은 계속 헛발질을 해대고, 최관태와 성재는 앞서가는 가운데, 다시 한번 사단장의 차례가 다가왔다.
"동남아시아산 아스파라거스!"
사단장의 대답에 성재는 미소를 짓고, 최 중령과 군단장은 당황한 채, 말했다.
"야! 그건 아니지? 아스파라거스가 유럽에서도 재배되고, 북아프리카에서도 재배되는데, 네가 모양만 보고 어떻게 알아? 웨이트리스, 원산지 확인 가능해요?"
"아스파라거스… 동남아시아산, 잠시 확인해보겠습니다."
그러자 옆에 있던 윤소라가 당황해서 원산지를 확인하러 주방으로 갔다. 그리고 잠시 후 도착한 그녀의 대답.
"캄보디아에서 수입했고요. 동남아시아에서 재배한 것 맞습니다."
군단장은 원산지 정답을 맞춘 사단장을 보며 황당한 표정을 지었다.
'뭐야? 어떻게 돌아가는 거야?'
그런데 자신의 부하 녀석은 호기를 잡았다는 듯, 자신이 내뱉었던 말투를 똑같이 따라 하며, 자신과 최관태 중령에게 말했다.
"동남아시아산 아스파라거스, 동그라미 쳐 주시고요, 그냥 아스파라거스라고 적으신 분은 엑스 표 해주시기 바랍니다."
성재와 사단장은 동시에 동그라미를 치고, 군단장은 어이가 없어 성재에게 물었다.
"성재야. 너도 알고 있었어?"
"그렇습니다. 동남아시아인 것은 알고 있었습니다."
사단장은 계속해서 군단장을 상대로 선방했다. 그리고 대망의 마지막 디저트.

여기서 사단장은 회심의 미소를 지으며 말했다.
"콜롬비아산 커피 원두!"
"콜롬비아산 커피 원두…맞습니다."
커피의 원산지까지 맞춰버리자, 어이가 없는 군단장이 화를 내기 시작했다.
"야! 야! 뭐야? 이걸 어떻게 맞춰?"
"음, 커피는 원래 대부분 콜롬비아산이 맛있습니다."
"말도 안 돼! 야!"
군단장의 황당한 얼굴에 사단장은 군단장의 비위를 맞췄다.
"죄송합니다. 군단장님."
겸손한 대답으로 무시당할 수 있는 현 상황을 타개했다.

배원영 대령은 모든 메모지를 종합한 후에 군단장 앞에서 성적을 발표했다.
"강성재, 총 63개 중 51개 맞췄습니다."
"최관태 중령, 총 44개 맞췄습니다."
"저는 19개 맞췄습니다. 죄송합니다. 더 노력하겠습니다. 그리고 사단장은 52개 맞추었고, 군단장님은…."
군단장은 그래도 자신이 이겼다고 생각했다.
물론 미식등급이 더 뛰어난 최관태는 군단장의 기분을 띄워주기 위해 일부러 틀리기도 했다. 성재 또한 사단장보다는 적게 맞추기 위해, 일부러 오답을 적어내었다.
이것도 어떻게 보면 의전. 살아남기 위해 해야 되는 것. 강성재와 최관태는 그런 자세가 이미 몸에 배어있었다.
그런데 성재도 실수한 게 있었다.
중간에 사단장이 맞춘 개수를 같이 세면서, 군단장이 맞춘 개수를 세지 못했다.
그래서 군단장보다 오히려 더 많이 맞춰버린 것.

"군단장님은 63개 중에 50개 맞추셨습니다."
성적 발표에 군단장은 어이없다는 표정을 지었고, 사단장은 싱글벙글한 얼굴이었지만, 더 이상 상관의 심기를 건드리다가는 자신에게 화가 미칠 것을 우려해 참모장의 옆구리를 찌르며, 빨리 끝낼 것을 종용했다.

"오늘 호국미식회 미각테스트 결과 1등은 사단장님, 2등은 강성재, 3등은 군단장님, 4등은 최관태 중령, 5등은 제가 되겠습니다. 제가 꼴찌가 되었음에 따라, 다음 미식회 장소도 제가 선정해서 보고하는 것으로 하겠습니다. 그럼 이상으로 호국미식회 정기모임을 모두 마치겠습니다."

"고생하셨습니다."

"모두 고생하셨습니다."

모두가 자리에서 일어나고, 군단장은 최관태 중령을 화장실로 끌고 가서 물었다.

"어떻게 된 거냐? 사단장이 원래 저렇게 미식가였어?"

"모르겠습니다. 혼자 좋은 곳 많이 다니면서 연습 많이 한 것 같습니다. 그게 아니면, 미리 정보를 알고, 사전에 예행연습을 한 게 아닌가 싶습니다."

"어쩐지! 배 대령, 이 자식! 계속 여기로 오자고 우기더라. 이번에는 내가 쟤네들한테 제대로 당한 것 같은데?"

"죄송합니다. 다음에는 저희 아지트로 23사단장하고 배원영 대령, 초대해서 박살 내겠습니다."

"그래. 그렇게 하자고! 아, 열받네."

호텔, 발렛파킹 없이 직접 운전하는 운전병이 군단장과 최관태 중령을 태우고 본래 작전지역으로 돌아갔다. 외곽에 주차한 헌병대 차량. 그쪽에서 헌병소대장이 걸어오며, 사단장에게 힘찬 경례를 하고, 경과보고를 실시했다.

"위수지역 이탈자, 60연대 1대대 병장 강희철, 체포 완료했습니다. 추가로 1명 더 있다고 들었습니다. 바로 신병구속해서 해당부대로 인계하겠습니다."

그러자 미소를 짓는 사단장.

'사람이 항상 규정에만 얽매이면 되나? 어느 정도 융통성도 필요하겠지?'

사단장은 성재를 불렀다.

"강성재!"

그러자 성재는 관등성명을 되며, 곧바로 자신의 잘못을 시인했다.

"상병 강성재! 죄송합니다. 앞으로 위수지역 지키겠습니다."

그러자 사단장이 알 수 없는 미소를 지었다.

"아니야. 그럴 필요 없을 것 같은데?"

"……."

그리고 다시 헌병 소대장을 불렀다.

"헌병 소대장! 그 녀석하고 여기 이 녀석, 시내로 직접 네가 태워줘!"

"중위 김태곤! 알겠습니다."

"숙소까지 태워주고, 전속부관 통해서 완료 보고 해라!"

"알겠습니다."

성재와 희철이는 그렇게 사단장의 지시에 헌병들이 몰고 다니는 호송용 차량에 탑승하게 되고, 그날 하루, 남들은 보내지 못한, 스팩타클한 외박을 보내게 되었다.

그리고 성재의 앞에 뜬 시스템창.

전직 퀘스트 군단장의 시련 2 - 미각테스트를 통과하였습니다
상위직업이 개방되었습니다
새로운 직업 퀘스트 (육군본부 무궁화회관 요리병 / Legend)를 알게 되었습니다

`직업 퀘스트` 육군본부 무궁화회관 요리병 / Legend

해당 직업은 육군 참모차장(★★★)으로 발령나는 군단장에게 잘 보여야 갈 수 있는 직업입니다. 참모차장은 육군 전체 서열 5위, 육군 중장 중에서는 서열 1위로서, 막강한 권력을 가진 장군 중 하나입니다

그로부터 인정받아, Legend 직업인 육군본부 무궁화회관 요리병으로 전직할 수 있습니다

Legend 직업부터는 상대방의 호감도를 볼 수 있으며, 스킬 투자에 대한 모든 랭크 제한이 해제됩니다

`달성조건 1` 군단장의 호감도 1,000이상 / 달성
`달성조건 2` 군단장의 시련 : 미각 테스트 통과 / 달성
`달성조건 3` 사단 요리대회 참석
`달성조건 7` 아직 알려지지 않았습니다

외박 복귀 후 월요일. 전 부대 병사들은 갑자기 확대된 위수지역에 웃음꽃이 피었다.

특히 60연대와 사단 직할대의 경우, 그나마 동북 지역에서 가장 번화한 지역인 강릉까지

갈 수 있다는 사실에 환호성을 질렀다.
그건 바로 23사단 전 지역에 내려온 공문 때문이었다.

    제목 : 23사단 전 부대, 병 외출(박)간 위수지역 확대 지시
    1. 관련근거 : 사단장 특별지시 (18. 5. 28)
    2. 위 관련근거에 의거 병력들 복지지원 차원에서, 아래와 같이 위수지역을 확대할 것을 지시합니다.
    3. 위수지역
      가. 기존 위수지역
          60연대, 사단 직할대 : 삼척시, 동해시
          61연대, 62연대 : 동해시, 강릉시
          포병연대 : 강릉시, 양양군
      나. 확대된 위수지역
          23사단 전 부대 : 삼척, 동해, 강릉, 양양지역
    이상. 끝.

그날 저녁. 사단 본부대장이 오랜만에 사단 회관에 들렀다.
"조리실장! 있어요?"
"네. 대장님! 어떤 일이십니까?"
"내일모레부터 MBS에서 우리 부대 촬영 온다고 합니다."
"네? 부대 촬영 말씀이십니까?"
"그래요.「최강 사나이」라는데?"
"「최강 시니어」말씀이십니까? 그거 예능 프로 아닙니까?"
"리얼 버라이어티 프로그램이라고 하더군요. 아마 사단 참모부에서 내일 아침까지 특별 지시가 내려올 겁니다."
"알겠습니다!"

여기 철벽사단은 부대에 들어오려면 원래 전통이 있대요

『언리미티드 챌린지』라는 국내 최고 인기 예능프로그램의 하나.
4명의 멤버들이 군대에서 4박 5일간 병사들과 같이 지내보는 단기 프로젝트 일명 「최강 사나이」.
성실하고 정직하며, 남들을 잘 챙기는 근육질 형, 마동성!
말이 빠르고, 장난기 많고, 뺀질뺀질거리는 노성철!
운동으로 다져진 몸매, 개그맨이면서, MC로서 최고의 주가를 누리고 있는 유혁!
대한민국 중화요리 대표 레스토랑 〈중림〉의 스타 셰프, 육동진까지!

버스 안에서 김형석 PD가 연기자들을 향해 미소를 지었다.
"오늘은 크게 부담 가지 않으실 거에요."
PD의 말에 유혁이 어이없다는 표정을 지었다.
"에이! 김 PD 뻔뻔하시네! 저번 특집에선 바로 유격 훈련 보내서 죽을 뻔하지 않았습니까! 이번에 훈련 빡세면 우리 도망가요. 촬영 안 하고 튑니다!"
유혁의 말에 마동성이 짧은 탄성을 내질렀다.
"허허… 허허허."
옆에 있던 노성철이 자신의 엄지와 검지를 턱에 괸 채, 속사포처럼 말을 내뱉었다.

"아따~ 형님! 걱정 마시랑께요! 대충! 대충!"

스타 셰프 육동진은 묵묵한 얼굴로 강원도 동해의 절경을 바라보며, 상념에 빠졌다.

성재와 일행들은 아침부터 일어나 분주히 음식을 만들었다.

성재는 말도 안 되는 주문량에 혀를 차며 말했다.

"갑자기 왜 이렇게 손님이 많이 온다고 합니까?"

그러자 김종태가 성재의 말에 대답했다.

"방송 촬영 온다잖아. 스텝, 연기자들, PD, 카메라 감독, 한 번에 따라다니는 사람들이 100명은 될 걸?"

"100명이나 됩니까? 그런데 무슨 방송을 여기서 한답니까?"

"아, 이거 내가 실장님한테 듣기로는 방송국 PD님이랑 정훈참모님이랑 다 이야기 된 거란다. 일부러 여기서 오프닝 진행한다고."

"그렇습니까? 아…저희 회관에서 진행하는 게 좋을지 모르겠습니다."

"그러게."

넓은 홀 한편, 연기자들이 연기하기 위한 자리만 비워진 채, 그 둘레로 빼곡하게 방송장비들이 채워졌다. 그 사이를 오가는 FD들은 카메라 감독의 지시에 맞게, 테이블을 세팅하고 반사판을 들고 다니며 땀을 뻘뻘 흘리고 있었고, 방송작가와 PD는 오늘 준비한 대본을 다시 한번 확인하며 미소를 지었다.

드디어 촬영 시작!

"안녕하십니까! 언리미티드 챌린지 시청자 여러분! 유혁입니다. 저희가 근 10년 동안 얼마나 많은 도전들을 하지 않았습니까? 군대에서도 많은 체험을 했었는데요. 마동성씨는 저희와 늦게 합류했었죠? 방송 보면서 어땠어요? 단기 프로젝트로 군대체험 많이 했었는데!"

유혁의 말에 잠시 고민하던 그는 얼굴에 웃음기를 띠우며 싱글벙글거렸다.

"허허, 허허허"

"자! 마동성씨, 의견 잘 들었고요. 노성철씨는?"

"아따! 형님! 제가 말입죠! 밤새 얼마나 기대가 되는지 모르겠구만요! 예쁜 여군 아가씨들도 있겠고!"
"아! 노성철씨! 잠깐만요!"
노성철의 말에 유혁이 고개를 갸웃거리며, PD를 향해 물었다.

"김 PD, 오늘 가는 곳에 여군 있습니까?"
그러자 김형석 PD는 단호하게 말했다.
"오늘 가는 곳에 여군은 없습니다!"

PD의 말이 끝나기 무섭게 유혁은 노성철을 밀어냈다.
"자~자! 노성철씨! 여군 아가씨는 오늘 볼 수 없다고 합니다. 자리로 돌아가세요."
"아아아, 아씨! 아씨! 이 부대 불 질러 버려야겠네!"
"네? 뭐라고요?"
"불 질러버린다고요! 이런 부대에서 어떻게 있어?!"
"자! 마동성씨, 노성철씨 입 좀 막아주시고요. 다음! 육동진씨, 오늘 기분이 어때요?"
"음, 제가 같이 일하는 레스토랑에서 아는 동생이 군대에 갔거든요. 여기 철벽부대로 왔다는 것까진 아는데, 제가 연락을 안 해봤네요."
"아니~ 그 얘기하지 마시고요! 본인 마음이 어떠냐고요?"
"아… 그냥 그렇습니다. 군대가 썩 좋진 않아서요."
"아, 됐습니다. 그럼 PD님! 저희들을 이 자리에 데려온 이유가 뭡니까? 여기가 군대 주둔지 안은 아닌 것 같고, 간부들이 이용하는 회관인 것 같은데… 설마 여기서 음식을 먹는 체험? 그런 건 아닐 테죠?"

유혁의 말에 김 PD가 미소를 지었다.
"왜, 우리를 항상 나쁜 사람처럼 의심해요?"
"아니, 10년간 그래 왔잖아요. 뭐 새삼스럽게 아닌 것처럼?"
"그럼, 음식 빼야겠네요. 촬영 접고, 바로 극한 체험 하러 가죠!"
PD의 말에 유혁은 곧바로 꼬랑지를 내렸다.
"헤헤, 에이! 우리 PD님 또 왜 그러시나? 좋습니다. 오늘의 주제는 뭡니까?"

그의 말에 김형석 PD가 대본 하나를 건네주었다.

엽서 안에 든 대본을 또박또박 읽는 유혁.

〈언리미티드 챌린지 10주년 기념 최강사나이 특집! 특별 휴가?〉

"마지막에 물음표는 뭡니까?"

"네?!"

"아니, 이상하잖아요. 왜 물음표를 집어넣으셨냐고요."

"아, 별 의미 없고요. 그냥 오늘은 군대 내의 복지시설 체험으로 넣어뒀어요. 10년 동안 많이 고생하셨잖아요. 몸도 많이 상하고, 나이도 들었고, 이제 예전처럼 극한 체험은 힘든 거 아니까, 이번 특집은 조금은 휴식도 줘야 될 거 같아서."

"하하하, 우리 마음을 딱 아셨네. PD님이 아셨어!"

"그런 의미에서 여기 23사단에서 가장 요리를 잘한다는 우리 국군 병사분들이 자신 있는 요리를 만들었대요. 그럼 가져올게요."

PD의 사인에 차상철 조리실장이 병사들에게 서빙하라고 지시했다.

성재를 비롯한 선임 3명은 열심히 요리를 만들었고, 후임병 2명은 그것들을 서빙하며, 연기자들에게 가져다주었다.

연미복, 구두, 짧은 머리, 단정한 복장.

그들이 가져온 음식은 그야말로 진수성찬(珍羞盛饌).

성재는 멀리서 촬영장소를 지켜보며 미소를 지었다.

 | recipe | 김종태가 만든 한방오리백숙 ★★★★
오리고기는 필수아미노산과 비타민이 풍부하고, 지방 거의 대부분이 불포화지방산인 건강식품

 | recipe | 서효석이 직접 만든 양장피 ★★★★★
잡채용 고기와 오이, 새우, 오징어 몸통, 계란 지단, 새송이버섯, 청피망과 홍피망을 접시의 원형 가장자리에 두르고, 중앙에 따로 담은 볶은 고기
연겨자와 레몬, 식초, 간장, 호두, 설탕으로 만든 소스

 **recipe** | 강성재가 만든 소고기표고버섯잡채 ★★★★★
직접 제조한 만능간장과 숨을 적당히 살린 채소, 최상급 소고기의 설도 부위와 표고버섯, 당면의 조화를 완벽하게 살렸다
사단회관 조리병 직업 보너스에 의해 ☆만큼 등급이 향상되었다

연기자들은 화려한 요리를 보며 얼굴에 미소를 지었다.
"우와! 이거 진짜 먹어도 돼요?"
"그럼요!"
"그럼 진짜 먹습니다!"

PD의 확답에 연기자들은 폭풍 시식을 시작했다.

이어지는 감탄사.
"우와! 진짜 맛있다. 죽겠다. 죽겠어! 양장피 장난 아니네. 군대 간부들은 다 이렇게 먹어요? 웬만한 맛집보다 나은데?"
"아따, 형님! 이거 잡채 드셔 보세요! 진짜 맛있네. 진짜!"
말이 없는 마동성.
먹다 말고 유혁이 그를 향해 물었다.
"마동성씨도 뭔가 말을 해봐요. 맛있으면 맛있다고."

그러자 입안에 잡채를 넣은 그가 드디어 입을 열었다.
"<u>ㅎㅎ. ㅎㅎㅎ.</u>"

반면, 한 사람만큼은 식사를 하다 말고, 계속해서 주방을 쳐다보았다.
분명 익숙한 요리가 하나 나왔다.
양장피, 접시에 세팅한 플레이팅부터 소스가 나오는 것까지 모든 것이 자신의 레스토랑에서 일했던 그와 똑같았다.
자신보다 어리지만, 중화요리의 신동, 천재라 불려 왔던 사람. 그가 만든 요리.

"육동진씨는 왜 음식을 안 먹고, 다른 데 눈을 팔아요? 입맛에 안 맞아요?"

"아니요. 그게 아니라…."

그때, 서빙하는 병사들이 요리를 가져오는 것을 보며 확신했다.

 recipe	서효석과 강성재가 같이 만든 수타해물짜장면 ★★★★★
	강성재가 자신의 모든 정성을 담아 1:3 비율을 완벽하게 맞춘 수타면에, 서효석이 채소와 돼지고기, 춘장을 섞어 볶은 양념과 해산물을 섞어 만들어냈다
	사단 회관조리병 직업 보너스에 의해 ☆만큼 숙련도가 향상되었다

'면이 수타면이야. 이거 만든 사람… 100%… 100%!'

육동진이 짜장면을 먹다 말고 손을 들었다.

"저, 이거 만든 사람 얼굴 한번 볼 수 있을까요?"

그의 말에 출랑출랑 유혁이 끼어들었다.

"아, 우리 스타셰프님께서! 감동하신 것 같은데?"

"아따, 형님이 반하면, 우리도 반하지라! 짜장 죽입니다. 죽여!"

그러자 김형석 PD가 차상철 조리실장과 눈을 맞추고, 차상철이 조리실에서 만들던 병사를 불렀다.

서효석 병장. 그는 육동진이 여기에 오는 것을 이미 알고 있었다.

그래서일까? 일부러 자리를 피했다.

도망치듯 레스토랑을 그만두고, 인사동에서 꿀타래를 배운다고 뛰쳐나간 자신의 과거를 다 알고 있는 녀석. 그런 과거가 방송에 나가는 게 싫었다.

그래서 성재에게 말했다.

"성재야. 네가 나가."

"같이 만드셨지 않습니까?"

"난 방송 안 나갈래. 사정은 나중에 말해줄게."

"알겠습니다."

육동진 앞에 나타난 키 작은 병사. 조리복을 입은 그 녀석은 똘망똘망한 눈으로 자신을 쳐다보고 있다.

"어? 아니네. 제가 사람을 착각했나 보네요."
육동진은 신기한 눈으로 녀석을 쳐다보았다. 키도 작고, 앳된 얼굴.
나이는 고작 20대 초반.
뭔가 모를 포스가 있다. 뭐지?
'서효석 선배하고 마찬가지로 신동이었나?'
재야의 고수는 원래 얼굴을 드러내지 않는다. 그래서일까? 일단 조심스럽게 물었다.
"강성재씨는 어디서 요리를 배웠나요?"
"군대에서 배웠습니다."
"그 정도 실력이 아닌데?"

육동진의 얼굴에는 의아함이 묻어났다. 그러자 옆에 있던 연기자들이 웃었다.
"크크크, 뭐야? 미슐랭 1 Star 셰프가 놀란 거야? 육동진씨, 솔직한 소감을 말해줘요. 요리사로서 뭐가 어떻길래 그렇게 놀란 눈으로 저 청년을 쳐다봐요?"
"흥미가 생겼어요. 한 번 같이 요리해보면서, 직접 실력을 보고 싶어졌어요. 짬뽕은 알겠고, 잡채는 누가 만든 건가요?"
성재는 그의 말에 차상철 상사를 쳐다보았다. 그러자 조리실장은 고개를 끄덕이며, 사실대로 말하라는 제스처를 취했다.
"제가 만들었습니다."
성재의 대답에 고개를 끄덕이는 육동진.
"그럴 것 같았어요. 정말 대단하네요. 그럼 백숙도 강성재씨가 만든 건가요?"
그의 질문에 성재는 고개를 저으며 말했다.
"아닙니다. 백숙은 저희 분대장님이 만드셨습니다."
"아… 어쩐지, 백숙은 조금 아니었거든요. 정성이 부족한 게 느껴졌거든요. 대답을 들으니 더욱더 흥미가 생기네요. 나중에 제가 따로 연락드려도 될까요?"

육동진의 말에 강성재는 곤란한 표정을 지었다.
그러자 옆에 있던 유혁이 육동진을 제지하며 말했다.
"육동진씨! 사리사욕을 위해 여기 오신 거 아니잖아요! 아니, 왜 국방의 의무를 다하러 온 병사를 곤란하게 만드세요?"

"아니, 그냥 궁금해서 그래요. 저 원래 직업은 요리사잖아요. 뛰어난 요리 앞에서는 당연히 궁금해지죠."
"아따~ 형님! 그럼 요리 대결 한번 하시죠~ 오늘 10주년 촬영이라는데, 요리대결로 분량 뽑아버리는 겁니다. 형님!"
그리고 또 한 번 웃음으로 일관하는 마동성.
"허허허! 허허허허허."

간부식당에서 1차 촬영을 끝내고, 다음은 사단 실내 체육관으로 이동한 그들은 배드민턴을 치며, 즐거운 시간을 보냈다.
그리고 쉬는 시간. 카메라는 돌아가지 않는 시간.
"아…불안하다! 진짜 불안하다."
"형님! 뭐가 그리 불안합니까?"
"5일 촬영이잖아. 이렇게 군부대에서 먹고, 노는 건 처음이니까 불안하지. 동성이 형은 어떠세요?"
"허허허, 허허허허"
"아, 진짜 이 형님은 매일 말을 아끼신다니까. 그나저나, 동진아!"
"네. 혁이형!"
"내가 생각했을 때, 그 요리 진짜 맛있긴 하더라. 너 아까 진심이었지? 분량 뽑으려고 그런 거 콘셉트 잡은 거 아니었지?"
"네. 진심이요. 아까 PD님한테도 말씀드렸어요. 요리 같이 해보고 싶다고."
"그래?"

쉬는 시간이 끝나고. PD는 모두를 불렀다.
"여러분들! 아까 밥 먹었던 회관 있죠?"
"네!"
"그곳 2층에 숙박 예약을 해 두었습니다. 각자 이름으로 방 하나씩! 잡아두었거든요."
"오오오오!"
"그런데 여기 철벽사단은 부대에 들어오려면 원래 전통이 있대요."
"전통?!"

단백질 섭취해야 하는데…

그때, 대령 한 명이 들어왔다.
배원영 대령. 그는 미리 정훈참모가 준비해준 대본을 머릿속에서 정리하며, 연기자들 앞에서 말했다.

"저희 사단은 해안 경계를 맡고 있습니다. 따라서 간부 전입신고 전, 해안 전 섹터를 도보 순찰 하도록 하고 있습니다."
"아…."
"그래서 오늘 저희 최북단 섹터인 주문진부터, 가장 하단 섹터인 고포지역까지 도보순찰 하시면, 정예 철벽부대원으로 여러분을 인정하도록 하겠습니다."
"음, 걷기만 하면 되는 건가요?"
"그렇습니다. 도보순찰이니, 걷기만 하면 됩니다. 실제로 저희 병사들은 24시간 해안 철책과 민가 사이를 교대하며 순찰 근무 하고 있습니다."
"어렵진 않겠네요."

유혁은 10년 동안 언리미티드 챌린지 방송을 하며, 수많은 도전을 해왔고, 성공해왔다. 그래서 이번 것은 그리 어렵진 않다고 생각했다.

봅슬레이도 해봤고, 카누도 해보았고, 조정에 마라톤도 해보았다. 도보 순찰쯤이야 아무것도 아니었다.

"별거 아니네요. 빨리 걷고 숙소에서 좀 쉬고, 맛있는 거나 먹읍시다."

다들 아무것도 아니라는 듯 고개를 끄덕이고, 연기자들을 향해 PD가 미소를 지었다.

"아, 육동진씨, 이거 끝나면 아까 그 병사와 같이 요리하는 것도 협조해두었습니다. 그 병사가 말하더군요. 기대하고 있겠다고, 육동진씨랑 대결 꼭 해보고 싶다고, 아직 어린 병사에게 기대감만 주고, 포기하실 생각은 아니겠죠?"

"에이, 걷는 걸 왜 포기합니까?! PD님 건의 들어주셔서 감사합니다."

"후후, 감사는 제가 오히려 감사하죠. 그럼 차량 타고 이동하겠습니다."

주문진의 위치는 대충 알아도, 고포의 위치는 대부분 몰랐다.

주문진과 고포까지 이르는 섹터의 길이.

걷기만 하는 게 아니라, 단독군장 차림에 K-2 소총으로 무장하고, 실제 병력들이 근무하는 복장과 똑같은 복장으로 걸어야 한다. 그래서 촬영 기간을 5일로 잡아둔 것.

연기자 4명은 스태프들이 쏵 빠지는 것을 보며 수상함을 느꼈다.

"뭐야? 왜 1명씩밖에 안 붙어?"

"저희는 교대로 붙을 겁니다. 유혁씨! 지금 위치는 1소초 최북단이고요. 1차 휴식지점은 9소초입니다."

"야! 1차 휴식지점? 몇 차까지 있는데? 야! 야! 김 PD!"

"아! 참고로 섹터 바깥으로는 나갈 수 없습니다. 여러분들은 현재 무장상태이기 때문에, 섹터 바깥으로 나가게 되면 강력하게 처벌당합니다. 절대 포기하지 마세요!"

"섹터가 총 몇 킬로미터인데?! 야! 김 PD?"

"212km라고 합니다. 그럼 모두 응원하겠습니다."

철문이 찰칵! 굳게 닫히고, 4명의 연기자와 그들을 촬영하는 4명의 담당 VJ.

그들의 시야에는 끝없는 암석지형과 해안의 파도.

그리고 날아다니는 갈매기.

그들이 연기자들을 향해

끼룩끼룩- 거리며
환영의 인사를 건넸다.

'어서 와! 해안 섹터는 처음이지?'

시멘트로 발라진 섹터를 단순히 걷는 것.
"형님! 별거 아닌데요. 형님?"
"허허허, 허허허."
섹터를 걷다가 항구나 해수욕장을 지나면 사람들이 아는 척도 해준다.
"와! 유혁씨! 이번에는 경계병 체험 오셨구나!"
"하하, 안녕하세요?!"
"안녕하세요! 별일 없으시죠?"

특유의 넉살 좋은 웃음에 시민들도 와서 같이 사진을 찍고, 가는 길에 고생한다며, 먹을 것도 싸준다. 골뱅이에, 핫도그, 오뎅에 떡볶이까지.
그런데 딱 강릉까지만 좋았다.
유명한 관광지가 있는 강릉에 비해, 유명세가 떨어지는 동해지역은 사람이 정말 살고 있나 싶을 정도로 인파가 보이질 않는다.
그리고 또 하나, 평지가 대부분이었던 강릉과 달리 동해부터는 섹터가 험준해졌다.
산도 있고, 암반 지역을 삐그덕대는 철제 다리를 통해 극복해야 되는 경우도 생긴다. 파도가 높아서 그런지 다리 사이로 파도가 한 번씩 쓸고 지나가면, 전투화에 물도 묻는다.
'아, 이건 아닌데…'
뒤로 따라오는 담당 VJ들도 다들 혀를 차긴 마찬가지.
이놈의 해안선은 끝이 보이질 않았다. 같은 풍경, 같은 길, 산을 오르고, 내리고, 보이는 것은 똑같은 해안가의 수평선뿐. 간간이 만나는 경계병, 순찰병들은 신기한 듯 연기자들을 바라보지만, 결코 먼저 말을 걸어오지는 않았다.

"군인들 진짜 고생하긴 하네. 와 이렇게 힘들 줄은 생각도 못 했다."

"허허허, 허허허."
체력 좋은 유혁과 마동성, 그런데 노성철이 어느 순간부터 말이 없어졌다.
"성철아! 왜 그래?"
"아… 아… 아…."
"얘, 이상해. 평소하고 달라. 이상해!"
고작 단독군장인데, 지쳐 숨을 몰아쉬는 연기자.
유혁은 그를 응원하며 말했다.
"포기하지 말자. 우리 10년 동안 같이 해 왔잖아. 여기서 포기할 건 아니지?"
"아…아…, 형님…, 아…."
"왜?"

그의 말에 노성철이 진지한 표정을 지으며 엉뚱한 말을 했다.
"저, 똥 마렵습니다."
"에이! 씨! 야야야! 뒤에 가서 싸. 권렬아!"
유혁은 노성철의 담당 VJ를 불러 말했다.
"얘, 똥 싸는 거 찍지 말고, 따라가. 알았어?"
그러자 권렬이라 불리던 VJ는 고개를 끄덕였다.
노성철, 그는 풀숲에 가서 전투화를 벗었다.
양말이 전투화 안쪽까지 말려 있고, 뒤꿈치가 다 까져있다.

VJ 권렬이 노성철에게 말했다.
"형님, 괜찮으십니까? 이거, 심각해 보이는데요."
"아무한테도 말하지 마! 특히 형님들한테는 절대!"
"진짜 심각해 보이는데…."
"하지 말라니까! 우리 10주년인 거 몰라? 너 나랑 몇 년이야?"
"같이 다닌 지 5년 됐습니다."
"그 5년, 끊기 싫으면, 절대 아무한테도 말하지 마. 알았어?"
"네. 형님!"

섹터 뒤쪽에서 정비를 하고 나온 그는 진지한 얼굴로 말했다.
"아따! 형님! 저희 PD한테 오늘까지만 걷고 그만 걷자고 말하지 말입니다? 이거 다 무의미한 것 같습니다."
"야! 똥 싸고 와서 그게 할 말이냐? 성철이 또 시작이네. 걷자!"
"아, 진심인데!"
"어휴! 인마! 제일 멀쩡한 놈이! 걸어! 형님들도 다 말없이 걷는구만!"
"알겠습니다. 형님!"
노성철. 그는 진지한 얼굴을 감추고, 평소대로 장난스럽게 모두에게 말했다.
"아따! 형님들! 그럼 제가 먼저 갑니다! 빨리 따라오십시오! 형님!"

어느덧 3일차. 드디어 유혁을 비롯한 연기자는 마지막 섹터에 다다랐다.
이제는 모두 말이 없었다.
눈물이 절로 나왔다. 군인들이 얼마나 힘들게 사는지 알게 되었기 때문이었다.
그들을 안내하던 인솔 간부가 입을 열었다.
"이곳이 바로 천국의 계단, 마지막 섹터입니다."
"천국의 계단?"

하늘을 올려보는데, 절벽 끝으로 수많은 계단이 끝없이 펼쳐져 있다. 흔들흔들, 시멘트는 부서져 계단으로서 역할을 못 하는 것들도 중간중간 섞여 있고, 아예 계단 자체가 없어 로프를 잡고 올라가야 되는 부분도 있었다.
그런데 노성철이 갑자기 계단 바로 앞에서 쓰러졌다. 유혁이 웃었다.
"야! 또 연기하냐? 아! 진짜 연기 욕심! 대단하다. 진짜!"
그런데 표정이 심각해 보인다.

소총을 바닥에 놓고, 전투화까지 벗는 노성철. 전투화 안쪽은 이미 핏물로 물든 양말이 보인다. 더구나 그 붉게 물든 양말은 굳어서 뻣뻣하기까지 하다.
모두가 할 말을 잃었다.
"죄송합니다. 형님! 여기까지인 것 같습니다."
"성철아… 이렇게 될 때까지, 너 왜 말 안 했어? 진작 말했어야지."

"…죄송합니다. 끝까지 하고 싶었는데, 정말 죄송합니다. 형님!"

노성철이 갑자기 눈물을 흘렸다.
그 눈물이 전투복 아래로 계속해서 흘러내렸다.
그러자 유혁도 노성철을 보며 감정이 북받쳐 올랐는지 눈물을 흘렸다.
"성철아… 미안하다. 그것도 모르고, 계속하자고 해서…."
유혁이 정신을 차리고 인솔 간부에게 물었다.
"여기 퇴로가 어떻게 됩니까?"
"죄송합니다. 이곳은 퇴로가 없습니다. 직접 도보로 빠져나가야 합니다."
앞에는 천국의 계단, 뒤로는 험준한 암석지형 섹터 2km.
둘 중 하나를 선택해야만 하는 상황.
"헬기… 헬기…."
"죄송합니다. 이곳 근처에는 헬기장이 없습니다."

그때, 마동성이 갑자기 노성철을 업었다.
"형님… 그렇게 하면 둘 다 못 갑니다!"
그러자 매번 말을 아꼈던 마동성이 입을 열었다.
"간다. 갈 수 있다."
마동성의 말에 유혁이 노성철의 전투화와 소총 및 장구류를, 육동진은 마동성의 소총과 장구류를 인계받아, 들었다.

천국의 계단은 정말 그들에게 천국을 선사했다.
이미 온통 문드러진 발바닥에서 비명을 질러댔다.
그럼에도 그들은 마지막 도전을 이어갔다.
그리고 결국 600여 개의 끝이 보이지 않는 계단을 극복했다.
"형님! 나, 이제 다시는 군대특집 안 해! 한다고 하면 다시는 안 할 거야!"
노성철의 말에 묵묵했던 마동성 또한 눈물을 흘렸다.
유혁은 엄청난 조명과 자신을 환영하며 기다리는 군 간부들을 향해 소리를 질렀다.
"아, 진짜, 이번 건 너무했다. 너무했어. 김 PD, 그리고 거기 참모장님! 이건 가혹행위 수준이잖습니까?!"
그러자 배원영 대령은 미소를 지으며 말했다.
"저희 군인들은 지금 이 순간에도 여러분들과 같은 경험을 하고 있습니다. 다들 고생하셨습니다. 바로 신고하시죠!"
그의 앞에 다 헤어진 복장을 다시입고, 나란히 선 4명의 연기자.

"신고합니다. 예비역 병장 유혁."
"동 마동성!"
"동 노성철!"
"이병 육동진!"
"이상 4명은 2018년 6월 1일부로 제23사단 명예 부대원으로 임명을 명받았습니다. 이에 신고합니다."

노성철은 발에 붕대도 감아보고, 바늘과 실로 500원짜리 만한 물집을 터트리는 경험도 해보았다. 숙소는 철벽회관. 온돌방에서 몸을 씻은 그들은 바로 쓰러져 잠에 빠졌다.
그리고 다음 날.
전투복이 아닌 일상복으로 갈아입고, 유혁은 꼬르륵 거리는 배를 보며 생각했다.

'아, 오므라이스 먹고 싶다. 나, 그거 진짜 좋아하는데….'
그런데 밑에서 서빙병이 진짜로 오므라이스를 가져온다.
"어? 병사야. 나 오므라이스 먹고 싶어하는 거 어떻게 알았어?"
"아, 저희 강성재 상병님이 갖다 드리라고 했습니다."
"어?! PD가 말한 게 아니고?"
"그렇습니다."

그리고 다른 방.
마동성은 홀로 코어 운동을 하며 먹을 것을 생각했다.
'아, 단백질 섭취해야 하는데….'

그런데 진짜로 단백질 음식이 올라온다.
"닭가슴살 샐러드?"
"네. 맛있게 드십시오."

그리고 노성철의 방.
그는 발바닥을 붕대로 칭칭 감은 채, 움직이면 통증이 있어 부동자세로 누워있었다.
'아, 콜라 먹고 싶다.'
탄산음료를 워낙 좋아하는 노성철. 그러고 보니, 군부대 와서 한 잔도 먹지 못했다. 그래서 매니저한테 문자를 보냈다.
- 매니저, 콜라 좀 페트로 사와.
- 아, 네. 나갔다 올게요.
그런데 10초도 되지 않아, 아침 식사가 올라온다.
그것도 햄버거하고 콜라.
"맛있게 드십시오."
"어. 그래. 고마워."
"아닙니다."

그리고 육동진의 방. 육동진은 자신이 직접 해먹고 싶었다.
그런데 익숙한 누군가가 올라왔다. 그는 미소를 지으며 육동진에게 말했다.
"잘 지냈냐?"
"어? 선배님!"
"크크, 넌 군대도 뺀 녀석이! 무슨 방송까지 나와서 군대 체험을 하고 그래?"
"공익은 다녀왔습니다만?"
"내려와! 밥하게!"
"선배님, 군대 와서도 선배님 대접받고 싶습니까?"
"그럼? 나 제대 얼마 안 남았다?!"

저도 서효석 병장님하고 붙어보고 싶습니다

서효석과 육동진.
같은 차이니즈 레스토랑 출신. 더할 나위 없이 친하지만, 요리에서만큼은 경쟁자.
솔직히 서효석이 실력은 더 우위.
'과거엔 선배가 더 잘했지만, 지금은 아니지. 암, 아니야.'
육동진은 서효석이 1년 반 동안 군대에서 퇴보했을 거라 상상하며 입꼬리를 올렸다.
숙소는 2층이지만 서효석에게 이끌려 1층으로 내려왔다.
방송 관계자들은 아직 아무도 내려오질 않았다.
'또 밤새 회의라도 했나? 프로그램을 짜려면 미리 계획 좀 하던가. 매번 이렇다니까!'

대한민국의 예능은 보통, 즉흥적으로 프로그램이 이루어지는 경우가 많다.
특히 리얼 버라이어티는 더욱더 그렇다.
젊을 때는 사서 고생도 한다지만, 조금은 영리하게! 사전에 철저히 계획하고, 시간을 정확히 준수하면서, 촬영을 했다면, 얼마나 좋을까 그런 생각도 들었다.
'그렇게 했으면 저렇게 다들 피곤해서, 아침까지 퍼질러 자진 않겠지.'
주방 안, 4명의 병사. 그들은 각자 맡은 일에 분주히 움직이고 있다.
방송관계자들 100여 명의 식사를 준비하는 중.

육동진은 메뉴가 뭔지 유심히 살펴보았다. 오이소박이 콩자반 무채볶음, 고사리 볶음, 두부조림, 총각김치가 보인다. 거기에 메인 요리는 구수한 된장찌개.

'백반인가?'
그런데 한 명만이 휴대용 가스레인지를 이용하여 다른 요리를 하고 있었다.
"쟤는 내가 불렀던 애잖아. 선배! 맞죠?"
그의 말에 서효석이 미소를 지은 채 말했다.
"응, 내 직속 후임! 쟤 요리 꽤 잘해."
성재는 시스템창에서 만둣국 레시피를 선택했다.
그러자 홀로그램 녀석이 반팔과 반바지 차림으로 나타났다.
녀석이 냄비에 물을 1/2정도 채운 후 버너에 올린다. 성재는 그대로 따라 했다.
뜨거운 열기가 고스란히 냄비에 전해지자, 홀로그램 녀석은 여유로운 표정으로 휘파람을 불었다. 레시피를 선택하기 전에 이미 재료 손질을 끝내놓았기 때문이었다.
물이 끓기 시작하자, 멸치와 양파, 그리고 다시다를 넣고, 육수를 만들었다.
그때, 홀로그램 녀석이 글씨가 적힌 머리띠를 반바지에서 꺼내, 성재에게 보여주었다.

〈육동진이 너 쳐다본다?〉

성재는 고개를 돌려 뒤쪽을 바라보았다. 그러자 진짜로 육동진이 자신을 쳐다보고 있다.
그것도 입을 헤 벌리고.
성재는 그의 행동을 마치 알고 있었다는 듯, 미소를 지었다.
육수가 어느 정도 만들어지자, 멸치와 양파, 다시다를 건져낸 성재.
그다음은?
표고버섯, 호박, 오이, 채소를 넣을 차례.
냄비에서 채소가 끓기 시작했다.
요동치는 냄비 안 거품.
그것을 국자로 건져낸 성재는 홀로그램을 따라 미리 빚은 만두를 냄비에 넣어주었다.
감칠맛을 살리기 위해, 다진 마늘도 넣어주었고, 소금도 과하지 않게 넣어주었다.
홀로그램이 미소를 짓는다. 그리고 냄비 위에 시스템창이 떠오른다.

조리 완료까지 10, 9, 8, 7…
조리가 완료되었습니다

강성재가 직접 빚은 만두로 만든 만둣국 ★★★★★

강성재가 육동진을 위해 특별히 만든 아침 메뉴.
직접 빚은 고기만두, 잘 우러난 육수, 식감이 살아있는 채소의 만남. 진한 만둣국의 육수는 감동을 자아내기에 충분하다.
성재가 만둣국을 만든 이유는 단 하나.
'요리사의 눈'으로 확인한 육동진이 가장 좋아하는 음식이 만둣국이었기 때문이었다.

처음에는 식재료의 신선함만 바라보았던 눈.
언젠가부터 원산지를 구별해낼 수 있게 되었고.
요리의 등급을 볼 수 있게 되었다.
간부 식당 조리병이 된 후, 상대방의 미식등급을 볼 수 있게 되었고.
사단 회관 조리병이 된 후, 상대방이 좋아하는 음식까지 볼 수 있게 되었다.

그래서 아침부터 분주히 준비했다.
발에 붕대를 감고, 전투복이 땀에 젖었던 어젯밤 그들을 보며, 자신의 이등병 생활이 떠올랐기 때문이었다.
특히 천국의 계단에서는 눈물도 흘렸다. 군대에 대해 아직 적응하지 못할 시기, 자신을 한계까지 몰아붙였던 중대장이 당시에는 얼마나 미웠는지.
지금은 추억이지만, 당시에는 중대장에게 인정받고 싶어서 얼마나 노력했는지.
성재는 자신이 만든 만둣국을 육동진에게 대접했다.
육동진은 침을 삼키면서, 선배 서효석에게 말했다.
"선배가 말했죠? 제가 만둣국 좋아하는 거."
"어? 너 만둣국 좋아했었냐? 난 몰랐는데…."

"나, 이런 억지 감동 싫어하는데…."

물론 그들을 위한 마음이 온전히 전해지는 것은 아니었다. 때론 자신의 노력이 타인의 성과로 나타나기도 한다. 동진은 생각했다.

'선배! 요리대결 피하고 싶은 거예요? 그래서 일부러 이렇게 마음 흔드는 거야?'

만두의 피만 봐도 누가 만든 건지 다 표가 난다.

'반죽, 이거 그냥 만든 거 아니야. 냉장실에서 하루 숙성시킨 거네.'

"만두는 선배가 빚은 거죠? 직접 손으로 빚은 거네."

"성재가 만들었어!"

"에이! 거짓말하지 마요. 그러니까, 더 선배랑 더 붙어보고 싶다."

"됐어. 그냥 먹기나 해."

"네. 확실히 손만두라 그런지 맛있네요. 맛있어."

"내가 만두 빚은 거 아니라니까."

"끝까지 거짓말은 정말!"

나머지 방송 관계자들은 성재를 비롯한 회관 조리병들이 준비한 아침식사를 먹으며, 배를 채웠다.

"아! 진짜 잘 먹었습니다."

"집밥 같았어요. 정말 맛있어요."

"그러게요. 군대 밥이라 별로 기대 안 했는데, 웬만한 기사식당보다 낫네요."

그들의 말에 차상철은 싱글벙글 웃으며, 악수를 나누었다.

시끌벅적. 2주에 한 번 촬영하는 언리미티드 챌린지. 오늘 촬영 후에는 집에서 푹 쉴 수 있다며, 화기애애한 분위기.

식사를 마친 김형석 PD는 육동진이 제안한 요리대결을 진행하기 위해 입을 열었다.

"촬영 시작하겠습니다!"

유혁은 화려한 입담으로 시작 멘트를 내뱉었다.

"언리미티드 챌린지! 드디어 그 대망의 도전을 끝냈는데요. 어제 저희가 철벽부대 명예부대원으로 임명되었죠? 노성철씨! 어제 눈물바다였는데, 괜찮았어요?"

그의 말에 노성철이 대답했다.

"형님! 전 죽지 않아요."
여기까지만 했으면 좋았을 텐데, 특유의 저 활발함은 어딜 가나 튀곤 한다.
"난 죽지 않는다! 아임 얼라이브! 가즈아! 노성철! 이제 특전사 가즈아~~!"

그러자 김형석 PD가 활짝 웃으며 출연자들의 대화에 끼어들었다.
"조금 전 멘트 녹음했습니다. 특전사! 준비하겠습니다!"
그러자 유혁이 정색하며 말했다.
"아니, 특전사라니요? 성철이 미쳤나 봐. 마동성씨! 성철이 관리 좀 해주시고요! PD님! 아~ 이러지 맙시다. 나도 진짜 죽을 뻔했단 말이에요. 시청자들은 우리 힘들었던 거 다들 아실 거예요. 이러다 시청자 게시판 또 난리 납니다! 적당히 하세욧!"

유혁의 말에 마동성이 웃음을 지으며
"허허허허"
노성철을 뒤로 끌고 갔다.
그리고 다시 멘탈을 잡은 유혁!
"자! 오늘 요리 대결! 육동진씨 어떻게 보십니까? 3일 전에 육동진씨가 이런 얘기를 했어요. 강성재 상병과 같이 요리해보고 싶다. 그건 요리를 가르쳐주겠다는 의미인가요? 아니면 경쟁자로서의 의미인가요?"
유혁의 말에 육동진이 말을 아꼈다. 차분히 자신의 생각을 정리한 후, 입을 열었다.
"제가 착각했던 것 같습니다. 제가 붙고 싶은 사람은 따로 있습니다."
"네?!"
"저 조리병들 중 서효석 병장과 붙어보고 싶습니다."
"아는 사이에요?"
"네! 저 선배! 같은 레스토랑에서 7년간 일했었거든요. 2015년까진 저보다 더 순위도 높았어요. 숨은 고수에요! 고수!"

유혁은 잠시 받아칠 말을 고민하다가, 일단 PD에게 말을 돌렸다.
"PD님, 이거 어떻게 해야 하죠?"
"일단, 상대방에게 물어봐야죠? 서효석씨! 괜찮으신가요?

서효석은 PD의 제안을 듣고, 고심에 빠졌다. 흔치 않은 기회.
성재는 침대에 누운 채, 항상 이 얘기만 했었다.
- 서효석 병장님, 육동진 셰프는 요리 얼마나 잘합니까?
- 글쎄다? 나하고 비슷하니까. 어떻게 될지 모르겠네.
- 기대됩니다. 그분이 절 찍으셨으니….
- 아….
그런데 그런 성재를 무시하고, 바로 나랑 붙는다?
성재의 표정을 보니 시무룩했다.
그래서 바로 그 자리에서 말했다.

"PD님?"
"네. 말씀하세요."
"일단 육동진씨는 제 후임병한테 결재받고 와야 될 것 같은데요?"
"결재요? 잠깐만요. 서류 결재 할 때, 그 결재 말씀하시는 거죠?"
"네. 결재, 휴가 갈 때, 후임병은 분대장한테 결재받지 않습니까? 제가 고수인데, 바로 저하고 붙으면 안 되죠. 일단 제 후임병하고 대결해서 이기면 승부하는 거로!"
"크큭, 알겠습니다."
김형석 PD는 서효석의 말에 씩 웃었다.
'저 친구! 방송을 좀 아네?'
사실 서효석은 녀석이랑 붙고 싶지 않았다.
그가 왜 자신을 찍은 것인지도 알고 있었다.
스승님에게 인정받기 위해서.

스승님은 동진이보다 자신을 인정했었다. 당연했다. 요리 실력에서 차이가 났으니까.
녀석은 노력파였다. 자신을 뛰어넘기 위해 7년을 매일 같이 노력했다. 지금 생각해보면 성재보다 더 노력파.
그래서 치열하게 그 자리까지 올라왔다. 레스토랑 내 서열 3위. 자신의 바로 밑.
하지만! 제아무리 노력해도 자신을 이길 순 없었다.
그 차이는 테크닉에 있었다.

손목의 자유로운 스냅.

스냅 실력은 중화요리에서 천재와 범재, 둔재를 나누는 결정적인 차이.

면 뽑기는 물론 불 조절에 결정적인 영향을 미치는 요인. 손목을 자유자재로 움직이는 테크닉이 바로 그것이었다.

서효석의 확답에 육동진이 오케이 사인을 보냈다.

"좋습니다. 결재? 아, 도발하셨는데, 진심으로 붙어보죠."

"일단 우리 성재부터 이기고 와. 동진아! 네가 이기면 오랜만에 한 번 붙어보지 뭐!"

불타오르는 남자의 승부. 서효석은 성재의 어깨를 두드리며 말했다.

"나까지 오지 말게 해라. 알았지?"

"네. 알겠습니다. 저, 사실 조금은 열 좀 받았습니다."

"그래? 당연하지. 갑자기 무시하는 것도 아니고, 상대를 나로 바꿨으니까."

"네. 그것도 있고."

성재는 말을 흐렸다.

'서효석 병장님? 결재받고 오라니요? 그건 아니지 않습니까?'

그래서일까? 성재가 자신의 오른손을 들었다.

그러자 유혁이 성재의 동작을 보더니 미소를 짓는다.

"네. 성재씨, 하실 말씀 있으면 하세요."

"저! 제가 이기면! 저도 서효석 병장님하고 붙어보고 싶습니다."

그러자 김형석 PD의 얼굴이 환해졌다.

'뭐야? 이 자식! 크큭, 시청률 좀 올라가겠는데?'

반면, 육동진의 표정은 몹시 어두워졌다.

'저 자식은 뭐야? 나 무시하는 거야?'

그리고 그런 분위기를 캐치한 유혁!

"어쩌죠? 육동진씨 표정 어두워지셨어요. 괜찮아요? 스타 셰프 꼴이 말이 아닌데요?"

"아, 아닙니다. 괜찮습니다. 하하핫! 군대에선 선임병이 가장 높아 보이는 법이죠."

"육동진씨 군대 안 다녀오셨잖아요. 공익이셨으면서 뭘 그렇게 아는 척을 해요?"

성재씨 요리부터 맛을 봐도 되겠죠?

육동진은 유혁의 농담에 미소로 일관했다.
'손 풀기라고 생각하고 빨리 끝내면 돼. 학교도 제대로 안 나온 놈이라며.'
자신의 앞에 있는 연미복을 입은 병사.
요리 경력 총 8년인 자신이 이제 막 20대 초반인 녀석과 승부해서 질 리가 없었다. 그만큼 요리사의 승부는 경험에서 좌우된다.
미소 짓던 사내가 입을 열었다.
"음, 요리 대결은 어떤 식으로 진행이 되죠?"
"아! 그건 걱정 마세요. 저희가 사전에 다 준비를 해 놓았습니다."
김형석 PD는 육동진의 말이 끝나자마자, 자신이 준비한 게스트를 소개했다.
"사, 유혁씨! 진행 부탁드립니다."
유혁은 대본을 받아들고 깜짝 놀라며, PD를 쳐다보았다. 그러자 PD는 고개를 끄덕이며 말했다.
"맞아요. 그분 맞아요."
유혁! 그는 카메라를 앞에 두고, 자신의 대본을 보며, 진행을 시작했다.
"언리미티드 챌린지, 사상 최초! 우리나라의 대표 요리연구가, 이해정씨가 나오셨습니다! 박수로 환영해주세요!"

요리연구가 이해정, 그녀의 등장에 연기자들의 얼굴에 화색이 돌며 미소가 떠올랐다.
"우와와아아아! 킹마마! 킹마마!"
"아이, 성철씨! 그 별명 나, 싫어한다니까!"
"갓마마! 크아아아아! 갓마마!"
노성철이 떠들 때는 역시 해결사가 필요하다.
유혁이 그 이름을 불렀다.
"마동성씨!"
그러자 웃음으로 일관하는 그가.
"하하, 하하하하!"

자신의 거대한 팔뚝으로 노성철을 뒤편으로 끌고 가며, 그의 입을 막았다.
이해정. 그녀는 반평생을 요리와 함께 보냈다.
요리 실력도 실력이지만, 더욱 중요한 것은 다방면으로 익힌 요리 관련 지식.
한식이면 한식, 중식이면 중식, 어느 한쪽으로 기울지 않고, 모든 요리에 대한 지식을 탐구한 그녀의 30년의 세월은 대한민국 요리사 어느 누구라도 무시할 수 없는 수준이 되어 있었다.
기품, 교양, 환한 웃음. 그 모든 것을 갖춘 그녀.

"아이~ 동진씨! 잘 지냈어요?"
그녀는 특유의 미소와 애교 섞인 말투가 육동진에게 향했다.
육동진이 이해정을 향해 말했다.
"네. 선생님! 잘 지내셨죠?"
이때 이해정은 서효석을 발견하고 효석이를 향해 활짝 웃으며 인사를 건넸다.

"어머~ 어머! 우리 효석이! 너! 여기 있었구나?"
서효석은 그녀가 무슨 행동을 할지 알고 있었기에 고개를 저었지만, 이해정은 특유의 해맑은 얼굴로 서효석에게 다가가 가벼운 서양식 포옹을 시도했다.
어쩔 수 없이 받아주는 효석.

"오랜만입니다. 선생님!"
이제는 제법 늠름해진 서효석을 보며, 연기자들을 향해 미소를 지었다.
"어머, 미안해요. 너무 반가운 얼굴을 봐서, 제가 깜짝 놀랐지 뭐에요."
이해정의 말에 유혁이 반응했다.

"아! 정말 유명하긴 유명한가 보다. 우리 이해정 선생님이 아시는 분이면!"
"그럼요. 정말 유명하죠. 수타면 신동이었잖아요. 우리나라에서 저 친구가 수타면 뽑기라면 Top 5 안에 들 거에요."
"아, 그 정도인가요? 대한민국 Top 5 말씀하시는 건가요?"
"네, 맞아요. 효석이는요. 어릴 때부터 정말 대단했었어요. 와 정말, 너무 반갑다. 애! 진짜 많이 컸구나."
갑자기 스포트라이트는 서효석에게 꽂히고.
그것을 보며 속이 타는 한 남자.
'선배, 기다리세요! 바로 꺾어 드릴 테니까.'
육동진은 서효석이 유명해지는 것을 원하지 않았다. 그래서일까?
요리전문가인 그녀를 불러 흐름을 끊었다.
"이해정 선생님!"
"어?"
"저도 좀 봐주세요! 경기 시작해야죠."
"아, 내 정신 좀 봐! 미안해요. 호호호."

유혁은 갑자기 끊긴 흐름을 잇기 위해 멘트를 시작했다.
"자, 오늘 선생님노 나오셨고, 유명한 시효석 셰프가 여기 철벽 회관에서 군 복무를 하는 것도 알게 되었네요. 자! 선생님! 오늘은 어떤 식으로 대결을 하게 되죠?"
유혁의 말에, 이해정이 양손을 모은 채, 카메라를 보며 미소를 지었다.
"후후, 오늘 대결 메뉴는 찌개에요. 한국인의 밥상에는 찌개가 빠질 수 없겠죠?"
"아, 찌개라면, 김치찌개도 있을 수 있고, 된장, 부대찌개, 상당히 종류가 많겠네요."
"네, 찌개라면 어떤 찌개라도 오케이에요. 두 분이 대결해서 누가 더 맛있는지, 맛과 영양, 조리과정, 청결 등 모든 면을 고려할 생각이에요. 두 분 다, 분발해주세요!"

이해정의 말에 성재가 굳은 각오를 내비쳤다.
"열심히 하겠습니다!"
그러자 유혁이 성재에게 물었다.
"성재씨! 요리 대결이에요. 국내에서 알아주는 스타 셰프, 육동진씨와의 대결인데, 지금 어떤 심정인가요?"

연기자의 말에 대답하는 상병.
"최선을 다해볼 생각입니다."
"좋아요. 메뉴는 정했나요?"
"네. 조금 전에 스탭분께 말씀드렸는데 재료 구해주신다고 하셨습니다."
"네. 좋습니다. 그럼 육동진씨! 지금 생각은 어때요?"
유혁의 말에 육동진이 미소를 지었다.
"일단 간단하게 몸을 풀고, 저기 있는 서효석 선배님하고 요리 실력으로 결판 짓고 싶습니다."
"네! 거기까지! 그럼 요리 시작하겠습니다!"
육동진은 가볍게 몸을 풀었다.
그리고는 수산물을 손질하기 시작했다. 이해정은 그를 보며 고개를 끄덕였다.

"설마 짬뽕하려는 건 아니죠?"
"네. 짬뽕은 아니고요. 제가 생각한 요리는 해물찌개입니다."
"해물찌개?"
"네. 한국인이라면 매운맛이죠. 고추장을 기반으로 한 매콤한 맛과 신선한 해산물, 그리고 싱싱한 두부와 애호박으로 승부를 볼까 합니다."
육동진의 말에 이해정이 만족한 듯 고개를 끄덕였다.

한식이 전공은 아니지만, 대한민국의 요리사라면 기본적으로 익혀야 할 소양.
그래서일까, 자신감이 표정으로 드러났다.
그가 준비하는 해물찌개. 어떻게 보면 해물짬뽕과 큰 차이 없는 메뉴.
그래서일까? 육동진 셰프의 얼굴에서는 망설임이 전혀 보이지 않는다.

실제로도 그랬다.

'이해정 선생님도 이 음식을 먹으신다면 정말 좋아하실 거야.'
그의 감정이 고스란히 칼질에 드러났다.
탁탁탁! 탁탁탁탁!
가지런히 썰리는 호박과 대파, 청양고추.
쓰윽! 쓰윽! 쓰윽!
정사각형 모양으로 균일하게 모양이 갖춰지는 찌개용 두부.
칼집을 낸 오징어 몸통과 껍질을 제거한 새우, 홍합까지.
요리 방법이 간단하면서도, 맛도 좋은 음식.
거기에 곁들일 간단한 밥까지.
가장 맛있는 조리시간을 저절로 체크해주는 전기밥솥을 이용하는 꼼꼼함.

이해정은 처음부터 큰 무리 없이 잘 진행하는 육동진을 접어두고, 오늘 처음 보는 병사에게 시선을 돌렸다.
남자치고는 작은 체격, 앳된 얼굴.
잘 생겼다기보다는 귀여운 외모.
그런 녀석이 흐르는 물에 무언가를 계속해서 씻어낸다.
"어? 재료로 우렁이를 쓰려고요?"
"네. 담백하고 깊은 맛을 내고 싶어서 주재료로 우렁이를 썼습니다."
"아, 준비하는 걸 보니까, 우렁이 된장찌개를 하는 것 같아요. 맞나요?"
"네. 어느 정도는 맞습니다."
성재는 자신의 요리에 집중히면서도, 그녀의 질문에 차분하게 대답했다.
'어느 정도? 자신감이 부족한 것 같은데? 확실히 요리를 정하기는 한 걸까?'
그녀는 약간은 우려스러운 얼굴로 성재가 손질하는 우렁이 하나를 집어 들었다.
그리고 당연하다는 듯, 냄새를 맡기 위해 코끝에 갔다대었다.
'휴우, 역시 초보인가? 안타깝네.'

시중에서 판매하는 우렁이를 쓸 때, 주의해야 될 사항이 있다.

그건 바로 흙냄새.

삶기 전에 제대로 씻어야 하는데, 삶아서 판매하는 것들은 그렇지 않기도 하다.

불행히도 성재가 조리용으로 가져온 것이 그랬다. 그래서 흙냄새가 나는 것.

물론 스탭이 준비해온 식재료니 그에게 잘못이 있다고는 못하겠지만, 거기까지 생각해야 되는 것이 요리사.

성재는 그런 그녀의 생각을 아는지 모르는지, 일에 집중했다.

호박과 감자, 양파, 대파, 표고버섯, 청양고추를 작은 크기로 잘랐다. 그건 우렁이살과 같은 크기로 맞추기 위해서였다.

이해정 요리연구가는 안타까움에 고개를 저었다.

'기본기는 있는 친구 같은데, 하필이면 왜 우렁이를 택해가지고.'

하지만 승부는 승부. 자신이 알려줄 수는 없었다. 공정한 심사를 하기 위해 여기에 온 것이고, 사사로운 감정에 치우쳐서는 안 된다는 것을 누구보다도 잘 알고 있다.

아무리 예능이더라도, 지금 이 프로그램이 추구하는 것은 리얼 버라이어티.

그래서일까, 그녀는 더욱더 꼼꼼하게 살펴보았다.

성재는 양념재료를 만들기 시작했다.

된장과 고추장을 보며 고심에 빠졌다.

'담백하려면 된장 비율을 높여야 돼.'

그래서일까? 홀로그램이 하는 것과는 반대로 된장 3 대 고추장 1의 비율로 찌개의 양념을 만들었다.

홀로그램이 성재를 째려보았다. 그리고는 지직~!거리며, 역할을 중단하고 사라졌다.

새로운 레시피를 시도중입니다
담백한 우렁된장찌개
예상등급 ★★★~★★★★

그러나 성재는 여기에서 끝내지 않았다. 참기름과 다진 마늘을 넣으며 생각했다.

'참기름을 넣어야 된장의 텁텁한 끝 맛이 사라져.'

그리고 양념끼리 타지 않게 물을 넣어주고, 양념을 볶기 시작했다.
된장과 고추장, 다진 마늘, 참기름이 섞인다.
그것을 숟가락으로 저어가며 쌈장을 직접 만드는 성재.
그것을 보며 이해정이 깜짝 놀라 성재의 요리 과정을 집중했다.

'쌈장을 직접 만든 건가? 일부러?'
그때, 성재는 시중에서 사 온 우렁이살을 뜨거워진 쌈장 안에 넣었다.
그리고 숟가락을 이용해 볶는다.
그러자 우렁이살 안에 있던 수분이 빠져나오며 양념과 합쳐지고, 양념은 우렁이살 표면에 달라붙기 시작했다.
성재가 본격적인 조리에 들어갔다.

지글지글, 보글보글.
감자가 익어가며, 감자의 전분이 찌개에 녹아들기 시작했다.
물이 많았던 국이 걸쭉해지며, 찌개의 형태로 변화하기 시작하자, 녀석이 표고버섯과 금방 익는 두부, 대파, 고추를 순서대로 넣는다.
그는 고개를 저었다.
'간이 부족해.'
그리고는 새우액젓을 꺼냈다.
'딱 한 스푼! 더도 말고 한 스푼만 넣으면 돼!'
성재가 거의 다 만들어진 찌개에 새우액젓을 넣자, 옆에서 메시지가 떠오른다.

> ⚙ ✓ ✗
> 조리 완성까지 10, 9, 8, 7…
> 성재가 직접 만든 담백함을 살린 우렁이된장찌개 ★★★★★

그와 동시에, 성재의 옆에서 미리 불에 올려놓았던 밥이 익어간다.
성재는 씩 웃었다.

> ⚙ ✓ ✗
> 조리 완성까지 10, 9, 8, 7…

그리고 미소를 지으며, 버너의 불을 껐다.

성재가 직접 지은 흑미돌솥밥 ★★★★☆

찌개와 밥에, 미리 씻어놓은 쌈채소를 쟁반에 담으니, 드디어 완성된 요리.

 성재가 만든 우렁이쌈밥정식 ★★★★★★
담백함을 살린 우렁이된장찌개와 농약을 치지 않은 친환경농장에서 직접 재배한 적잎치커리, 적겨자, 청겨자, 청경채, 치커리, 상추
백미 대신 건강에 좋은 흑미돌솥밥을 지어, 점심 메뉴로는 손색이 없는 최상의 건강식을 만들어냈다
사단회관 조리병 직업 보너스에 의해 ☆만큼 등급이 향상되었다

성재는 자신이 만든 요리를 보며 표정변화 없는 환호성을 내질렀다.
'됐다! 성공 했어! 성공 했어!'
시간이 될 때마다 요리책을 보며, 연구한 레시피. 그는 레시피를 보며, 결국 알아낸 것이 하나 있었다.
요리의 등급은 요리사의 능력도 중요하지만, 더 중요한 것은 기본이 되는 재료!
신선한 재료를 올바른 조리법으로 조리하는 것이 결국 요리의 성패를 가르는 요소.
성재는 마지막까지 최선을 다했다. 주변을 정리정돈하며, 위생에도 철저하게 신경 썼다.
요리를 앞에 둔 이해정 요리연구가는 성재와 육동진을 향해 입을 열었다.
"두 분 다 요리를 제출하셨는데요. 성재씨 요리부터 맛을 봐도 되겠죠? 동진씨와는 달리, 한 가지 의문이 있었거든요."
성재는 그녀의 말에 고개를 끄덕였다. 이해정은 요리의 메인이 되는 우렁이를 숟가락으로 뜬 후, 냄새부터 맡았고…. 풀리지 않는 의문에, 우렁이를 입안에 넣어 직접 확인했다.
순간, 놀라는 그녀.
"어. 어? 어?!"
그녀는 성재가 만든 음식이 만들어내는 마법과 같은 감각에 매료되고 말았다.

서효석 병장님! 승부입니다!

그녀는 우렁이된장찌개를 먹으며 추억에 잠겼다.
'이거 내가 좋아하던 건데….'
그때의 맛이 그대로 느껴졌다. 얼마나 그리웠는지, 돌아가신 어머니를 떠올리며, 매일같이 먹었던 기억이 떠오른 것이다. 그러자 유혁은 특유의 입담으로 유머를 자아냈다.
"선생님, 괜찮으세요? 맛있다고 눈물까지 보이실 정도까지야…."
"아, 미안해요. 정말 맛있어요. 옛날에 우리가 해먹던 그대로야."
이해정의 얼굴엔 미소가 담겼다.
'흙냄새를 잡으려고 일부러 된장과 고추장을 섞어 볶았어. 그래서 우렁이 특유의 냄새를 없앴고… 우리 엄마도 그랬었는데….'

그리고 쌈 채소.
'밖에서 파는 건 농약 친다며, 직접 재배하셨었지.'
마지막으로 흑미밥.
'처음에는 아들 녀석이 밥이 검은색이라고 안 먹겠다고 난리 쳤었는데, 내가 궁둥이를 때리며, 얼마나 억지로 먹여댔는지….'
후후~.

오랜만에 옛 추억을 떠올린 그녀는 아까와는 달리 얼굴에 미소를 담았다.

그녀의 표정변화에 유혁이 짓궂게 장난쳤다.

"아니! 선생님! 울다가 웃으면 엉덩이에 그거 납니다!"

그러자 노성철 또한 소리치며 말했다.

"크아아아아! 선생님 똥꼬에 털! 털! 털 났다!"

개그, 무리수. 이번에도 역시! 마동성이 출동할 때….

그의 두꺼운 팔이 노성철의 입을 막고, 카메라가 보이지 않는 바깥으로 끌고 갔다.

이해정은 별 기대하지 않았던 병사의 요리 때문에 아련한 추억에 잠겼다.

"정말 대단했어요. 성재씨는 한식에 정말 재주가 있는 것 같아요. 어머니가 요리 관련 일을 하셨었나요?"

그녀의 질문에 성재가 고개를 끄덕였다.

"한번 찾아뵙고 싶은 생각이 들었어요. 아드님께 정말 많이 가르쳐주시고 가신 것 같아요. 어머님께서는 지금 어디 계신가요?"

그녀의 말에 성재가 그녀를 정면으로 마주 보며 말했다.

"지금은 먼저 하늘나라에 가 계십니다."

"아…."

이해정은 그제야 자신이 실수한 것을 깨달았다.

'어쩐지, 무슨 사연이 있을 것 같더라. 그래서 손맛 같은 게 느껴졌던 거야. 마치 감정을 담은 것처럼….'

그런 그녀의 감정을 읽기라도 한 듯, 성재는 미소로 일관했다.

"괜찮습니다. 엄마가 암으로 돌아가셨는데요."

"……."

"돌아가시기 전에 말씀하셨어요. 엄마는 자신이 삶을 선택했다고, 자신보다는 딸, 민지의 삶이 더 중요하다고, 그래서 후회 안 한다고."

임신 도중, 항암 치료를 받을 수 없었던 그녀에게 있던 선택지 2개.

아이를 지우고, 치료를 계속하느냐, 치료를 중단하고 아이를 낳느냐.

성재의 엄마는 자신의 목숨이 위험하더라도, 아이를 낳는 길을 택했다.

시한부 1년, 그럼에도 그녀는 버티며, 의사가 말한 기한보다 1년을 더 살았다.
민지가 돌 되는 날, 웃으며 세상을 떠났던 엄마. 성재는 애써 슬픈 감정을 숨기며 말했다.
"이해정 선생님! 잘 부탁드리겠습니다."
깍듯이 대하는 예절. 안타까운 사연. 그래서 그에 대해 더욱 알고 싶어진 이해정.
"혹시… 요리는 언제부터 배우기 시작했나요? 학교나 학원 등 교육기관의 도움을 받은 적이 있나요?"
"그런 건 없습니다. 군대 오기 전까지 사회에서 4년간 배관공으로 일했었습니다."
"4년이나요? 아직 어려 보이는데…. 학교는 어떻게 하고…."
"중학교까지는 나왔고, 고등학교는 검정고시로 졸업했습니다. 그게 좀 안타깝긴 한 것 같습니다. 또래 친구가 많이 없어서…."
"그런데 갑자기 요리는 왜 하고 싶어진 거에요?"
"취사병을 하다 보니까 요리에 흥미가 생겼고, 간부님과 선임분들께 인정도 받다 보니 요리에 대한 즐거움을 찾은 것 같습니다. 그래서 목표도 생겼습니다."
"목표요?"
"네. 지금은 세계 최고의 요리사가 되는 꿈입니다."
"그래요. 꿈은 클수록 좋아요. 성재씨, 오늘 제가 처음 봤지만, 앞으로 대성할 거라 믿어요. 우렁이된장찌개, 정말 잘 먹었어요. 감동적이었습니다. 고마워요."

이해정의 말에 모두가 박수를 쳤다. 반면, 육동진은 이해정을 보며 고개를 저었다.
'저 아줌마, 방송이라고 아주 눈물을 쥐어짜네. 쥐어짜!'
하지만 겉으로는 표현할 수 없다. 그만큼 영향력이 큰 요리업계의 유명한 방송인.
육동진은 회심의 미소를 지었다. 자신이 만든 해물찌개. 매콤한 맛이 일품.
지금이 최고의 맛을 내는 온도, 80도! 그래서 그녀를 불렀다.
"선생님! 찌개 식어요. 얼른 오세요!"
"네. 동진씨, 가고 있어요."
성재는 곧바로 육동진이 만든 해물찌개의 등급을 바라보았다.
등급이 너무 높아 읽히지 않으면 어쩌나 걱정도 했다.
그러나 기우에 불과했다.
그의 등급은 예상보다 낮았다.

> **recipe**  육동진이 직접 만든 매콤한 해물찌개 정식 ★★★★☆
> 발라놓은 새우살, 조갯살, 오징어와 홍합살
> 먹기 좋은 크기로 썬 애호박, 새송이버섯, 대파, 청양고추
> 거기에 큼지막한 두부를 넣고, 고추장 비율을 높여 만든 해물찌개
> 전기밥솥에서 갓 지은 흰 쌀밥이지만, 묵은쌀 특유의 냄새가 아직 남아 있다

일반적인 맛집보다는 높은 수준. 하지만 왜 4성 반이란 등급 밖에 나오지 않았을까?

성재는 그 이유를 금세 알 수 있었다.

'묵은 쌀인데, 식초를 안 넣었어. 한 방울만 넣어주었어도 냄새는 안 날 텐데….'

보통 음식점에서는 묵은 쌀을 사용하지 않는다. 하지만 여기 철벽회관은 달랐다.

대개 묵은 쌀을 많이 사용한다. 가격이 저렴하기 때문이다.

묵은 쌀이라도 식용유나 식초로 처리하면 특유의 군내를 거의 없앨 수 있다.

하지만 그는 몰랐다. 1 Star 레스토랑에서는 묵은 쌀을 취급하지 않는다. 그래서 신경 쓰지 않았던 것.

이해정이 숟가락으로 해물찌개를 떠서 먹으며 조금은 의아한 표정을 지어 보였다.

"많이 짠 것 같은데?"

그러자 육동진은 오히려 미소를 지었다.

"그렇습니다. 제 찌개는 밥과 같이 먹어야 제대로 된 맛을 느낄 수 있습니다."

그녀는 자신의 숟가락을 옮겼다. 그리고 육동진이 지은 흰 쌀밥을 입안에 가져갔다.

그때, 몰려오는 냄새.

묵은쌀 특유의 잡내가 그녀의 코에 감지된 것이다.

이해정의 표정이 굳었다. 그리고는 말했다.

"동진씨, 밥 먹어 봤어요?"

"먹어보진 않았습니다. 하지만 전기밥솥으로 지었고, 항상 제가 쓰던 제품과 같은 제품이라서 문제는 없을 거라 생각했습니다. 색깔도 문제없고요. 잘 익었습니다."

"전기밥솥이 문제가 아니에요. 이건… 기본 문제에요."

이해정은 밥 대신, 물컵의 물을 벌컥벌컥 들이켜며, 입안에 남은 매운 맛을 지웠다.

그녀의 말에 다소 충격을 받은 남자. 육동진은 자신이 지은 밥을 입에 갖다 대었다.

그러자 평소에는 느낄 수 없는 묵은 쌀의 냄새가 고스란히 자신의 코로 들어오고. 순식간에 사색이 된 그의 얼굴에는 미소 대신 썩소가 걸렸다.
'말도 안 돼. 묵은 쌀이었어?! 요즘 세상에 누가 묵은 쌀을 써? 이 미친! 미친 제작진! 이 딴 재료를 가져오면 어떻게 해!'
이해정은 곧바로 결과를 발표했다.
"오늘 요리 대결은 성재씨한테 승리의 한 표를 드릴게요. 두 분 다 열심히 요리를 하셨지만, 요리의 기본은 정성이라고 생각해요. 아무리 요리에 자신이 있어도, 간도 보지 않고 심사위원에게 요리를 내놓는 건 조금은 무례하지 않았나 싶어요. 성재씨, 동진씨, 두 분 다 수고하셨어요."
성재가 고개를 끄덕였다. 그리고 정당하게 심사해준 이해정 선생님께 인사를 올렸다.
"감사합니다. 정말 감사합니다."
"아니에요. 성재씨, 우리 효석이랑 또 한 번 승부를 봐야 하잖아요. 이번에는 어떤 요리를 내놓을지 기대가 되네요."
그리고 떠오르는 시스템창.

사용자 강성재에 대한 이해정의 호감도가 300 상승했습니다

성재는 요리사의 눈을 활성화한 상태로 그녀를 쳐다보았다.
그녀의 머리 위에 떠 있는 수많은 요리목록. 좋아하는 요리만 무려 18개.
물론 그녀가 좋아하는 요리 목록에는 성재가 만든 요리도 포함되어 있었다.
성재와 효석은 서로를 향해 미소를 지었다. 기특한 녀석. 강성재.
그를 바라보던 효석이 먼저 말을 건넸다.
"성재아. 너 많이 컸다? 설마 네가 동진이를 이길 줄은 상상도 못했다."
"그러셨습니까? 이제 서효석 병장님 잡을 생각인데 말입니다?"
"크크크, 웃긴다. 웃겨. 그런데 성재야. 넌 아직 멀었어. 내가 몇 번 놀라긴 했어도, 나 따라잡을 레벨은 아니야."
"저는 일단 붙어봐야 안다고 생각합니다."
한편, 육동진은 잠시 쉬는 시간을 통해, 유혁을 설득했다.
"혁이형, 저 좀 봐줘요. 이대로는 안 돼요. 시청자들한테 개망신당할 거에요."

"그러게, 야! 너는 왜 그런 실수를 해서, 이해정 선생님 실망시키냐?"
"아, 묵은 쌀인지 제가 어떻게 알았겠어요? 군부대 진짜, 어이없어 죽겠어요. 요즘 세상에 묵은 쌀을 쓰는 데가 어디 있어요?"
"아, 알았어. 내가 분위기 잘 깔아볼 테니까, 너! 김 PD앞에서 표정 굳혀. 알았어?"
"네. 형만 믿을게요."

다시 촬영이 시작되고, 육동진이 사색이 된 얼굴로 카메라를 쳐다보았다. 그걸 본 유혁이 그를 도와주기 위해 그에게 말을 걸었다.
"동진씨, 표정이 안 좋아요. 충격받았어요?"
"아, 아니에요. 충격은 뭘요. 제가 질 수도 있죠. 중화요리 대결도 아니고, 한식으로 승부 봐서 진 건데, 그럴 수도 있는 거죠."
"에이, 그래도 충격은 받았겠지. 동진씨! 성격 진짜 좋다. 이해정 선생님?"
유혁은 미소를 지으며, 그에게 만회할 기회를 주었다.
"그냥 3명이 다 요리대결 하는 것으로 하죠? 효석씨랑, 성재씨, 그리고 우리 동진이하고 같이 하는 거로, 이대로 방송 나가면 동진이 큰일 나요. 미슐랭 1 Star 레스토랑에서 일하는 셰프인데, 허무하게 지는 거로 끝나면 이미지가 뭐가 되겠어요?"
그의 말에 이해정도 고개를 끄덕였다.
"그럴까요? PD님 괜찮겠죠?"
"저희야, 이해정 선생님만 괜찮으시다면 괜찮습니다."

어차피 예능. 좋은 게 좋다. 이해정도 육동진이 실수를 바로잡고, 이번에는 더욱더 잘 되기를 바라고 있었다. 그래서 이런 주제를 선택했는지 모른다.
"이번 주제는 중화요리입니다. 세계 어디에 내놓아도 손색이 없는, 정말 맛있는 요리를 만들어주세요."
"알겠습니다."
주제를 듣고 화색이 된 효석과 동진. 어떻게 보면 성재에게 일방적으로 불리한 상황이다.
그러나 성재는 전혀 개의치 않았다. 오히려 미소를 지었다.
'이해정 선생님! 중화요리를 선택해주셔서 정말 감사합니다. 서효석 병장님이 본 실력을 낼 수 있어야, 저도 마음이 놓이거든요.'

181

자신의 한계를 돌파한 성재

육동진은 홀로 남아 회심의 미소를 지었다.
'이번 승부 내가 이겼어. 보란 듯이 1등 해서, 자존심 되찾자. 이대로는 안 돼.'
그는 쉬는 시간 동안 냉장고에 있던 반죽에 손을 댔었다.
절대 들키지 않게.
숙성을 위해 넣어둔 봉지 안 반죽에 맛소금을 들이부었다.
그것을 절대 알 리 없는 서효석. 냉장고에서 미리 숙성시켜둔 반죽을 꺼냈다.
육동진은 또다시 입꼬리를 올리며, 서효석에게 말했다.
"선배님? 수타면으로 가실 겁니까?"
"그래. 내가 제일 잘하는 거로 할 거야."
"그럼 셰가 생각하던 메뉴겠군요."
"그렇겠지?"
"그러실 줄 알았습니다. 좋습니다."

성재는 그런 서효석과 육동진의 대화를 들으며 고개를 저었다. 선, 후배라고는 하나 위화감이 계속해서 든다.
그래서 육동진의 행동을 하나하나 관찰하며 쳐다보았다.

녀석의 시선과 마주치자, 시스템창이 반응한다.

> 사용자 강성재에 대한 육동진의 적개심이 300 증가했습니다

적개심을 가진 자. 이제까지 그런 사람들 중에 정상적인 사람은 없었다.
성재는 자신의 요리에 시작하기 전, 둘의 요리 재료를 살펴보았다.
그런데 역시랄까? 서효석의 반죽이 이상했다.

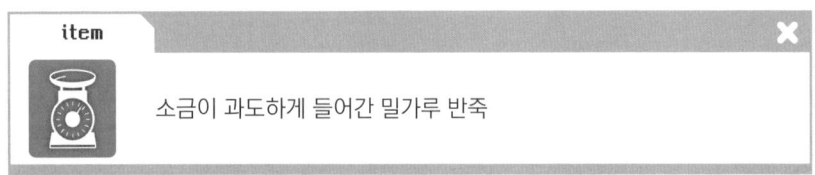
소금이 과도하게 들어간 밀가루 반죽

성재는 고개를 저으며 반죽을 시작하는 서효석에게 말했다.
"서효석 병장님?"
"어?"
"면 뽑기 전에, 반죽 간 좀 한 번 보시겠습니까?"
"간?"
자신이 미리 만들어놓았기 때문에 문제가 없을 거라 생각했는데….

"네. 꼭 한번 보십시오."
"괜찮을 텐데…."
성재의 조언대로 반죽 일부를 혀에 대자, 그의 얼굴이 순식간에 창백해졌다.
"어떻게 된 거지?"
성재는 쓴웃음을 지으며, 조리실에서 나갔다.
그리고 숙소에 있던 냉장고에서 요리대결 때 쓰려던 반죽을 꺼내와서 건넸다.

"이걸로 쓰십시오. 제가 어제 따로 보관하던 겁니다."
"어? 너도 수타면 하려던 거 아니었어?"
"아닙니다. 수타면은 서효석 병장님한테 배운 거지 않습니까? 그걸로 승부 보면 제가 뭐가 되겠습니까? 정정당당하게 이겨도 이긴 게 아닙니다."

"그럼, 너 무슨 요리를 하려고?"

"그건 아직 비밀입니다."

성재는 등 뒤에서 따가운 시선을 느꼈다.

> 사용자 강성재에 대한 육동진의 적개심이 150 상승하였습니다

반들반들한 최상급 반죽.

저온 숙성시켜서 수타면을 뽑기에는 최상의 상태.

서효석은 반죽을 손가락으로 일부를 뗀 후, 혀에 대며, 간의 적정 여부를 확인했다.

그리고는 만족한 듯, 성재를 향해 말했다.

"고맙다."

"아닙니다. 저는 공정한 승부를 하고 싶었을 뿐입니다."

육동진은 강성재의 말을 듣고, 그를 째려보았다.

'어떻게 알았지? 저 자식! 말하는 본새 봐라?'

하지만 카메라가 돌아가고 있다. 지금은 촬영 중. 아까 쉬는 시간처럼 멋대로 상대방의 요리에 손을 댈 수는 없다.

하지만 속마음까지 성재에게 감출 수는 없었다. 시스템으로 쉽게 드러난다.

> 사용자 강성재에 대한 육동진의 적개심이 100 상승하였습니다

성재는 일단 자신의 요리에 집중했다.

승부. 정정당당하게 붙고 싶은 마음. 그 간절함이 조리 과정에서 드러난다.

서효석은 개의치 않고, 면을 뽑기 시작했다.

수타면 특유의 화려한 손동작이 시작되자, 카메라가 그를 비추기 시작했다.

스포트라이트.

"와! 이래서 신동! 신동 하는 거군요."

"표정 하나 안 변하고, 저 어려운 걸 해내네요."

"하늘에서 면이 춤을 추는 것 같아요."
육동진은 같은 연기자들의 말에 고개를 저었다.
'저거 다 보여주기잖아! 뭘 그렇게 놀래?! 저런다고 면이 엄청 맛있어지고 그러냐? 다 눈요기지!'

하지만 연기자들은 물론 김 PD에 이해정 선생님까지 서효석에게만 시선을 준다.
'내가 메인 출연자잖아! 나를 띄워야 될 거 아니야?!'
오늘은 조금 흥분했다.
말도 안 되는 이유로 별 볼 일 없는 병사 놈한테 패배하고, 비굴한 표정을 지으면서까지 다시 얻은 기회. 반드시 이겨야 했기에, 자존심 따위는 쉽게 버릴 수 있었다.
이겨서, 우리나라에서 가장 훌륭한 요리사로만 인정받으면, 부귀영화는 자연스레 따라올 테니까.
'실력으로 올라가든, 아니면 경쟁자를 깔아뭉개던 대중들에게 들키지만 않으면 돼.'
그게 육동진의 본심.
세상을 살다 보니, 자신보다 위에 있는 사람이 너무 많았다. 자신이 아무리 노력해도 할 수 없었던 동작을 서효석은 너무 쉽게 해낸다.
'젠장….'
자신도 놀고만 있었던 것은 아니다. 자신이 유일하게 서효석에게 앞서던 것.

그건 바로 사천요리.
그중에서도 마파두부.
대파와 고추를 잘게 썰고, 생강과 마늘을 곱게 다져준다.
연두부는 깍둑썰기로 모양을 잡는다.
팬 위에 고추기름을 얹고, 산초를 넣고 볶아 사천 특유의 매운 향을 이끌어낸다.
매운 향이 가득 나는 고추기름에 다진 돼지고기를 볶고, 잘게 썬 고추와 대파, 다진 마늘과 생강을 넣어 볶아주었다.
돼지고기가 볶아질 즈음, 콩과 고추소금절임으로 만든 두반장과 이과두주, 그리고 굴 소스를 넣어주었다.
물을 좀 더 넣고, 완두콩과 후춧가루, 두부를 넣고 설탕을 한 스푼 넣어 마지막까지 간을 맞추었다.

사천식 마파두부. 자신이 만든 회심의 요리.

외국인, 국내인 할 것 없이 다들 선호하는 최고의 메뉴. 중화요리 중 유일하게 호불호가 없는 음식.

역시나 보는 것만으로도 반응이 좋다.

"오, 역시 이름값이 괜히 있는 게 아니군요."

"그렇다니까요."

육동진은 환한 미소를 지으며, 완성된 요리를 접시에 담았다.

그리고 고개를 들었다.

자신을 향해 칭찬하는 연기자들을 향해 화답하기 위해서였다.

그런데 그 영광은 서효석에게 집중되어 있었다.

"어머나! 꽃게 짬뽕이에요!"

"정확히는 꽃게 수타 짬뽕이겠죠. 껍질이 맨들맨들한 거 보이시나요? 아까 칫솔로 껍질 다 깨끗이 닦는 거 보셨죠? 먹기 좋게 손질도 잘해놓았어요. 수타면과 꽃게를 주재료로 만든 꽃게해물짬뽕, 이거 어디 가서 쉽게 먹을 수 있는 거 아닐 거에요."

성재는 완성된 요리를 보며 긴장했다.

'대단해. 역시 서효석 병장님은 대단해!'

반면, 육동진이 만든 음식.

recipe	육동진이 만든 사천식 마파두부 ★★☆ ✕
	중국 본토에서 만드는 조리방법을 그대로 따서 만든 사천식 마파두부 연두부를 사용해 두부가 흐물흐물한 게 특징이다 알코올이 많이 잔존하여 등급이 ★★★만큼 하락하였다 ※ 불이 약해, 이과두주가 다 날아가지 않았다

그는 또 한 번 실수를 저질렀다.

중화요리 전문점처럼 화력이 높은 화로를 사용하지 않는 간부식당. 그래서일까? 조금은 길어진 조리시간. 게다가 도수가 높은 이과두주의 알코올이 전부 날아가지 않은 치명적인 실수를 저지른 것.

이해정은 요리연구가답게 단번에 알아보았다.

"술… 넣었나요?"
"네. 냄새 제거를 위해서 이과두주를 넣었습니다. 아마 돼지고기 냄새는 하나도 안 날 겁니다."
"이번에는 냄새 문제가 아니에요. 직접 간 봤어요?"
"……무슨 문제라도?"
이해정의 심기 불편한 얼굴이 유혁에게 향했다.
"유혁씨, 와서 먹어봐요."
"네. 선생님!"
유혁은 육동진이 만든 마파두부를 숟가락으로 떴다.
그리고 한 입 넣는 순간, 갑자기 부르르 떤다.
"아, 선생님! 이거 안에 술이 들어간 것 같은데요."
유혁의 말을 듣고서야 자신의 실수를 깨닫는 육동진.
'아, 불이 너무 약했어. 여기 화력이 평소보다 약했던 거야! 그걸 생각 못 했잖아.'

하지만 이미 요단강은 반 이상 건넌 상태.
이해정은 두 번이나 실수한 그에게 자비를 베풀 생각이 없어 보였다.
"육동진씨, 방송보다는 요리에 집중하는 게, 필요해 보여요. 이런 기본적인 실수를 연속으로 두 번이나 하는 것은 요리사로서는 창피한 겁니다."
그녀의 지적에 단단히 화가 난 육동진이 억울함을 주장했다.
"선생님! 이거 제가 잘못한 게 아니에요. 여기 시설이 안 좋아서, 화력이 약해서 생긴 일이잖아요. 쌀도 무슨 새마을 운동하던 시대도 아니고! 묵은 쌀을 쓰고 있는데, 제가 실수하고 싶어서 했나요? 다 군대 식당이 이상해서 그런 거잖아요."
"본인이 그걸 확인 안 한 거죠! 육동진씨, 실망이에요!"
"이해정 선생님! 저한테 실망하지 말고, 군대 식당에 실망을 하셔야죠!"
"동진씨, 진심이에요? 그 말 진심이에요?"
억울했다. 하지만 다른 사람에게는 핑계로 들릴 뿐. 억지 주장이 오히려 실망스럽다.
유혁이 동진의 말을 끊었다.

"동진씨, 그만하고 선생님한테 죄송하다고 말씀드려요."
"아니 제가 틀린 주장한 거 아니잖아요."
성격 좋다던 유혁도 더 이상 참을 수는 없었다.
"아, 지금 방송 중에 뭐하는 거야! 적당히 해!"
그러자 평소 시끄럽던 노성철이 입을 싹 다문 채, 유혁을 말렸다.
"형님, 형님! 형님이 나설 필요 없어요."
"아니! 뭐가 나설 필요가 없어. 이건 아니지!"
"동성이 형님! 동진이 좀! 동진이 좀 말려줘요."

그러자 말 수 없고, 뒤에서 허허실실 웃기만 하던 마동성이 얼굴에 미소를 지운 채, 육동진을 데리고 촬영장 밖으로 향했다.
상황이 정리되고, 아직도 분이 풀리지 않는지, 씩씩거리며 돌아오는 육동진과 마동성.
성재는 그들이 뭐를 하든, 신경 쓰지 않고 자신의 모든 요리에 집중했다. 그리고 서효석의 요리를 바라보았다.

  서효석이 만든 해물꽃게수타짬뽕 ??

해당 요리의 등급이 높아 현재 직업으로는 확인할 수 없습니다. 상위 직업으로 전직해서, 요리사의 눈에 더 투자를 해야만 6성보다 더 높은 등급의 요리를 확인할 수 있습니다

'한계를 뛰어넘으셨네.'
그리고 자신의 요리.

소리 완료까시 10, 9, 8…

  강성재가 만든 칠리소스 깐쇼새우 ★★★★★☆

커다란 대하(大蝦)를 삶고, 손질하여 양파, 파프리카, 청양고추, 대파와 달콤한 칠리소스, 케첩, 설탕, 전분가루로 양념하여 튀겨낸 음식
시스템이 요구하는 재료와 최적화된 시간을 모두 갖춰 최상의 등급을 얻어냈다
사단 회관 조리병 직업 보너스에 의해 ☆만큼 등급이 향상되었다

"성재씨, 깐쇼새우를 만들었네요."

"네."

"칠리소스 깐쇼새우였군요."

이해정은 고개를 끄덕였다. 강성재란 친구, 나름 선방했지만, 아무리 봐도 수타해물꽃게짬뽕을 이길 수 있을 것 같지는 않다.

서효석이 만든 짬뽕 국물을 입안에 넣은 그녀는 확신했다.

'깊은 맛, 한 분야에서 10년 이상 해야만 나올 수 있는 맛. 효석이는 역시 천재였어.'

그에 비해, 성재가 만든 칠리소스 깐쇼새우는 자신을 만족시켜 줄 수 없어 보였다.

성재는 이해정이 효석의 요리를 맛보는 표정을 보며 그녀의 생각을 읽을 수 있었다.

그 이유는 간단했다. 그녀의 머리 위에 쓰여 있는 18가지 좋아하는 음식 중 하나가 바로 저 해물꽃게수타짬뽕이었기 때문이었다.

성재가 그녀를 향해 말했다.

"이해정 선생님? 아직 다 조리가 끝나진 않았습니다. 30초만 더 조리하면 됩니다."

"네? 여기서 더 조리를 한다고요?"

서효석과 단순히 비교하면 자신의 등급이 더 낮다. 하지만 아직 기회는 남았다.

성재가 냉장고에서 무언가를 꺼냈다.

귀한 식재료. 그것을 자신의 요리에 살며시 올렸다.

그러자 성재가 만든 자신의 요리의 등급이 ★★★★☆에서 ??으로 변화하며, 시스템 메시지가 떠올랐다.

요리의 등급이 높아 현재 직업으로는 확인할 수 없습니다

그리고 이해정 선생님의 놀라는 얼굴!

"설마… 설마… 그거에요?"

"네. 선생님! 캐비어 맞습니다."

사단장님이 방송 보셨다!

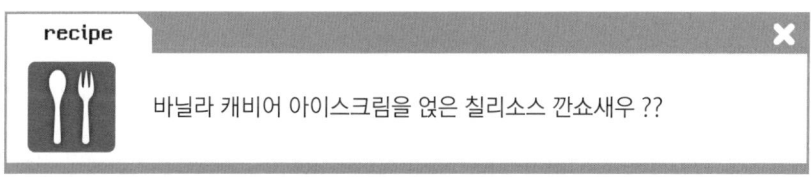

등급을 알 수 없는 요리.

성재도 궁금해졌다.

지금 자신이 만든 요리로 과연 서효석 병장을 이길 수 있을까?

가늠이 가질 않는다.

성재는 자신이 만든 음식을 쳐다보았다.

원형 접시 안을 채운 깐쇼새우.

접시의 가장자리 다섯 지점. 완벽한 포인트.

그곳에 바닐라 아이스크림과 그 위에 토핑된 캐비어.

오망성의 별. 다섯 개의 빛나는 부분.

그 다섯 지점을 크림소스로 별을 그린 플레이팅!

그야말로 매직!

원형 접시에 펼쳐진 마법진.
새우와 칠리소스. 바닐라 아이스크림과 캐비어.
새우의 자극적인 맛을 가려줄 바닐라 아이스크림에 톡톡 튀는 식감까지.
이해정은 성재가 완성한 요리를 보며 깜짝 놀랐다.
처음 보는 요리.
완벽한 창의력. 깔끔한 플레이팅!
요리에서는 이런 창의적인 생각이 매우 중요하다.
어느 누구도 맛보지 못했을 요리.
그래서 더욱더 기대되는 요리가 바로 이 앞에 놓인 것이다.
그녀는 조심스럽게 수저를 들었다. 그리고 맛을 보려 했다.
달콤한 아이스크림부터 뜨려는 요리연구가.
하지만 성재가 그녀를 막았다.

"이해정 선생님! 깐쇼새우부터 드셔야 합니다."
"아, 그래요?"
"네. 순서대로 드셔야 서로 맛이 조화를 이루거든요."
깐쇼새우에 배인 칠리소스의 자극적인 향이 그녀의 코끝을 자극하고, 입안에 들어간 새우가 담백함과 매콤달콤한 맛을 자아내며, 그녀를 저절로 춤추게 만든다.
그녀가 깐쇼새우를 입안에 넣고 음미하자, 성재가 미니 스푼을 꺼냈다.
이해정 선생님께 드리기 위해서였다.
따로 스푼을 꺼낸 이유는 단 하나.
칠리소스가 묻지 않게 해서, 바닐라 캐비어 아이스크림을 먹으라는 뜻.
조금 화끈거렸던 입안에 바닐라 아이스크림의 차가운 기운과 달콤한 향이 들어오자, 진정되기 시작되었다. 바닐라 아이스크림의 스위트하며, 아이스한 감각에 자극적인 맛이 싹 가라앉고, 입안을 상쾌하게 바꿔 준다.
그것만이면 놀라지도 않으리.

톡! 톡!
환상의 재료, 캐비어가 터지는 소리.

그야말로 독특한 식감.

이것은 마치 극락의 세계.

이해정은 요리연구가답게 한 가지 요리에서 3가지의 대비점을 찾아냈다.

1. 매운맛과 달콤함의 만남.
2. 부드러운 새우 속살과 톡톡 튀는 캐비어의 조합.
3. 뜨거운 튀김 요리와 차가운 아이스크림의 교전.

너무 다양한 맛이 섞여 있어 30년 가까이 요리에 매진한 그녀 또한 말문이 막힌다.

'처음이야. 이런 적… 감동이야.'

그녀는 자신도 모르게 숟가락을 계속 움직였다. 안 그래도 적은 양의 캐비어가 순식간에 입안으로 사라지고. 연기자들은 이해정 선생님을 보며 야유를 부린다.

"어휴~ 선생님! 선생님만 그렇게 드시면 어떻게 해요!"

"으아아아아! 이해정 선생님 식신 걸렸다! 식신이다! 식신!"

"노성철씨? 오늘 오버는 여기까지?!"

옆에서 화를 가라앉힌 채 지켜보고 있던 육동진.

그는 이해정 선생님의 행동을 보며 혀를 차며 앞으로 나아갔다.

그리고 숟가락으로 성재가 만든 음식을 입에 넣었다.

별거 아닌 음식에 놀라는 이해정 선생님의 행동에 의문이 풀리지 않아서였다.

'뭐가 이렇게 맛있다고? 이게 뭔데?!'

그리곤 충격.

그조차도 말문이 막힌다.

'뭐지? 이건 뭐야. 이 새끼 뭐야! 도대체 뭐냐고! 뭐 이런 말도 안 되는 요리를 만들어 낸 거야?!'

스타 셰프 육동진의 황당한 표정이 카메라에 담기고, 연기자들은 너도나도 할 것 없이 앞으로 나오며, 성재가 만든 요리를 시식하기 시작했다.

텅 빈 그릇.

이제 더 이상 캐비어는 없다.

그러므로 더 이상 같은 요리를 만들어낼 수 없다.

그만큼 숨도 못 쉬고, 사람들이 달려들어 먹었다는 소리.

이제는 이해정 요리연구가가 심사평을 낼 차례.

그녀는 머뭇거리지 않았다. 어떤 요리가 더 훌륭한지는 이미 결론지었기 때문이었다.

"솔직히 성재씨가 새우 만들 때는 별로 기대 안 했었어요. 그런데 같이 먹어보신 분들은 아실 거예요. 이게 얼마나 대단한 요리였다는 것을요."

성재는 자신을 칭찬하는 이해정을 쳐다보았다.

그녀의 미식등급은 과연 얼마나 될까?

등급이 보이지 않는다. 적어도 6성보다는 높다는 것.

그만큼 대단한 그녀가 인정해준 것.

성재는 의문에 빠졌다.

'선생님의 미식 등급은 과연 몇 등급일까?'

'선생님이 인정한 내 요리는 몇 등급이고, 서효석 병장님은 몇 등급이었을까?'

이 의문은 현재로써는 알 수 없다. 하지만 분명한 건!

"잘했어요. 강성재씨가 만든 바닐라 캐비어 아이스크림을 얹은 칠리소스 깐쇼새우가 오늘의 승리자입니다!"

성재는 시스템의 한계를 뛰어넘어, 자신이 창작한 요리가 인정받았다는 것이었다.

모두가 박수를 치고.

짝짝짝짝!

그에 대해 성재는 감격했다.

눈물이 핑 도는 상황.

그것을 본 서효석 병장이 다가와 위로한다.

"왜 울어? 바보 같다. 진짜!"

"서효석 병장님께 감사해서 그랬습니다."

"뭐가 그렇게 감사한데?"

"새우 요리, 이거 다 서효석 병장님이 가르쳐주신 거지 않습니까?"

"그래. 하지만 넌 그걸 너만의 요리로 재창조했잖아. 잘했어. 오늘은 네가 1등이야."

둘만의 우정을 보며, 유혁이 미소를 지었다. 그리고 말했다.

"두 분 다! 오늘 예능프로 찍고 있거든요?. 드라마나 영화 찍는 거 아니에요. 브로맨스 그만 찍으시고, 다들 우리 프로 클로징 멘트 같이 하죠? 어떤 멘트인지는 알죠?"

"네! 알고 있습니다."

"그럼 시작하겠습니다."

유혁이 선창하고!

"언리미티드!"

다른 출연자들이 모두가 똑같이 한마음으로 대답했다.

"챌린지!"

김형석 PD는 그 모든 것을 카메라에 담으며, 모두가 좋아하는 한 마디를 외쳤다.

『언리미티드 챌린지』 10주년 방송이 시작되는 토요일 저녁.

그날 연기자들이 천국의 계단 앞에서 노성철이 쓰러진 후, 군화를 벗기는 과정에서 핏물에 굳은 양말을 본 장면이 최고의 시청률을 찍었다.

그리고 이어진 요리대결. 방송이 지나가며 실시간 검색어가 반응하기 시작한다.

검색어 1위에는 노성철!

차상철 상사는 미소를 지은 채, 병사들에게 말했다.

"야! 너희들이 실시간 검색어 2위, 3위다. 진짜 대단한데?"

"그렇습니까?"

그러자 같이 방송을 본 병사들도 성재와 효석이를 칭찬했다.
"강성재 상병님! 정말 대단하십니다."
"캐비어 때문에 이긴 거야."
"서효석 병장님도 대단했습니다."
"대단하긴, 성재가 이겼는데…."
그런데 갑자기 올라온 검색어 1위
육동진 하차.
그리고 딱 떠오른 기사!
그 내용을 차상철 상사가 병사들에게 보여주었다.

〈육동진 언리미티드 챌린지 방송 하차!〉
방송인이자, 요리사인 육동진(28세)는 『언리미티드 챌린지』에서 하차함을 인터뷰를 통해 밝혔다.
당초 언리미티드 챌린지 5월 달의 표지모델이었던 그는 개인 심신 미약을 이유로 자진 하차한다며 인터뷰를 밝혔다.
하지만 최근 『언리미티드 챌린지』방송 관계자의 말에 따르면 최근 불거진 인성 문제 관련 논란 때문에 내부적으로 더 이상 출연이 어렵다는 뜻을 전달한 것으로 알려져, 공인으로서 평판에 치명적인 소문을 사전에 막고, 자숙에 들어간 것으로 말이 퍼지고 있어, 그 진위에 의구심을 가진 네티즌들이 늘어나고 있다.

그것을 본 차상철 상사가 병력들에게 전달해주었다.
"어? 육동진, 이번 방송을 마지막으로 하차한다네."
"그렇습니까?"
"응. 하차 이유는 심신 미약으로 인한 하차라는데? 무슨 개 뻥을 치나? 성격 모나서 짤린 거지. 내가 생각하는 게 맞지?"
"아마 그럴 것 같습니다."
그리고 이어지는 충격의 전화.

"통신보안, 철벽회관 조리병 상병 김종태입니다!"

- 성재 바꿔라.
"다시 한번 말씀해주시겠습니까?
- 성재 바꿔라.
"강성재 상병 바꾸겠습니다."
전화를 받은 성재.
"통신보안, 철벽회관 조리병 상병 강성재입니다. 무엇을 도와드릴까요?"
- 전속부관인데?
"충성!"
- 캐비어, 그거 내가 사 놓은 거 쓴 거지?
성재는 깜짝 놀라 고개를 저었다.
"…죄송합니다!"
- 사단장님이 방송 보셨다. 그걸 왜 썼어?! 만찬 때 쓰려고 한 건데!
"…죄송합니다! 정말 죄송합니다."
- 내일 찾아간다.
"네. 알겠습니다."

지난번, 성재와 같이 호국미식회에서 활약했던 사단장이 미각을 훈련하기 위해 사놓은 캐비어를 성재가 써버린 사실을 방송을 보고 전속부관이 전화한 것.
그래서 이어지는 조리실장의 질책.
"뭐야? 누구야?"
"죄송합니다. 전속부관이었습니다."
"그런데 네가 왜 죄송한데?"
"캐비어… 그거 사단장님용인데, 방송할 때 써서 전화 온 것 같습니다."
"뭐야?! 야! 인마! 그걸 쓰면 어떻게 해!"

다음날 아침 8시 30분, 사단장 전속부관이 철벽회관에 있는 성재를 찾아왔다.
"강성재! 이거 받아."
성재는 쪼르르 달려가 전속부관이 건네주는 물품을 받았다.

시스템창에 상자 안의 물품이 표시된다.

성재는 속으로 안도의 한숨을 내쉬며 말했다.
"이것, 캐비어지 않습니까?"
"응. 사단장님이 조만간에 호국미식회 한 번 더 할 거라면서 냉장고에 넣어두라고 하셨다. 방송에 나온 요리 또 만들 수 있지?"
"아, 그렇습니다."
"그래. 수고해라!"
"감사합니다!"

그리고. 일요일 아침 8시부터 다른 간부 한 명이 또 성재를 찾아 철벽회관에 들렀다. 성재는 그를 보며 힘찬 경례를 실시했다.
"충성!"
"성재? 아침부터 고생 많아요."
"아닙니다! 괜찮습니다."
대머리 간부. 그가 성재를 향해 물었다.
"오늘 시간 가능하지?"
"잘못 들었습니다?"
"실장한테 못 들었어? 공문 보냈잖아!"
그는 바로 군종스님.

그리고 그 시각! 또 다른 남자가 회관에 들르며, 군종스님에게 따지듯 말했다.
"아 뭐합니까? 우리가 공문 보냈는데! 법당도 공문 보냈어요?"
"당연히 보냈죠. 신부님도 보내셨습니까?"
"칫!"
군종신부가 고개를 저으며 스님에게 말했다.

"효석이나 데려가시죠! 성재는 우리 성당에 갈 겁니다!"
"아니, 성재는 우리 법당에 데려갈 건데? 에이, 신부님! 이러지 맙시다!"

그리고 마지막에 도착한 군종목사.
"누가 누굴 데려간다고 그럽니까? 공정하게 가위바위보로 합시다. 네? 1등이 성재, 2등이 효석이, 3등이 종태 데려가는 거로!"
"아, 진짜! 이 사람들이!"
"뭐요?"
"가위 바위 보 합시다! 해요! 합시다!"

"가위! 바위! 보!"
세 명이 싸우는 것을 보며 고개를 젓는 한 사람.
차 상사는 난감한 상황에 고개를 숙였다. 자신보다 계급이 높은 대위, 소령들의 싸움.
괜히 얽히느니, 한 명씩 보내주는 것을 택하고.
가위바위보에서 이긴 군종목사가 승리의 환호성을 지르며 말했다.

"강성재! 오늘은 교회로 와라!"
"…알겠습니다."
그리고 다소 떨떠름한 표정을 지으며 병사의 이름을 부르는 스님!
"서효석! 넌 법당!"
"알겠습니다."
그리고 마지막. 울상이 된 표정을 짓는 신부님.
"김종태!"
"상병 김종태?"
"넌 안 와도 돼."
"안 가도 되겠습니까?"
웃어야 될지, 울어야 될지 감이 안 잡히는 분대장.
종교전쟁은 도대체 언제 끝나는지….

183

나 장군 못 달았다고 무시하는 거야?

커다란 스크린에 빔프로젝터가 빛을 비추고, 그 안에 있는 제목.

〈각 사단별 군 장병들 예비신자 교육현황〉

천주교는 예비신자들에 대해 보통 6개월간의 교리교육을 실시하고, 그동안 출석현황과 교리교육 간 배웠던 사항에 대한 질문, 마지막으로 기도문 숙지상태를 확인한 다음 세례를 실시한다.
물론 군대는 야매로 세례를 실시한다.
육군훈련소에서는 고작 4주차에 병사들에게 세례를 해주고, 세례명도 지어준다.
사단이라고 6개월이나 잡아둘까? 전혀! 단 3주면 세례를 실시한다.
그렇게 세례받은 인원에 대한 퍼센트를 복음화율이라고 하는데, 군사령부 군종신부는 이러한 사항을 점검하고 있었다.
각 사, 군단별 신병 복음화율.
"23사단은 어떻게 된 거지요? 군 장병 복음화율이 점점 떨어지고 있어요."
"죄송합니다. 더 분발하겠습니다."
"복음화율이 떨어지면 모두 어떻게 되는지 아시죠?"

군사령부 군종신부의 말에 모두가 몸을 발발 떨었다.
도박을 좋아했고, 술을 좋아했던 녀석. 미사 진행 간.
[젊었을 때, 여자 많이 만나라. 그게 다 경험이다.]
[남자는 술을 이길 수 없다. 그래서 술 허용하는 천주교를 믿어야 한다. 성당 다니면 여자, 술 다 할 수 있다. 너희들은 그래서 축복받은 거다.]
라는 헛소리를 하던 그 신부 녀석. 너무 골 때리는 말투 덕분에 유머감각이 뛰어나다며 좋아하는 장병들도 있었지만, 그건 극히 일부.
그가 맡고 있었던 36사단 성당의 신도가 불과 1개월 만에 절반 이상 떨어져 나가고.

고심 끝에 군사령부 군종신부는 그 신부를 21사단 해발 1242m 높이의 가칠봉에 위치한 한 부대의 성당으로 발령을 냈다. 그곳에는 같이 도박을 할 대상도, 술도, 여자도, 거기에 신도도 거의 없는, 격오지 중 베스트 오브 베스트이자, 근무지 중 워스트 오브 워스트!
심지어 성당 주변 전체가 DMZ인근에 난청지역이라서 핸드폰 통화는 물론, 인터넷도 연결되지 않는다.
복음을 전파하는 신부들이라지만, 그들도 인간.
전역 지원서를 낸다고 해도 바로 전역할 수 없는 곳이 바로 이곳. 군대.
유흥을 즐기던 그 신부는 결국 한 달도 버티지 못하고 전역지원서를 내고, 1년이 지나는 6월 30일이 전역일로 결정이 되었다. 그가 전역하는데 왜 문제가 되느냐 하는데?
거기 채워질 인원은 결국 1군사령부 군종신부 중 하나가 되어야 된다는 점.

그의 문서 결재라인.
작성자 : 군종신부, 최종 결재 : 사단장.
간단한 거라면 온-나라 시스템으로 전자결재를 올리면 되지만, 지금은 결심을 받아야 할 중요한 사항.
그가 비서실장에게 말했다.
"비서실장님! 참모장님 안에 계신가요?"
"네. 군종참모님! 안에 계십니다! 들어가셔도 될 겁니다."
"네. 감사합니다."

일단은 참모장실부터 공략이다.

때마침 배원영 대령은 자신의 자리에 앉아 온-나라 시스템으로 각 참모부에서 온 공문을 1차 결재하고 있었다.

인사처, 작전처, 군수처, 동원처, 거기에 각 사단 직할대 공문까지. 하루에 50여 개 이상의 공문이 쏟아진다.

그러나 대면보고가 더 중요한 법. 자신을 찾은 사람은 군종장교 중 가장 고참인 군종참모.

"아, 우리 군종참모님이 웬일이십니까?"
"참모장님! 결심 받을 사항이 있어서 왔습니다."
"그래요. 일단 앉죠. 차는 무엇으로 드릴까요?"
"녹차면 될 것 같습니다."
"그래요."

테이블에 앉아 녹차를 마시며, 군종신부가 직접 작성한 문서를 확인하는 배원영.

제목 : 성모성월 행사의 밤 계획
1. 관련근거 : ('18. 4. 18) 육군본부 군종실 (성모성월 행사 계획 안내)
2. 위 관련근거에 의거 각 부대에 다음과 같이 행사 지원을 요청합니다.
3. 행사지원
   가. 군악대 : 성모성월 행사의 밤, 축하 공연 지원
   나. 신교대대 : 성당 주변 제초작업 지원
   다. 수색대대 : 장기자랑 3개 팀 참가
   라. 본부대 (철벽회관) : 꿀타래 제작 가능, 조리병 지원 (병장 서효석, 상병 강성재)
   마. 각 부대 : 행사 참석 독려
붙 임 : 성모성월 행사의 밤. 1부. 끝.

당연히 서명해줄 것 같던 참모장. 평소에 친하게 지냈으니, 큰 무리는 없을 듯했다. 그런데 그가 고개를 저으며 말했다.

"군종참모, 철벽회관 지원은 빼는 게 나을 것 같은데?"

그의 말에 군종신부도 주장했다.

"그 둘이 핵심입니다. 참모장님도 아시겠지만…."

"내가 서명한다고 해도 사단장님은 결재 안 할 겁니다."

그리고는 해당 칸에 빨간 줄을 긋는다.

"본부대 지원을 빼던지, 아니면 사단장님께 직접 결재하든지 해야 할 것 같습니다."

"참모장님…."

"미안합니다. 내가 책임질 수 있는 사안이 아니라서, 군종참모, 나가 봐요."

"……."

군종참모는 빨간 줄만 가득한 서류를 보며 고개를 저었다.

'씨X, 참모장 새X, 개신교라 그런 건가?'

안 그래도 군종목사랑 군종스님(승려)가 설치는 바람에 짜증이 나는 이때, 참모장까지 개신교 편에 서니, 짜증이 순식간에 치밀어오른다.

군종신부는 분석했다. 현재 사단장은 원불교, 참모장은 개신교.

하지만! 행정부사단장은 천주교! 결재선을 바꿔 참모장 대신 행정부사단장을 넣고, 행정부사단장실로 들어가는 신부. 역시나! 참모장보다 인자하면서도 권력도 있고!

자신의 편에 서주는 행정부사단장님!

"우리 군종참모, 매번 고생이 많아요. 이번 달이 성모성월인가?"

"그렇습니다. 5월이 성모성월의 달이고, 6월이 예수성심 성월의 달, 9월이 순교자 성월의 달입니다."

"음… 그런데 왜 나한테 결재를 맡아? 이런 건 참모장한테 맡지 않았었나?"

"아, 참모장이 말입니다."

"참모장?"

"네. 개신교라서… 아마도… 저희 천주교를…."

개신교라는 말이 나오니, 행정부사단장이 갑자기 소리를 질렀다.

"야!"

천주교, 아무래도 소수. 군대 내에서 입지가 약한 편.

그래서일까? 행정부사단장이 평소에는 하지 않던 말을 꺼냈다.

"내 전결로 해! 이거 내가 책임진다."

"아… 알겠습니다."

그런 그의 전폭적인 지지. 군종신부는 안심하며, 속으로 생각했다.

'진작 부사단장님께 올 걸 그랬잖아?'

철벽회관에 엄청난 손님이 찾아왔다.

"충성!"

"그래. 실장! 별일 없지?"

"그렇습니다!"

그는 전역을 앞둔 행정부사단장! 대령 중 왕고! 사단에서 그 누구도 그를 건드릴 자는 없다. 그 옆에 싹 달라붙은 군종참모가 미소를 지었다.

"강성재! 그리고 서효석이라고 있지?! 하루만 빌려 가자."

행정부사단장의 질문에 조리실장 차상철이 대답했다.

"오늘은 안 될 것 같습니다. 참모장이 홀 예약시켜 두었습니다."

"참모장이? 이 녀석! 자기 맛있는 거 먹겠다고 병사들 지원을 안 해준 거였어?!"

둘은 갑자기 자신을 부른 군종신부와 행정부사단장님을 보며 일단 경례를 올렸다.

"충성!"

"충성!"

그들을 보자 행정부사단장이 미소를 지으며 말했다.

"너희들, 가서 꿀타래만 만들면 돼."

그러나 그의 꼬임에 넘어갈 성재와 효석이 아니었다. 이미 예약되어 있는 음식은 마무리해야 되기에 건의를 드렸다.

"오늘 특별한 요리를 준비해야 돼서, 완성시키고 가면 안 되겠습니까?"

"특별한 요리? 됐어. 참모장보다 내가 위야. 걱정할 필요 없어. 옷 갈아입고 따라와."

그리고 군종신부. 그는 입가에 미소를 지었다.

"꿀타래 재료도 다 구해놨다. 몸만 오면 돼."

이렇게까지 말하면 병사는 시키는 대로 해야 한다. 성재와 효석은 생각했다.

'행사 지원 제대로 해주고! 포상 휴가나 달라고 건의하자. 주겠지, 뭐.'

그래서일까? 더 이상 저항하지 않고, 곧바로 승낙했다.

"알겠습니다. 꿀타래 준비하겠습니다."
어느새 성당. 이미 여러 부대에 퍼진 성모성월 행사의 밤 계획.
그 밑에 있는 핵심문구.

 ※ 오늘 행사가 끝난 이후, 군종 스님도 먹고 반했다는 그 꿀타래 먹거리 부스를 열 계획입니다. 서효석, 강성재! 저번 주 『언리미티드 챌린지』 방송에 출연한 그 병사들 맞습니다!

인파는 바글바글하고, 강성재와 서효석을 알아본 병사들이 신기한 듯 둘을 쳐다본다.

> ✓ ✗
군내 인지도가 131 상승했습니다

성재는 시스템 내 메시지를 확인했다. 예전과는 말도 안 되는 인지도 향상. 그리고 동경 어린 눈빛으로 바라보는 병사들. 평소 참석인원의 6배.
성당 안에 병사들이 앉을 자리가 없어서, 다들 비좁은 채로 서 있다.
군종신부는 미소를 지으며 미사를 시작했다. 행정부사단장도 꿀타래를 제공하겠다는 문구 하나에 이렇게까지 몰릴지는 예상 못 했는지, 얼굴에 함박미소를 띄웠다.
'이 정도면 장병 복음화율 신기록을 찍을 수도 있겠는데?'
그런데 그에게 전화가 걸려왔다. 참모장이었다.
"어! 참모장! 뭐야?"
- 충성! 부사단장님, 성재 데려가시면 안 됩니다.
"뭐! 이 자식아! 넌 네 생각만 하냐? 맛있는 거 먹고 싶어서 우리 천주교를 능멸해?"
- 그런 거 아닙니다. 부사단장님, 지금 여기 닌리 .
- 뚝!

부사단장은 화가 덜 풀렸는지, 전화를 끊었다.
'죄송하다고는 못할망정! 뭐? 데려가시면 안 됩니다? 이 건방진 자식!'
그런데 곧이어 사단장의 전화가 걸려왔다.
"어. 사단장! 웬일인가?"

- 선배님! 강성재랑 서효석, 지금 같이 있습니까?

부사단장은 혀를 차며, 참모장을 욕했다.

'이 개 자식! 사단장까지 동원해?'

"그래. 같이 있어. 사단장, 협조 좀 합시다. 우리 천주교 부흥도 좀 시키고…."

- 그게 좀 곤란합니다. 지금 바로 성당으로 올라가겠습니다.

"아니, 이게 무슨 일이라고 올라와. 사단장은 일 봐. 뭐 이런 일에 신경을 써."

- 뚝!

이번에는 사단장이 먼저 전화를 끊었다. 부사단장은 고개를 저으며, 사단장을 욕했다.

'이제 선후배도 없어? 나 장군 못 달았다고! 무시하는 거야?'

그런데 미사가 한창 진행하려는 그때, 차량 한 대가 도착하고.

장병들의 힘찬 경례소리가 이어진다.

"충성! 사랑합니다!"

"충성! 사랑합니다!"

부사단장은 어이가 없어 앞으로 나갔다. 사단장이 이렇게까지 나올 줄은 상상도 못 했던 것. 그래도 이 정도는 스스로 해결할 수 있다.

그런데… 관용차량에 붙은 별의 숫자가 이상하다.

분명 2개여야 하는데…

'하나… 둘… 셋…? 넷?!'

★★★★.

급이 다른 차량. 그리고 거기에서 내리는 장군님.

'군사령관님?!'

그런데 내리는 사람은 군단장이다.

군단장이 헐레벌떡 성당을 달려와서 두 병사를 챙기더니 다시 차량에 태우며 말한다.

"성재! 효석이! 너희 인마! 오늘 호국미식회인 거 알아? 몰라?! 알아? 몰라?!"

"죄송합니다."

"오늘 군사령관님 오셨단 말이야! 이 멍청한 놈들아!"

사령관님 의도 알았지?

군단장의 명령으로 다시 철벽회관에 들어온 두 사람. 이미 회관은 만석이었다.
카페테리아 음식은 이미 바닥을 드러내고, 김종태는 울상을 지으며, 둘에게 호소했다.
"서효석 병장님, 저희끼리는 감당이 안 됩니다. 군인들뿐만 아니라 민간인들까지 몰려왔습니다."
"그래?"

그러고 보니, 염색한 남자들도 보이고, 머리 긴 남자들도 보인다.
군인과 군무원은 품위유지위반 규정 때문에 머리를 기르거나 염색한 사람은 거의 없기에 이런 사람들은 대부분 민간인이다.
바쁜 건 둘째 치더라도, 문제는 무궁화관. 당연히기도, 장군들이 그 둘을 재촉한다.

"서효석 병장님! 강성재 상병님! 군사령관님이 무궁화관으로 얼른 들어오시랍니다!"
후임병이 큰 목소리로 말하고.
후다닥 달려가는 두 병사.
들어가자마자, 큰 경례소리는 당연히 해야 될 의무사항.
"충성! 철벽회관에 방문해주셔서 정말 감사합니다. 기쁘고, 행복한 시간이 될 수 있도록 최선을 다하겠습니다!"
VIP용 경례를 실시하는 두 병사.

하지만 군사령관의 표정이 썩 좋질 않다.
인간미가 조금은 느껴졌던 이전 장군들과는 포스가 다른 간부.
대한민국 내에 총 8명, 육군 내에서는 4명밖에 없는 막강한 자리.
그의 눈빛에 압도되는 것은 당연지사(當然之事).
눈빛만이면 감당할 수 있을 텐데, 말도 짧다.

"왜 이렇게 늦었나?"
성재와 효석이 동시에 큰 소리로 대답했다.
"죄송합니다!"
"늦은 이유를 물었잖아."

소대장, 부소대장이 갈굴 때와는 차원이 다르다.
서효석은 쫄았는지, 몸을 덜덜 떨었다.
"저… 그게… 그게…."
성재는 이대로는 안 된다고 생각했다. 그래서 사실대로 대답했다.
"부사단장이 종교행사에 저희를 데려가서 늦었습니다."
이실직고(以實直告).
그러나 군사령관의 표정은 풀릴 줄을 모른다.
성재는 한 번 더 큰 목소리로 대답했다.
"죄송합니다! 다음부터 이런 일 없도록 하겠습니다."
군사령관이 고개를 끄덕였다.
그리고 군단장이 성재를 향해 손을 저으며, 그만하라는 제스처를 취했다.
정적이 흐르는 가운데, 포 스타.
대장 한용운의 입에서 사단장을 향해 질문이 튀어나왔다.

"부사단장?"

"그렇습니다."

"그 새끼가 누군데?"

"육사 44기 정재학 대령입니다."

"육사 44기?! 내 후배잖아?"

육사 41기인 군사령관.

자신보다 3년 후배 녀석이 이 사달을 낸 것에 격분하며, 소리를 질렀다.

"그 새끼, 데리고 와! 사단장! 네가 직접 데리고 와! 알았어?"

"알겠습니다."

사단장이 일어나고, 순식간에 무궁화관을 나간다.

장군의 한 마디에 아무도 대답하지 못하고! 정적이 흐르는 가운데.

이 분위기를 타개하기 위해, 군단장이 조심스럽게 입을 열었다.

"군사령관님? 호국미식회 행사 시작해도 되겠습니까?"

"그래. 시작하지."

"알겠습니다."

군단장은 행사 진행을 맡은 배원영 대령에게 눈치를 주었다.

참모장은 고개를 들어, 절제된 동작과 근엄한 목소리로 입을 열었다.

"지금부터 호국미식회를 시작하겠습니다."

성재는 효석과 함께 요리를 만들었다.

지금 회관 앞에 주차되어 있는 차량의 성판(星版).

무려 ★★★★.

지금은 어떻게, 무슨 수를 써서라도 최고의 요리를 만들어야 한다.

집중해서일까. 서효석은 아낌없이 자기의 실력을 선보였다.

기본 반찬은 단무지와 양파, 오돌오돌한 짜샤이무침을 세팅한 후.

첫 요리로는 몸을 따뜻하게, 입안을 정갈하게 만드는 게살수프부터 만들었다.

게살을 뜯는다.

대파를 썰어준 후 녹색 부분은 고명으로 활용하기 위해 따로 분류했다.

나머지 흰색 부분과 표고버섯과 팽이버섯은 1.5cm 간격으로 잘라준 후, 수프의 원재료를 위해 합쳐놓는 효석.

그다음은? 녹말물을 만들 차례.

감자 전분과 물을 섞자, 그가 원하던 녹말물이 모습을 드러낸다.

서효석이 급하게 후임병을 불렀다.

"성재야! 달걀물!"

성재는 선임병의 말에 자신이 숟가락으로 젓고 있던 달걀물을 선임병에게 가져갔다.

"네! 다 됐습니다. 가져갑니다!"

준비한 모든 재료를 넣고, 뚝배기에서 게살수프를 끓이는 효석.

뚝배기에서 수프가 끓기 시작하자, 성재가 가져온 달걀물을 원형으로 부어주며, 요리를 완성해 나간다.

성재가 서효석의 요리를 보며, 고개를 끄덕였다.

⚙ ✓ ✗

조리 완료까지 10, 9, 8, 7…

 강성재와 서효석이 함께 만든 게살수프 ★★★★

조금은 느끼한 게 단점, 하지만 그 느끼함이 입안을 정갈하게 해주며, 속을 따뜻하게 만들어준다. 요리를 시식하기 전, 전채요리로는 안성맞춤

사단회관 조리병 직업 보너스에 의해 ☆만큼 등급이 향상되었다

전채요리. 서양말로는 에피타이저.

식욕을 돋우기 위해 식사 전 간단히 나오는 음식. 맛보다는 메인 요리를 위한 준비과정.

서효석이 게살수프를 직접 들고, 무궁화관으로 향했다.

그를 향해 성재가 미소를 지으며 말했다.

"힘내십시오!"

"그래. 깐쇼새우 바로 준비 좀 해줘! 5분 내로 나가야 돼."

"알겠습니다."

성재는 달걀물만 만들고 있던 게 아니었다.

이미 요리를 반 이상 완성하고 있었다.

저번 요리에서 부족했던 아삭함을 더하기 위해, 양상추를 추가시켰고, 그 덕분인지 등급이 향상되었다.

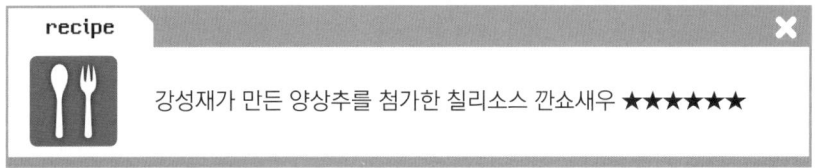

무궁화관 안.

화려하게 수놓은 전통장식.

수십 년은 되어 보이는 엔틱가구.

그 자리 중 가장 중앙에 앉은 군사령관의 입이 커다랗게 벌어졌다.

"오우! 이게 그 이해정이 칭찬하던 그건가?"

"그렇습니다."

성재는 군사령관을 바라보았다.

군사령관의 미식등급은 4성.

성재는 군사령관이 깐쇼새우를 입에 넣기 전에 입을 열었다.

"먹는 방법에 대해 설명드리겠습니다."

"먹는 방법?"

"그렇습니다. 잠시만 기다려주시겠습니까?"

그때, 서효석이 들고 오는 디저트.

성재가 먹는 방법을 설명하자, 다들 미소를 지으며, 시식을 시작한다.

얼굴엔 미소가 방긋.

"이해정, 그 아줌마가 방송에서 놀랄 만도 하네."

"그렇습니다. 정말 맛있습니다."

"캐비어가 원래 맛이 특별한 거지. 엄청 맛있는 건 아니거든? 그런데 말이야. 아이스크림이랑 같이 먹으니까 기분이 참 묘해. 재밌어. 혀가 즐겁다고 해야 하나?"

"그렇습니다. 군사령관님!"
그때 사단장이 들어오고.
"군사령관님? 부사단장, 밖에 대기 중입니다. 들어오라고 해도 되겠습니까?"
"아니! 밖에서 기다리라고 해! 그놈이 여길 왜 들어와?"
"알겠습니다. 대기하라고 하겠습니다."

사단장은 사령관의 지시를 받고 다시 밖으로 나갔다.
요리는 여기서 끝이 아니었다. 서효석은 다음 메인 요리를 내놓았다.

그는 무궁화관에서 장군들에게 칭찬을 받으며, 다시 주방에 돌아온 후, 자신의 메인 특허 요리인 해물꽃게수타짬뽕을 하려 하는데, 이미 강성재가 혼자 뚝딱 만들어냈다.
그는 놀라며 강성재를 다그쳤다.
"야! 강성재! 뭐야? 너!"
"서효석 병장님 혼자 힘드실까 봐, 제가 요리 만들어보고 있었습니다."
만들어보고 있었다는 것과 이미 만든 것은 전혀 다른 뜻.
이미 김이 모락모락 나는 꽃게짬뽕이 그의 눈에 펼쳐져 있는데, 녀석은 뻔뻔하게 말한다.
서효석이 당황해서 입을 열었다.

"야… 인마! 너! 또 베꼈냐?"
"죄송합니다. 이게 제 능력인 것 같습니다. 금방 습득하는 거. 정말 죄송합니다!"

서효석은 당황한 얼굴로 강성재가 만든 해물꽃게수타짬뽕의 맛을 보았다.
'내 비법, 그대로 따라 했어. 이 자식! 진짜….'
그는 충격에 빠진 듯, 성재를 보며 고개를 저었다.
"아… 진짜, 너무하네. 너무해."
그러자 성재는 얼굴에 웃음으로 일관하며 서효석에게 인사했다.

"죄송합니다! 정말 죄송합니다!"

그의 해맑은 웃음을 누가 욕하리.

직접 가르쳐 준 요리도 아닌데, 스스로 두세 번 만에 똑같이 만들어내니, 당사자 입장에서는 미치고 팔짝 뛸 노릇이지만 욕할 수도 없는 노릇.

서효석은 욕 대신 푸념을 늘어놓았다.

"내가 네 앞에선 절대 내 요리, 안 한다. 안 해!"

"서효석 병장님? 왜 그러십니까? 또 삐지셨습니까?"

"됐어. 인마! 네가 갖다 드려."

"알겠습니다."

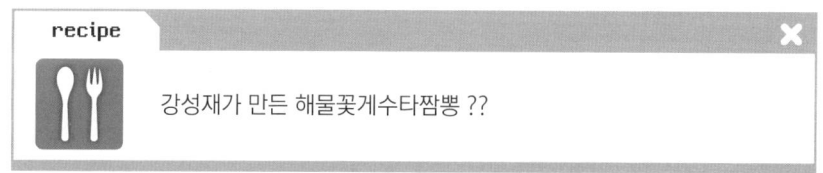

본인이 만든 요리임에도 등급이 나오지 않는다.

군단장은 미소를 지었다.

'갈수록 발전하잖아. 역시 서효석보다는 강성재가 위인가?'

군사령관도 놀라긴 마찬가지였다.

"꽃게 속살 봐라. 이거 쪽쪽 빨아먹는 것 맞지?"

비닐장갑을 세팅하고, 성재는 미소로 일관하며 먹는 방법을 설명했다.

"먼저 꽃게 다리부위부터 들어서 짬뽕 국물을 뺀 다음에 드시면 더욱 맛있는 게살을 맛보실 수 있습니다."

"그래. 그래! 더 할 말은 없고?"

"그렇습니다. 그냥 드시면 되겠습니다."

성재가 나간 후.

모두가 말없이 앞에 놓인 요리에 집중했다.

군사령관부터 군단장, 사단장, 참모장은 물론 말단 인사참모까지 짬뽕 국물 마지막까지 다 비우는 군사령부 호국미식회 회원들.

그들은 모두 배가 한가득 불러있었다.

어느덧 비어 있는 술병. 다들 거나하게 취한 상태.
녹말 이쑤시개로 이 사이를 정리하던 군사령관이 군단장을 쳐다보며 말했다.

"8군단장?"
"네. 말씀하십시오. 사령관님!"
"각 사단 대표로 요리 대결을 해보는 건 어떨까?"
"요리 대결 말씀이십니까?"
"요리 잘하는 병사 중에 진짜 최상위권인 병사들은 좀 더 높은 상급부대에서 근무시키면서 요리를 더 잘할 수 있게 여건을 보장해주자는 거지."
"추진해보겠습니다."
"아니야. 이런 건 내가 추진해야지. 우리 1군사령부 내에서 제일 잘하는 병사 10명은 우리 군사령부 간부식당으로 보직을 시켜서, 어떤 요리든 만들어보라고 시간도 주고, 여건도 마련해주는 거로 하자. 어때? 다들 괜찮은 생각이지?"
"그렇습니다."
"그래. 난 일어난다."
"알겠습니다."

무궁화관에서 장군들이 떠나고.
성재는 아무 일도 없었다는 것에 안도의 한숨을 내쉬었다.
그런데 이상한 시스템창이 떠올랐다.

> ⚙ ✓ ✕
> 신규 퀘스트가 발견되었습니다
>  군사령부 조리병 경연대회

'뭐지? 이게 뭐야?!'
성재는 놀란 눈으로 시스템창을 바라보았다.

한편, 철벽회관 앞.

"충성!"
"응. 뭐냐? 너였냐? 너! 인마! 나 알지?"
"그렇습니다. 저 1학년 생도시절, 사령관님께서 4학년, 연대장 생도하고 계셨습니다."
"그런 자식이! 분위기 파악을 못 해? 앞으로 강성재하고 서효석! 그 둘 함부로 하면!"

퍽! 퍽!
전투화로 ★★★★에게 조인트를 까이는 대령.
그는 최대한 덜 맞기 위해 뒤로 물러나지만, 그만큼 ★★★★도 앞으로 나온다.
그때, 군사령관이 자신의 무기를 재정비했다.

기린표 구두약으로 반짝반짝! 강화된 장군용 사제지퍼전투화!
대령의 발목을 집요하게 공략하는 전투화.
강화된 무기가 부가효과(오염)를 일으키고.
대령의 전투복 바지가 구두약으로 얼룩진다.
그 때문에 정신적 데미지를 입은 대령이 저항해보지만,
한용운 대장은 지휘관의 필살기 [명령]을 시전하고.
"열중쉬어! 열중쉬어!"

그의 필살기에 꼼짝 못하게 된 대령은 그 자리에서 경직된 채, 장군의 조인트 기술에 꼼짝없이 당하고 말았다.
'아, 쒸펄, 이러려고 내가 군생활 했나?'
하지만 그를 신경 써주는 사람은 아무도 없었다.
군단장이 아직 떠나시 않았기 때문이었다.
군단장은 미소를 지은 채, 사단장에게 말했다.
"사령관님 의도 알았지?"
"네. 알고 있습니다."
"요리대회! 성재랑 효석이 꼭 출전시켜라! 마음에 드신 모양이다."
"알겠습니다. 군단장님! 고생하셨습니다."

북한 사람들이 먹는 요리

군대 내에서는 훈련도 많이 받지만, 그 외에도 다양한 활동이 있다.
체육대회도 있고, 전적지 답사도 하고, 대민봉사도 하며, 군대 내에서 강연도 열린다.
오늘도 그중 하루였다.
사단본부 2층에 위치한 기밀실.
주목적은 군사기밀을 열람하고, 회의하고 토론하는 장소이기도 하지만 강연, 공연장, 우천 시 교육 신고식 장소로도 사용되는 이곳.
오늘은 특별한 강연이 예정되어 있다.
기밀실 무대 위 걸린 현수막.
〈탈북민으로부터 들어보는 북한의 실상과 우리 국군의 자세〉.

수많은 간부들이 모인 가운데 북한 탈북자들 중 한 여성이 강연을 시작했다.
"아십네까? 우리 북조선 사람들이 남조선 동무들을 얼마나 부러워하는지 말입네다."
그녀는 격앙된 목소리로 앞에 있는 직업 군인에게 호소했다.
"우리 북한사람도 같은 사람입네다. 생각할 줄 알고, 올바른 판단을 내릴 줄 아는 사람입네다. 그런데 우리는 무지했습네다. 그런데 상황이 바뀌기 시작하는 겁니다. 90년대 후반부터 남조선의 영화나 드라마가 조금씩 들어오기 시작했습네다. 2천 년대 들어선 후에는 장마당 등을 통해, 밀수되고 유통이 활발하게 이루어졌습니다. 저 또한 많은 탈북민들과 같이 남조선 드라마를 보다가 깨달았습네다. 우리가 얼마나 무지했는지, 그동안 얼마나 속고 살았는지 말입네다."

그녀의 대답에 정훈참모가 미리 준비된 질문을 시작했다.

[어떤 것을 깨달으셨습니까?]
"고저 우린 어려서부터 남조선은 헐벗고 굶주린, 썩고 병든 자본주의 사회라고 배웠습네다. 조~옹~말 그런 줄만 알았는데, 테레비 화면 속에 펼쳐진 남조선이 제가 알고 있던 것과 너무 다른 겁네다. 밤꼬리(도시의 야경) 하나만 봐도 삐까뻔쩍한 게, 너무나도 자연스러운 겁네다."

[음, 남한의 발전상을 잘 몰랐었겠습니까?]
"그렇습네다. 우리 딴에는 '저거 다 조작이다~야', '저거 사람들 동원하느라 남조선 동무들 고생 꽤나 했갔구만!' 다들 이래 생각했습네다. 그런데 아무리 봐도 조작이 아닐 것 같은 생각이 계속 드는 겁네다."

[어디서 그런 생각이 드셨죠?]
"먹는 거, 구르마, 그리고 건물 보면서 느꼈습네다. 특히 장마당에 음식점이 진짜 너무 많았습네다. 우리 북조선 사람들하곤 너무 틀렸습네다."

[그렇게 느끼셨군요. 그럼 탈북한 지금은 어떤 직업을 하고 계시죠?]
"탈북 전에 너무 배를 곯아서 그런지, 먹는장사라도 해야겠다 싶어서, 음식점을 차렸습네다. 사실 제가 북조선에서는 잘 나가는 료리사였습네다. 이래 뵈여도 수령님이 6번이나 찾아줄 정도로 엄청 잘 나갔습네다."

[그렇군요. 마지막으로 하실 말씀은?]
"우리 탈북민들 많이 챙겨주시라요!"

[네, 리순옥님! 말씀 잘 들어봤습니다. 탈북민을 통해 들어본 것과 같이 북한 주민 대부분은 현재! 아직도 대한민국! 남한을 1960~70년대 수준으로 알고 있습니다. 그럼 지금부터 자료화면을 보며…(중략).]

군부대 탈북자 순회교육의 목적은 민주주의를 채택한 대한민국의 위대함과 북한의 실상을 군 간부들이 직접 보고, 생각할 수 있는 시간을 마련하기 위해 편성되었다.

그리고 오늘은 특별히 북한의 료리사 출신이었던 리순옥 탈북민의 북한 요리 특별전도 편성되어 있었다.

'북한 사람(수령 및 고위 관계자)들이 먹는 요리'를 맛볼 수 있는 기회.

철저한 예약제로 이루어지는 이번 특별전!

물론 장소는 철벽 회관에서 이루어졌다.

성재는 탈북민을 보며 인사를 나눴다.

"안녕하십니까?"

"아, 안녕하세요. 국군 장병 아저씨, 오늘 하루, 잘 부탁드려요."

북한말만 쓸 줄 알았던 그녀는 한국말에도 익숙했다. 하긴, 그렇지 않다면, 한국 사회에서 살아남기 힘들 테니까.

○ 특별 예약 메뉴
- 가오리찜 : 45,000원
- 평양냉면 : 7,000원
- 명태순대 : 10,000원

※ 오늘 수익은 전액, 생활이 어려운 탈북민을 위해 쓰입니다.

벌써부터 걸려오는 전화.

- 신교대대장인데, 가오리찜 19시 예약 좀 해주라.

"알겠습니다."

- 의무대장이야. 평양냉면 4명하고, 명태순대 하나 예약 가능하니?

"몇 시로 예약해드립니까?"

- 응. 19시.

"알겠습니다. 19시, 의무대 네 분 예약하겠습니다.

그 외에도.

- 62연대장인데!

- 61연대장이다!

- 참모장인데?!

벌써 30명이 넘는 예약. 성재는 요리사의 눈으로 이순옥씨의 미식등급을 살펴보았다.

생각보다 높은 등급. 무려 ★★★★★.

군단장님은 물론, 자신과도 동급이다.

그녀는 식재료를 상당히 많이 공수해왔다.

조리병들은 다들 북한의 요리에 궁금했는지 그녀 주위로 몰려들었다.

"아, 오늘은 황해도식 가오리찜하고, 평양냉면, 명태순대 할 거예요. 혼자 하기는 힘드니까, 옆에서 많이 도와주세요."

"네. 알겠습니다."

성재는 주방에 남아 식재료를 손질하며 그녀의 요리에 집중했다.

그러자 옆에 있던 서효석 병장이 성재를 보며 고개를 저었다.

'또 베끼겠네. 이번엔 북한 요리인가?'

물론 성재의 생각도 같았다.

"가오리 손질하는 거 처음 보죠?"

"네. 처음 봅니다."

"이게 숙련도가 높아야 되는 거라서요. 제대로 하려면 6개월 이상 배워야 해요."

그녀가 가오리 손질을 시작했다. 가시가 있는 껍질을 살과 분리해 벗겨낸 후, 가슴지느러미 끝 부분을 잘라냈다. 그 후에는 커다란 가오리에 커다란 칼집을 내기 시작했다.

성재는 옆에서 호기심 어린 눈빛을 하며 물었다.

"칼집을 내는 건, 특별한 의미가 있는 건가요?"

"네. 이렇게 해야 찜통에서 빨리 익거든요."

칼집을 낸 그녀는 찜통에 가오리를 넣고 찌기 시작했다.

그러고 나서 나물을 꺼내는데, 나물이 평소에 보지 못하던 나물이었다.

"이거, 고…수 나물?"

요리사의 눈으로 재료를 파악한 성재의 말에 이순옥이 환한 미소로 밀했다.

"어? 고수나물 아시네요? 이거 남한 사람 중에 아는 사람 많이 없는데?"

고수나물을 데쳐서 찬물에 씻어주는 그녀. 성재는 이순옥의 행동에 고개를 끄덕였다.

'저렇게 해야 채소의 아삭한 식감이 살아나.'

그리고 특이한 것은 양념장. 그녀는 마늘과 파, 고추, 생강, 고춧가루, 간장으로 가오리찜용 양념장을 만들었고. 아까 데친 고수나물과 식초, 들기름, 참기름, 통깨를 한 번에 넣고 버무리며, 나물 무침을 넓게 펼쳐주었다.

 recipe 이순옥이 전통 황해도 방식으로 만든 가오리찜 ★★★★☆
항긋한 나물과 20분간 직접 찐 가오리 속살의 조합
신선하고, 담백한 맛이 특징
자극적이지 않고, 정갈한 맛을 좋아하는 사람에게는 이보다 좋을 수 없다

"먹어볼래요?"

"먹어도 괜찮습니까?"

"그럼요. 장사하려면 일단 배부터 채워야죠."

성재는 그녀가 만든 가오리찜을 입에 넣었다.

고수나물의 향긋함에 한번 놀라고, 자극적이지 않고 담백한 맛에 두 번 놀랐다.

성재를 비롯한 조리병들이 이순옥의 요리를 칭찬했다.

"정말 맛있습니다."

"네. 나물하고 같이 먹으니까, 아삭아삭한 식감하고, 부드러운 속살이 어우러져 정말 담백하면서도 깔끔한 것 같습니다."

"그런가요? 다행이에요."

가오리찜 외에도 평양냉면, 명태순대 등을 만들어 먹으며 분위기가 화기애애해졌다.

그리고 어느덧 19시. 예약한 손님들이 몰려들었다.

최대 100석 중 50석이 예약석.

그것들을 커버하는 것으로도 벅찬데, 예약하지 않은 손님들도 밀려온다.

"여기 가오리찜 하나!"

"평양냉면 4개에 명태순대 1개!"

이순옥은 당황했다. 생각보다 많은 손님. 혼자 감당할 수준이 아니다.

"내래, 이렇게 손님 많을 줄은 못했기리! 큰일났다 야! 난리도 아니랴~!"

당황했는지 북한말이 저절로 나오는 그녀.

성재는 힘들어 보이는 그녀에게 도움을 주기로 결심했다.

"도와드릴까요?"

"이래 뵈여도 하루 아침에 되는 게 아닌기라. 마음만 감사히 받갔서. 서빙만 도와주면…."

"아, 괜찮아요. 몇 번 보니까 할 줄 알 것 같거든요."
그와 동시에 '함경도식 가오리찜 레시피 ★★★★☆ (77%)'를 선택하는 성재.
그리고 곧장 몸을 일으켜, 커다란 가오리를 꺼내, 손질한다.
물론 홀로그램 녀석이 하는 동작을 그대로 따라 하는 것뿐이다. 홀로그램 녀석이 미소를 지으며 머리띠를 동여맸다. 오늘도 머리띠에는 글자가 새겨져 있다.

〈이 정도는 식은 죽 먹기!〉
오늘은 장난스러운 녀석이 나온 듯했다.
가오리를 손질하는 성재의 동작을 본 이순옥이 당황했다.
'어? 가오리 손질 하는 거 처음 본다 안 했니?'
그런데 손질이 매우 능숙하다.
가시가 있는 껍질을 살과 분리하는 성재. 그것을 자연스럽게 벗겨내고.
자신이 했던 것과 같이 가슴지느러미 끝 부분을 잘라낸다.
'내래 이게 뭔일이대? 고저 이 아새끼가 고짓말 한 거 아니대(아니야?)?'
커다란 가오리에 커다란 칼집을 내고 찜통에 넣는다. 그리고 능청맞게 말하는 병사.
"양념장은 여사님이 직접 만든 것 그대로 써도 되죠?"
성재는 바로 다음 요리에 들어갔다. 그녀는 멍한 얼굴로 성재를 쳐다본다.

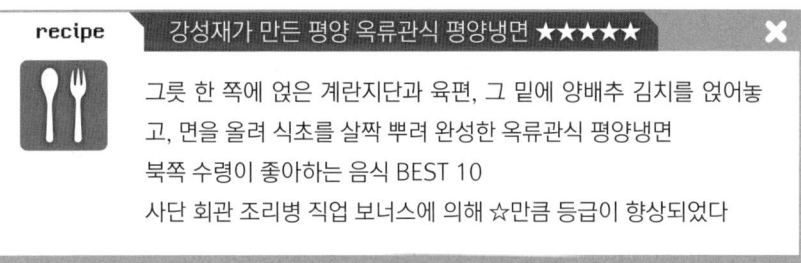

'저거 우리 수령님이 교지해준 방법인데? 내래 비법 빼앗긴 고니?'
그리고 어느덧 가오리찜도 완성이 되었다.

물론 이것뿐만이면 섭섭하다.

recipe	강성재가 만든 함경도 신흥관식 명태순대 ★★★★★
	시래기와 다진 명태와 양파를 볶다가, 명태 내장을 넣어 간을 맞추고, 고춧가루와 소금, 간장, 된장을 추가해 순대 속을 만든다 순대는 명태 안에 옥수수 가루를 넣어 소가 넣어도 명태가 찢어지지 않게 한 후, 15분간 쪄서 만들어낸 명태순대

"명태까지 배운 거니? 이게 말이 되는 거니? 내래 비법 다 뺏긴 고니?"
그녀의 속마음이 결국 밖으로 튀어나오고.
성재는 난감한 얼굴로 그녀에게 말했다.
"죄송해요. 저는 몇 번만 보면 금방 요리를 배워서…."
"이거 우리 밥벌이다~야! 내래 북조선에서 이거 배울라고 10년 고생한기라. 너래, 전역하묘는, 이걸로 장사 하면 안 된데이? 알갔네? 모르갔네?"
그녀는 자신의 비법을 한 번에 익힌 성재를 보며 고개를 저었고, 성재는 그녀에게 안심시키기 위해, 약속했다.

"네. 절대 이걸로 장사 안 하겠습니다. 걱정하지 마십시오."
"아휴… 아이구, 이런 일은 내 평생 살면서 처음인기라."
황당한 표정을 지은 그녀의 말에 옆에 있던 서효석이 고개를 저으며 말했다.
"방송 안 보셨습니까? 얘 걔잖아요. 『언리미티드 챌린지』!"
"아! 그랬구나? 죠본에 봤지. 이제야 알갔네. 요기 군인 아저씨는 미슐랭 원스타 레스토랑 료리사 출신이고, 고기 아저씨는 그 료리사 이긴 아저씨잖우. 내 말이 맞네?"
서효석은 그녀의 말에 빙그레 웃으며 대답했다.
"네. 맞습니다. 그러니까 성재 앞에서 새로운 요리 하지마십시오. 비법 다 뺏깁니다."
"아이구마, 내래 남조선에 넘어오고 나서, 이런 적 처음이다."
성재는 죄송한 얼굴을 보이면서도, 어쩔 수 없는 표정으로 고개를 돌렸다.

'죄송합니다. 그런데 어쩔 수 없잖아요. 한 번 보면 알게 되는 걸요.'

CD 좀 가져다주라!

성재는 북한의 요리사와 함께하며 얻은 레시피를 확인하는 과정을 거쳤다.

평양 옥류관식 평양냉면 ★★★★☆ 레시피(100%)를 완성했습니다
함경도식 신흥관식 가오리찜 ★★★★☆ 레시피(100%)를 완성했습니다
함경도 신흥관식 명태순대 ★★★★☆ 레시피(100%)를 완성했습니다
Tip 이제까지 배워본 요리를 통해, 레시피에 없는 새로운 요리에 도전하세요

- 한식 습득 가능 등급 : 6성
- 중식 습득 가능 등급 : 6성
- 일식 습득 가능 등급 : 6성

새로운 Tip 창에, 자신의 사용자 정보창을 꼼꼼하게 살펴보는 성재.

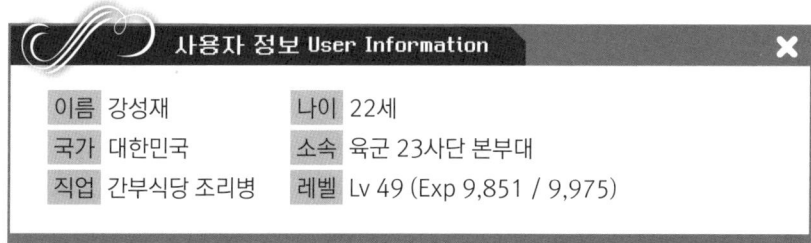

보유 권능 (Passive Skill)

1. 식재료 정리하기 (고급 / Master)
    식재료를 정리할 때, 숙련도 보너스를 받습니다
    식재료 정리 시, 처리 동작과 판단력이 80% 향상됩니다
2. 취사장 마스터리 (고급 / Master)
    군대 내 취사장에서 조리할 시, 숙련도 보너스를 받습니다.
    군 내 취사장에서 조리 시 처리동작과 판단력이 80% 빨라집니다
3. 수타면 뽑기 (고급 / Master)
    수타면을 뽑을 때, 숙련도 보너스를 받습니다
    수타면 뽑기 시, 처리 동작과 판단력이 100% 향상됩니다
4. 회 뜨기 (중급)
    생선회를 직접 뜨거나, 옆에서 관찰할 때, 숙련도 보너스를 받습니다
    생선회를 뜰 경우, 처리 동작과 판단력이 50% 향상됩니다

보유 기술 (Active Skill)

1. 요리사의 눈 [Chefs Eye] (Rank : B)
    - 개안 1단계 : 너의 미식 등급이 보여!
    - 개안 2단계 : 너의 좋아하는 음식이 보여!
2. 요리사의 신체 [Chefs Body] (Rank : D)
3. 군대 요리 레시피 (Military Food Recipe) (Rank : C [Max])
4. 한국 음식 레시피 (Korean Food Recipe) (Rank : B)
5. 중국 음식 레시피 (Chinese food Recipe) (Rank : B)
6. 일본 음식 레시피 (Japanese food Recipe) (Rank : B)

'신경 안 쓴 사이에 레벨이 엄청 높아졌네.'

> 아직 확인하지 않은 업적이 있습니다. 확인 버튼을 눌러 보상을 획득하세요
> 감자 깎기 10,000 / 10,000회 달성, 업적 보상으로 경험치 1,000을 얻었습니다

최근 업적 달성 때문인지, 경험치 획득량이 많아졌었다.

달성한 업적	
양파 썰기 10,000회 / 10,000회 (Max)	
무 썰기 10,000회 / 10,000회 (Max)	
감자 깎기 10,000회 / 10,000회 (Max)	

거의 대부분이 Max. 이제 퀘스트 말고는 경험치를 얻을 수 없을 정도. 그만큼 요리사의 길 튜토리얼 이후, 많은 경험을 쌓았다는 뜻. 그때, 또다시 떠오르는 시스템창.

> 사용자 강성재에 대한 이순옥의 호감도가 300 하락했습니다

성재는 이순옥의 얼굴을 보며 다시 한번 고개를 숙였다.

"정말 죄송합니다. 다시 한번 사과드리겠습니다."

"집어치라우! 내 다시는! 군대 와서 료리 안 해."

하지만 여전히 분이 풀리지 않는다. 당연했다. 레시피를 뺏기다 못해, 자기가 한 요리보다 더 맛있었으니까. 그건 직접 먹어봐서 알 수 있었다.

성재는 결국 그녀의 화를 풀기 위해, 자신의 비법 하나를 전수해주었다.

메모장 하나에 적힌 중화요리 레시피. 차돌박이짬뽕.

"차돌박이짬뽕은 남조선에서 많이 먹는 거잖우? 다른 거는?"

"에이, 직접 드셔 보시면 말이 틀려지실 걸요?"

성재는 그녀를 위해 직접 차돌박이짬뽕을 만들어냈다.

 **recipe** 성재가 직접 만든 차돌박이해물수타짬뽕 ★★★★★☆
닭육수를 기반으로 만든 매콤한 짬뽕국물에 꼬들꼬들한 수타면, 매운 국물과 잘 어울리는 차돌박이를 넣어 만든 요리
청경채와 버섯, 청양고추, 마늘, 양파, 굴소스 등 다양한 채소와 양념이 조화되었다
사단회관 조리병 직업 보너스에 의해 ☆만큼 등급이 향상되었다

"어때요?"

확실히 북한 요리보다 맛있다.

매운맛이 자극적이지만, 차돌박이가 거짓말같이 중화하며, 새로운 맛을 이끌어냈다.

'어래? 이거 가지고 장사하문 대박 나는 거 아니네?'

성재의 시스템창.

> 사용자 강성재에 대한 이순옥의 호감도가 300 상승했습니다

"내래, 이거 레시피 그대로 써도 되갔네? 안 되갔네?"

"그대로 쓰셔도 됩니다. 그러니까 저 너무 미워하지 마십시오."

성재는 미소를 지으며, 그녀의 화를 풀어주었다.

오는 게 있으면 가는 것도 있는 법. 서로의 레시피를 교환하고, 환한 미소로 악수를 하는 북한 요리사와 육군의 취사병.

그리고 처음으로 북한 요리를 먹어 본 국군 장병들의 환한 얼굴.

오늘은 서로가 다 행복한 날이었다.

『언리미티드 챌린지』로 인한 파급효과는 대단했다.

매일매일 손님이 끊이질 않았다.

문제는 종교 전쟁이 아직도 계속된다는 것이었다.

특히 천주교는 더욱더 심했다. 신부님은 격오지를 가지 않기 위해, 어떻게든 성재나 효석이를 끌고 오려고 노력했다. 하지만 사단장이 막았다.

부사단장이 저번에 군사령관님께 조인트(?)를 까인 이후, 불필요한 행사 지원은 하지 말라며 지시한 것이다.

그 이유는 간단했다.

'군사령관님께 나도 언제 저렇게 조인트 까일지 몰라.'

어떻게 보면, 자신이 혼날 일을 부사단장이 때마침 나서서 대신 혼나준 것.

그래서일까? 철벽회관에 대한 행사지원요청은 언제 그랬냐는 듯 사라졌다.

"서효석 병장님! 다행이지 않습니까? 이대로 계속 주말까지 지원 나가는 줄 알았습니다."

"그건 그래. 너 휴가 언제냐?"

"다다음 주에 나갑니다."

"그래? 이번 주만 열심히 하면 되겠네?"

"그렇습니다."
성재는 서효석 병장과 대화를 나누다가, 위에 숙소를 청소하고 있는 김종태 병장에게 말을 건넸다.
"병장 진급 축하드립니다."
"고맙다! 청소 거의 다 끝난 것 같은데?"
"네. 아까 제가 손님 있던 방, 이불은 다 빨고, 야외 건조대에 건조시켰습니다."
"그래? 오늘은 몇 팀 자고 가지?"
"12개 방 전부 다 예약 완료되었습니다."
"그래? 꽉 찼어?"
"네. 그렇습니다. 사실 오늘 점심, 저녁도 예약 꽉 찼습니다."
"어휴, 오늘 엄청 바쁘겠다."
"그렇습니다."
뷔페 음식을 준비하고, 무궁화관 예약 손님도 맞이했다.

〈군단장님 내외분 식사예정〉

"아… 군단장님 또 오시네?"
"네. 어쩔 수 없는 것 같습니다. 이제는 운명처럼 받아들여야 되지 않겠습니까?"
오늘은 호국미식회 모임이 아니라, 개인적인 가족 모임으로 식사를 하신다고 하신다.
메뉴도 콕 집어주시는 군단장님.

    오후 12시 30분 VIP 예약.
    〈군단장님 예약메뉴〉
    1. 메인메뉴 : 누룽지 삼계탕   2. 디저트 : 바닐라 캐비어 아이스크림

    오후 5시 VIP 예약.
    〈사단장님 예약메뉴〉
    1. 메인메뉴 : 캐슈넛새우볶음   2. 디저트 : 바닐라 캐비어 아이스크림

기타 영관급 장교분들 예약메뉴.

〈기무대장님 예약메뉴〉

1. 메인메뉴 : 장어 덮밥   2. 디저트 : 바닐라 캐비어 아이스크림

〈수색대대장님 예약메뉴〉

1. 메인메뉴 : 아몬드 깐풍기, 해물짬뽕

성재는 자신의 후임인 심권호 일병이 건네주는 메모장을 보며 고개를 저었다.
"이게 다 예약자들이야?"
"그렇습니다."
"캐비어? 이걸 주문을 왜 받았어? 기무대장님 걸 받으면 어떻게 해? 이거 사단장님이 사온 거라고 했잖아! 권호야. 정신 좀 차리자."
"죄송합니다!"
"아니야. 너한테 화낼 게 아니지. 다시 한번 말할게. 캐비어는 이거 장군님한테만 드리는 거야. 다음부터는 예약받지 마."
"알겠습니다."
"아, 그리고 권호야! 일병 진급 축하한다."
"일병 심권호! 감사합니다."
"그래. 우리 잘해보자."
"네! 강성재 상병님!"

다행히 군단장님 내외분도, 사단장님 내외분도 별 불만 없이 식사를 드시고 떠나셨다. 그리고 문제의 기무대장.
"야! 조리병! 캐비어가 왜 안 되냐?! 하나만 가져와 봐!"
"죄송합니다! 사단장님이 직접 구하신 거라 안 될 것 같습니다."
"진짜 안 되냐?"
"……."

성재는 꿀 먹은 벙어리가 되었다. 약간은 취한 듯, 격앙된 목소리를 내는 기무대장.
"너! 간첩이야?"
"아닙니다."
"하나만 가져와. 포상 휴가 줄게. 어? 사단장님 모르게 딱 하나만!"
그때, 옆에 있던 김종태 병장이 희미한 미소를 짓더니, 기무대장의 요구에 대답했다.
"알겠습니다."
성재는 고개를 갸웃거리며 분대장을 쳐다보았다. 그러자 김종태 병장이 성재의 손을 붙잡으며 일단 밖으로 끌고 나왔다. 그리고 성재에게 부탁했다.

"야! 하나만 만들어 줘봐! 어? 휴가 주신다잖아. 포상 휴가 좀 가자."
"안됩니다! 이거 전속부관님이 한 번씩 체크하십니다. 아까도 군단장님 드신다고 하셔서 전속부관한테 직접 전화해서 허락받고 내놓은 겁니다. 이러시면 안 됩니다. 기무대장님은 중령이지 않습니까?"
"바보야! 말 안 하면 되잖아. 휴가 준다잖아. 너 여기에서 일하면서 휴가 받은 적 있어?"
"…없습니다."
"여기 포상 휴가 엄청 짜. 그냥 만들어! 줄 때 만들어. 알았어?"
"알겠습니다."
성재는 김종태의 말에 고개를 끄덕이며 생각했다.
'이거 엄청 비싼 건데… 그러다 휴가 짤릴라….'
성재는 바닐라 캐비어 아이스크림를 만든 후, 분대장과 같이 기무대장이 있는 무궁화관으로 향했다. 그러자 기무대장이 당연한 듯, 바닐라 캐비어 아이스크림를 보며 말했다.
"그래. 군대에서 안 되는 게 어디 있어? 시키면 되잖아? 어?"
그러자 김종태가 얼굴에 절판을 살며, 기무내장에게 밀했다.
"네. 사실은 안 되는 건데, 특별히 가져왔습니다."
"그래. 나가 봐!"
김종태는 기무대장의 말에 고개를 갸웃거리며 입을 열었다.
"저, 기무대장님? 휴가는 어떻게…."
"휴가는 무슨 휴가야. 너희가 간첩이라도 잡던가? 그럼 줄게"
그때, 성재의 앞에 떠오르는 시스템창.

> `Keyword` 간첩을 알게 되었습니다

'뭐지? 간첩?!'

그리고 기무대장의 명령.

"조리병들! 나가! 이따 음식 필요하면 부를게."

"……."

김종태가 고개를 흔들자, 성재는 분위기 파악을 한 후, 억지로 그를 데리고 나갔다. 김종태는 억울해했다.

"뭐야! 휴가 준다며?"

"어휴, 그걸 믿으셨습니까?"

"에이, 짜증나. 그나저나 사단장님한테 걸리면 어떻게 하냐?"

"그건 걱정 마십시오."

"응?"

"제가 일단은 실장님께 말씀드려서 전속부관님께 유선으로 보고해두었습니다."

"그래?! 잘했네."

"네. 그건 간부님들끼리 알아서 처리하실 겁니다."

그때, 울리는 벨.

따르르릉!

성재는 전화를 받았다.

"철벽회관 조리병 상병 강성재입니다. 무엇을 도와드릴까요?"

- 아, 나 12호실, 사단 작전장교인데? 여기 CD 좀 가져다주라.

"충성! 알겠습니다. 지금 바로 가져다드리면 되겠습니까?"

- 응. 혹시 외국제 있냐?

"얇은 건 없습니다. 지난번, 본부대 전 장병 성교육 의무대에서 했을 때, 받은 거 지갑에 있는데, 그거라도 괜찮으시면 드리겠습니다."

- 그래. 그래. 바로 가져와.

"알겠습니다."

기무대장님! 찾았습니다!

사단 작전장교.
초기대응반과 위기조치반에 동시에 편성되어 있는 간부.
휴가 때를 제외하고는 사단 지휘통제실에서 30분 이내의 거리에 대기해야 하는 운명.
그가 움직일 수 있는 거리는 반경 최대 2km까지이다. 그만큼 사단 실무자 자리 중에서는 가장 힘든 보직.
현행작전부대인 탓에 알아두어야 할 것도 많고, 중령과 소령 둘의 임무를 짬도 많이 당하는 경우가 많아 고통스러운 보직이었다. 보통 아침 6시에 출근해서, 다음 날 새벽 2~3시에 퇴근하는 자리. 하루에 20시간 이상 일하는 보직이 군대에는 현존하고 있다.
그래도 버틸 수 있는 이유는 하나. 주말엔 그나마 프리하기 때문. 토요일이나 일요일에는 8시간 정도만 근무하면 된다. 왜냐하면 아침 상황보고가 없기 때문.

그래서 작전장교는 오늘 철벽회관에 올 수 있었다.
그는 결혼을 앞둔 사람이었다. 거의 1년 내내 휴가를 못 가, 여자친구와 결혼도 미룰 정도.
그의 여자친구는 멀리 지방에서, 그를 만나러 강원도의 산골인 삼척까지 한 달에 4번씩이나 온다고 한다.
성재는 12호실의 문을 두들겼다. 그러자 김춘성 대위가 문밖으로 나왔다.

"여기 있습니다."

"고맙다."

그는 지갑에서 5,000원짜리를 꺼내주었다. 성재는 손을 저었지만, CD를 건네받은 그는 웃음으로 일관했다. 성재는 뒤에 있는 여성을 바라보았다.

'미식등급은 4성, 좋아하는 음식은…?!'

그러자 작전장교가 씩 웃으며 성재의 머리를 쓰다듬었다.

그의 나이 33세. 많지도 적지도 않은 나이. 그에게 22살의 성재는 너무 어려 보였을까?

"뭘 보냐? 내 여자친구 예쁘지?"

"네. 예쁘십니다."

"그래? 곧 결혼할 거야. 그때 네가 음식 좀 해주냐?"

"아, 잘 모르겠습니다."

"짜식, 해준다는 말을 안 하네. 그냥 농담인데, 알았다고 좀 해주지. 그래! 내려가 봐!"

"네. 알겠습니다. 좋은 시간 되십시오."

"후후, 당연히 좋은 시간 되어야지. 인마!"

그때 들리는 여성의 목소리.

"춘성씨, 들어와!"

"응. 조금만 기다려봐."

문이 닫힌 후, 성재는 의아해했다.

'탈북자인가?'

풀리지 않는 의문.

어느덧 10시가 되어가고, 손님들은 하나, 둘 빠져나갔다. 심권호와 방진석 일병이 서빙을 끝내고 마무리 정리에 들어가고, 성재는 선임들과 함께 설거지를 끝내며 마무리했다.

"오늘 성재가 당번인가? 내일은 일요일이어도 좀 바쁠 거야. 그래도 종교 행사는 참석 안 해도 돼서 다행이다. 사단장님이 이렇게 신경 써주실 줄은 몰랐어."

"네. 저도 좋은 것 같습니다."

그의 말에 김종태가 성재를 향해 말했다.

"그래. 그럼 성재가 실장님께 다 끝났다고 보고 좀 해라."

"네. 알겠습니다."

성재는 분대장의 지시에 카운터에 있는 실장님께 다가갔다.
그는 카드 명세표와 현금으로 받은 금액을 세며, 결산을 보고 있었다.
"충성! 실장님, 조리실 및 홀 정리 다 끝났습니다."
"그래? 오늘은 네가 당번인가?"
"그렇습니다."
"나머지 병력들은 올라갔어?"
"네. 다 취침하러 올라갔습니다. 점호하시겠습니까?"
"아니, 됐어. 점호는 무슨 점호야. 오늘 손님도 많아서 힘들다. 2시간만 더 고생하자?"

밤 12시면, 불을 끄는 카운터. 그러나 아직 22시 20분.
숙박객들이 한창 떠들 시간. 떠들기만 하면 다행이랴. 전화를 통한 주문도 이어진다.
실장이 성재를 향해 말했다.
"11호실에 맥주 4병, 소주 2병, 기본안주 하나."
"알겠습니다."
기본안주인 땅콩과 과자, 그리고 술잔과 술을 가지고 올라가는 성재. 이미 취한 상태로 고스톱을 치고 있는 스포츠머리의 남자들이 보인다.
"오케오케! 병사야! 이리로 가져와!"
"네. 알겠습니다."
"그리고 혹시 치킨 배달 되나?"
"간부님? 치킨은 직접 시키셔야 합니다. 여기는 시골이라서 밤 11시까지만 배달됩니다."
"그래? 알았어. 알아서 시킬게."
"알겠습니다. 좋은 시간 되십시오."
고스톱 아니면 포커를 치는 군인들. 그것도 아니면 술판.
성재는 군인들의 모습을 보며, 과거에 배관공 아저씨들과 지내던 생활을 떠올렸다.
'별반 다르지 않네. 군인이나, 공사판 아저씨들이나…'
배관공도 같은 장소에서만 일하진 않는다. 가끔 외지인 전라도도 가고, 강원도, 경상도에도 공사하러 간다. 그때에는 같은 팀끼리 한 방에서 숙박을 한다.
'그때도 고스톱 치면서 술 먹는 아저씨들 때문에 잠도 잘 못 잤었지. 맨날 광만 팔고… 진짜 추억이네. 추억!'

시간은 흘러가고, 치킨집에서 마지막 배달을 마쳤다.
치킨집 사장님에게 인사하는 실장님.
"고생하셨습니다."
그러자 사장님은 미소를 지으며 실장에게 말한다.
"고생은 뭘, 군인 아저씨들 없었으면 우리 이렇게 잘 먹고 잘살지도 못해."
"후후, 그러시다니 다행입니다."

밤 11시 20분. 이번에는 성재가 전화를 받았다.
"통신보안, 조리병 강성재입니다."
"그래. 아까 작전장교인데? 소주 2병 가져다주고, 족발 좀 시켜주라."
"죄송한데, 배달음식은 끝났습니다. 여기는 밤 11시까지만 배달됩니다."
"아, 맞다. 그랬지? 그럼, 네가 아무거나 만들어서 소주 안주로 좀 갖다 주라."
"아무거나 말씀이십니까?"
"그래. 너 잘하는 거로. 아무거나 메뉴에 15,000원이라고 쓰여 있던데?"
"알겠습니다."
전화를 끊고, 성재는 실장에게 말했다.
"저 안주 좀 만들어오겠습니다."
"안주? 지금 이 시간에도 안주시키는 사람이 있어?"
"네. 12호실입니다."
"하아, 그 커플 진짜, 진상이네. 맨날 싸우기나 하면서, 안 헤어지나?"
"잘못 들었습니다?"
"아니야. 조리실 가서 안주 만들어줘."
성재는 차상철의 영문 모를 소리에 의문을 가졌지만, 이내 고개를 젓는 실장의 지시를 따랐다. 성재는 잠시 고민하다 작전장교의 애인분이 좋아하는 음식을 만들었다.
다행히 얼마 전 배운 음식이라서, 잘 할 수 있었다.

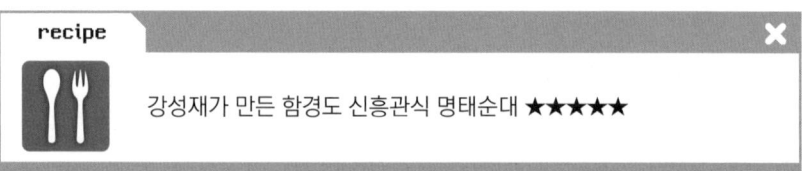

성재는 5성짜리 요리를 2층에 가지고 올라갔다. 그런데 큰 소리가 들린다.
- 뭐야! 그것 하나 못 들어줘?
- 뭐가? 안된다고 했잖아. 거기 못 들어간다니까.
- 자기 일 하는데, 구경하는 것도 안 돼? 남들은 다 되는데, 왜 자기만 안 돼? 어려운 부탁 아니잖아.
- 윤희야! 말했잖아. 오빠 근무하는 곳은 군사통제구역이라고, 왜 이렇게 못 알아듣니?
- 오빠, 난 매주 오빠 보러 여기 오는데, 직장 구경 하나 못 시켜줘? 나는 오빠한테 전부 솔직한데, 왜 오빠는 나한테 솔직하지 못해?
- 윤희야, 윤희야!
- 됐어. 그만 말해. 나 삐졌어. 이럴 거면 헤어져. 난 이제 더 이상 오빠 못 믿어.
- 알았어. 내일 보여줄게. 보여주면 되잖아. 그러니까 화 풀자. 응?

들어가기 민망할 정도로 큰 목소리로 싸우는 두 사람. 그래도 마냥 듣고만 있을 수는 없다. 성재는 방문을 두들겼다.
"상병 강성재! 안주 가지고 올라왔습니다."
그러자 때마침 잘 왔다며 방긋 웃는 작전장교.
"윤희야! 먹자. 얘가! 요리 엄청 잘하는 애야. 저번 주에 『언리미티드 챌린지』 방송도 나온 애라니까? 이리로 가져와."
"네."
온돌방, 잠옷으로 갈아입은 여성. 그리고 대충 걸려있는 전투복과 반바지에 국방색 런닝을 입고 서 있는 남성. 남자는 성재가 가져온 안주를 접이식 테이블에 올려놓으며 말했다.
"이거 먹으면서 화 풀자."
조리병은 그녀가 요리를 먹으면서 남자의 말대로 화를 풀었으면 좋겠다고 생각했다.
'작전장교님 입장도 생각 좀 해주지. 민간인이 부대 안에 들어가는 게 쉬운 게 아닌데…'
그런데 그녀의 눈초리가 이상했다. 성재가 만든 요리를 보더니, 갑자기 째려본다.

> ⚙ ✓ ✗
> 사용자 강성재에 대한 려진주의 호감도가 300 하락했습니다

'뭐지? 왜 나한테 호감도가 떨어져? 좋아하는 음식 해왔잖아.'

성재는 그녀의 머리 위에 떠 있는 좋아하는 음식을 다시 한번 확인했다.

옥수수국수	밥만두	인조고기밥
명태순대	대동강맥주	신선로

여전히 떠 있는 '명태순대'. 그녀가 모를 리 없다.
그런데 그녀가 성재를 향해 물었다.
"거기! 군인 아저씨, 왜 이 음식 가져오셨어요?"
물음에는 솔직하게 말했다.
"탈북인이신 줄 알았습니다."
그때, 강한 부정을 하는 그녀.
그녀의 손바닥이 성재의 뺨을 향하고.
짝!
강한 손바닥의 힘이 성재의 뺨에 부딪친다.

"윤희야! 너 왜 그래?"
"이 미친놈이 나보고 북한 년이라잖아! 이딴 걸 왜 먹어?"
"미안해. 윤희야! 내가 미안해. 원래 족발 시키려고 했는데, 시간이 다 돼서…"
"나, 집에 갈래!"
"가긴 어딜 간다고 그래? 술도 마셨고, 버스도 끊겼는데!"
성재는 그녀에게 맞은 뺨을 어루만지며 일단 일어났다. 그리곤 말했다.
"죄송합니다."
그러나 그녀는 불같이 화를 냈다.
"됐어. 됐고 그냥 꺼져! 당장 나가! 꺼지라고!"

> 려진주의 호감도가 0 이하로 하락하여 적개심으로 변환되었습니다

성재는 성난 그녀를 똑바로 쳐다보았다.
'적개심? 히스테리? 아니면… 설마?!'
의심스럽다. 과대반응, 적개심, 북한 년, 그리고 그녀의 이름.

모든 정황이 하나로 모여든다.

성재는 그녀를 불렀다. 이게 가장 확실한 방법!

"려진주씨!"

그러자 그녀의 얼굴이 빨갛게 상기되고. 시스템창에 반응이 오기 시작했다.

사용자 강성재에 대한 려진주의 적개심이 1,000 상승했습니다
danger! danger!
위험지역에서 일단 벗어나십시오

그리고 떠오르는 퀘스트.

돌발 퀘스트 간첩을 발견했다.
북한의 고정간첩 려진주가 작전장교를 포섭하는 현장을 발견했다. 그녀를 신고하여 포상 휴가를 획득하자

제한시간 10:00
성공 시 참모총장 포상 휴가 획득, EXP 10,000
실패 시 북한 정찰총국 제거리스트 목록에 (강성재) 이름이 갱신

그녀의 붉어진 눈. 그리고 그녀를 말리려는 작전장교.

"윤희야! 정윤희! 왜 그래? 야! 조리병! 너 이 새끼야! 무슨 말을 하는 거야? 미친놈아?! 너 죽을래?! 미친 거야?!"

"죄송합니다. 제가 착각한 것 같습니다. 나가보겠습니다."

성재는 확실한 승거를 수집한 후, 술 취한 작전장교와 북한 여자로부터 벗어났다.

그리고 바로 옆방으로 향했다. 그러자 빤스만 입은 남성이 밖으로 나온다.

"뭐야?!"

성재는 그를 향해 다급한 목소리로 말했다.

"기무대장님!"

"그래? 이 밤에 뭔데?"

"아까 말씀하신 간첩! 찾은 것 같습니다!"

대통령 기록물로 분류되었다

기무대장은 성재를 보며, 소리를 질렀다.
"야, 이 쉐끼야, 취했냐?"
"아닙니다."
"야! 인마, 네가 무슨 간첩을 발견해?! 에라이!"
"……."
쾅!
방문이 닫히고, 성재는 일단 다른 방법을 모색했다.

> ⚙ ✓ ✗
> 남은 시간 : 07:31

"잘했냐?"
"저, 실장님, 그 여성분, 아무래도 수상합니다."
"뭐가?"
"아까 복도에서 싸우는 이야기를 들어봤는데, 군사제한 구역 계속 출입하려고 그러고, 잘 모르겠지만, 북한 말투도 쓰는 것 같습니다."
"정말이야?! 확실해?"

"일단은 신고해보는 게 좋지 않겠습니까?"
"신고해! 나도 올라가서 확인할 테니까!"
"알겠습니다."

성재는 간첩신고번호 111를 눌렀다.
가까운 군부대로 연결된다.
그런데 같은 주둔지 안에 있는 기무부대다.
- 통신보안, 8XX 기무부대 상병 김상우입니다. 무엇을 도와드릴까요?
"거동수상자가 있어서 신고하려 합니다."
- 어디입니까? 무슨 상황이죠?
"23사단 철벽회관 2층 12호실에 사단 작전장교님과 같이 묵고 있는 여성분이 탈북자 같아서 신고 드립니다. 눈빛도 이상하고, 불안해하는 것 같았습니다."
- 알겠습니다. 신고 접수했습니다. 즉각 출동하겠습니다. 위치, 23사단 철벽회관 2층 12호실, 거수자는 작전장교와 같이 묵고 있는 여성 맞습니까?
"네. 맞습니다. 빨리 출동해주십시오."
- 마지막으로 신고자 신원 좀 파악하겠습니다.
"23사단 본부대 철벽회관 조리병 상병 강성재입니다."
- 알겠습니다. 신고 접수 완료되었습니다.

남은 시간 : 04:36

성재는 일단 신고 후에, 불안해서 올라갔다. 그러자 굳게 잠긴 문 안 앞에서 조리실장이 문을 열어달라 외치고 있고, 안에 있는 삭선장교는 기다려달라며 호소했다.
- 잠시만요! 실장님!
"얼굴만 확인합시다. 네? 작전장교님? 작전장교님!"
시간은 흘러가고, 안쪽에서의 대화는 웅웅 거리기만 할 뿐, 들리질 않는다.

남은 시간 : 01:47

성재는 직감했다. 불안하다고.
그래서 발동시켰다. '요리사의 눈'. 벽 너머도 볼 수 있는 신비한 능력.
그리고 최악의 상황.
'막아야 돼! 막아야 돼!'

여자는 울먹였다.
"날 신고해?"
"내가 신고한 거 아니야."
밖에서는 기동차량들이 하나둘, 몰려오며 회관 주변을 둘러쌌다.
"오빠, 언제부터 알고 있었어?"
"몰랐다면 거짓말이겠지. 처음부터 의심은 했다. 그리고 네가 내 직장 구경하고 싶다고 떼를 쓸 때부터 확신했었고. 나도 그 정도 촉은 있어."
려진주의 말에 김춘성이 대답했다.
그러자 여성의 입에서 한숨이 흘러나왔다.
"진짜 어이없네. 다 알고 있었으면서 모른 척 한 거야?"
"내 핸드폰에 악성코드 심어놨더라? 음성녹음, 카메라 녹화 다 되는 거로… 내가 모를 줄 알았니?"
"그래서 대화 내용이 녹화가 안 됐구나? 정말 처음부터 다 알고 있었던 거였어. 그래서 내가 핵심 정보에 대해 아무것도 알아내지 못했던 거고…."
"원래 군사제한구역에는 핸드폰 못 가지고 들어가. 핸드폰은 보관함에 반납하고 들어가는 장소라고…알겠니?"
김춘성은 허탈한 얼굴로 자신이 만나던 여성을 바라보았다. 그리고 애원했다.
"윤희! 아니, 려진주! 진주야! 자수하자. 같이 감방 갔다 나와서 착실하게 살자. 어?"
"야! 김춘성! 그 이름으로 부르지 마!"
그녀가 그의 말에 치를 떨 듯 소리쳤다.
그러나 김춘성은 자신의 여자친구를 계속 설득했다.

"너, 북한에 남겨둔 동생 빼내 오려고 그러는 거잖아. 내가 돈 마련해 줄게. 그러니까 자수하자. 자수하고 몇 년만 고생한 다음에, 나랑 살자. 응?"

김춘성 대위는 진심이었다. 그러나 려진주는 그런 선택을 할 수 없었다.

자신이 임무에 실패하고, 정보를 불게 되면, 동생이 죽는다. 탈북한 자신 때문에… 동생을 죽일 순 없었다.

그녀의 손에는 김춘성의 핸드폰이 들려 있다. 어디론가 연락하는 그녀.

재빠른 손놀림으로 문자를 쓰면서도, 앞에 있는 남자한테 담담한 말투로 말한다.

"오빠, 나 지금, 오빠 제거 리스트에 올리는 거야. 알아? 정찰총국 암살 리스트에 오빠 이름 올리는 거라고! 안 말릴 거야?"

"응. 안 말려. 보내든지 말든지 알아서 해. 네가 무슨 짓을 해도 난 너 자수시키고, 같이 감방 갈 생각이거든. 그러니까, 포기해. 이제 다른 방법은 없어."

"끝까지 좋은 척, 착한 척하네. 이게 오빠가 선택한 길이야?"

"그래… 난 후회 안 해."

그의 말에도 그녀는 [전송] 버튼을 눌러 메시지를 보냈다.

그때, 방문을 두들기는 사람들.

- 작전장교님! 문 안 여시면, 강제로 개방할 겁니다. 두 분! 빨리 문 여시고 나오세요. 간단히 신분만 확인하는 절차니까 무서워하지 마시고, 문 여세요!

"윤희야. 끝났어. 내 손잡아. 잡고 같이 자수하자. 언론에는 안 나가게, 동생한테는 피해 없게 어떻게든 해볼게. 그러니까!"

그때, 려진주가 갑자기 주머니에서 무언가를 꺼냈다.

김춘성은 깜짝 놀라 그녀의 손을 잡으려고 했다. 그러나 그녀는 순식간에 백색 가루를 입에 털어 넣었다.

그가 소리쳤다.

"윤희야! 윤희야!"

김춘성은 자신의 여자친구 이름을 세차게 불렀다.

하지만… 그녀는 순식간에 졸도했고, 그와 동시에 굳게 닫힌 방문이 열렸다.

성재는 남은 시간을 보며 고개를 저었다.

남은 시간 : 00:00

그리고 그것보다 더 큰 충격.

여성의 창백해진 얼굴.

그리고… 성재의 눈에 보인 백색가루의 정체.

"앰뷸런스! 앰뷸런스!"

"가까운 군병원! 군병원!"

성재는 쓰러진 그녀를 보고 정신이 멍해졌다.

그리고 털썩 주저앉았다. 어안이 벙벙해진 그의 눈앞이 순식간에 흐려졌다.

"강성재! 강성재! 성재야?! 성재야!"

"……."

오늘만큼은 침착해질 수 없었다.

사람이 죽다니….

늦어서… 자신 때문에… 사람이 죽다니….

성재가 깨어난 곳은 국군 강릉병원이었다.

"정신이 드니?"

간호장교는 성재의 땀을 닦아주며 성재의 의식을 확인했다.

다행히 성재는 의식을 회복한 후, 입을 열었다.

"네. 그것보다 혹시 려진주씨, 아니 그 같이 실려 온 여성분은…."

"아… 그게… 군병원에서는 조치가 안 돼서 바로 강릉아산병원으로 후송됐어."

"괜찮은 겁니까?"

민감한 질문에 간호장교는 대답을 회피했다.

'말해서 좋을 것 없어. 시선을 돌리자.'

그래서 나온 말.

"일단, 쉬는 게 낫겠다. 많이 놀래서, 잠깐 정신 잃은 거니까, 조금은 누워서 링거 끝까지 맞고 있자. 알겠지?"

"……."

그러나 의식을 차린 성재는 그녀가 어떻게 되었는지 알 수 있었다.

> ⚙ ✓ ✗
> 사용자 강성재에 대한 려진주의 적개심이 완벽하게 사라졌습니다

간호장교는 성재를 안정시켰지만, 성재는 눈물을 멈추지 못한 채, 계속해서 흐느꼈다. 그녀는… 죽은 것이다.

정신을 차리고 일어난 성재의 옆에는 익숙한 간부가 누군가와 대화를 나누고 있었다. 사제안전장교. 성재가 이등병 때 중대장이었던 조석호 대위였다.

"10분만 기다려주시겠습니까? 따로 이야기 좀 하고 싶은데요."

"네. 알겠습니다. 10분만 드리죠."

"네. 감사합니다."

국정원 화이트요원(신분을 드러내며 활동하는 요원)인 대공수사관이 자리를 비우자, 조석호가 성재를 향해 말했다.

"일어나자. 성재야."

"네. 중대장님."

"어떻게 된 거야?"

"잘 모르겠습니다."

"같이 가서 조사받을 거야. 국정원에서 수사관님 오셨으니까, 니랑 같이 가자. 아픈 데는 없지?"

"네. 그렇습니다."

"그래. 그럼 일어나자."

"네."

성재는 중대장의 손을 잡고 일어났다.

조석호는 진심으로 성재를 걱정해주었다.

보직이 사제안전장교라서 사고 처리차 온 것만은 아니었다. 새벽부터 달려와 병원에서 성재 곁에서 기다려준 그의 행동에서 진심을 알 수 있었다.

자리를 옮긴 후, 국정원 대공수사관은 성재를 압박하듯 물었다.

"어떻게 간첩인 걸 알았지?"

성재는 이 압박수사가 무엇을 의미하는지 알고 있었다.

의심. 여기선 실수하면 안 된다.

순식간에 오해받을 수 있으니까.

사실에 기반해서 대답해야 한다. 절대 불리한 대답을 하지 말아야 한다. 능력이 있다는 것을 들켜도 안 되고.

"거동이 수상했었습니다."

"수상했다?"

"조리실장님으로부터 작전장교님과 여자친구분이 올 때마다 싸운다는 소리를 들었습니다. 때마침 제가 올라갈 때도 싸우고 있었습니다."

"그래?"

"그때, 들었습니다. 군사제한구역임에도 계속 들어가고 싶다고 우기는 여자친구분의 행동에서 이상함을 느꼈습니다."

"그래서 바로 신고했다?"

"아닙니다. 밤늦게 작전장교님이 안주를 시키셨습니다. 일단 제가 북한 요리를 몇 개 알고 있어서, 배운 것 중에 하나를 시켰더니, 그 여성분이 자신을 북한 년이라고 여긴다며 너무 심할 정도로 화를 내셨습니다. 심지어 제 뺨에 싸대기도 때렸습니다. 그래서 거기서 낌새를 차렸습니다."

"그래? 사실만 말한 거지?"

"네. 맞습니다. 사실만 말했습니다."

"하나만 더 묻자. 려진주란 이름은 어떻게 안 거냐?"

"……."

수사관의 결정적인 질문.

그런데 그때, 다른 수사관이 화이트요원을 불렀다.

"야! 태석아! 얘가 최초 신고자 아니래!"
"뭐? 얘가 최초 신고자가 아니야?!"
"어. 작전장교인가? 걔가 1차 신고자라는데? 이름에 어디 소속까지, 다 적어서 문자로 신고했단다. 지령 내린 사람이 누구인지까지 전부!"
"진짜?"
"그래. 자기 여자친구가 간첩인 거 알고, 포상금 탈 생각이었나 봐. 그런데 불쌍해서 어떻게 하나? 간첩인 사실 알고 난 다음, 48시간 이내에 신고해야만 포상금 받고, 처벌도 안 받잖아. 그런데 신고 시기가 많이 늦어졌나 봐. 포상금도 날리고, 처벌도 받겠지! 머리를 쓰려면 제대로 썼어야 하는데!"
"음… 그럼 얘는 별로 중요한 게 아니잖아?"
"그렇지. 증거도 다 나왔고! 현장 감식 할 때만 데려가서 확인하면 될 것 같은데?"
"감식이 언젠데?"
"2시간 뒤!"
"오케이, 바로 데려가자!"

성재는 다시 철벽회관으로 돌아간 후, 현장에 있었던 모든 상황을 파악할 수 있었다. 같은 장소에서 현장검증하는 작전장교는 표정이 굳은 채로, 담담하게 자신에게 있었던 일을 재현했고. 그 대화를 통해, 죽은 그 여성이 자신의 동생을 살리기 위해 작전장교를 포섭하려던 것도 알게 되었다.
그리고 스스로 목숨을 끊은 사실도….

사건은 여차여차해서 얼렁뚱땅 잘 해결되었다.
있었던 사실은 그대로 기록하되, 대통령기록물로 보관하여, 30년간 아무도 열람할 수 없도록 분류했다.
그리고 외부에는? 당연히 축소발표하기로 결정했다.
국정원에서는 해당 사건을 간첩사건 대신, 결혼을 앞둔 여성과 대위의 다툼 간 발생한 우발적 자살 행위로 조그마한 지역신문 지면에 실었다.
그 이유는? 간단했다.

현 정부에서는 북한과의 이념 갈등을 야기하길 원하지 않았으니까.

보수나 진보나 이건 군대에서 중요하지 않다. 항상 똑같이 덮어버리니까.

물론 덮는다고 다 덮어지진 않는다. 군 내부 관계자 중 고위 간부들은 이게 무슨 사건인지는 대부분 알고 있다. 이런 일이 워낙 비일비재해서 침묵하고 있을 뿐.

다시 생각해보면 그리 특별한 일은 아니다. 그렇다. 이 모든 것은 지나가는 일.

언제나 있어왔고, 시간이 지나면 잊히는 일이다.

성재는 참모총장 특별지시로 휴가 14박 15일을 곧바로 받게 되었다. 그리고 최대 20억이라는 포상금이지만, 실제로는 2천만 원만 받게 되었다. 내부 규정상 참고인은 딱 그 정도라나? 아무튼… 최대 20억을 받으려면, 잠수함을 발견하던지, 대테러현장을 미리 제보하던지, 그 정도는 되어야 하는 듯했다.

일단 집에 도착한 성재.

"휴가냐? 일찍 왔네? 다음주에 온다고 안 했니?"

"네. 이번에도 휴가가 좀 길어요. 잠깐 약속 있어서 나가볼게요."

아버지의 말에 아들은 웃음으로 일관했다.

"민아 만나러 가는 거야?"

"민아 누나, 이야기하지 마세요."

"에이, 민아는 참하고 좋기만 하던데! 너한테 완전 호감 있어 보이잖아. 아빠는 솔직히 너 정도 나이면 연애도 좀 하고, 결혼도 좀 해 봤으면 하는디?"

"아빠! 나 22살이에요. 무슨 결혼이야? 여자관계는 알아서 할게요. 저 나갑니다?"

"그려! 다녀와. 갔다가 밤에 시간 되면 장사하는데도 들리고!"

"네. 알았어요."

성재는 집에서 나온 후, 곧바로 서울로 가는 버스를 타며, 휴대폰으로 전화를 걸었다.

그러자 한 여성이 전화를 받는다.

"여보세요?"

"아, 안녕하세요? 저 성재에요."

"응! 어디쯤이야?"

"아줌마 가게로 가고 있어요. 2시간 안에 도착할 거에요."
"그래. 얼른 와."

서울에서 이순옥이 하는 가게를 들린 성재. 지난 안보 강연 때 만난 인연. 그 인연을 바탕으로 성재가 먼저 도움을 요청했고, 그녀는 기꺼이 화답했다.
"여기 사진하고요, 전화번호래요. 이 사람하고 통하면, 한국으로 데려올 수 있대요."
"돈 많이 들 거야."
"네. 이걸로 써주세요."
성재는 자신이 국정원으로부터 받은 돈 중 일부를 건넸다.
"이거면 가능하겠네. 사정은 전해 들었어. 진주가 정말로 그럴 줄은 몰랐네."
"아시는 분이셨어요?"
"당연하지. 우리 사회가 얼마나 좁은데? 한 다리 건너면 다 알아."
"삼가 고인의 명복을 빕니다. 탈북자들은 정말 힘드시겠네요."
성재의 말에 눈물을 글썽이는 이순옥.
"인생이 뭐 다 그런 거지. 밥은 먹었니?"
"아니요. 아직 안 먹었습니다."
"그럼 내가 뜨신 밥 해줄 테니까, 먹고 가. 신선로라고 안 먹어봤지?"
"네. 신선로는 안 먹어봤습니다."
"그래. 그거 해줄 테니까, 먹고 가. 20분만 기다려."
성재는 쓸쓸한 표정을 지었다. 그래서일까? SNS에 접속해 자신의 현재 상태를 해맑음에서, 쓸쓸함으로 바꾸었다.
그때, 나오는 신선로.
"잘 먹겠습니다."
"그래. 우리한테 맡기고, 많이 먹고 기운 내고! 네 탓 아니니까, 죄책감 느끼지 말고, 응?"
"네. 알겠습니다."
성재는 신선로 그릇에서 국물을 뜨려는데, 갑자기 핸드폰 진동이 울렸다.
익숙한 번호다.
- 휴가 나왔어요? 지금 어디에요?

동현이형! 드디어 만나겠네요!

같은 날, 오후 3시.

윤아는 같은 학교 학생들과 함께 수업을 듣고 있었다.

실습에 사용될 신선한 재료. 그건 바로 오믈렛 재료인 달걀. 오늘 수업을 맡은 선생님이 학생들을 향해 물었다.

"달걀은 몇 도에서 익는지 아는 학생 있어요?"

모두가 손을 들었다. 실습 점수를 더 받기 위해서였다. 윤아도 번쩍 손을 들었다.

'60도, 60도 아닌가?'

그런데 선생님이 앞의 학생을 호명했다.

"민수희!"

"네. 선생님! 60도에 익습니다!"

"음, 아니야. 수희 뒤에! 전학생이지? 배윤아가 답해볼래?"

윤아는 자신이 생각한 답이 틀리자, 곤란해했다. 얼른 손을 내렸어야 하는데, 선생님이 타이밍을 주지 않았다.

하지만 호명 당했으니 일어나서 대답해야 하는데….

정답을 모른다.

'몇 도지? 몇 도야?'
그때, 옆에 앉은 남학생이 윤아의 책상 위에 쪽지로 적어 보여주었다.
'익는 온도 70도!'
윤아는 장종수의 도움으로 위기를 모면하며, 선생님께 대답했다.
"70도에 익습니다."
"그래요. 잘 맞췄어요. 달걀은 65도부터 70도에서 익어요. 공부 열심히 했네? 윤아, 자리에 앉고! 자! 그럼 오늘 재료를 가지고 오믈렛을 만들어 볼 건데요. 모두 아일랜드 앞으로 이동해 봅시다."

방과 후, 윤아를 부르는 남자는 고등학교 2학년, 장종수. 정답을 알려준 남학생이다.
"윤아야! 혹시 시간 되면 저녁 나가서 같이 먹지 않을래?"
"미안, 오늘은 기숙사 방, 언니들하고 먹어야 돼서, 아까는 고마웠어."
"그럼 내일은?"
"아, 내일은 현충일이잖아. 집에서 쉬어야지."
"그럼 모레는?"
"모레는… 음, 종수야!"
"어?"
"나중에 내가 시간 되면 먼저 연락할게. 그러니까…"
"…응. 알았어."

종수는 착했고, 순진했다.
윤아도 비슷했지만 좀 다르다.
눈치가 빠른 편. 특히 남자들이 자신을 어떻게 생각하는지 금방 캐치한다.
그래서 알고 있었다. 종수가 자신에게 마음이 있음을.
하지만 그녀의 눈에는 차지 않는다. 교회를 오래 다녀서 그런가? 아니면 정말 열성적인 사람을 보아서 그런가? 동갑이나 어린 나이에는 도저히 끌리지 않는다.
지금 자신의 마음은 오로지 성재에게만 Open.

'오빠한테 아무도 만나지 말라고 먼저 말한 건 나니까, 나도 똑같이 지켜야 돼.'
언니들과 학교 식당에서 밥을 먹고, 기숙사에 들어간 그녀. 지금 할 일은 침대에 누워 휴식을 취하는 시간.
그녀는 2층 침대에서 천정 방향으로 손을 올리며, 핸드폰을 열어보았다.
자신의 집에서 일했을 때, 친구 추가해놓았던 남자.
그의 SNS 계정을 보고 싶어서였다.
'성재 오빠는 군대에 있겠지?'
강성재의 메인 프로필 사진. 공사장에서 안전모를 쓰고 해맑게 웃고 있는 사진.
그리고 쓰인 문구.
〈20대에는 사서도 고생한다. 항상 힘내자! 파이팅!〉

그 문구에 혼자서 의미를 부여하는 여성.
'역시 성재 오빠는 성공지향형이야.'
이제 시선을 내려, 이모티콘을 확인한다.
해맑은 표정.
그런데 하필 그 순간, 밝게 웃던 표정이 씁쓸한 표정으로 바뀌어버리고.
그녀는 이모티콘이 바뀐 이유를 알아차렸다.
'응? 이모티콘이 바뀌었어? 휴가? 성재 오빠! 휴가 나왔나?'
그래서 메시지를 보내 확인했다.
- 휴가 나왔어요? 지금 어디에요?

성재는 신선로 그릇에 담긴 음식을 먹다 말고 윤아의 메시지에 답장을 보내기 귀찮아 그냥 전화를 걸었다.
"뭐야? 웬 문자?"
"휴가에요? 어디에요?"
"어. 포상 휴가, 나 지금 서울 왔어. 그런데 휴가인 건 어떻게 알았어?"
- 오빠, 이모티콘 바뀌었길래, 금방 알았죠.
"뭐야? 나 이모티콘 금방 바꿨는데? 계속 확인하고 있었던 거야?"

- 내가 바본 줄 알아요? 계속 확인을 왜 해요? 우연히 발견한 거지.
"아님 됐고! 뭐 그렇게 흥분해? 기왕 서울로 유학까지 가서 요리 공부하는 거, 열심히 배워! 오빠 방송 나온 거 봤지? 오빠 따라잡으려면 윤아! 열심히 해야겠다. 응?"
- 성재 오빠! 그건 그렇고, 서울이면, 내일 시간 돼요? 나 내일 휴일인데?
"안 돼! 아빠 일하는 것, 가서 도와줘야 돼. 근데 윤아야?"
- 네?
"넌 공부 안 하니? 문자 보낼 시간이 있어?"
- 뉘에뉘에! 공부! 공부~ 으이구 잔소리! 아빠처럼 말하지 마욧!
"친한 척~ 하지 마라! 오빠 말했지? 이상형이 요리 잘하는 여자라고! 응?
- 뉘~뉘! 그러시겠죠? 오빠, 상병 되더니 좀 변했어요. 잘난 척도 좀 하는 것 같고….
"이게 본래 내 성격이야. 군대니까, 간부님들하고 선임들 앞에서 조심조심 했던 거지. 이제 오빠는 그럴 군번 아니다.
- 칫, 뭐래? 근데, 성재 오빠! 나 오늘, 남자한테 데이트 신청 받은 거 알아요?
"어? 그래? 데이트? 잘 됐네. 윤아야! 걔랑 사귀면 되겠다!
- 에이! 그런 말 하려고 한 게 아니잖아요! 됐어욧! 말을 말아야지.
"그래. 잘 지내라! 그럼 끊는다."
- 오빠! 잠깐만! 성재 오빠!

성재는 괜히 기분이 나빠져서 전화를 끊었다.
'뭐야? 자기 데이트 한다고 자랑하려고 연락한 거야?'
지내다 보니 조금은 편해진 동생.
과거를 떠올리면 윤아랑 많은 일이 있었다. 연대장님의 딸. 그녀의 가정환경이 조금은 부러웠는지도 모른다.
하지만 지금은 아니다.
대전으로 내려가는 버스. 아버지가 일하시는 은행동에 도착한 성재. 그런데 웬일인지 출근한 아버지는 싱글벙글이다.

"무슨 일 있으세요?"
"요즘 장사가 잘 돼서 그렇지 뭐."

"장사가 잘 돼요?"

"응. 야! 철벽부대가 너희 부대 맞냐?"

"네. 맞아요. 왜요?"

"너희 성당인가 뭔가에서 대량주문이 들어왔다?"

"네? 꿀타래 주문을 했다고요?"

"어. 매주 100박스 씩 보내달라는데?"

"그래요?"

성재는 그 소식을 듣고 부대로 전화를 걸었다. 그러자 서효석 병장이 상황을 설명해주었다.

- 야! 강성재!

"상병 강성재?"

- 신부님이 하도 부탁을 하셔서 내가 윤정석 사장님 전화번호 가르쳐드린 거야. 아마 메뉴가 바뀌진 않는 한, 꿀타래는 거기서 계속 주문할 거야. 나중에 한턱 쏴라.

"알겠습니다. 감사합니다."

- 아! 참! 군사령부에서 요리경연대회 한다던데?

"어떤 요리로 준비하실 겁니까?"

- 됐어. 준비는 뭘, 그냥 하면 되지. 너 휴가 복귀 언제냐?

"6월 19일입니다."

- 에이! 6월 20일 날 요리 대회인데?!

"그렇습니까? 날짜가 확정 안 되서 일단 나갔는데… 준비는 제가 못할 것 같습니다."

- 어휴! 넌 어떻게 군 생활, 꿀만 빨다 가냐?

"죄송합니다! 서효석 병장님도 남은 군생활 빛을 보실 겁니다."

- 60일 밖에 안 남았어.

"아, 네. 그렇습니다."

전화를 끊고, 아버지의 물음.

"뭐야? 군대에서 뭐 잘못 했어? 왜 계속 죄송합니다, 죄송합니다. 그래?"

"아닙니다. 아니… 아니에요. 아빠, 뭐 도와드리면 돼요?"

순간 다나까로 아버지에게 대답한 성재.

그러나 아버지는 크게 의식하지 않고, 옆에서 꿀타래 만드는 것만 도와달라고 했다.

성재는 아버지가 만드는 것을 지켜보았다.

그러고 보니 꿀타래 만드는 솜씨가 좋아졌다?

강일용이 만든 견과류 꿀타래 ★★★★

무려 4성, 여기까지면 이제 혼자서도 척척 만들 수 있는 단계. 성재는 씩 웃었다.

"아빠!"

"어?"

"제가 군대에서 꿀타래 신메뉴 개발한 게 있거든요? 한 번 해보실래요?"

"신메뉴?!"

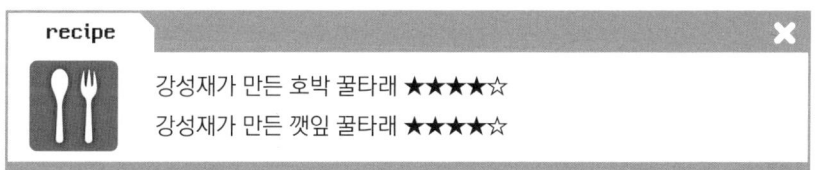

강성재가 만든 호박 꿀타래 ★★★★☆
강성재가 만든 깻잎 꿀타래 ★★★★☆

위수지역을 벗어나 등급 보너스 받는 것을 실패했기에 등급은 떨어졌지만, 그래도 아버지가 만든 것보다는 높은 등급.

"호박에 깻잎이라? 이거 오묘한데? 더 맛있는 것 같기도 하고?"

"그렇죠?!"

아버지는 아들을 보며 흐뭇한 표정을 지었다.

'어이쿠, 이 복덩어리!'

성모성월 행사의 밤 당시, 갑자기 사라진 부사단장과 성재와 효석. 그 때문에 신뢰가 바닥까지 떨어졌던 23사단의 성당.

그래서였을까?

돌아오는 주일, 6월 3일(일) 당시 천주교 참석 인원은 겨우 21명밖에 되지 않았다.
그야말로 처참 그 자체.
더구나 행정부사단장도 더 이상 성당을 나오지 않았다.
- 나, 이제부터 외부로 다닐 거야. 찾지 마. 나한테 도움도 청하지 말고! 알았어?
자신의 편은 아무도 없다. 이대로라면, 21사단의 DMZ 지역으로 자신이 가야 될 것이 자명하다. 그는 어떻게든 꿀타래를 구하기 위해 서효석 병장을 찾아갔다.
그리고 소기의 성과를 얻었다.
- 꿀타래 주문하실 수 있는 연락처를 알려드리겠습니다.

그리고 6월 10일.
성당의 군종신부는 지난주의 굴욕을 만회했다.
성당인원이 대폭 늘어난 것. 참석인원이 무려 67명! 지난주의 3배가 넘는 수치.
윤정석은 신난 얼굴로 자신의 친구인 강일용에게 말했다.
"일용아! 군부대에서 주문량이 늘어난다?"
"그래?!"
"성당에서 100개, 교회에서 300개, 법당에서 200개 보내달라는데?!"
"600개나? 거의 이틀 판매량이잖아."
"그러니까! 이거 대박 조짐인데?"

이 전쟁은 언제쯤 끝나려는지….

드디어 약속한 날짜가 다가왔다. 전역한 선임과의 만남.
때마침 울리는 벨. 발신자는? 윤동현이다.
"동현이형! 한국 오셨어요?"
- 어! 서울 올라오고 있냐?
"네. 어디 대학교라고 하셨죠?"
- 성실여대! B-13동 3층.
"네. 여대인데 남자도 들어가도 되죠?

- 어. 돼! 낮 시간에는 가능해!

"알겠어요. 형! 혹시 오늘 소개시켜준 다는 분! 외국분 아니세요?"

- 어? 어떻게 알았냐?

"음, 그분 성함이 까들로프 교수님 아니세요?"

- 야! 너 까들로프 교수님 알아?

"아니요. 워낙 유명하신 분이잖아요. 프랑스에서 미슐랭 2스타 레스토랑 운영하시는 총괄셰프님! 맞죠?"

- 어. 맞아. 에이! 난 비밀로 하려고 했는데?

"아, 그랬구나. 그럴 줄 알았어요. 동현이형! 전 금방 도착해요!"

- 어. 오늘 우리만 교수님 뵙는 거 아니고, 다른 학생들도 많이 올 거야. 청강 가능한 특별 강의거든.

전화를 끊고, 성재는 씩 웃었다.
아직 유효한 시스템창.

인연 퀘스트　**미슐랭 셰프와의 만남**
미슐랭 2스타 총괄셰프인 까들로프가 한국에 입국한다. 신뢰하는 동료(윤동현)과 함께 그를 만나, 그에게 자신의 요리 실력을 어필하라

Tip　인연 퀘스트는 사용자의 인생에 중요한 갈림길을 제시해주는 사람과의 관계를 설정해주는 퀘스트입니다. 이 퀘스트 진행 정도에 따라 인생의 방향이 달라집니다

과연 인연 퀘스트. 그가 제시해주는 중요한 갈림길은 뭐가 될까?
성재가 성신여대 안 B-13동 3층으로 발걸음을 옮겼다.
그런데 사람들이 상당히 많다. 교복 입은 학생들… 고등학생들이….
'대학교에 왜 이렇게 고등학생이 많아?'

VIP 초대권

소공연장. 극장처럼 바닥에 고정되어 있는 의자 300석.
중앙을 기점으로 좌측에는 대학생들이, 우측에는 고등학생을 비롯한 일반인들이 앉았다.
무대 위, 현수막에 쓰여 있는 글씨.

〈미슐랭 2스타 라이프 가든 총괄셰프, 까들로프 교수님 초청강연!〉

성재는 뒷줄에 앉아, 윤동현이 도착하길 기다렸다.
광택있는 화이트 정장에 오버사이즈 화이트 백팩, 셔츠와 넥타이, 구두까지 흰색으로 통일한 남자. 그의 등장에 사람들이 술렁인다.
물론 좋은 의미는 아니었다. 그의 패션이 부담스러웠기에.
그가 만나기로 약속했던 남자의 이름을 불렀다.
"성재야! 반갑다!"
"동현이형! 반갑긴 한데, 패션이…."
"네가 할 말은 아닐 텐데?!"
명품 아닌 보세지만, 나름 흰색 티셔츠에 청바지, 검은색 가방으로 단정하게 차려입은 성재가 오히려 패션 감각에선 나은 상황.

그러나 우쭐한 윤동현이 성재를 일으키며, 입을 열었다.
"우리 자리는 저 앞이야."
VIP석이라고 쓰여 있는 제일 앞줄. 성재는 윤동현의 말에 가운데 중앙 통로를 통해 아래쪽으로 내려갔다. 확실히 VIP석은 VIP석. 좌석에 이름이 적혀 있다.
윤동현, 강성재.
'나? 내 이름?'
성재는 윤동현의 뒷배경에 대해 궁금해졌다.
그의 집이 잘사는 것은 알고 있었지만, 도대체 어떤 집안이길래… 자신의 이름이?
"뭘 그렇게 봐? 말했잖아! 일단 앉아."
"네."
그리고 차곡차곡 앉는 학생들.
성재는 자신의 옆 사람들을 바라보았다. 하나같이 정장을 입고 온 사람들. 다들 사회에서 덕망 있고, 지위 높은 사람들이다. 그때, 들어오는 파란 눈을 가진 외국인.

"봉쥬르! 안녕하세요! 까들로프입니다. 한국에 다시 오니까 기분이 좋네요."
유창한 한국어. 그는 청중을 좌측부터 우측까지 골고루 쳐다보며, 시선을 마주했다.
"저는 한국하고 세 번의 인연이 있었어요. 첫째! 한국에서 5년 동안 요리를 배웠고요. 둘째! 제 요리 스승님이 한국인이시고요! 셋째, 작년에 열린 제1회 베스트 셰프 코리아에서, 특별 심사위원을 역임한 적이 있습니다."
그는 숨을 고르고, 다시 이야기를 이어갔다.
"그런데 한국과 네 번째 인연이 이어졌네요. 저한테 무슨 일이 있었던 걸까요?"
커다란 키, 홀쭉하고 마른 남성이 질문을 던졌다.
아무도 대답하지 않았다. 정답을 유추하기 어려운 질문이었기 때문이었다.
까들로프가 방긋 웃으며 말했다.
"여러분들을 만났잖아요. 우리 인연 아닌가요? 이쯤 되면 박수 나와야 되는데?!"
짝짝짝짝!
외국인임에도 유창한 한국말에 우레와 같은 박수가 펼쳐지고.
그 소리가 잦아질 즈음, 까들로프가 본론을 이어갔다.

"모두 요리사를 꿈꿔서 여기를 온 건 아닐 거예요. 교수님이나 학교 선생님이 강제로 오라고 해서 오신 분들도 있고, 막상 대학교는 가야겠고, 꿈이 뭔지 생각도 해보지 않은 채, 성적에 맞춰 조리학과에 지원하신 분도 있을 거예요. 그런데 그건 저도 마찬가지였어요. 저 스스로 요리사를 선택했으면서도, 정말 내가 이 길을 가야 하나 고민도 많이 했었죠."
그는 숨을 고르게 쉬었다.
"그런데 6년 정도 요리를 하니까, 다른 사람이 제 실력을 알아주기 시작해요. 손님들이 신기한 게, 제 요리가 맛있다고 말해요. 그때부터 이런 생각이 들더라구요. 내가 요리사를 이것 때문에 했구나! 나는 다른 사람을 행복하게 해주기 위해서 이 직업을 선택했구나!"

까들로프의 말에 사람들 대부분이 공감한 듯, 고개를 끄덕였다.
"요리사로 최고가 되고 싶다고요?! 다들 그러시고 싶으셔서 오셨죠?"
"네!"

"다들 자격증도 많이 따셨죠?"
"네!"

"그런데 요리는 자격증 딴다고 훌륭한 요리사가 아닙니다. 여러분들은 스펙 쌓기 위해서, 스스로 '나는 여기까지 했으니까, 자격증도 땄으니까, 이제 훌륭한 요리사야.' 이렇게 생각하시는 분 계신가요?"
"?!"
어리둥절. 자격증을 부정하는 까들로프 교수의 발언에 교수들도 고개를 젓는다.
그는 명쾌한 해답을 내놓았다.

"요리는 정답이 없는 겁니다. 손님들이 원하는 요리가 사람마다 다 달라요. 이 사람은 단 음식을 좋아하고, 저 사람은 짠 음식을 좋아해요. 트뤼프(송로버섯)를 예로 들어볼까요? 엄청 비싸고, 귀한 식재료에요. 세계 3대 진미라네요. 그런데 어떤 사람들은 그 비싸고 귀한 트뤼프가 기름 냄새, 주유소 냄새 난대요."
"아…."
요리사로서 공감하는 청중.

"중국이나 필리핀 등에서 향신료로 많이 쓰이는 고수는 락스 냄새 나서 싫다는 사람들도 많아요. 그런데도 그 고객들에게 '이건 남들도 다 좋아하니까 먹어야 돼. 이게 맛있는 거야!' 라고 말하실 건가요?"

"아니요!"

"좋습니다. 이제부터 여러분은 요리사로서 나아가야 될 자세, 하나를 배웠습니다. 그건 바로 손님의 눈높이! 고객의 입맛에 맞춘 요리를 해야 된다는 겁니다. 손님이 짜다면 짠 거고요. 손님이 싱겁다면 싱거운 겁니다. 제가 연 레스토랑은요. 시골의 작은 도시에 있어요. 더구나 그 작은 도시에서도 가장 유동인구가 없는 최악의 자리였어요. 하지만 전 포기하지 않았습니다. 손님 한 사람, 한 사람 입맛에 맞추려고 노력했어요. 어떻게 했냐고요? 예를 들어볼게요. 성이 '앙투안'인 노부부가 있었어요. 할아버지는 굉장히 짜게 드시고, 할머니는 굉장히 싱겁게 드시는 습관이 있었죠. 할아버지랑 할머니가 입맛이 정 반대에요. 생각해보세요. 결혼생활 40년 동안 둘이 입맛 가지고 얼마나 싸웠겠어요? 서로 대화도 안 하더라니까요! 그런데 우리 식당에 오면 둘이 얼마나 오순도순 대했는지 몰라요. 그때 둘은 그랬대요. 둘이 같은 자리에서 웃으면서 요리 먹는 건 처음이라고! 이유는 아시겠죠? 상대방의 입맛에 맞춘 요리가 이렇게 만든 겁니다. 40년 동안 대화도 없던 노부부도 서로를 마주보며 즐겁게 웃게 만듭니다. 요리! 대단한 거 아닙니다. 상대방의 기분에 맞춰주세요. 서비스직이라고 생각하고, 상대방 입장에서 생각하세요."

"그럼 저처럼!
미슐랭 2스타를 넘어!"

까들로프가 목소리를 높이며, 천장을 향해 올렸던 손을 땅으로 내렸다.
그러자 현수막이 내려갔다. 내려간 현수막 뒤에 또 현수막이 보인다.
'미슐랭 2스타 라이프 가든'이라고 쓰여 있던 글자가
'미슐랭 3스타 라이프 월드'란 문자로 변화하는 퍼포먼스!
그리고 까들로프의 마지막 멘트!
"여러분들도 미슐랭 3스타를 받을 수 있습니다!"
그러자 아까와 달리 소공연장을 가득 메운 사람들에게서 박수가 쏟아졌다.

까들로프는 강연을 마치고, 강당에서 내려와 VIP석에 앉은 교수들과 악수를 건넸다.

"저녁 식사 때 꼭 오세요!"

"네. 교수님!"

"김 교수도 저녁때 뵙고요."

까들로프의 말에 고개를 끄덕이는 교수들.

그리고 윤동현의 차례. 까들로프는 친한 말투로 그를 불렀다.

"동현이도 올 거지?"

"네. 가야죠."

그다음은 성재.

"같이 올 거죠? 얘기는 많이 들었어요."

성재는 미슐랭 쓰리스타 총괄 셰프의 말에 고개를 끄덕였다.

"이따 동현이랑 같이 제 맨션으로 오세요. 후회하지 않으실 겁니다."

까들로프가 떠나고, 윤동현이 주머니에 있는 초대권을 성재에게 건넸다.

성재는 초대권에 적혀 있는 내용을 읽었다.

〈VIP 초대권〉 The Food Night! 6월 12일 이태원 노블맨션 5층

성재는 직사각 모양의 종이를 건네받으며 한때 선임이었던 형한테 물었다.

"형! 푸드 나이트가 뭐예요?"

"뭐긴 뭐야. 3스타 레스토랑 총괄 셰프와의 저녁 식사 자리지."

그때, 일반석에선 추첨이 이어진다.

[좌석번호 B14번!]

진행자의 말에 갑자기 환호성을 지르는 대학생!

"와아아아아아!"

그리고 부러운 시선으로 그 남성을 바라보는 사람들. 그리고 추첨은 이어진다.

[좌석번호 G7!]

비명을 지르는 일반인 아줌마.

"꺄야아아아아아아아!"

[비명소리, 자제해주시고요! 앞으로 나와서 초대권 받아가세요! 이제 교수님과 함께할 수 있는 초대권은 총 3장 남았습니다.]
옆에서 진행자들을 보며, 윤동현이 어깨를 으쓱거렸다.
"알겠지? 이게 얼마나 좋은 건지?"
"이 정도였습니까?"
"복잡한데, 일단 나가자!"
성재는 윤동현의 손에 이끌려 바깥으로 나갔다. 그리고 추첨은 계속된다.

[좌석번호 F15!]
한 여성이 자리에서 일어나 두리번거렸다.
'나? 내가 당첨된 거야?'
그러자 진행자가 그녀를 콕 집어서 부른다.
"네. 거기 여학생! 멀뚱멀뚱 가만히 있지 말고 앞으로 나오세요!"
여학생 옆자리에 앉은 남학생이 자신이 당첨된 마냥 기쁜 얼굴로 말했다.
"윤아야! 축하해! 얼른 가서 받아와."
"응."
〈VIP 초대권〉을 보며 부러운 얼굴을 하는 종수.

모든 추첨이 끝나고, 사람들은 초대권을 얻기 위해, 분투했다.
"초대권 삽니다! 10만 원에 삽니다!"
"초대권 팝니다. 경매로 팝니다. 까들로프 셰프님의 요리를 맛볼 수 있는 초대권 팝니다! 15만 원부터 시작합니다!"
사고자 하는 사람들과 팔고자 하는 사람들.
그런데 윤아의 표정이 좋질 않다. 짝꿍인 종수가 그녀에게 물었다.
"표정이 왜 그래? 당첨됐으면 좋아해야지. 왜 그래?"
"생각해보니까, 나 혼자 가는 건 좀 아닌 것 같아서…."
"좋은 기회인데? 놓치기 아쉽잖아."

"아빠하고 엄마가 혼자서는 다니지 말라고 그랬거든. 요즘 세상도 흉흉하고, 밤늦게 끝날 것 같은데, 초대권 다른 사람한테 양보해야 될 것 같아."
그녀의 말에 갑자기 언성을 높이는 종수.

"배윤아! 그러지 마."
"뭐?"
"내가 같이 가줄게. 그러니까 이 기회 놓치지 마!"
장종수는 갑자기 초대권을 즉석 경매에 부치던 남성에게 다가가 손을 들었다.
"여기! 40만 원에 살게요."
"40만 원?! 40만 원에 사신다고요?"
"네! 바로 살게요."
그러자, 부터 나는 40대 여성이 더 높은 금액을 부른다.
"45만 원! 45만 원에 살게요!"
그러나 조금은 화가 난 종수가 그녀의 의지를 꺾어버렸다.
"70만 원! 70만 원에 삽니다!"
결국, 초대권을 경매로 팔던 남성은 70만 원을 받고 장종수에게 표를 건넸다. 윤아는 순식간에 벌어진 일이라 종수를 막을 수 없었다. 이러니까 더 부담스럽다. 말해야 했다.

"종수야. 나는 너 안 좋아해. 알잖아. 무슨 이런 거에 70만 원을 써! 이러면 안 돼."
"윤아야. 오해하지 마. 난 너 친구 그 이상으로 생각 안 해!"
장종수의 미련한 행동. 윤아는 부담스러우면서도, 인생의 몇 안 되는 기회였기에, 종수의 말에 고개를 끄덕였다. 그리고 그의 가슴을 주먹으로 치며 말했다.
"어휴~ 바보! 미쳤어. 진짜 미쳤어. 70만 원이면… 3달 용돈인데!"
"그래! 나 바보다! 나랑 같이 갈 거지?"
그의 말에 일단은 고개를 끄덕이는 윤아.
아직 18살밖에 안된 금수저, 장종수! 그는 환한 미소로 윤아에게 대답했지만, 울고 있는 속마음을 알아줄 사람은 몇이나 될까?
'그래. 나 바보야. 바보! 너만 좋아하는 바보!'

상류사회(上流社會 / High Society)

이태원 노블맨션. 건물의 가격은 1,120억. 총 20가구.

건물의 1층부터 범상치 않다.

안내데스크에 따로 보안요원까지 대기하고 있다.

성재는 이렇게 부유한 아파트는 처음이었지만, 윤동현은 자연스럽게 행동했다.

"어떻게 오셨죠?"

"6층, 까들로프 교수님 만나러 왔습니다."

"아, 그렇군요. 초대권 보여주실 수 있으실까요?"

"네."

안내데스크에 있던 50대 직원은 초대권을 보며, 환한 미소를 지었다.

"네. 왼쪽 엘리베이터를 이용해주십시오."

엘리베이터를 타고 6층에 올라가자, 까들로프는 성재와 동현을 반겼다.

"빨리 왔네? 바로 온 거야?"

"네."

"주차는? 주차할 곳 없어서 곤란했을 텐데…."

"네. 발렛파킹 맡겼어요. 진짜 자리가 없더라고요. 유료 주차장까지 꽉 차서…."

"그랬구나. 그게 좀 단점이네. 이번에 분양받은 집이라곤 이야기했었지? 둘러볼래?"

"네. 엄청 고급스럽네요. 비쌀 것 같아요. 신축 건물이라 그런가?"

윤동현의 말에 까들로프가 미소를 지었다.
"맞아. 그래도 싸게 분양받았어. 110평에 60억이니까, 괜찮은 가격이지?"
"평당 5,500만 원? 그래도 괜찮은 가격이네요."
성재는 혀를 내둘렀다.
이 사람들이 60억을 가지고 싸게 분양받았단다.
성재의 집. 관리비 포함해서 월 35만 원. 여기 관리비는 얼마나 될까?
때마침 윤동현이 그걸 교수에게 물었다.
"교수님! 관리비는 얼마나 나와요?"
그러자 까들로프가 씩 웃었다.
"월 132만 원이었을 걸?"
"……."

대한민국의 고급맨션.
지방 사람들 입장에서는 정말 말도 안 되는 가격이지만, 분명 실존하고 있었다. 그나마 한강 조망권이 아니라서 가격은 싼 편이란다.
집 안에 들어간 성재는 깜짝 놀랐다. 6월의 더운 날씨에도 냉기가 솔솔.
그러고 보니, 거실에 에어컨이 2대나 가동되고 있다.
3.5m는 더 되어 보이는 천장. 그 위에 달린 샹들리에.
모든 벽은 매끈하게 처리된 대리석으로 마감되어 있어, 저번에 갔던 강릉의 힐튼 호텔의 느낌도 났다.
그때, 누군가가 또 초인종을 누른 듯했다.
옆에 홈 시스템이 켜지고, 화면에 아까 보았던 교수들의 얼굴이 보인다. 까들로프는 상대방의 얼굴을 확인하며, 아파트 입구의 문 열림 버튼을 눌렀다.
그 후, 동현이한테 시선을 돌리는 교수님.

"더 구경할래? 여기가 조리실이야."
문제의 아일랜드 조리대.

검은색으로 마감된 대리석. 아일랜드에는 전기설비가 구비되어 있어, 220V 콘센트가 2개나 설치되어 있다.
그 옆, 우리나라에서 가장 잘 나간다는 S브랜드의 시그니쳐 냉장고.
가장 중요한 화력은 뭐로 쓸까?
가스레인지? 인덕션? 성재는 궁금해졌다.
그런데 정답은?

둘 다 쓴다였다.
메인 주방에 설치된 가스레인지와 아일랜드에 보조로 설치된 인덕션.
그런데 더 대박인 건….

"주방이 2개네요?"
"아, 그렇더라고. 내가 그래서 여기로 고른 거야. 보조 주방이 따로 있어서 손님들 모시기도 좋고, 가족들도 여자 손님 따로, 남자 손님 따로, 이렇게 분류하기 좋잖아."
"아…, 여기 쪽방은 뭐에요? 너무 조그만데…."
"아, 거기는 이모님 쉬시는 곳인데, 지금은 퇴근하셨어."

여기서 말하는 이모님은 파출부.
파출부의 쉬는 방이 따로 있다니….
상류층의 문화를 처음 접한 성재는 모든 게 신기할 뿐이었다.
그때, 사람들이 들어오기 시작했다.
까들로프는 들어온 사람들을 향해 미소를 지으며, 하나, 둘 인사했다.
초대 손님 25명, 그리고 추첨을 통해 늘어온 손님 5명.
총 30명의 손님이 시간 맞추어 들어왔다. 단, 한 명도 약속된 시간보다 늦게 오는 사람이 없다.
이게 바로 상류사회?
성재는 추첨을 통해 들어온 두 학생 중 여학생을 보며 깜짝 놀랐다.

"배윤아, 네가 어떻게 여기를…."

"성재 오빠도 여기 있었어요? 대~박! 오빠도 돈 주고 표 샀어요?"
성재는 고개를 저으며 말했다.
"아니, 나는 아는 형이 줬지."
성재는 대답과 동시에 윤동현을 바라보았다.
그리고 소개했다.

"동현이형! 여기 아는 동생 윤아! 윤아야! 인사해. 동현이형! 전역한 내 선임이야."
성재의 소개에 윤동현은 환한 얼굴로 윤아에게 악수를 건넸다.
"안녕! 예쁜 동생! 반가워!"
"네. 동현 오빠라고 불러도 되죠? 반갑습니다!"
성재는 윤아하고 인사를 건넨 윤동현에게 말했다.
"동현이형! 쟤, 우리 연대장님 딸이에요."
"뭐? 연대장? 배원영 대령?"
그러자 배윤아가 미소를 지었다.
"넵, 우리 아빠예요!"
배윤아의 말에 윤동현이 장난스러운 말투로 성재에게 말했다.
"헉, 얼굴이 예뻐서 호감 있었는데, 갑자기 그 호감이 뚝 떨어지네. 성재야! 쟤하고 친하게 지내면 안 되겠다. 둘이 아무 사이 아니지?"
"네, 당연하죠! 공관병 하다가 잠깐 친해지긴 했는데, 그냥 동생이에요."
성재가 익살스러운 웃음을 선보이며 대답을 끝내자, 갑자기 윤아 옆에 있던 종수가 패기 있게 입을 열었다.
"안녕하세요! 윤아랑 같은 고등학교에 다니는 장종수입니다. 잘 부탁드립니다!"
목적은 물론 윤아 주변 사람들에게 잘 보이기 위해서였다.

윤동현은 패기 있는 남학생을 보며 씩 웃었다.
"아! 그래? 둘이 잘 어울리네? 커플?"
윤동현의 말에 장종수는 머리를 긁적이며 말했다.
"아직은 아닙니다!"
그러자 배윤아가 장종수의 말을 이었다.

"그냥 친구 사이에요. 친구!"

성재는 미소를 지었다.

윤아와 종수, 아직 풋풋한 고등학생, 잘 어울리는 남녀. 더구나 이런 장소까지 같이 왔다는 건, 분명 꽤 진전된 관계. 그러고 보니, 남학생이 제법 부티나 보인다. 윤아를 좋아하는 티가 확실히 나고,

"둘이 잘 어울리네. 보기 좋아 보여."

성재가 입을 열자, 윤아의 감정 변화가 느껴졌다.

> ⚙ ✓ ✗
> 사용자 강성재에 대한 배윤아의 애정도가 15 하락했습니다

분명 효과는 있었지만… 호감도가 아니라 애정도라니….

'너, 아직도 나 좋아하니?'

윤아는 자신을 마음에 둔 모양.

성재는 고개를 저었다.

장종수라는 녀석은 윤아에게 상당히 큰 호감을 가지고 있는 것 같다. 그러니까, 커플이냐는 질문에 '아직은…'이라고 대답했겠지.

역시나 그의 반응은 너무나 정직했다.

"좋게 봐주셔서 감사합니다. 윤아가 너무 예뻐서 저한테는 과분… 아야! 왜 꼬집어?"

윤아가 종수의 허리를 꼬집었다.

"장종수! 너, 무슨 소리를 하는 거야. 가만히 좀 있어!"

성재는 윤아의 행동에 미소를 지은 채, 다시 한번 윤아를 응원했다.

"윤아야. 종수가 너 좋아하는 것 같은데?"

"아니라니까! 성재 오빠! 아니에욧! 오해야! 오해에요!"

"크큭, 다른 사람들 다 본다. 목소리 너무 크게 하지 말고!"

성재의 말에 또다시 떠오른 시스템창.

> ⚙ ✓ ✗
> 사용자 강성재에 대한 배윤아의 애정도가 20 하락했습니다

그리고 또 다른 내용이 떠오른다.

사용자 강성재에 대한 장종수의 호감도가 48 상승했습니다

그때, 까들로프가 참석한 모두를 향해 말을 꺼냈다.

"초대에 응해주셔서 감사합니다. 오늘 이 자리는 너무 어려워하지 마시고, 친한 친구 집에 왔다고 생각하고 즐겨주시면 감사하겠습니다."

원형 테이블과 식탁보. 까들로프와 그의 제자들이 준비한 요리들이 올라온다.

성재는 요리사의 눈을 통해 까들로프의 요리를 쳐다보았다.

그리고는 멘붕.

처음부터 6성이 나온다.

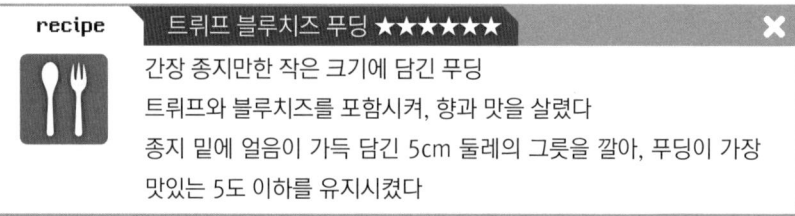

달면서도 짜고, 향은 또 엄청나게 밀려오며, 입안에 엄청난 여운을 남긴다.

그다음 나온 음식은….

요리사의 눈(Rank : B)으로도 등급이 보이질 않는다.

빵, 토핑, 크림하고 얼음에 담긴 캐비어. 성재는 나온 음식을 자세히 쳐다보았다.

그러자 윤동현이 옆에서 하나하나 자세히 설명해주었다.

"그 빵은 프랑스 전통 빵이야. 브리오슈! 이렇게 먹는 거야, 따라 해봐."

브리오슈를 잘라, 4가지로 구분된 토핑들을 캐비어와 같이 얹어 먹는 동현.

성재도 그를 따라, 음식을 입안에 넣으며 맛을 음미했다.

충격.

처음 다가온 맛은 부드럽고 고소하면서 달콤한 맛을 함유한 브리오슈의 맛이었다.

그리고 이어지는 시원한 사워크림, 생크림과는 다르게 유산균으로 발효시켜 만들어 요거트 같은 신맛이 느껴졌다.

그다음 적색양파와 부순 계란이 입안의 다채로운 식감을 불러오고, 마지막에 도달한 캐비어의 몽글몽글한 식감이 마무리를 짓는다. 약간 비릿한 맛도 느껴졌지만, 참가한 사람들은 그 맛을 오히려 즐기며, 얼굴에 미소를 띠었다.

그리고 이어지는 요리, 이번에도 등급이 보이질 않는다.

채소와 연어로 쌓은 3개 층에 반숙된 계란을 올려, 초밥처럼 한입에 들어갈 수 있게 만들어놓았다.

단점은? 진짜 초밥 한 점 크기만큼 작다는 것.

그러나 맛은 정말 예술.

콜리플라워의 아삭한 채소 고유의 식감과 아보카드의 생밤과 같은 과육의 맛, 거기에 싱싱한 연어살이 계란의 반숙과 만난 음식. 건강할 수밖에 없는 채소, 생선, 완전식품인 계란과의 만남.

그래서일까? 측정할 수 없는 등급.

"동현이형, 이거 진짜 맛있는데요. 상상도 안 가요. 이런 코스는 얼마일까요?"

"음, 한 300유로 정도 할걸? 프랑스에서 그 정도 하는 것 같던데…."

"300유로?"

'1인당 39만 원?!'

그제야 성재는 사람들이 왜 초대권을 사려고 했는지 이해가 갔다. 그럴만한 충분한 가치. 까들로프는 이 자리에 참석한 30명을 위해서 천만 원 이상을 쓰고 있다는 뜻.

그때, 음악이 흘러나왔다.

전통 클래식.

그러자 학식 있는 교수들의 입에서 저절로 작곡가와 곡의 이름이 튀어나온다.
"카미유 생상스, 론도 Capriccioso인가?"
애절하면서도 감성을 울리는 바이올린 연주가 흘러나오자 다들 사색에 빠지고.
바이올린 현이 높은 옥타브로 올라가자, 사람들의 입에서 탄성이 흘러나온다.
연주 메인이 되는 바이올린과 반주로 사용되는 피아노. 까들로프는 제자들과 다음 요리를 준비하며 설명을 이어갔다.
"생상스는 1835년에 태어났어요. 15살 되는 해, 파리 음악원에 입학했죠. 그러나 그는 어릴 때는 유명하지 않았어요. 그가 첫 오케스트라를 초연한 나이는 34살이었죠."
그러면서 다음 요리를 내놓는다.
"이번 요리는 제가 34살 때, 제 스승 앞에 처음 내놓은 요리예요. 스승님이 처음으로 칭찬한 요리가 되겠군요."
까들로프가 내놓는 요리에 성재의 얼굴에 미소가 실렸다.

등급이 읽혀서가 아니었다.
앞서 나온 등급 높은 요리보다 자신의 감정을 더욱 자극하고, 고조시키며, 그 요리에 빠져들게 만들어서였다.
그리고 눈망울이 촉촉해지는 사람들. 까들로프가 말을 이어간다.
"스승님은 이런 말씀을 하셨어요. 요리에 스토리를 담으라고요. 이제 여쭤볼게요. 여러분들이 만든 요리에는 어떤 이야기가 담겨 있나요? 이번 요리까지 먹고 대화를 나눌 시간을 따로 가져볼까요?"

상류 사회(上流社會/High Society)에 속한 사람들의 대화에 성재는 귀를 기울였다.
그들의 문화와 예절, 생각들을 이해하기 위해….
그때, 윤동현이 말했다.
"성재야. 너도 한 마디 준비해야 돼! 저게 다 자기 소개하는 시간이거든."
"네? 자기소개요?!"

192

이 기회 잡아보지 않으실래요?

정치인, 교수, 회사 CEO들의 인사말이 이어졌다.
그들의 화법은 다들 인상적이었다.
"안녕하세요, 구의원 홍만석입니다. 연일 무더운 날씨로 고생했는데, 이렇게 빵빵한 에어컨 때문에 북극이 아닌가 싶을 정도로 시원하네요. 제 나이가 이제 예순인데, 젊은 시절과 달리 대한민국이 굉장히 살만해졌다고 전 생각됩니다. 제가 너무 노땅이라서 이런 생각을 하는 걸까요? 20~30대 젊은이들도 살만해졌다고 느낄 때까지 발로 뛰는 홍만석이 되겠습니다! 모두 다 같이 한 표!(굽신) 부탁드리겠습니다."

사회적으로 상당히 영향력 있는 사람들.
"성실여내 르 꼬로동 블루 유치를 담당했던 최진성 교수입니다. 성실여대에선 벌써 30년째, 교수생활을 하고 있죠. 우리나라 요리 업계에서 르 꼬로동 블루를 유치했을 때, 중국에서 긴장을 하더군요. 일본에 이어, 우리나라가 아시아에서 2번째로 정식 커리큘럼을 가져오지 않았습니까?! 하하하, 저희 르 꼬로동 블루 아카데미는 마스터 셰프들의 노하우를 배울 수 있는, 세계에서 몇 안 되는 완성된 프로그램입니다. 각 기업 회장님들, 그리고 대학교수, 고등학교 교사분들도 많이 참석하셨을 텐데, 저희 프로그램에 많은 참여 독려 부탁드리고, 저는 앞으로도 남은 재임기간에도 더욱더 알찬 프로그램을 구성하여, 대한민국 요리사들의 위상을 높이는 데, 한몫 하겠습니다. 아~ 그리고 내년에 저희 학교 총장 후보로 나갑니다! 응원 부탁드립니다."

윤동현은 생각했다.
'아무리 자기 PR 시대라지만, 이건 좀 너무한 거 아닌가?'
반면 성재는 달랐다.
'저 사람들은 저 위치까지 올라가려고 얼마나 노력했을까?'

"한진종합식품의 대표, 소우준입니다. 사실 전, 요리사의 길보다는 경영자의 길을 걷고 있습니다. 까들로프 교수님과는 10년 전부터 인연이 닿았는데요. 교수님하고 같이 사업을 하고 싶은데, 교수님이 허락을 안 해주시네요. 우리 교수님은 언제쯤, 저희 회사와 같이 일을 하실까요? 하하핫! 교수님! 계속 기다리고 있습니다!"
'어떻게 보면 상류사회는 음식보다는 사교의 장이 아닐까?'

추첨을 통해 참석한 일반인들의 차례가 되었다.
그런데 일반인들 스펙도 장난이 아니다.
"안녕하세요. 미슐랭 미스터리 쇼퍼, 김소민입니다. 이 일을 한 지는 3년 되는 해이고요. 이번 가이드북에서 총 13군데를 제가 선정했습니다."
"와! 우리 모두 김소민씨한테 잘 보여야겠네요? 미스터리 쇼퍼는 밝혀지면 안 된다고 들었는데? 괜찮나요?"
"후후, 영업 비밀이지만 이제 알려드려도 되지요. 저희는 3년마다 교대를 하거든요. 서울에서 하는 기간이 끝났고요. 이제 다른 지역에서 일하게 될 거에요. 아마 내년에는 프랑스로 가서 미스터리 쇼퍼를 하지 않을까 싶어요."
그녀의 말에 까들로프가 갑자기 악수를 청하러 다가왔다.
"우리 친하게 지내야 될 것 같은데요?"
김소민이 갑작스러운 프랑스 남자의 말에 미소로 화답했다.
"그럴까요?"
그다음, VIP석에 앉아 있는 윤동현과 강성재.
윤동현이 먼저 일어났다.

"안녕하십니까? 프랑스, 르 꼬로동 블루에 재학 중인 윤동현입니다."
그러자 그를 알아보는 사람들이 술렁대기 시작했다.
"맞지? 저 친구? 엘성 그룹…"
"어. 엘성 그룹 회장님의 막내 손자잖아."
"대~박! 그런 사람이 왜 요리를 배워?"
"나도 몰라. 그거야 자기 마음이지."

그는 다른 사람이 술렁이는 것을 보며, 고개를 저었다.
사람들은 항상 자신을 신분으로 평가한다. 자신의 내면을 보지 않고, 자신이 갖추고 있는 재산이나 재력, 사회적 위치를 평가한다.
"앞으로 세계 최고의 요리사가 되는 게 제 꿈입니다. 지금은 까들로프 교수님 밑에서 정식으로 요리를 배우고 있습니다. 앞으로도 더욱더 열심히 하겠습니다!"
그래서 쏟아지는 박수.
짝짝짝짝!

화려한 미사어구도 없었고, 뛰어난 언변도 없었지만, 그는 박수세례를 받았다.
성재는 그제야 왜 그렇게 윤동현이 돈이 많은지 알게 되었다.
전역 당일, 벤츠를 타고 자신을 찾았던 선임.
'이제 보니까 재벌집 막내 손자였다고? 너무 하시네.'
같이 지내면서, 전혀 부자였던 티가 나지 않았던 윤동현. 오히려 친근한 동네 형 같은 느낌이었는데, 재벌가 사람이었다니….
성재의 놀란 시선을 확인한 윤동현이 자리에 앉은 후 물었다.
"왜?"
"조금 놀라긴 했습니다."
"재벌? 언제부터 내가 너한테 재벌이었냐? 저 사람들, 신경 쓰지 마."
"알겠습니다."
무심코 나온 다나까 말투에 윤동현이 뒷목을 잡았다.
"알겠습니다는 군대식이고! '알! 겠! 어! 요!' 오케이?"
"알겠어요."

성재는 윤동현의 말에 담긴 뜻을 이해했다.
'그래. 그냥 형이라고 생각하자. 그럼 편하잖아.'

그다음 윤아의 차례.
윤아는 교복을 입은 채로 다른 사람들 앞에서 말을 꺼냈다.
"안녕하세요. 한국 조리예술고등학교 2학년 배윤아입니다."
"아~ 고등학생이구나."
"저도 한국 최고의 여성 요리사가 되는 게 꿈입니다. 앞으로 열심히 하겠습니다."
그녀의 말에 성재 옆에 있던 윤동현이 미소를 띠웠다.
"보니까 예쁘네."
"네? 형? 예쁘다고요?"
"그냥 고등학생이 저러니까, 마음이 예쁘잖아."

그리고 종수의 차례.
"안녕하십니까? 같은 조리예술고등학교 2학년 장종수입니다. 저희 아버지는 DJ푸드 총괄사장이시고, 어머니는 DJ패션 사외이사 맡고 있어요. 제 꿈은 10년 뒤, 아버지가 DJ그룹 회장으로 올라가면, 아버지를 이어 DJ푸드 사장 되는 게 1차 목표고요. 나중에는 DJ그룹 총괄 회장이 되는 게 꿈이에요. 앞으로 잘 부탁드려요."
윤동현과 같은 재벌 3세가 또 한 번 나오자, 우레와 같은 박수가 쏟아졌다.
짝짝짝짝!

반면 장종수는 다른 사람들보다도 윤아를 주시했다.
'윤아야. 나 이런 사람이야. 나 좀 봐줄래?'
그러나 윤아의 시선은 자신이 아닌 성재를 향해 있다.
마지막! 성재가 일어나자, 그를 똑바로 쳐다보는 사람들.
'도대체 저 친구는 얼마나 대단한 빽을 가지고 있을까?'
기대하는 눈빛.

성재는 그게 무슨 의미인지 알았다.

하지만 기죽진 않았다. 가난이 죄는 아니기에, 오히려 더욱 당당해졌다.

"안녕하십니까! 국방의 의무를 다하고 있는 조리병! 강성재입니다. 저는 베스트 셰프 1회 우승자 강성훈씨처럼 최고의 셰프가 되는 게 꿈입니다. 열심히 하겠습니다."

그의 소개에 다른 인사들도 박수를 치기 시작했다.

아직 어린 친구들의 패기.

짝짝짝짝!

그리고 떠오른 시스템창.

사용자 강성재에 대한 까들로프의 호감도가 200 상승했습니다

까들로프는 미소를 지으며 다음 요리를 내놓았다. 그건 바로 와인.

"식사를 하면서 대화를 빼놓을 순 없죠?"

술과 음료를 제공하는 까들로프의 제자들.

그리고 목적을 이루기 위해 다가오는 사람들.

"동현씨, 반가워요. 성실여대 최진성 교수에요. 말씀 많이 들었어요. 의사 포기하고 요리사 한다고 하셨다면서요?"

"그렇게 됐습니다."

"꿈을 위해 나아가는 모습이 정말 보기 좋으세요."

그리고 끼어드는 사람.

"아~ 동현씨! 저는 한진 종합식품의 소우준이라고 합니다. 예전에 한 번 뵌 적 있었습니다. 제가 회장님댁 심부름 갔었을 때, 동현씨가 막 초등학교 입학하셨을 때인데 기억하시려나요?"

그들은 윤동현이 새빌이란 것을 알아채지미지 득달같이 달려와 인맥을 쌓으려 한다.

물론 장종수한테도 마찬가지였다. 고등학생에게 높임말을 쓰는 사람들.

"종수님! DJ그룹의 차기 회장님께서 여기를 오셨군요. 정말 영광입니다."

그리고 미스터리 쇼퍼까지 와인을 들고 다가온다.

"우리 친해져요. 짠 한번 할까요?"

성재는 그제야 이게 무슨 의미인지 알게 되었다. 그들만의 리그. 상류사회의 본질. 사교.

그러나 모두 같은 생각을 하는 것은 아니었다. 오히려 사람의 됨됨이를 보며 가치를 매기는 사람도 있었다.
프랑스 출신의 까듈로프 교수였다. 그는 성재에게 다가와 말을 걸었다.

"작년 베스트 셰프 우승자, 강성훈씨 같은 요리사가 되고 싶다고요?"
"네. 그렇습니다."
"그럼 잠시 따라오실래요? 제가 성훈이랑은 5년 동안 같이 지냈었거든요."
"넵!"
한국 최고의 요리사가 되겠다는 윤아에게도 기회를 주었다.
"거기 여학생도 같이 와요."
"네!"
이동식 아일랜드 뒤쪽. 보조 주방.
커튼을 치고, 본 주방과 장소를 분리하는 까듈로프. 그는 성재와 윤아에게 말했다.
"이번에 한국에 온 목적은 하나에요. 제가 프랑스에서 르 꼬로동 블루 교수로 재직 중인 것은 다들 알 거예요. 저에겐 저희 학교로 바로 입학시킬 수 있는 추천권한이 있어요."
추천권한이라, 무슨 말을 하려는 걸까?
르 꼬로동 블루. 세계 3대 요리 학교, 최고의 커리큘럼으로 무장, 최고의 요리사를 양성하는 곳. 설마 입학하라고? 뭘 믿고?
"오늘 두 명의 인사말을 듣고 감명 깊었어요. 사실 프랑스에는 한국의 젊은 사람들처럼 열성적인 패기가 부족해요. 이건 프랑스뿐만이 아니에요. 전 세계적으로 공통된 현상이죠. 그런데 한국은 달라요. 못사는 사람이나, 잘 사는 사람이나 다들 최고를 꿈꾸고, 그 꿈을 위해 노력하죠. 포기하지 않는 근성이 있어요."
성재와 윤아는 까듈로프의 말에 고개를 끄덕였다.
"그러나 모든 사람이 같은 꿈을 이룰 수는 없어요. 우리 학교의 입학 경쟁률만 해도 무려 15:1에 육박하죠."

반전, 그가 하려는 이야기는 뭘까? 성재는 까듈로프 교수와 눈을 마주쳤다.
그는 윤아와 성재를 보며, 그들의 굳은 결심을 확인하고 있었다.
의외였다. 윤아 또한 성재처럼 까듈로프 교수를 바라보며 의지를 표출하고 있었다.

"저는 여러분들에게서 제가 원하는 열정을 확인했어요. 그래서 우리 학교 입학 기회를 주고 싶어요."

"어때요? 자신이 만들 수 있는 최고의 요리! 오늘 이 자리에서 만들어볼래요?"

성재는 그제야 까들로프의 인연 퀘스트가 무엇을 의미하는지 알게 되었다.

미래를 보는 퀘스트. 이미 2주 전 나타났던 퀘스트가 다시 한번 모습을 드러낸다.

'이렇게 나타나다니?'

인연 퀘스트 미슐랭 셰프와의 만남
미슐랭 2스타 총괄셰프인 까들로프가 한국에 입국한다. 신뢰하는 동료(윤동현)과 함께 그를 만나, 그에게 자신의 요리 실력을 어필하라

까들로프의 미식등급을 확인해보았다. 등급이 보이지 않는다.

좋아하는 음식은?

다시 한번 시선을 그에게 집중하며, 확인하는 성재.

그러자 그의 좋아하는 목록 리스트가 떠오르는데, 끝이 보이질 않는다.

'100개가 넘어?'

요리사이기에, 많은 음식을 접해봤을 까들로프 교수.

그에게 인정받으려면 도대체 어떤 요리를 해야 할까?

"아까 말했죠? 요리에는 자신의 스토리를 담아야 된다고요. 어때요? 이 기회 잡아보지 않으실래요?"

성재가 먼저 고개를 끄덕이며 대답했다.

"네. 그 기회! 꼭 잡아보고 싶습니다!"

그러자 옆에 있는 윤아도 입술을 꽉 깨문 채, 자신의 의지를 표출했다.

"저도 해보고 싶습니다!"

"좋아요. 다들 술 안 먹었죠?"

"네! 안 먹었습니다."

"그럼 기대할게요."

까들로프가 준 기회, 절대 놓치고 싶지 않았다.

성재와 윤아는 식재료를 보기 위해 같이 냉장고를 열었다.

강성재씨, 지금 어디예요?

냉장고를 열자 신선함이 가득한 재료들.
그런데 문제는? 대부분이 해외에서 직접 공수한 고급 식재료들이다.
'이게 다 얼마야?'
상상도 되지 않을 만큼 비싼 재료들이 즐비한 냉장고. 성재는 부담스러워져서 까들로프 교수를 쳐다보았다. 괜찮다는 표정으로 입을 여는 까들로프.
"재료는 마음껏 써도 됩니다. 단!"
그러나 단서조항을 단다. 그가 말하려는 것은 무엇일까?
"낭비되는 재료는 없어야 합니다. 예를 들어, 생선을 쓰려면 머리부터 꼬리까지 활용할 수 있는 부위는 다 활용했으면 해요. 요리사라면 좋은 식재료를 써야 되는 건 당연하지만 불필요하게 버려지는 부위도 최소화해야 합니다."
까다롭다. 하지만 저게 바로 요리사로서의 자세.
최상급 식재료를 쓰되, 효율적으로 사용한다.
성재는 그가 한 대화를 바탕으로 머리를 굴렸다.

〈요리에 스토리를 담아라.〉

이건 정말 어려운 주문이었다. 요리를 만드는 것도 모자라 그 안에 의미를 담으라니?
하지만 불가능한 건 아니다.
이미 이야기가 담겨 있는 요리를 하면 되니까.
자신의 기억 속에 남아있는 요리. 떠오르는 요리가 있었다. 추억과 사랑이 담긴 요리.
성재는 고민 끝에 자신이 할 수 있는 요리를 골랐다. 그리고 조리를 시작했다.

같은 시각. 윤아도 고민이 끝났는지 요리를 시작했다.
그녀의 칼 잡는 솜씨를 유심히 살펴본 까들로프는 만족스럽게 고개를 끄덕였다.
'기본은 되어 있네. 칼자루 잡는 거 봐. 정확히 중지, 약지, 소지로 손잡이를 잡았어.'
윤아의 손.
칼날을 중심으로 좌측 칼날에는 엄지로, 우측 칼날은 검지로 잡아 고정시켰다.
손이 베이는 것을 방지하기 위한 자세.
그녀가 채소를 썰기 시작한다.
윤아의 행동을 관찰한 까들로프는 기본 평가를 마쳤다.
'능숙하진 않지만, 기초는 탄탄해. 내가 조금만 가르치면 금방 늘 거야.'
반면 성재의 칼 잡는 방법은 무언가 어색하다.
엄지손가락으로 칼자루의 윗부분을 잡고, 나머지 네 손가락으로 칼자루를 움켜쥔다.
'나쁘진 않지만, 정석은 아니야. 정규 교육을 배웠다면 저런 행동을 할 리가 없어. 저 친구는 교육과정을 거치지 않은 게 분명해.'
그런데 칼 쥐는 자세와는 반대로 숙련도는 뛰어났다.
성재의 성재가 양배추를 써는 동작. 유려하면서도 간결함이 느껴진다.
탁! 탁탁! 탁탁탁!
반면 윤아의 써는 동작은 느릿느릿 매우 조심스럽다.
탁! 탁! 탁! 탁!
초심자. 까들로프가 생각했다.

'여학생의 경우, 요리 배운 건 6개월 남짓이려나? 그보다 더 짧을 수도….'
그래서일까? 성재는 속도에서 이미 윤아를 한참 앞질렀다.
휴가 나온 병사가 만들기 시작하는 소스.

까들로프는 유심히 그가 만드는 것을 지켜본다.

'요거트를 쓴다고?'
요거트에 꿀을 담고, 레몬즙을 짠다. 그리곤 랩을 씌워 냉장고에 다시 넣어주는 녀석.
'신맛과 단맛의 조화는 별로야. 하지만 저 정도 양이면 신맛은 느껴지지도 않을 거야. 레몬의 향만 살린 건가?'
그리고 등심 부위를 꺼내더니, 와인병도 집는다. 까들로프는 무심결에 묻고 말았다. 요리 도중에 그 이유를 묻는 건 실례지만 호기심이 더 앞섰다.

"와인을 넣는다고?"
완성된 요리를 입안에 넣은 후 물어보는 것이 상대방에 대한 예절.
그런데 성재가 꺼낸 와인을 자세히 보니, 비어있었다.
아까 제자들이 서빙 하며 따른 빈 병. 그렇다면 냄새를 잡기 위한 용도가 아니란 것.
그의 대답 또한 그러했다.
"넣는 건 아닙니다. 이걸로 고기를 두드려줄까 합니다. 넓게 펴서 고기를 연하게 만들 생각이거든요."
그제야 까들로프는 이 청년이 만드는 요리가 돈가스라는 것을 알았다.
상당히 고전적인 방법.
성재는 얇게 편 고기 또한 요거트와 마찬가지로 냉장고에 넣었다.
'숙성시킨다?'

빵가루를 꺼내는 남자.
볼에 그것을 가득 담고는 또 다른 볼에 계란물을 풀기 시작하는 동작.
약 5분간 계란물을 만든 그는 버너를 이용해, 팬을 달구며, 잠시 냉장고에서 숙성시킨 등심을 꺼내 빵가루와 계란 옷을 입혔다.
볼록한 후라이팬, 돈가스가 충분히 잠길만한 기름의 양.
성재는 회상했다.
돌아가신 어머니가 시장에서 해주셨던 그 맛.
그 기억.

기름의 뜨거운 열기가 얼굴을 마주했다.

'그래. 이 느낌이었어. 엄마는 돈가스 튀길 때는 항상 멀리 떨어지라고 하셨었지.'
어머니가 대전중앙시장에서 판매하셨던 돈가스.
성재는 그 레시피를 그대로 구현하고 있었다.
팬에서 튀는 기름의 열기 때문에 얼굴이 달아올랐다.
땀도 흐른다.
성재는 고개를 숙였다.
'엄마는 이런 걸 한번에 10개씩도 튀기셨단 말이야? 벌써부터 허리가 아파오려고 해. 온종일 자리에 앉지도 못하고 일어나셔서, 한 개라도 더 팔아보려고…'
돈가스가 튀겨지기 시작했다.
그러자 홀로그램 녀석이 갑자기 주머니에서 손수건을 꺼내, 자신의 눈물을 닦는다.
성재는 녀석을 보며 속으로 말했다.
'멍청한 녀석! 감정 건드리지 마. 요리에 집중하자!'
그러자 녀석이 O.K 사인을 내보인다.
보글보글. 돈가스가 기름으로 가득 찬 팬에서 위로 떠올랐다.
성재는 튀겨진 돈가스를 뒤집개로 들어 올린 후, 손을 이용해 반대 면으로 뒤집었다.

'손으로 왜 해?'
그러자 까들로프가 그 이유가 궁금해 다시 한번 물었다.
"왜 손으로 뒤집어요? 요리용 젓가락 있잖아요."
그는 하나는 알고, 둘은 몰랐다.
성재의 어머니는 꽤 꼼꼼했어야 했나. 을의 입장이었으니까.
"요리용 젓가락으로 뒤집다가 돈까스의 튀김옷이 벗겨질 수도 있습니다. 그렇게 되면 상품성이 없어져서, 주인아저씨가 많이 혼내셨었습니다."
성재의 대답에 까들로프가 다시 한번 질문을 이어갔다.

"돈가스 가게에서 일했었나요?"
"아닙니다. 전 돈가스 가게에서 일한 적은 없습니다."

"그럼…?"

"엄마가 일하던 가게가 돈가스 가게였습니다. 옛날 돈가스, 그냥 시장 가판대에서 파는 돈가스였죠. 하루에 300개도 더 튀기셨던 것 같습니다. 팔과 얼굴에는 기름이 튄 화상 자국이 가득했죠."

"……."

성재는 시장표 돈가스를 그릇에 담아냈다. 투박하기 그지없는 돈가스.
그리고 생수병의 머리를 잘라 그 안에 미리 만들어 둔 소스를 담는다.
이해할 수 없는 행위. 이번에는 까들로프가 묻기 전에 성재가 먼저 대답했다.
"원래는 붉고, 노란 소스통에 담아야 합니다. 그런데 교수님 집에는 그런 소스통이 없는 것 같습니다. 소스가 담길 수 있는 작은 그릇에 담아도 되지만, 전통 시장에서는 보통 이런 식으로 소스통에 넣어 먹을 양만큼만 자신이 짜서 먹습니다."
까들로프는 성재의 완성된 요리를 보며, 말문이 막혔다.
투박하기 그지없는 시장표 돈가스.
하지만 그것을 만드는 그의 모습은 전혀 촌스럽지 않았다.
그가 성재의 돈가스를 입에 물었다.
갑자기, 그가 한 말이 연상되기 시작했다.
까들로프의 시야에, 성재의 어머니 형상이 나타났다.
덕지덕지 기름이 묻은 앞치마를 입고, 돈가스를 튀겨가며, 고된 노동을 하고 있는 40대 중반의 한국 여성이 그의 머릿속에 그려진다.
그 앞에서 천진난만하게 웃고 있는 10대 남자 아이. 그건 성재의 어린 모습.
자연스럽게 상상되는 젊은이의 추억. 청년의 스토리가 그의 머릿속에서 계속 머무르자, 프랑스의 유명한 셰프의 눈망울에 눈물이 가득 찼다.
그는 사과했다.

"미안해요. 내가 원래 이렇게 감성적이진 않는데, 성재씨가 요리에 담은 이야기는 정말 어메이징 했어요. 감동적이었어요. 훌륭한 어머니를 두셨군요. 만나 뵙고 싶네요."
성재는 까들로프가 자신을 어떻게 생각하는지 알고 있었다.
그래서 대답대신 고개를 저으며, 어머니가 돌아가셨다는 것을 간접적으로 알렸다.

> ⚙ ✓ ✕
> 까들로프가 튜토리얼 사용자 강성재의 요리에 담긴 이야기에 깊은 감동을 받았습니다

그런데 감동을 받은 건 까들로프 뿐만이 아니었다.

> ⚙ ✓ ✕
> 배윤아가 튜토리얼 사용자 강성재의 요리에 담긴 이야기에 자신의 어머니를 떠올립니다

배윤아도 요리 도중, 성재의 과거사를 듣고, 자신도 모르게 눈물을 흘리고 말았다.
자신 또한 돌아가신 어머니가 떠오른 것.
아직 18살의 그녀는 마음이 단단하지 못했다. 그래서 눈물을 펑펑 쏟았다.

> ⚙ ✓ ✕
> 배윤아가 사용자 강성재에 대해 연민의 감정을 느끼고 있습니다. 동정심이 계속 상승하고 있습니다

성재는 우는 윤아를 위해 냅킨을 건네주었다.
"요리하면서 왜 울어?"
"미안해요. 오빠!"
"뭘 미안해. 요리 하던 거나 끝내. 나 아무렇지도 않아."

> ⚙ ✓ ✕
> 동정심이 애정도를 넘어섰습니다. 사용자 강성재에 대한 배윤아의 애정도가 비활성화 됩니다

성재는 윤아를 쳐다보았다.
'뭐야? 저 측은한 눈빛은? 날 불쌍하게 여기는 거야? 이게 동정심이야?'
어이가 없다. 차라리 좋아해 주는 게 나은 거 같은데.
그때, 윤아가 불을 올렸던 팬에서 탄내가 난다. 성재가 다급하게 불을 끄며 말했다.
"윤아야! 소스를 태우면 어떻게 해?"

"앗… 아!"

까들로프는 괜찮다는 표정을 지었다.

"괜찮아요. 윤아씨는 요리 그만해도 됩니다. 성재씨는 저희 학교 입학하기 위한 추천서를 써 드릴게요. 올해 입학 가능한가요?"

까들로프의 말에 성재가 말했다.

"죄송합니다. 현재 전 군인입니다. 내년 5월은 되어야 전역할 수 있을 것 같습니다."

똘망똘망한 눈으로 쳐다보는 윤아. 그러나 그녀에게 기회란 없었다.

"요리사는 요리할 때는 딴 곳에 눈을 팔면 안 됩니다. 그건 큰 사고로 이어질 수 있어요. 아쉽지만, 다음에 도전해요."

그리고 찾아오는 제자들.

"교수님! 다들 기다립니다. 어서 오셔서 한잔하시죠!"

상류사회에 있는 사람들이라서 교양 있는 사람들이 수준 있는 격식을 차릴 줄 알았는데, 역시 한국은 한국인가보다. 테이블 위엔 아까 땄던 와인 대신 양주와 맥주가 놓여있다. 음악은 클래식 대신 클럽 음악이 나오고, 다들 흥겨운 음악에 취해, 서로 대화를 나눈다. 윤동현과 장종수도 마찬가지였다.

즐거운 사람들과 즐거운 자리에서 좋은 술과 좋은 안주로 기분을 즐긴다.

"종수야! 너 아직 미성년자 아니냐?"

"동현 형님, 맞습니다."

"그럼 술 먹으면 안 되지!"

"오늘만 마시면 안 되겠습니까?"

"윤아 앞에서 술 마셔도 돼?"

"안됩니다."

"크큭, 조심해라. 형이 윤아 찜해놨다."

"그건 안 됩니다. 제 목에 칼이 들어와도 안됩니다."

까들로프는 오늘 자신이 초청한 사람들과 술을 거하게 마시며, 밤늦게까지 즐겼다.

그리고 밤 10시 20분.

성재가 주방에서 나오며, 윤동현에게 말했다.

"동현이형! 저 가봐야 해요. 막차 타고 내려가야죠."

"야, 좀 더 놀자? 1시간 안에 끝날 거야."

"죄송해요. 아! 형! 제가 해장용으로 음식 해놨거든요. 안에 짬뽕밥 만들어놨으니까, 그거 다들 드시라고 말씀 좀 해주세요. 전 먼저 갈게요."

"그래. 나중에 또 보자."

성재가 떠나고,

"여러분! 이제 까들로프 클럽 폐장할 시간입니다. 해장하고 들어가세요."

윤동현이 모두에게 말했다.

recipe	성재가 최고급 해산물로 직접 만든 꽃게해물짬뽕밥 ★★★★★★ ✕
	산지에서 직접 구입한 해산물과 꽃게를 이용해 매콤하면서도, 얼큰한 꽃게짬뽕국물을 만들어냈다

사용자 강성재에 대한 까들로프의 호감도가 1,000 올랐습니다

성재는 버스에 올라 혼자만의 미소를 지었다. 그리고 이어지는 윤동현의 전화!

"형! 무슨 일이세요?"

그런데 형의 목소리가 아니다.

- 강성재씨, 저 까들로프 교수에요. 지금 어디예요?

"대전으로 내려가는 버스입니다."

- 아까 우리 학교 추천서 써준다는 말 취소할게요.

"?!"

성재는 까들로프의 말에 의구심을 가졌다.

그러나 그 궁금증은 금방 풀렸다. 까들로프가 큰 목소리로 말했다.

- 우리 레스토랑에서 일해요! 내 제자로 들어와요. 나랑 몇 년만 일하면, 성재씨는 자신의 바람대로 세계 최고의 셰프가 될 수 있어요!

그리고 뜨는 시스템창.

새로운 직업을 알게 되었습니다

194

성재씨를 만나러 왔어요

- 내일 찾아갈게요. 집 주소가 어떻게 돼요?

전화를 끊자마자 속으로 환호성을 질렀다.

'쓰리스타 레스토랑에서 일할 수 있는 기회라고? 술 드셔서 실수하시는 건 아닐까? 아니야. 그런 거라면, 퀘스트가 뜰 리가 없지.'

전직 퀘스트 셰프 / Extra Job
까들로프가 사용자 강성재를 자신의 레스토랑에 영입하려 한다 그의 제안을 받아들여, 셰프로 전직하라

성재가 속으로 외쳤다.

'직업 셰프 열람!'

그러자 셰프란 직업에 대해 몰랐던 정보가 떠오른다.

셰프
견습 기간을 끝내고, 본격적인 요리사라고 말할 수 있는 직업
직업 보너스 모든 요리 등급 ☆만큼 등급 향상

휴가 기간, 항상 아쉬웠던 점이 하나 있었다. 그건 바로 시스템의 직업 보너스였다.

군인이란 제약. 위수지역 이탈 시 등급이 오르지 않는다는 점.

위수지역이었던 삼척에서 요리했던 '꽃게해물수타짬뽕'의 등급은 [??]이었으나, 서울에서 요리한 '꽃게해물짬뽕밥'은 6성이었다.

아마도 서효석이 만들었던 '꽃게해물수타짬뽕'의 등급은 6성 반.

'등급 보너스만 받았더라도, 아마 더 맛있는 요리를 만들 수 있었겠지.'

그리고 추가로 떠오르는 시스템창.

직업 트리를 알게 되었습니다

해제조건 Level 50

현재까지 알아낸 튜토리얼 Job 직업트리
1. 취사 보조 → 취사병 → 간부식당 조리병 → 회관 조리병 → 회관 요리병
2. 1,3종 계원 → ?

현재까지 알아낸 Extra Job 직업트리
1. 셰프 → ? → ? → ?
2. 푸드트러커 → ?
3. 먹방 BJ → ?
4. 식품위생사 → ? → ?

성재는 직업 트리를 통해, 요리사의 세계에도 더 높은 세계가 있다는 것을 알아냈다.

'Extra Job, 전역 후 내가 가야 할 길이겠지. 난 전역하면 무엇을 해야 할까?'

아버지의 뒤를 이어 푸드트럭 장사를 하는 것도 좋고, 요즘 핫하다는 먹방 BJ도 괜찮은 것 같다. 아니다, 얼굴 팔리는 건 좋지 않다. 잘해도 욕, 못해도 욕을 먹을 텐데. 식품 위생사는 대학을 나와야 하니 시간이 걸릴 테고, 셰프는 다 좋은데 박봉이 문제다.

'아니지, 외국은 봉급이 다르려나?'

새벽 1시, 대전 갈마동, 아직 이사 가기 전, 네 가족이 함께 사는 원룸에 들어간 성재는 깔려있는 이불에 몸을 기댄 후, 잠이 들었다.

다음날 오전 8시. 할머니가 가장 먼저 일어나 식사를 준비했다.

아버지는 어제 장사로 인해 피곤하신지, 여전히 주무시고 계신다.

"할머니, 제가 해도 되는데…."

성재는 눈을 비비며, 할머니에게 말했다.

"됐어. 우리 손주, 누워! 이 할미가 할 테니까."

풍성한 반찬이 보여주듯 할머니의 요리 실력은 상당히 수준급이었다.

성재는 버릇처럼 눈을 깜빡이며, 할머니의 요리를 쳐다보았다.

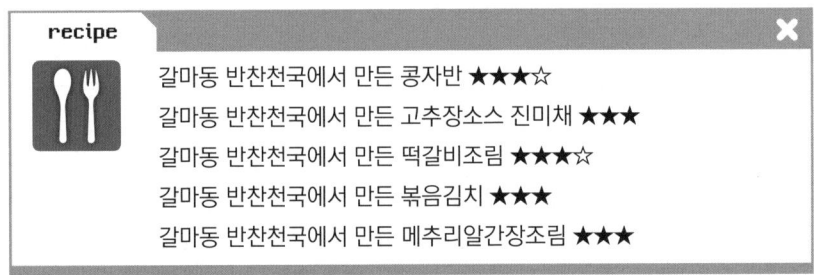

아니었다. 할머니는 요리에는 소질이 없으셨던 것 같다.

"할머니?"

"응?"

"아니에요."

하긴, 요즘 시대에 직접 밥 해먹는 집이 얼마나 있겠는가? 전체의 절반은 되려나….

이제 아버지도 돈 많이 벌고 계시니, 크게 신경 쓸 일도 없을 듯하고….

"우리 손녀! 일어나서 유치원 가야지?"

할머니의 말에 두 눈을 비비는 동생. 작은 입에서 당당한 요구가 흘러나왔다.

"할머니, 나 오늘 유치원 안 가고, 오빠랑 있으면 안 돼?"

"안 돼! 요것아! 벌써부터 유치원 빠지려고 하고 있어?"

"싫엉. 오빠랑 있고 싶단 말이야."

동생의 칭얼거림이 내심 반갑기도 하지만 이건 허락할 수 없다. 정규 교육과정은 아니지만, 남들 다 다니는 유치원을 빼먹는 것은 학습 결손을 의미한다.

'민지는 나같은 인생을 살면 안 돼. 교육 잘 받아서 훌륭한 사람이 되어야만 해.'

그건 아버지도 생각이 같았다.

"성재야. 민지 좀 데리고 유치원 좀 다녀와. 걸어서 3분 거리니까."

"네. 밥 먹이고 다녀올게요."

그때, 할머니가 입을 열었다.

"내가 갔다 올 테니까 걱정 말어."

"아니에요. 어머니, 오늘은 바로 회관으로 가세요. 요즘 회관에서 일하신다면서요. 휴가 나온 아들 놈이 동생 배웅이라도 해야죠."

할머니는 아버지의 말에 더 이상 말씀을 안 하시고 고개를 끄덕였다.

집에서 3분 거리. 유치원 앞.

"민지야! 강민지 어린이! 오늘은 오빠랑 왔구나?"

"네!"

"그래. 오빠한테 손 흔들면서, 빠~ 빠 인사해야지?"

"빠~ 빠!"

그때, 유치원 통원차량에서 십여 명의 아이들이 내렸다. 그중 하나가 민지를 보더니, 환하게 웃으며 달려간다. 동생의 이름을 부르며, 갑자기 손을 붙잡는 남자아이.

"민지! 민지! 민지 좋아."

성재가 그 녀석을 째려보았다.

'뭐야? 쟤가 민지 좋아하나? 뭘 저렇게 달라붙어?'

성재의 마음을 알았을까? 민지는 그 아이의 손을 뿌리친다.

'잘했다. 잘했어!'

그런데 민지가 다른 남자아이의 손을 붙잡는다.

"현수, 싫어. 난 용민이가 좋아."

용민이란 아이. 똘망똘망한 얼굴에, 머리도 울프 컷. 옷도 멋깔나게 입었다. 환한 웃음까지 짓는 녀석의 포스는 마치 유아계의 아이돌. 그런데 그의 곁에는 민지 말고도, 3명의 여자아이가 더 붙어 있다. 유치원 선생님도 민망한 지, 성재를 향해 웃으며 말했다.

"후후, 요즘 아이들이 좀 빠르죠? 서로 너무 심한 장난은 못 치도록, 잘 교육하고 있으니까, 너무 걱정하진 마세요."

"음… 조금 이상하긴 하네요."

"금방 괜찮아질 거예요. 이제 5살, 6살이면, 막 성에 눈을 뜰 시기니까요. 이성에 관심 갖는 것도 무리는 아니죠."

흠… 이거 좀 심각한 거 아닌가? 성재는 고개를 저으면서도, 일단 집으로 다시 돌아갔다. 집 앞, 이 동네에서는 볼 수 없는 벤츠 차량이 시동이 켜진 상태로 정차되어 있다.

'설마 진짜로 찾아온 건가?'

휴대폰을 놓고 온 성재. 집으로 올라가 보니, 역시나 자신이 알고 있는 남자가 집에 있다.

"동현이 형!"

그런데 윤동현만 온 게 아니다. 까들로프 교수도 찾아왔다.

성재는 고개를 푹 숙인 채, 입을 열었다.

"나가서 얘기할까요?"

성재가 향한 곳은 마을회관 1층. 공정무역 커피 전문점, 행복커피. 이곳에는 성재의 할머니가 일하고 계시다.

"이건 어떻게 해야 할까요?"

"아, 어머님, 커피 내릴 때는요. 먼저 물을 끓이시고요."

성재 할머니를 제외하고도 세 명이 젊은 사람 한 명에게 함께 커피 내리는 법을 배우며 일하는 곳. 그곳에 앉은 성재와 윤동현, 까들로프는 미소를 지으며 말했다.

"성재야. 까들로프 교수님이 한 말, 농담 아니래."

그의 말에 성재가 고개를 숙이며 대답했다.

"좋게 봐주셔서 감사합니다."

까들로프가 자신이 그런 생각을 한 이유를 자세하게 말해준다.

"솔직히 동현이 실력이 그렇게 좋진 않아요."

그렇다. 선임이었던 윤동현의 요리 실력은 아마 평균 3성일 것이다. 그에겐 특별함을 느끼지 못할 게 분명했다.

"그런데 사람 보는 눈은 있더군요. 요리 실력이 상당 수준인 것 같아요."

까들로프의 말에 성재도 호기심이 생겼다. 그럴 수밖에.

미슐랭 쓰리 스타면 세계 최고의 셰프 중 하나가 아닌가? 더구나 그는 그 레스토랑의 오너, 총괄 셰프다. 레스토랑에 매겨준 쓰리스타의 명성은 오로지 그의 힘으로 만들어졌다 해도 과언이 아니다.

성재는 그에게 자신의 위치를 듣고 싶었다. 그래서 정중히 물었다.

"저, 교수님, 제가 어느 정도 위치인지 여쭤봐도 될까요?"

까들로프는 잠시 고민했다. 이걸 어떻게 말해야 할지….

"솔직히 말씀드리면 강성재씨의 요리 기초는 입문 수준이에요."

그의 말에 성재의 얼굴엔 실망감이 가득했다.

"하지만 그건 기본과 기초에 관한 이야기고, 음식에 관한 이야기는 아니에요. 돈가스는 확실히 투박했지만, 제 감정을 움직였어요. 그리고 만들고 놓고 간 짬뽕은 제 호기심을 자극했어요."

명확하지 않다. 과연 그가 무슨 말을 하려는 걸까?

윤동현도 이 자리에서만큼은 가만히 외국인 교수의 말을 경청하고 있었다.

"어렵게 말했나요? 전 강성재씨의 요리 중 단 두 가지밖에 못 봤어요. 그래서 궁금해졌어요. 얼마나 많은 요리를 할 수 있는지? 아니면 그 두 가지 요리 밖에 못하는 건지."

그때, 윤동현이 입을 열었다.

"교수님, 성재는 이미 군대에서 많은…."

"군대 요리를 말하는 게 아니에요. 레스토랑, 프랑스 요리에 관해 묻고 싶은 겁니다."

성재는 프랑스 요리라는 말에 고개를 푹 숙였다. 하필이면 프랑스 요리라니?

배운 적 없는 레시피 스킬.

군대에선 딱히 쓸모없었던 레시피를 그가 요구하고 있다.

"죄송합니다. 프랑스 요리는…."

"그렇군요. 제가 너무 많은 것을 기대했나 봅니다."

사용자 강성재에 대한 까들로프의 호감도가 500 하락했습니다

그때, 나오는 커피 세 잔. 같은 음료.

교수는 커피를 음미하며, 윤동현에게 말을 꺼냈다.

"어떤 성분이 들어갔는지 동현이가 먼저 말해볼래요?"

윤동현은 고민고민 끝에 교수님께 대답했다.

"우유, 캐러멜하고, 커피인 것 같습니다."

그러자 까들로프는 고개를 저으며 말했다.

"그것만 들어간 것은 아니에요. 아직 제 기준에서는 많이 부족해요. 성재씨는 자신의 미각만으로 맞출 수 있나요?"

성재는 생각했다. 지금 까들로프 교수가 자신을 시험한다고.

설마 미각 테스트를 할 줄은 몰랐다.

성재의 생각대로 까들로프는 성재를 시험하고 있었다.

그는 머릿속에서 커피의 성분들을 하나, 둘 휘젓고 있었다.

'캐러멜, 저지방 우유의 블렌드(혼합), 바닐라 파운더, 커피 원액, 물, 이 정도인가?'

절대감각이라는 그의 미각.

수십 년간 단련한 타인을 초월한 미각이 밝혀낸 재료 성분들.

'이 청년은 얼마나 알고 있을까?'

'맛으로만 내가 재료를 다 알 수 있을까?'

성재는 고심했다. 능력을 사용하지 않고 평범한 대답을 할 것인지…

아니면 자신만의 능력을 최대한 발휘하여 그를 깜짝 놀래킬 기상천외한 대답이냐.

고심은 오래가지 않았다.

'일단 저지르자!'

머릿속으로 재료를 외운다. 그리고 자연스럽게 커피를 음미한다. 혀로만 알 수 있는 재료는 분명 윤동현과 크게 다르지 않다. 캐러멜, 우유, 바닐라맛 가루, 커피.

하지만 요리사의 눈으로 집중해서 본 커피의 재료는 그렇지 않다.

그리고 시야에 잡히는 '원재료'.

"1등급 저지방 우유하고, 캐러멜, 코코넛 오일 있고요."

성재의 대답에 까들로프가 고개를 끄덕이다, 의문 섞인 눈으로 쳐다보았다.

'잠깐, 코코넛 오일?'

그러나 성재의 대답은 그게 끝이 아니다.

"바닐린하고 소금도 있어요."

'바닐린? 바닐라향 합성첨가물을 말하는 건가? 그리고 소금? 커피에 소금?!'

그런데 더 황당한 대답을 하는 성재.

"카제인도 들었고, 실리카도 들었네요. 커피는 킬리만자로산 커피고요. 더 말씀드릴까요? 잠깐만요. 아, 음… 설탕 대신 단맛을 잡아주는 아스파탐도 들어갔네요."

그러자 흥분한 까들로프, 자신도 모르게 어린 친구한테 반말을 하고 만다.

"야야야, 누가 화학첨가물까지 말하래? 뭐야? 이거 뭐야!"

"아, 성분 말씀하신 것 아니셨나요?"

"내가 성분이라고 말했나?"

그러자 윤동현이 고개를 끄덕이며 대답했다.

"네. 교수님이 성분이라고 말씀하셨어요. 재료 말씀하셨던 건가요?"

"그러네. 잘못 말했네. 그런데 당연히 알아들어야지. 내가 재료 묻겠지? 성분 묻겠니? 그건 그렇고, 무슨 성분을 다 외웠어? 바닐라 파우더 성분 말한 것 같은데?"

당황하는 까들로프. 그리고 때마침 모든 손님에게 커피를 내놓고, 테이블에 다가오는 성재의 할머니.

"아이구, 우리 손주! 손님하고 같이 왔네?"

할머니가 끼어들자, 성재는 까들로프의 질문 대신, 할머니의 말에 대답했다.

"네. 할머니! 일하시는 데, 불편한 건 없으시죠?"

"으이구, 할미 때문에 일부러 여기까지 안 와도 되는데?"

"아니에요. 할머니 얼굴도 뵙고 좋죠. 얼굴 보기 좋으세요."

"많이들 먹고 가요. 치즈 케이크 줄까?"

할머니의 말에 까들로프는 일단 고개를 끄덕였다.

"네. 그럼 감사히 먹겠습니다."

그러자 성재의 할머니가 미소를 지었다.

"4,000원이여~. 선불…."

그러자 당황한 까들로프가 카드를 꺼내고….

"5,000원 이하는 카드 안 되는디… 2개 줄까?"

"아… 네! 2개로 주십시오."

성재의 할머니는 입담으로 8,000원의 매출을 올렸다

외국인도 좋아하는 말

성재네 할머니가 익살스러운 얼굴로 치즈 케이크를 들고 왔다.
"많이 먹어요. 부족하면 더 시키고…."
공짜가 아니라는 건 함정. 뒤에서 지켜보던 매니저는 다른 할머니들에게 말했다.
"저렇게 하는 거예요. 다들 최순옥 할머니처럼 해야 해요. 아시겠죠?"

한편, 까들로프 교수는 다시 한번 시험에 들어갔다.
치즈 케이크, 코스 요리에서 디저트로도 나올 법한 메뉴.
"어때? 맞출 수 있겠어?"
이번에는 윤동현에게 묻지도 않았다. 오로지 그의 시선은 강성재에게만 쏠려 있다.
까들로프는 물욕이 없었다. 이미 요리사로서는 최고의 위치.
미슐랭 쓰리스타라는 자리에 오른 마당. 그의 인생 목표는 단 하나.
자신만큼 뛰어난 제자들을 양성하는 것.
그래서 세상에 더 좋은 요리를 만들 수 있는 세상이 펼쳐지는 것.
그런 노력을 하는 사람이라면 누구라도 좋았다.
어제까지, 노력하는 자라면 언제든 기회가 온다고 믿었다.
하지만 오늘 그 생각을 고쳐먹게 되었다.

자신의 눈앞에 천재가 있었기 때문이다.

"크림치즈랑 버터 들어가 있고요. 생크림, 계란, 흰자와 노른자 다 들어갔어요. 설탕도 있고, 밀가루 대신 옥수수 전분을 쓴 것 같아요. 바닐라 시럽도 들어갔고, 미로와(케이크의 표면광택제/식용)하고, 메이플 시럽(단풍나무 수액으로 만든 감미료)으로 마무리한 것 같은데요?"
퍼펙트.

'나보다 더 잘 알잖아?'
까들로프는 메이플 시럽까진 구분하지 못했다. 시럽 종류 중 하나라는 것은 알았는데, 그 맛의 종류까진 확인하지 못했던 것.
시럽만 따로 먹었다면, 구분했을 텐데, 조리된 상태였으니 구분하기 힘들었다.
'이 녀석! 물건이다. 절대미각을 가진 게 틀림없어.'
절대미각. 음식에 있어서 미각은 언제나 중요한 법.

하지만 수십 개, 때로는 수백 개의 요리를 다루는 레스토랑은 다르다.
서양의 셰프들은 생애 다섯 군데 이상의 레스토랑에서 일을 배운다. 더 많은 요리를 배우고, 더 높은 연봉을 받기 위해서다. 다른 레스토랑과 교류를 통해 새로운 요리법을 배우고, 가르쳐주며, 자신의 실력을 향상시키기도 한다.
세상에 있는 수만 종류의 요리. 배움의 길은 길고 험하기에, 한 자리에 머물러 있으면, 도태되기 십상.
앞에 서 있는 청년은 수많은 요리를 쉽게 배울 수 있는 그 감각을 소유하고 있었다.
'절대미각, 나보다 더 뛰어난 건가…'
아직 확신이 서지 않았다. 여기는 그의 할머니가 일하는 장소. 평소에 많이 와봤을지 모른다. 그래서 제안했다.
자신의 익숙한 공간으로!
"자리 옮기죠?"
"어디로 가시나요?"
"유성 호텔이라고 아실지 모르겠네요. 거기 제 제자가 일하고 있어요."

"유성 호텔… 유명해서 잘 알고 있습니다. 대전에서 단 3개뿐인 진짜 온천수를 쓰는 곳이죠. 대전사는 사람들은 아마 다 알 겁니다."
"그런가요? 일어날까요?"
"알겠습니다."

밖으로 먼저 나가는 윤동현. 그가 운전석에 앉고, 뒷좌석엔 까들로프와 성재가 탄다.
윤동현은 운전하며, 자신의 스승인 교수님께 질문을 던졌다.
"교수님! 오늘 프랑스로 돌아가시죠?"
"어. 그렇게 됐어. 한국에서 볼일은 다 봤으니까, 다시 일하러 가야겠지."
"여기서 인천 공항까지 3시간 40분 걸립니다. 저녁 비행기라고 들었는데, 몇 시 비행기세요?"
"아, 오후 9시 비행기야."
"알겠습니다. 그럼 시간 여유는 충분한 것 같습니다."

유성 호텔.
유성에서 리베라 호텔과 함께 가장 유명한 호텔.
특히 대전에서 유일무이하게 온천수가 나오기 때문에 많은 관광객이 찾는 곳.
과거에는 유흥가였고, 범죄율 가장 높은 동네였지만, 성매매특별법 발효 후, 살기 좋은 곳으로 변한 곳. 수십 층은 되어 보이는 빌딩과 호텔이 즐비한 가운데, 하얀색이 인상적인 유성 호텔 안으로 벤츠 하나가 들어갔다.
호텔 겉은 구식이지만, 내부 시설은 상당히 신식. 리모델링을 한지 얼마 되지 않은 듯 깨끗한 실내장식들. 그리고 문제의 레스토랑.
그곳에서 한 셰프가 까들로프를 보며 밝은 얼굴로 맞이했다.

"교수님! 언제 오셨어요? 미리 말씀이라도 하시지 그러셨어요?"
"일주일 전에 들어왔어. 세미나 참석하고, 제자들도 만나고, 물론 우리 백 셰프도 보러."
"잘 오셨어요. 교수님 얼굴 보니까, 정말 반갑네요. 뒤에 친구들은 학생인가 보네요."
백 셰프의 말에 까들로프가 고개를 끄덕였다.
"얘는 지금 내가 있는 학교에서 교육받는 학생, 그리고 저 친구는 내가 레스토랑에 섭외

할까 하는 친구."
"네? 섭외요? 교수님 레스토랑에 섭외요?!"

백 셰프는 까들로프의 말에 깜짝 놀랐다.
"제가 가고 싶다고 노래를 불러도 안 써주셨으면서! 얼마나 대단한 친구길래…어?"
어디선가 본 얼굴이었다. 어디서 봤더라?
고개를 갸웃거리는 백 셰프는 결국 알아내지 못한 채, 두 청년에게 악수를 건넸다.
"백동원입니다. 유성 호텔에선 조리장 맡고 있습니다."
키는 작지만 덩치는 있는 조리장이 털털하게 인사하자 윤동현이 인사했다. 재벌가 막내 손자임에도 예의를 깍듯이 지키는 청년.
"윤동현입니다. 르 꼬로동 블루 유학중입니다. 선배님! 잘 부탁드리겠습니다."
"아~ 난 학교 직속 선배는 아니에요. 교수님 한국에 계실 때, 그 밑에서 1년 배웠던 인연이 있을 뿐이에요. 어려워하지 말아요."
"아닙니다! 그래도 제 인생의 선배십니다. 잘 부탁드립니다."

그리고 성재의 차례.
"강성재입니다. 현재 군 복무중입니다. 23사단에서 간부식당 조리병하고 있습니다."
성재의 인사말에 백 셰프가 깜짝 놀라며, 입을 열었다.
"아! 언리미티드 챌린지?! 나 봤어! 성재! 강성재씨! 나! 봤어. 그 방송 봤어!"
"아, 보셨습니까? 쑥스럽습니다."
"오~ 생각보단 키가 작구만! 호리호리해서 키 큰 줄 알았는데, 그럼 연기자들도 키 속인 거네? 깔창 신은 거 아니야?"
"아, 그럴 겁니다. 다들 전투화 신을 때도 깔창 깐 것 같았습니다."
키 175cm 미만의 장병 필수품 깔창. 휴가 때는 보통 2개 이상 까는 사람들.
"그럴 줄 알았어. 그나저나 성재씨, 그 요리 진짜야? 방송에서 진짜 실력으로 이긴 거야? 이해정인가 개가 진짜 놀래서 그런 거야?"
"아….”
곤란한 상황. 실제로 그렇다고 답변하면 잘난 척하는 게 되고, 아니라고 하면 민망해진다.
성재는 긍정 표현의 수위를 조금 낮춰, 고개를 끄덕이는 것으로 대답을 대신했다.

"아, 진짜 그랬구나. 사실 이해정이가 우리 호텔에도 왔었거든. 얼마나 간간했었는데, 요리에는 진짜 일가견이 있어 보이더라고!"
백 셰프의 말에 까들로프가 고개를 끄덕였다.

"그나저나 백 셰프, 오늘 주방이 좀 바쁜 것 같다?"
"오늘 저희 호텔에서 비즈니스 세미나 개최하거든요. 그게 12시 30분부터 시작돼서 애들이 할 게 많아요. 식사하러 오신 거죠?"
"아니! 이 친구 요리 시켜 보려고 온 건데? 실력 좀 보려고…."
"아, 어쩌죠? 지금은 보시는 것과 같이 좀 곤란한데요. 교수님! 딱 2시간만 뒤에 오시면 안 되겠습니까? 지금은…."
"2시간이나?"
"네. 제가 온천 이용권 드리겠습니다. 잠시 몸 좀 푸셨다가 올라오시죠."
"아… 나, 온천 가면 외국인이라 사람 많이 쳐다봐서 싫은데…."
"기왕 한국까지 오셨는데, 휴식도 취하시고 하세요. 너무 제자들만 챙기지 마시고요."
백 셰프의 말에 까들로프는 설득당했다.
"그럼 내려갈까?"
"네. 교수님!"
얼떨결에 들어간 온천.
김이 모락모락 나는 가운데 탕 안에는 수십 명의 남성들이 온천을 즐기고 있었다.
까들로프 일행은 샤워기로 씻고는 50~70대 노인들이 가장 많은 열탕으로 들어갔다. 그리고는 화들짝 놀라는 교수님.
"오! 몽 듀! 몽 듀!"
너무나 뜨거운 물. 그걸 보며 윤동현이 말했다.
"교수님! 백인들은 피부가 얇아서, 열탕은 좀 힘들어요. 여기 온탕으로 오세요."
"아, 깜짝 놀랐네."
"아니면 노천탕으로 갈까요?"
시원한 바람이 부는 야외. 다행히 노천탕에는 사람이 많이 없었다.
까들로프는 온천에 들어가 중요한 이야기를 꺼냈다.
"강성재씨, 그냥 말 놓을게."

"네. 편하게 하세요."
"세상은 말이야. 천재가 있고, 범재가 있어."
"네."
"여기서 내가 말하는 범재는 동현이를 말하고, 천재는 너를 말해."
성재는 능력을 사용한 것에 양심에 찔렸지만, 일단 고개를 끄덕였다.
윤동현이 실망한 표정으로 교수를 바라보았다.
"동현아, 넌 진짜 부단히 노력해야 돼. 성재는 태어날 때부터 재료를 구분할 수 있는 미각을 타고 난 거야. 그러니까 남들보다 더 뛰어난 요리를 할 수 있는 거고."
그의 말에 윤동현이 고개를 끄덕였다.
"그건 알고 있었어요. 그런데 교수님이 잘못 알고 계신 게 있어요."
까들로프는 윤동현을 똑바로 쳐다보았다.
'삐졌나? 동현이는 그런 성격 아닌데?'
그런데 그는 오히려 성재를 칭찬한다.

"성재는 엄청 노력합니다. 요리를 하면 가장 맛있을 조리 시간과 재료의 양까지 수첩에 다 기입해요. 꼼꼼히 따져보고, 얼마나 더 맛있을지 고민하고, 그걸 수도 없이 고쳐요."
"그래?"
"그것뿐만이 아니에요. 아침 일찍 일어나 창고도 미리 정리해놓고, 식재료도 미리미리 꼼꼼하게 손질해서, 병력들 식사를 단 한 번도 늦은 적 없어요. 더구나 그 음식들이 다 맛있기도 하고요."
윤동현은 빈말을 하지 않는다.
까들로프가 지켜본 바로는 그렇다. 그래서 그가 지겹도록 칭찬하는 키 작은 청년에 대한 호기심이 더욱 증가했다.
'도대체… 넌 어떤 녀석이냐?'

그때, 웬 고주망태 할아버지가 한소리 했다. 낮술을 거하게 한 듯 얼굴이 벌겋다.
"뭐야? 대낮부터 낯간지럽게 칭찬질이야? 게이들이냐?"
"네?!"
"너네 그 변태들이냐고! 남자끼리 무슨 그렇게 말이 많아?"

할아버지의 주정에 윤동현이 일어나서 따졌다.
"할아버지, 취하신 것 같은데, 들어가시죠. 말씀이 심하시네요."
그리고 까들로프도 제자를 따라 일어났다.
그리고 명확히 말했다. 그 행동 고치라고!
"나이 드셨으면, 체통을 좀 지키셔야죠."
그러자 할아버지가 허탈한 표정으로 까들로프를 향해 소리쳤다.
"양키놈이! 물건만 커가지고! 이놈 자식아! 넌 노인공경도 모르냐?!"
그러자 윤동현이 화를 못 참고 할아버지에게 얼굴을 들이밀며 소리쳤다.
"뭐? 양키? 양키!"
성재는 그런 두 사람의 손을 잡고 억지로 자리에서 벗어났다.
굳이 싸워봤자 손해.
세상에는 많은 부류의 노인들이 있다. 훌륭한 인성과 인품을 가져, 존경받는 노인들이 있는 반면, 입이 험하고, 행동이 거칠어 무시당하는 노인도 있다.
우리나라뿐만이 아니라, 모든 나라가 그러하다. 그래도 성재는 부끄러워졌다. 그래서 교수님께 사과를 했다.

"죄송합니다. 제가 대신 사과하겠습니다."
그러자 아무렇지 않은 듯 방긋 웃는 까들로프.
"아니야. 난 오히려 기분 좋은데?"
성재는 교수님을 보며 다시 한번 감탄했다.
'정말 뛰어난 사람은 인품도 좋네. 양키라는 말에도 오히려 웃음을 지을 수 있다니… 나는 저렇게는 못할 것 같은데…'
씩씩거리는 윤동현과 다르게, 까들로프는 뭐가 그리 즐거운지 웃기만 한다.
온천물이 기분을 좋게 한 걸까? 아니면 뭔가 다른 게 있는 걸까?
성재는 까들로프가 향한 시선을 따라 자신의 시선을 옮겼다. 그리고 그가 왜 흡족한 얼굴을 하는지 알아차렸다.
덜렁덜렁….

'아, 외국인도 큰 게 칭찬이구나?'

196

나랑 같이 프랑스 가자

온천수에서 몸을 담근 후, 개운한 몸으로 다시 올라온 까들로프 일행.
백 셰프는 바쁜 일이 끝났는지, 다시 돌아온 사람들을 주방으로 안내했다. 그리고 후배들에게 까들로프를 소개했다.
"다들 들어오시죠. 얘들아! 까들로프 셰프님 알지? 프랑스에서 2스타 레스토랑, 〈라이프 가든〉 총괄셰프님!"
"안녕하십니까?"
"와! 미슐랭 투스타, 존경합니다."
"대단하신 것 같습니다."

그러나 까들로프의 표정은 썩 좋지 못했다.
윤동현은 교수의 분위기를 금세 파악하고, 백동원에게 말했다.
"선배님? 교수님 레스토랑, 올해 3스타로 승격되었습니다. 이름도 〈라이프 월드〉로 바꾸었고요."
"그래?! 교수님! 언제 승격된 거예요? 말씀 좀 해주시지. 민망하네요. 죄송합니다!"
꾸벅. 고개를 다시 들고, 넉살스러운 표정으로 위기를 마무리하는 조리장.
까들로프 셰프는 그제야 미소로 화답했다.

"우리 백 셰프가 나랑 같이 1년을 일했는데, 그때도 분위기 파악을 참 못 했어요."
까들로프의 말에 밑에 있는 코미(commi)들이 키득키득 웃는다. 주방의 분위기는 엄격하지만 사람 자체는 참 순한 사람이 바로 백동원.
"크크큭! 크크큭!"
그래서 이런 농담에도 웃을 줄 아는 사람들. 백동원이 후배들에게 눈을 찌푸리며 말했다.
"이것들아! 뭘 웃어?"
어느 레스토랑 주방을 가도, 사실 군대와 별다를 게 없다.
하지만 이곳도 사람 사는 곳. 그래서 힘든 와중에도 웃을 수 있다.

"백 셰프, 아까 말했듯이 내가 이 친구를 테스트해보고 싶은데, 주방 사용가능하지?"
"아, 네. 가능하죠! 이제 좀 한가하거든요. 오늘 저희 캡틴도 안 계시고요."
그의 대답에 까들로프의 얼굴엔 화색이 돌았다.
과연 이 조그마한 친구가 만들어낼 수 있는 요리는 무엇일까?
성재는 그의 기대감을 표정을 통해 짐작할 수 있었다.
온천에서 친해진 교수의 입에서 청년의 이름이 흘러나왔다.
"성재야. 만들어 봐. 네가 여기서 만들 수 있는 음식!"
"알겠습니다."
까들로프의 말에 다른 요리사들의 얼굴에는 부러움이 가득했다.
그럴 만 했다. 쓰리스타의 총괄셰프가 직접 요리를 봐주다니!
한국에도 단 2명밖에 없는 쓰리스타 레스토랑. 그것도 총괄셰프.
성재는 조리장을 향해 입을 열었다.
"재료는 어디에 있습니까?"
"뒤편, 냉장고."
"네. 알겠습니다."
조리장이 구석 한편을 가리켰다. 좁은 틈, 냉장고를 열어 재료를 살펴보는 성재….
'녀석은 무슨 재료를 가져올까?'
모두의 관심이 쏠리고, 성재 또한 그 시선을 모르진 않았다.
사실 성재가 할 수 있는 프랑스나 이탈리아 음식은 거의 없었다. 군대에서는 필요치도 않았기에 레시피를 스킬로 배우지도 않았다.

'내가 할 수 있는 거로 해야 돼. 스테이크로 가자.'
성재가 가져오는 것을 본 까들로프. 그러자 그 재료가 마음에 들지 않는지, 까들로프가 성재를 쳐다본다. 공과 사를 구분하듯, 갑자기 사무적인 말투로 바뀐 교수.
"성재씨! 스테이크가 가장 자신 있나요?"
"저희 어머니께서 푸드트럭 처음 여셨을 때 했던 음식이 돈가스와 스테이크였습니다."
"푸드트럭이면 길거리 음식일 텐데, 이번에 제가 확인하고 싶은 건, 스토리가 담긴 음식이 아닙니다. 성재씨의 요리 숙련도, 가능성, 기본과 기초, 됨됨이 등 여러 방면을 보고 싶어서 자신 있는 것을 가져오라고 한 겁니다. 스테이크, 만만하게 보겠지만, 결코 쉬운 게 아닙니다. 더구나 성재씨는 레스토랑에서는 처음 요리해보잖아요. 조리시간! 제대로 맞출 수 있겠어요?"

까들로프의 말에 성재는 자신감 있는 목소리로 말했다.
"네! 자신 있습니다."
"좋습니다. 그럼 시작하세요!"
그런데 그때 갑자기 백동원이 끼어들었다.
"잠깐만요. 교수님! 제안 드릴 게 있는데요."
"어? 왜?"
"저희 후배들도 같이 봐주시면 안 됩니까? 우리 쓰리스타 셰프님이 직접 봐주시면 영광일 것 같아서요."
서열 2위인 조리장이 그렇게 말하니, 뒤에서 지켜보던 후배들이 밝은 미소를 지었다.
"좋은 소리 못 들을 텐데? 괜찮겠어요?"
"네! 괜찮습니다!"
"꼭 해보고 싶습니다."
까들로프는 고개를 끄덕였다.
장소를 빌려주는 대가. 그건 그의 인생 경험을 전수하는 것. 그는 기꺼이 허락했다.
요리는 누구 하나만의 것이 아니다. 자신도 처음에는 다른 사람의 요리법을 배웠고, 전수받는 과정에서 새로운 조리법도 알게 되었다.
끊임없이 공부하고, 익히고, 또 배운 것을 접목시켜 발전시켜야 하는 학문.
정답이 없는 길. 요리의 길.

"조건을 주겠습니다. 손님이 미디엄, 그리고 고기를 직접 썰어서 갖다 달라고 요청했을 때를 가정해서 평가하겠습니다. 지금부터 시작합니다!"
"네! 셰프!"

그래서 자리에 선 5명. 거기에는 윤동현도 포함되어 있었다.
먼저 등심 부위를 손질하는 사람들. 하얀 지방 부분을 덜어내고, 선홍빛 붉은 부분만 남기는 요리사. 까들로프는 생각했다.
'여기까진 다 하지.'
그러나 예상외. 완전 초보도 있다. 혀를 차며, 그를 제지하는 교수.
"거기, 그만 손 떼세요."
"……."
"지방 덩어리 그대로 손님한테 내놓을 건가요?"
"……."
"내가 손님이라면, 그 지방 덩어리, 절대 안 먹습니다. 그거 먹고 56,000원 낼 수 있겠어요?"
"죄송합니다."
이제 1년 차인 녀석의 얼굴엔 울상이 번졌다.
매일같이 설거지와 잡일만 하는 녀석이기에, 이런 기본적인 것도 몰랐던 것. 하지만 어쩔 수 없다. 까들로프가 손 떼라고 했으면 기회는 날아간 것이다.

이제는 고기를 시즈닝 하는 과정. 두꺼운 등심.
그 위에 과도할 정도로 많이 뿌리는 소금과 후추. 이번엔 윤동현이 실수를 저질렀다.
"그걸로 되겠어? 그게 끝이야?"
"많이 넣으면 짤 것 같습니다."
"안 짜. 오히려 과도할 정도로 많이 넣어야 간이 맞는다고! 두께 봐! 저 두께에 소금 찔끔 뿌려서 진짜 간이 맞을 것 같아?"
"더 넣겠습니다."
"아니, 그만해. 동현이 너도 빠져."
까들로프는 자신의 직속 제자라고 봐주지 않았다. 오히려 더욱 몰아붙였다. 요리를 하면서 양보란 없다. 그게 바로 셰프의 자존심.

성재는 까들로프가 진심이란 것을 알고 있었다.

'이게 프로구나. 한 번의 실수도 용납하지 않는 것. 그래서 일류에 오를 수 있었고.'

그의 표정에서 고스란히 드러났다. 어느 때보다 진지한 야수의 눈.

단 하나의 실수라도 잡아내기 위해 눈동자를 굴리는 교수.

성재는 자신의 요리에 집중했다. 별거 아닌 평범한 조리과정이라도, 최선을 다했다.

손가락으로 골고루 뿌려주는 소금. 찌걱! 찌걱!

후추가 든 통을 좌우로 돌리며, 직접 갈아 스테이크 위에 뿌리는 통후추.

이제 남은 사람은 셋. 그 중 데미 셰프가 둘. 요리를 3~5년 정도 배운 경력자들.

과연 누가 끝까지 살아남을까?

성재는 팬을 달구었다.

팬의 30cm 위에서 펼친 손바닥으로 직접 열기를 확인하는 성재.

그것을 보며 까들로프가 기특한지 처음으로 고개를 끄덕였다.

'그래, 저렇게 해야지. 저게 정석이고 기본이지.'

그런데 한 명이 또 그 기본적인 것을 하지 않는다.

"그쪽도 그만!"

"저, 제가 어떤 것을 잘못했는지 알 수 있겠습니까?"

하지만 당황스러운 얼굴로 까들로프를 쳐다보는 데미 셰프를 백 셰프가 통제했다.

"봉진아, 나와!"

"네! 셰프!"

성재는 온도 체크 후 바로 기름을 둘렀다.

그리고 양손으로 스테이크 양 끝을 삽은 채, 팬 위에 평평하게 올렸다.

'칼 잡는 건 어설프더니, 기본이 확실하잖아. 동작에 군더더기가 없어.'

성재와 같이 마지막까지 남은 데미 셰프도 거기까지 완벽하게 해내며, 경력 5년의 요리사임을 스스로 증명했다.

집게를 이용해 한쪽의 익은 정도를 확인하고, 바로 반대 면으로 돌려주는 성재.

스테이크를 돌린 다음, 로즈마리와 아스파라거스, 버터를 넣어 풍미와 향을 보탠다.

아직까지는 여유만만.

그런데 성재가 추가로 마늘을 집어넣고.
흘러나온 육즙과 섞인 기름을 숟가락으로 뜬다.
까들로프는 고개를 끄덕였다.
'온도를 맞추려는 거구나?'
스테이크의 뒤집은 윗면에 뜨거운 기름을 끼얹는 것.
'가능성이 보여. 미각만 뛰어난 게 아니었어. 이 녀석, 진짜로 탐이 나. 정식으로 요리를 배운 적이 없다며, 그게 이 정도인가? 숙련도가 엄청나잖아?'
하지만 거기까지였다. 그가 결정적인 실수를 저질렀다.
그건 바로 스테이크의 익은 정도를 확인하지 않고, 접시에 담은 것.
반면, 데미 셰프는 요리 수저로 스테이크를 눌러, 익힘 정도를 꼼꼼히 확인했다.
까들로프가 성재에게 물었다.
"미디엄으로 굽는 거 알지?"
그러자 성재는 그렇다고 대답했다.
데미 셰프의 요리는 다 완성된 상태.

첫 단면, 완벽한 미디엄.
두 번째 단면, 완벽한 미디엄.
세 번째 단면 또한 완벽한 미디엄이다.
데미 셰프는 환한 미소를 지었다.
하지만… 까들로프의 표정은 좋지 못했다. 결점이 있었다.
"육즙이 너무 많이 흘러나온다고 생각 안 해?"
그가 빼먹은 것은 레스팅.
쓰리스타 셰프의 방문.
자신을 지켜보고 평가해준다는 것에 대한 긴장.
과도한 부담감이 불러온 사소한 실수.
"죄송합니다!"
그러나 그 사소함이 음식 맛의 디테일을 결정한다. 그러므로 탈락!
까들로프는 다시 시선을 성재에게 돌렸다.
'뭐야? 저놈!'

한눈판 사이에 고기는 어디 가고, 황당하게 수건이 그릇 위에 올려 있다.

스테이크는 어디에?!

그런 시선을 아는지 모르는지, 녀석은 조리대에서 구웠던 아스파라거스, 마늘, 가지와 로즈마리를 다른 접시에 올려놓는다.

'접시를 바꿨어? 왜? 왜 저런 쓸데없는 동작을 한 거지?'

까들로프가 걸어갔다. 그리고 일단 수건이 있는 그릇에 손을 댔다. 그리고 깜짝 놀라 손을 뗐다. 성재가 당황한 얼굴로 교수에게 말했다.

"그릇, 뜨겁습니다. 조심하십시오."

"설마…."

"스테이크가 레스팅 도중에 식는 것을 방지하기 위해서입니다."

"수건은?"

"은박지와 수건을 같이 이용하면, 레스팅 도중에 육즙이 빠져나가는 것 또한 최소로 할 수 있습니다. 스테이크가 식는 것도 방지하고요. 5분 다 됐습니다. 이제 스테이크 꺼내겠습니다."

먼저 수건을 빼냈다. 그의 말대로 수건에는 스테이크의 육즙이 거의 묻어나지 않았다.

이제는 쿠킹 호일(은박지)을 빼내야 할 때….

은박지를 걷어내자, 아직도 김이 모락모락 나는 스테이크. 온도 조절도 성공!

미리 세팅되어 있는 그릇에 스테이크를 담고, 나이프를 드는 성재.

까들로프는 아까 전 익힘 정도를 확인하지 않고 넘어간 그의 실수를 기억하며, 스테이크 안쪽을 유심히 살펴보았다.

그의 결정적인 실수가 어떤 발목을 잡을까?

하지만….

한 조각, 한 조각 썰 때마다 육즙은 스테이크 안에 고스란히 담겨 있고, 굽기는 겉면의 갈변층과 안쪽의 분홍색이 완벽한 미디엄인 것을 증명하고 있다.

'모든 게 완벽했어? 몇 번 뒤집었더라? 한 번이야. 한 번밖에 안 뒤집었잖아. 모든 조리과정이 제대로야. 그래! 쟤야. 내가 찾던 노력형 천재! 나 같은 노력형 천재가 저런 녀석이었어.'

성재의 조리는 완벽했다. 하지만 간도 확인해봐야 할 터.

시즈닝 과정에서 소금과 후추로 간을 한 녀석의 요리를 직접 먹어보는 교수.
우물우물. 말이 필요 없다.
교수는 자신의 후배였던 백동원을 향해 입을 열었다.
"네가 먹어 봐."
시식 후 성재의 어깨를 두드리는 조리장.
"잘했네. 잘 구웠어. 완벽해."
성재는 머쓱한 얼굴로 고개를 숙여 예절을 갖췄다.
"감사합니다."
그리고 까들로프의 제안.
"성재야. 나랑 같이 프랑스 가자. 오늘 바로 가자! 비행기표 끊어줄게. 어?"

그의 말에 성재가 곤란한 얼굴로 대답했다.
"저… 군인입니다."
"됐어! 군인이면 어때? 귀화하자! 프랑스인으로 귀화하자! 응?"
그의 말에 조리장은 너털웃음을 지으며, 교수님께 말했다.
"일단 프랑스 갔다가 다시 오시죠. 제가 그동안 이 녀석은 맡아두겠습니다. 성재씨, 어디 산다고 했죠?"
"대전 서구 갈마동에 살고 있습니다."
"괜찮다면, 우리 레스토랑으로 바로 출근해요. 휴가기간이어도 괜찮으니까, 같이 배워나 가죠. 우리 레스토랑에서 원하는 인재는 바로 성재씨 같은 사람입니다. 어때요?"
백 셰프의 말에 성재가 머뭇거리자, 까들로프가 화를 내기 시작했다.
"백 동원! 갑자기 네가 쟤를 왜 데려가?"
"아니… 교수님, 성재가 군인이라고 하지 않습니까? 전역 전까지는 해외 출국 힘들 텐데, 휴가 나올 때마다 우리 레스토랑에서 나와서 일해보라는 거죠. 제가 뭘 데려갑니까?"
"의심스러운데?"
"프랑스로 갈지는 나중에 본인이 직접 결정해야죠. 지금 국적을 포기하고 귀화하라는 게 정상적입니까? 이제 상병이라 곧 전역할 텐데! 안 그래요? 성재씨?"

To be continued...